愛拉傳奇 5

石造庇護所（上）

The Shelters of Stone

珍奧爾◎著

何修瑜◎譯

第九洞穴
營地
白穴
丘頂
夏季大會
營地
主河
老河谷
青草河
馬心
長者火堆
馬首石
小青草河
冰川時期的史前歐洲
一萬年暫緩時期的冰層範圍及
海岸線變化，時值晚更新世沃姆
冰川期的趨緩時期，
距今三萬五千到兩萬五千年間。
N
齊蘭朵妮氏人
領土
0 MILES 400
0 KM 400

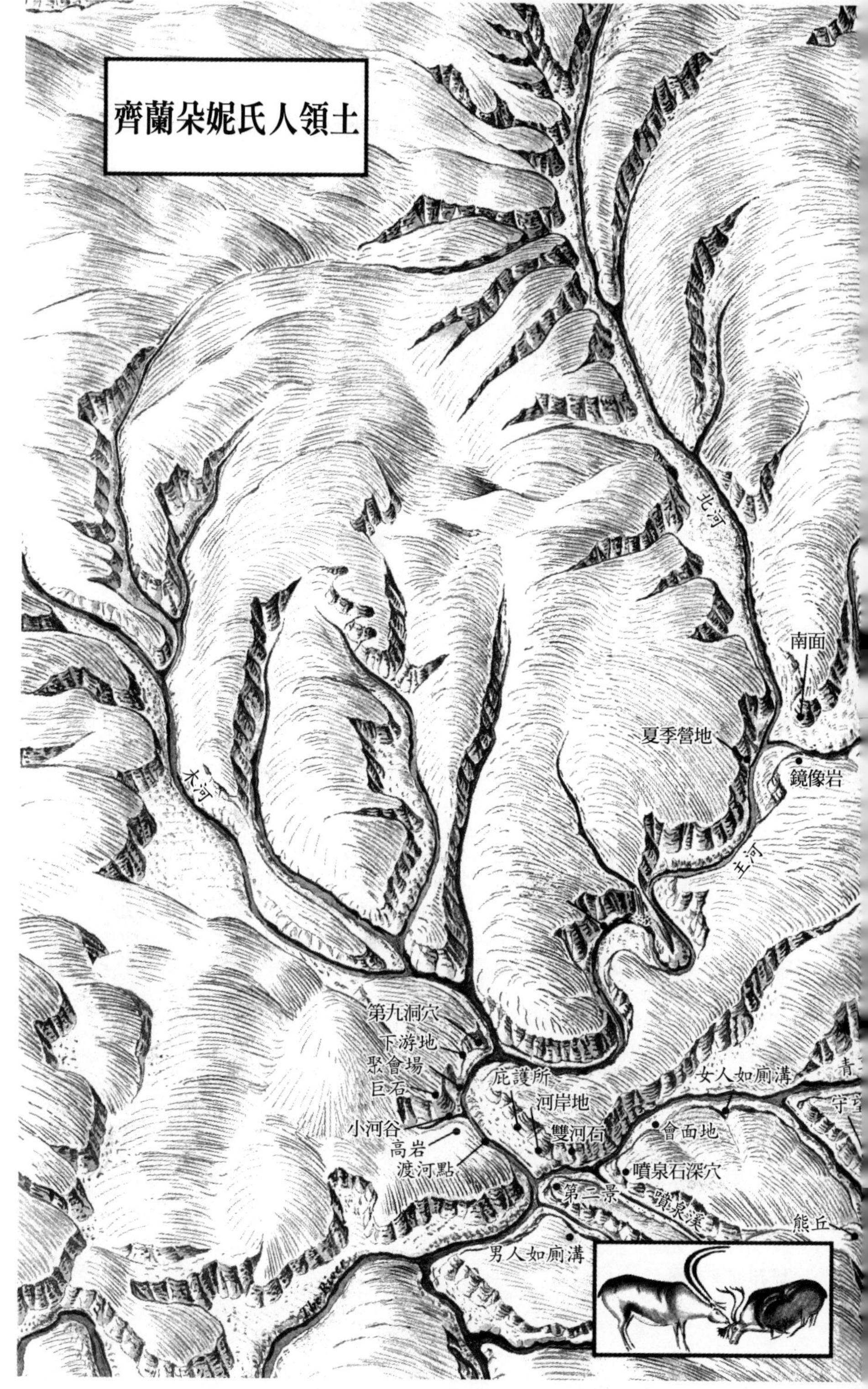
齊蘭朵妮氏人領土
北河
南面
夏季營地
鏡像岩
木河
主河
第九洞穴
下游地
聚會場
巨石
庇護所
河岸地
女人如廁溝
青
守
小河谷
高岩
渡河點
雙河石
會面地
噴泉石深穴
第二景
噴泉溪
熊丘
男人如廁溝

愛拉傳奇5

石造庇護所（上）

作　　者　珍奧爾（Jean M. Auel）
譯　　者　何修瑜
企畫選書　陳穎青
責任編輯　陳怡琳
特約編輯　孫正欣
校　　對　魏秋綢
美術編輯　謝宜欣
封面設計　林敏煌
封面繪圖　崔永嬿
系列主編　陳穎青
行銷業務　楊芷芸　林欣儀　鍾欣怡
總 編 輯　謝宜英
社　　長　陳穎青
出 版 者　貓頭鷹出版
發 行 人　凃玉雲
發　　行　英屬蓋曼群島商家庭傳媒股份有限公司城邦分公司
　　　　　104台北市民生東路二段141號2樓
劃撥帳號：19863813；戶名：書虫股份有限公司
購書服務信箱：service@readingclub.com.tw
購書服務專線：02-25007718~9（周一至周五上午09:30-12:00；下午13:30-17:00）
24小時傳真專線：02-25001990~1
香港發行所　城邦（香港）出版集團　電話：852-25086231／傳真：852-25789337
馬新發行所　城邦（馬新）出版集團　電話：603-90563833／傳真：603-90562833
印　　刷　成陽印刷股份有限公司
初　　版　2009年12月
定　　價　新台幣330元／港幣110元
ISBN　978-986-6651-98-4

讀者意見信箱　owl@cph.com.tw
貓頭鷹知識網　http://www.owls.tw
歡迎上網訂購；大量團購請洽專線
（02）2500-7696轉2729

城邦讀書花園
www.cite.com.tw

國家圖書館出版品預行編目資料

石造庇護所（上）／珍奧爾（Jean M. Auel）著；
何修瑜譯. -- 初版.-- 臺北市：貓頭鷹出版：
家庭傳媒城邦分公司發行, 2009.12
面；　公分　.-- (愛拉傳奇；5)
譯自：The shelters of stone
ISBN 978-986-6651-98-4（上冊：平裝）
ISBN 978-986-6651-99-1（下冊：平裝）
874.57　　98021051

■石造庇護所序

邁向最終回的愛拉傳奇第五部

親愛的讀者

「愛拉傳奇」系列第五部已寫成，我高興又興奮，希望你們也是。這部小說雖是系列的一部分，但也跟其他部一樣，自成一體，構成一部完整的小說。讓我們繼續發掘那個冰川時期的世界。那是愛拉與喬達拉所處的世界，也是在現代人類誕生之初，還是石器時代時，那個複雜、聰明、富創造力的民族所處的世界。

《石造庇護所》的撰寫，比我所預想花了更長時間，而這並不需要理由。我承認我對這些小說的事前研究過程樂在其中，只是在這過程裡，閱讀考古學家與其他專家所寫的資料，甚至親自遠赴多個地方查看遺址，都得花時間。而要將閱讀與考察所得統合爲一，以拼湊出完整故事，說明在毛茸茸的猛獁象和穴獅生息於歐洲大草原和凍原上時，在兩個人種共同生活在這寒冷的古代世界時，人是如何生活，也要花時間。

還有些時間花在構思下一部書。我本以爲我起步很早，那本書應該不會花太多時間。我開始寫這些書時，我的孩子正在念高中與大學，而今我已當了祖母。生活有時會干擾寫作。

《石造庇護所》一書以位在今日法國境內的某個河谷爲背景，只是當時氣候寒冷得多。遼闊的冰川往南綿延極遠，甚至直達南方群山的低海拔地區，覆滿高原。我曾數度到那地區去，走訪了這些先民所曾住過的地方，以及保存了足以證明他們驚人創造力的許多洞穴。這些證據保存在洞穴裡長達三萬五千年。儘管有時路途艱難，但走訪並探索這些遺址，不只增廣了我的見聞，還屢次讓我驚訝不已，甚至感動落淚。

透過這番研究，出現了愛拉和喬達拉這兩個人物。這一男一女具有智慧和毅力，而得以在那個蠻荒的原始世界，在那個充滿嚴酷現實與原始之美的世界，生存下來並繁衍興旺。經過漫長跋涉，他們終於抵達喬達拉的家，齊蘭朵妮氏的第九洞，同行的有愛拉已馴服的兩匹馬和一隻狼。《石造庇護所》的故事由此展開。希望你們把這當作是我獻給你們的禮物，並獻上我的誠摯祝福。

現在，就請進入愛拉的世界……

珍奧爾

■給台灣讀者的信

轉彎的人生

很高興「愛拉傳奇」系列的繁體中文版要面世了。關於我創作的靈感、當初的心情，我有一些話想對台灣讀者說。

打從一開始，整個系列便是故事情節帶領著我往前走。當初我只有一個故事的靈感，是靠研究資料讓它豐富起來的。以前的我必須兼顧學業、家庭，同時還有一份全職工作，後來在取得MBA學位後，我辭掉了工作，但卻不是為了寫作，而是覺得自己應該能在商業找到一份很棒的工作。孩子們都上了大學和高中，我一直想找出自己究竟想做什麼。然後有一天，我腦海裡浮現了這樣一個靈感，是關於一個年輕女孩和與自己不同的人類生活在一起的故事，她就像我們一樣，是現代的人類，而其他人呢，理所當然的，會將她視為異類。我在想，是不是可以寫一篇這樣的短篇故事，這是我最原始的意圖。我第一次嘗試寫出的作品，變得很可笑又有趣。但我很快就發現，我根本不知道自己在寫的是誰和什麼東西，於是決定要做一些研究工作。

我開始著手查閱百科全書，發現在史前時代曾有一段時期有兩種不同的人類存在於同一個地區，光是這個發現就足以讓我到圖書館一趟了。我抱回了好幾疊的書回家開始讀，而我的想像力就此被點燃了起來。有太多東西是我不知道的，是我們大部分人都不知道的。第一批現代人（modern human）首度踏上歐洲土地，是在歐洲的最後一次冰川期，而且當他們到達這裡時，早已經有另一種不同的人類居住在此，也就是所謂的尼安德塔人。這成了我最初的故事靈感。

根據科學家最新的資料看來，現代人類似乎是源自非洲，並且首先是往東向亞洲遷移。他們可能是到亞洲時才發展出了比較先進的技術和現代語言能力，這是他們在非洲的時期顯然還沒有具備的能力。之後，他們其中的一些人又往西移居，經歷數千年的時間後，終於到達了歐洲，他們並非好萊塢電影中所描繪的愚蠢野蠻的克羅馬儂「穴居人」，而是完全的現代人類，他們是活在另一個不同時代的現代人，以與我們不同的方式維生，也擁有不同的文化價值觀。

對於尼安德塔人，我們仍然所知甚少，但他們也比大多數人想像的要先進許多。舉例來說，如果我們發現了一具尼安德塔老人的骨骸，顯示他是從年輕時便瞎了一隻眼，手臂自手肘處被切除，而且還跛了一隻腳，那我們可以很合理地猜測，他這個樣子一定沒辦法獵捕猛獁象。從這裡我們就能發現許多有趣的問題了，是誰替他切除手臂？是誰止的血？是誰治療他的休克？他又是怎麼活到這麼大歲數的呢？很顯然是有人在照顧他，而問題在於爲什麼？有可能是因爲照顧他的這些人愛他嗎？或者在他們的文化中，衰弱和受傷的人就是應該得到照顧？或許，用「殘暴血腥」來形容我們神祕的人類親戚並不恰當。

我們的祖先在冰川時期來到歐洲後，在至少上萬年的時間裡，都是與尼安德塔人共享這片冰冷的古老土地，也有人說時間甚至長達兩萬年之久。這樣的概念讓我深深著迷，而這時我才發現這可不是一篇短篇故事能解決的。我得寫一本書才行了。當時，我將這本書稱爲「愛拉傳奇」（Earth's Children），而它似乎逐漸變成了一部不斷延伸的大型傳奇故事，必須分成好幾個部分才行。我寫了一份大約四十五萬字的草稿，以爲自己可以在重寫時再分段，但等我回頭讀時，我發現自己根本不知道如何寫小說，於是我又回到了圖書館，去找教人寫小說的書來看。

到了此時，研究資料仍然不斷爲我的靈感提供燃料。常常在我讀到關於某些特別的化石和工藝品時，就忍不住懷疑它們是怎麼來的，最終自己想像出一個解答來。譬如說，當我讀到有一批除了地緣接近、特徵都很不尋常之外，其他都明顯不相干的物件時，我就會想，會不會是有人把它們蒐集起來的，又是爲了什麼目的呢？它們會不會是被放在某種容器中，而那個容器早已經碎裂分解了？也許是一個皮袋？這便成了愛拉的護身符袋的由來，也就是在《愛拉與穴熊族》中她戴在頸邊的小袋子，她用它來裝那些她認爲是她的圖騰所賜予，或對她有特殊意義的東西。

這些資料點燃了我的想像力，我決心不只要寫出這個故事，而且要好好的寫。我開始重寫，不只是分段和編輯，而是加入了對話和各種場景，讓它眞正成爲一個故事，小說也就逐漸成形了。當我發現分段的每個部分都是一個完整的故事時，自己都感到驚喜和不安，我竟然寫出了一部系列小說。所以，在我完成《愛拉與穴熊族》時，就已經很清楚整個故事的走向了。

我現在仍然以原有的草稿作爲整個系列的大綱，持續創作第六本作品。身爲母親的愛拉，一面撫育在回到喬達拉的家鄉後所生的小女孩，一面學習各種成爲齊蘭朵妮（某種巫師）所需的技能。由於她當初從部族母親伊札那裡學來的醫術，以及她馴服馬和狼的技巧，有些人認爲她實際上已經是個齊蘭朵妮了。她從小在養育她的部落裡、在河谷獨自求生的經歷中、也從她所遇見過的各族人身上，學習到了很多東西。大部分喬達拉的族人都已經接受了她，但仍然還有一些人對她始終懷有恐懼和恨意。

希望這封信對讀者有所幫助，也希望你們喜歡這部書。

珍奧爾

■訪談錄

珍奧爾眼中的愛拉傳奇系列

以下是世界畫報的弗洛爾針對愛拉傳奇系列訪問珍奧爾的幾個問題。問答用弗與珍簡稱。

二〇〇六年十二月一日

弗：女主角愛拉至今已陪伴妳逾二十五年的光陰，妳個人最喜歡這位石器時代年輕女性的哪一點？

珍：我喜歡愛拉強烈的求生意志，以及對陌生狀況的適應能力。愛拉獨立自主卻能關懷他人，身體強健然而心靈脆弱，因爲她想要被人接受。我喜歡她的聰明、富想像力與創造力，而且正如「需要爲發明之母」這句諺語所言，她能利用這些特質，針對生活中的問題與情境思考解決之道。去設想許多在石器時代眞有其物的東西是如何以及爲何被發明出來的，對我來說也是趣事一件，例如有效率的新狩獵武器——標槍投擲器（在我的故事裡是由喬達拉所發明），敲擊燧石與黃鐵礦（愛拉的打火石）的快速生火方法，以及證明當時人已有縫紉技術的大眼針。

弗：妳的讀者迫不及待想看到愛拉系列第六部，也就是故事最後的部分。最後一部是否特別難寫？頭五部裡妳覺得寫得最好的是哪一部？

珍：每一部都有它困難之處；寫作是我所做過最困難的一件事，然而除此之外我什麼也不想做。寫作既有挑戰性又有成就感。沒有哪一部是「最好的」，整個系列就是我的「處女作」。

弗：妳開始寫作時年紀已不小，然而第一本小說就已經十分成功。寫作是如何改變了妳的人生？

珍：我不知道我的書爲什麼那麼暢銷，但我心懷感激。剛開始時，因爲我的家庭人口眾多，開銷很大，書賣得好表示我能清償負債。我因此能置產，蓋了一棟房子。我也可以想去哪裡旅行就去哪裡，目前爲止我已經見識過世界上很多地方，視野大爲拓展，然而我很慶幸沒有早年成名。有時年輕人會輕信圍繞在身旁的虛名，但我有機會多活了幾年，了解我是誰，知道什麼才是眞實的、眞正重要的，例如家庭——丈夫、孩子和孫子。我不認爲自己有太大改變。

珍：妳將石器時代的動植物描繪得栩栩如生。妳是否曾渴望生活在那個時代？妳是否認爲生活在那時期是有優點的？

珍：我對動植物的描述是以研究爲本。研究骨骸和顯微鏡下花粉的古生物學者和古植物學者，可以告訴我們許多當時世界的面貌，不過這些研究是以非常枯燥、誇大的專有名詞寫成。我當然很想造訪舊石器時代晚期，但我不會想要生活在當時——我太愛沖熱水澡了。那塊冰冷古老的土地有其優點，每件事都很新奇，不過現代社會也有優點。

弗：妳在某次的訪談中提到，妳非常想寫愛拉系列以外的小說。最吸引妳的寫作計畫是什麼？

珍：此刻我把全副精神放在完成愛拉傳奇系列上，接下來我有約一百五十個有興趣著手的點子。我會寫歷史小說、科幻小說或推理小說，不過既然我十分著迷於研究所知甚少時代的線索，並以此發展出故事，或許我會繼續這麼做，但不再寫系列書籍。人類首次成爲農人的時代叫做新石器時代，與舊石器時代相對，這主題或許很有趣。我們爲何突然決定把種子放進土裡，而不再收成大地供給我們的東西，或馴養動物而非獵捕動物？其他時期探索起來也很有意思，我還不曉得會寫什麼。

前情提要

冰川時期，五歲的小女孩愛拉因一場地震與家人分散，被自稱「穴熊族」的人救起，享有「莫格烏爾」稱號的巫醫克雷伯收養了愛拉，女巫醫伊札也將她視如己出，傾囊相授珍貴的醫療知識。

然而屬於克羅馬儂人種的愛拉，和屬於尼安德塔人種的穴熊族人，外表、心智能力與風俗都有極大差異，部分穴熊族人對愛拉這個「異族」非常反感，矛盾衝突一次次爆發，最後，當她的保護人莫格烏爾失去力量時，仇視愛拉的頭目布勞德拆散愛拉與她的孩子，將愛拉永遠放逐。

無處可去的愛拉在荒野中流浪，最後落腳於一個水草豐美的山谷。她十分想念她的孩子，也暗地希望能夠重會眞正的族人，卻因害怕而不敢嘗試。在這段寂寞的日子中，愛拉意外馴服了一匹野馬，甚至將一隻無母的小穴獅撫養長大，與動物建立了信賴關係。

一天，愛拉從穴獅爪下救出一名男子喬達拉，他竟是與愛拉同種的人類！喬達拉在她的調養下一天天康復。愛拉從喬達拉身上學習到許多關於自己族人的事物，而她的美麗與能力也使喬達拉十分仰慕，兩人於是相戀。

在喬達拉的影響之下，愛拉逐漸對自己產生信心，決定踏上尋找親群的旅程。他們在一條河邊，遇見了猛瑪象獵人，愛拉初次步入屬於自己人種的社會。他們接納愛拉成爲猛瑪象火堆地盤的女兒，她終於有了自己的族人。

雖然很想與友善的猛瑪象獵人一起生活，但她決心與喬達拉回到遙遠的故鄉，於是他們再度啓程，他們橫越變化莫測的大陸，度過危機重重的冰川，終於抵達喬達拉的家鄉。愛拉受到喬達拉家人的熱忱歡迎，但並不是所有齊蘭朵妮氏人都能接納這位被穴熊族撫養長大的異地女人……

第一章

人群聚集在石灰岩壁的平台上，心懷戒備地俯瞰著他們。沒有人表示歡迎，有些人還以預備姿勢握著標槍，雖然他們沒有眞的遭受威脅。年輕女人幾乎可以感受到這群人的恐懼不安。她從路的盡頭望去，愈來愈多人擠到平台上盯著下方，人數多到超出她想像。在旅途中她已經碰過一些不願歡迎他們的人。不只有他們如此，她告訴自己。一開始總是這樣，但她還是感到不自在。

高個子男人從小公馬的背上跳下來，他既沒有不情願也不會不自在，不過他還是握著韁繩遲疑了一會兒。他回頭，發現她退縮不前。「愛拉，妳可以握住快快的韁繩嗎？牠看起來很緊張。」他說，又抬頭望向平台。「我想他們也是。」

她點點頭，抬起腿跨過馬背，從母馬身上滑下來，拿起韁繩。縱使見到陌生人，情緒緊繃的小棕馬還是興奮地繞著母馬轉。母馬發情期已過，但之前遇到公馬群時所殘留的氣味依舊縈繞不去。愛拉緊抓著棕色公馬的韁繩，但放長黃褐色母馬的繩子，站在兩匹馬中間。她考慮解開嘶嘶的韁繩，牠雖然已經習慣了大群陌生人，不容易焦躁不安，但看來還是很緊張。面對蜂擁而至的人群，任誰都會緊張。

沃夫出現時，愛拉聽到陣陣騷動，驚恐的聲音從洞穴前的平台上傳來，如果那也可以稱之爲洞穴的話。她從未見過這樣的洞穴。沃夫緊貼著她的腿，又稍微往前走了一些，遲疑地防備著；她可以感覺到牠微弱嗥鳴所發出的顫動。現在的牠比起一年前他們展開漫長旅途時更提防陌生人，當時的牠只不過是隻幼狼，而歷經數次危險後，牠對愛拉更加保護。

男人大步走上斜坡，朝憂心忡忡的人群走去。他絲毫不害怕，然而女人卻慶幸能在見面前先在後方觀察他們。對於這一刻的到來，她已經在擔心害怕中期待了一年多。不管是對哪一方而言，第一印象都很重要。

儘管其他人躊躇不前，一個年輕女人卻衝了出來。雖然在他離開的五年中，那可愛的小女孩如今已長成為美麗的女人，喬達拉還是馬上認出了他的妹妹。

「喬達拉！我就知道是你！」她說著奔向他。「你終於回家了！」

他張開雙臂擁抱她，抱起她熱情地轉圈子。「見到妳眞開心，弗拉那！」他雙手搭著她的肩，仔細端詳她。「妳長大了。我走的時候妳還是個小女孩，現在正如我預料的，妳變成美麗的女人了。」他說著，眼神裡閃過一絲稍多於手足間的關切。

她對他微笑，凝視著他炯炯有神的藍眼睛，深受其魅力吸引。她覺得自己臉紅了，看在旁人眼中一定以為那是因為他讚美她，然而卻不是如此，而是因為她感覺自己受到這久違多年男人瞬間的吸引，無論他是不是她的哥哥。他的故事她已經聽說了許多，這位有著與眾不同雙眸的英俊兄長能迷倒任何女人。然而她記憶中的他，卻是個教人崇拜的高大玩伴，任何她想玩的遊戲或想做的事他都願意奉陪。這是她頭一次以年輕女人的身分，沉浸在他不自覺的強大魅力之下。察覺到她的反應，喬達拉對她甜美而迷惑的表情報以溫暖的微笑。

她的眼光轉向靠近小河邊那條路的盡頭。「喬迪，那女人是誰？」她問道。「還有，那些動物是哪來的？動物看到人總會逃跑，為什麼那些動物不躲她？她是齊蘭朵妮嗎？是她召喚牠們的嗎？」接著她皺了皺眉。「索諾倫呢？」喬達拉眉頭深鎖的痛苦表情，令她倒吸了一口氣。

「索諾倫已經到另一個世界去了，弗拉那。」他說。「如果不是那個女人，我就沒命了。」

「噢！喬迪！發生什麼事了？」

「說來話長，現在不是說這個的時候，」他說，但聽到她喊他的那個名字，不由地笑了。只有她才用這個名字喚他。「我走之後就再也沒有聽過這個名字，這下我曉得我回到家了。大家都好嗎，弗拉那？母親好嗎？威洛馬呢？」

「他們都很好。兩年前母親嚇壞我們了。不過齊蘭朵妮施展了她特殊的魔力，她現在應該不錯。你自己去看看。」她一邊說，一邊牽著他的手，帶他走向路的另一頭。

喬達拉轉身向愛拉揮手，讓她知道自己很快就回來。他很不想留下她和動物獨自在一起，但他必須親眼看看母親是否無恙。「嚇壞了」這個字眼困擾著他，而且還得告訴大家動物的事情。他們兩個都了解，對許多人來說，看到動物沒有躲著人，是多麼奇怪又教人害怕。

人類了解動物。他們在旅途中遇到的每個人都會獵殺動物，而多數人卻又以各種方式尊敬動物或向牠們的靈致敬。從很久以前，人類就開始仔細觀察動物，知道牠們偏好的環境與喜愛的食物、牠們的遷徙模式與季節性遷徙，以及牠們的生育周期與日常作息。然而，從來沒有人曾試著以友善的方式碰觸活生生的動物，將繩子套在任何一隻動物的頭上牽著牠走。也從來沒有人曾試著馴服動物，甚至去想像這種可能性。

縱使這些人很開心能見到家族裡的男人從遙遠的旅途歸來，更何況沒幾個人期待能再看到他，不過馴服動物是一種未知的現象，他們的頭一個反應還是害怕。這件事十分離奇難解，遠超出他們的經驗或想像，這不可能是自然現象，一定是違反常理、超自然的。許多人沒有跑走、躲起來，或殺了這些可怕動物的唯一理由，是他們所認識的喬達拉和這些動物一起出現。他和他的妹妹一起從木河的小路上大步走來，豔陽下的他看起來再正常不過。

奔上前去的弗拉那勇氣十足，但這是因爲她年紀輕，有著年輕人天不怕地不怕的精神。她很高興見到最喜歡的哥哥，她一刻也不能等。喬達拉絕對不會傷害她，而他並不害怕那些動物。

愛拉從路的盡頭看到人群圍繞著他，以微笑、擁抱、親吻、拍打、雙手互握等方式，還有許多話來歡迎他。她注意到喬達拉擁抱一個棕髮男人和一個極其肥胖的女人，還熱情地問候一位年長女性，用手臂環繞著她。那可能是他的母親，她想，而且忍不住想知道她對自己會有什麼看法。

這些人是他的家人、朋友，他是在這群人中長大的。自己卻像是個打擾他們的陌生人，不但帶著動物，還知道其他具有危險性的異地風俗與一些令人難以容忍的想法。他們會接受她嗎？如果他們不肯呢？她不能回頭，她的族人住在離這裡往東步行一年多的地方。喬達拉答應，如果她想走或被迫要走，他會和她一起離開，但這是在他看到所有族人與受到熱情問候之前說的。現在的他會有什麼感受？

她覺得背後被輕推了一下，因此伸出手撫摸嘶嘶結實的頸子，感謝她的朋友提醒她自己並不孤單。當她離開穴熊族住在河谷時，有很長一段時間馬兒是她唯一的伴。她沒注意到嘶嘶靠近她時韁繩變鬆了，但她把快快的繩子放長了些。母馬和小馬通常尋求彼此的友誼與慰藉，但是當母馬在發情期時，牠們的相處模式就被擾亂了。

有更多人往她的方向看過來。怎麼會有這麼多的人？喬達拉和棕髮男人熱烈地交談，然後對她揮手微笑。他開始往回走時，年輕女人、棕髮男人和其他幾個人跟著他。愛拉深深吸了口氣，等待著。

他們接近時，沃夫叫得更大聲。她放低身子讓狼靠近她。「沒關係，沃夫。他們不過是喬達拉的親人罷了。」她說。她表示安慰的觸摸，示意牠停止嚎叫、不要表現得太有威脅性。這種暗號很難教，但卻很管用，特別是此刻，她想著。但願她也曉得一種能安撫自己的碰觸方式。

和喬達拉同行的人停在稍遠處，試著不露出驚慌的神色，或盯著那些毫不掩飾瞪著他們看的動物。就算眼前有陌生人靠近，這些動物也文風不動。喬達拉站在眾人前面。

「我想我們應該先來個正式介紹，約哈倫。」他看著棕髮男人說道。

愛拉放開兩匹馬的韁繩，準備進行需用雙手互握的正式介紹。馬兒向後退，沃夫還留在原地。她發現男人眼裡閃過一絲恐懼，雖然她不認為這男人是膽小之輩。她又瞥了喬達拉一眼，心想他是否有什麼原因想要立刻進行正式介紹。她仔細端詳這陌生男人，突然間這人令她想起家鄉的穴熊族頭目布倫。威嚴、自負、聰明、能幹，除了靈的世界之外一無所懼。

「愛拉，這位是齊蘭朵妮氏第九洞穴頭目約哈倫，第九洞穴前頭目瑪桑那之子，生於前第九洞穴頭目約科南的火堆地盤。」高個子金髮男人一本正經地說，接著又咧開嘴大笑。「更別提他還是雲遊四海的旅行者喬達拉的哥哥。」

人群裡發出陣陣笑聲，他這番話多少減輕了緊張氣氛。嚴格說來，在正式的介紹中，某人應該完整說出他的稱謂與親屬關係，以便驗證他們的身分地位，也就是他們所有的稱謂、頭銜與技能，還有所有親屬關係和這些人的頭銜與技能——有些人是這麼介紹的。但實際上，除了在大多數正式典禮上需要如此，否則只要說出基本的介紹即可。然而年輕人在一一列舉冗長而又繁瑣的親屬關係時，也很常在最後加上些玩笑話，兄弟之間尤其如此。喬達拉使約哈倫想起他在擔負領導重任之前的那段時光。

「約哈倫，這位是馬木特伊氏的愛拉，獅營的成員，猛獁象火堆地盤的女兒，被穴獅之靈選中，受穴熊保護。」

棕髮男人走向年輕女人，伸出雙手掌心朝上，擺出想要展現歡迎與大方情誼的姿態。他認不出她任何一項頭銜，也不太確定哪一個最重要。

「以大地母親朵妮之名，我歡迎妳，馬木特伊氏的愛拉，猛獁象火堆地盤的女兒。」他說。

愛拉握住他的雙手。「以大地母親馬特之名，我問候你，齊蘭朵妮氏第九洞穴頭目約哈倫。」

約哈倫首先注意到，她能流暢地以他的母語說話，但卻帶著一種特別的口音，然後他意識到她奇異的服裝與外地人的面貌，不過她笑時他也報以微笑。部分原因是她表示她了解喬達拉的介紹詞，並讓約哈倫知道他弟弟對她的重要性，但主要還是因爲他無法抗拒她的笑容。

不管從誰的眼中看來，愛拉都是個迷人的女性：她很高，有著結實勻稱的身材，深金黃色微捲的長髮，清澈的藍灰色眼珠，以及與齊蘭朵妮氏女人特色略微不同卻很精緻的五官。她微笑時，就如同陽光在她身上撒下一道特別的光束，從身體裡照亮臉龐。她閃耀著令人驚豔的美麗，令約哈倫屏住氣息。喬達拉總說她的笑容很引人注目，他笑著看他的哥哥，同樣無法抵擋她的笑容。

接著約哈倫注意到公馬緊張地朝喬達拉躍起，他注視著這隻狼。「喬達拉跟我說我們得安排……嗯……這些動物的住處……我想應該在這附近比較好。」可別太近，他想。

「馬兒只需要一塊靠近水源的草地，不過我們得告訴大家，除非有喬達拉和我在場，否則一開始別太靠近牠們。嘶嘶和快快在習慣與人相處之前會很緊張。」

「我想那不是問題，」約哈倫說。他眼光隨著嘶嘶的尾巴移動，又看著愛拉。「如果這小山谷合適的話，牠們可以待在這裡」

「這裡很好，」喬達拉說。「不過我們可能會把牠們牽到上游，離遠一些。」

「沃夫習慣睡在離我不遠的地方，」愛拉接著說。她發現約哈倫皺著眉。「牠相當保護我，如果沒待在我身邊的話，牠可能會很浮躁。」

她看得出他和喬達拉長得很像，特別是他煩惱時眉頭糾結在一起的樣子，令她想笑。但約哈倫非常介意，雖然他的表情給她一股溫暖的熟悉感，不過這不是該笑的時候。喬達拉也看到了他哥哥擔心地皺著眉頭。「我想這是把沃夫介紹給約哈倫的好時機。」他說。

約哈倫一臉慌張，然而在他拒絕之前，她已經在這隻肉食動物旁彎下腰來，抓住他的手。她的手環抱著體型龐大的狼的頸部，安撫開始嚎叫的牠。她都能嗅出這男人的恐懼，她相信沃夫一定也能。

「先讓牠聞你的手，」她說。「這是沃夫正式介紹的方式。」沃夫從過去的經驗學到，並接受愛拉用這種方式介紹給牠的周遭的人群，這對愛拉而言很重要。牠不喜歡恐懼的氣味，但還是嗅了這個人，好和他更親近。

「約哈倫，你有沒有摸過活狼的毛皮呢？」愛拉抬頭問他。「你會發現它有些粗糙，」她邊說邊牽著他的手去觸摸這隻動物頸部的粗毛。「牠還在脫毛發癢，牠喜歡有人抓牠耳後的毛。」她說著，做給他看。

約哈倫撫摸了狼的毛，發現它是有熱度的，他突然間了解到這是隻活生生的狼！而牠似乎不在意被人摸。

愛拉看出他的手沒那麼僵硬了，他甚至還試著去搔她所指的那個地方。「再讓牠聞聞你的手。」約哈倫將手移向狼鼻子附近時，他又驚訝的睜圓了眼。「這隻狼舔我！」他說道，不確定之後會有更好的事，或更壞的事發生。然後他看到沃夫舔愛拉的臉，她看似樂在其中。

「對，你眞乖，沃夫。」她笑著撫摸牠，把牠的鬃毛揉得亂亂的。然後她站起來拍拍牠的肩膀。沃夫跳了起來，把腳掌放在她所指的地方，她露出喉頭時，牠舔她的頸項，咬她的下巴與下頷，發出溫柔無比、呼嚕嚕的嚎叫聲。

喬達拉發覺約哈倫和其他人驚訝得倒吸了口氣，這才明白沃夫表示情感的習慣動作，在不明就裡的人看來一定很嚇人。他哥哥看著他，表情混雜著懼怕與驚訝。「牠在對她做什麼？」

「你確定這樣做沒關係嗎？」幾乎在同一時間，弗拉那忍不住問他。其他人也一副不知所措的緊張模樣。

喬達拉笑了。「是的，愛拉沒事。牠愛她，牠絕對不會傷害她。這是狼表現情感的方式。我也是過了好一陣子才習慣，而且我和沃夫相處的時間和愛拉一樣久，從牠還是隻毛茸茸的幼狼時我就認識牠了。」

「那可不是隻幼狼！那是一隻很大的狼！牠是我見過最大的狼！」約哈倫說。「牠可以撕爛她的喉嚨！」

「沒錯，牠是可以撕爛她的喉嚨。我見過牠撕爛一個女人的喉嚨，一個想殺掉愛拉的女人。」喬達拉說：「沃夫會保護她。」

沃夫從愛拉身上跳下來時，在一旁看著這一幕的所有人都鬆了口氣。沃夫回到愛拉身邊，舌頭垂掛在張著的嘴巴外，露出牙齒。喬達拉覺得這是沃夫露齒而笑的表情，一副心滿意足的樣子。

「牠常這樣嗎？」弗拉那問。「……對任何人都會嗎？」

「不，」喬達拉說。「只有對愛拉，有時候如果牠特別高興，也會對我這樣做，而且只有在我們的允許之下。牠很規矩，不會傷害任何人，除非愛拉有危險。」

「那小孩子怎麼辦呢？」弗拉那問道：「狼通常攻擊體弱與年幼的人。」

提到孩子，站在一旁的人面露關切的神色。

「沃夫喜歡小孩子，」愛拉急忙解釋：「牠很保護他們，特別是最年幼而弱小的。牠和獅營裡的孩子們一起長大。」

「獅營火堆地盤有個體弱多病的小男孩，」喬達拉幫著說明。「你該看看他們玩在一起的樣子。沃夫在他身邊總是特別小心。」

「眞是隻特別的動物，」另一個男人說：「很難相信狼會表現得……這麼不像狼。」

「你說得沒錯，索拉邦，」喬達拉說。「他在人類面前的確表現得很不像狼，但如果我們是狼的話，就不會這樣想了。牠是被人養大的，愛拉說牠認為人是牠的同類，牠把人當作狼來看待。」

「牠會狩獵嗎？」被喬達拉喚做索拉邦的人想知道這點。「會，」愛拉說：「有時候牠為了自己的需要獨自去打獵，有時候牠幫我們打獵。」

「牠怎麼知道什麼動物該獵，什麼不該？」弗拉那問：「比如這兩匹馬兒。」

愛拉笑了。「牠們也是牠的夥伴。你看，牠們不怕牠。而且牠從不獵殺人類。除此之外，除非我們阻止牠，牠會獵捕任何牠想獵的動物。」

「如果你說不，牠就不做？」另一個男人問。

「沒錯，盧夏瑪。」喬達拉很肯定地說。

男人不解地搖搖頭。無法置信有人能控制一隻這麼有力氣的獵食動物。

「那麼約哈倫，」喬達拉說：「你覺得帶愛拉和沃夫進去安不安全呢？」

男人想了想，然後點頭。「不過，如果出了什麼事的話……」

「不會有事的，約哈倫，」喬達拉說著，轉向愛拉。「我母親邀請我們和她住。弗拉那還跟她住在一起，但她有自己的房間，瑪桑那和威洛馬也有。此刻威洛馬出門進行交易去了。瑪桑那給了我們她位於中央的房間。當然，如果妳比較喜歡齊蘭朵妮的訪客火堆，我們也可以住在那裡。」

「我很高興能和你母親住在一起，喬達拉。」愛拉說。

「好極了！母親建議我們等正式介紹得差不多了再去安頓下來。我其實不需要被介紹，而且既然我們可以一次向所有人介紹，也沒必要跟每個人重複每件事。」

「我們已經爲今晚籌畫了一個歡迎盛宴，」弗拉那說：「之後可能還有一個，讓所有附近山洞的人參加。」

「感謝你母親這麼設想周到，喬達拉。一次和所有人見面比較簡單，不過你應該先把這位年輕女人介紹給我。」愛拉說。

弗拉那笑了。

「當然，我正想把她介紹給妳，」喬達拉說：「愛拉，這是我妹妹，齊蘭朵妮氏第九洞穴受朵妮賜福的弗拉那，前第九洞穴頭目瑪桑那之女，生於旅人與交易大師威洛馬的火堆地盤，第九洞穴頭目約哈倫的妹妹，喬達拉的妹妹……」

「她認識你，喬達拉，我也已經聽過她的稱謂和親屬關係，」弗拉那說。對繁文縟節不耐煩的她，向愛拉伸出雙手。「以大地母親朵妮之名，我歡迎妳，馬與狼之友，馬木特伊氏的愛拉。」

群眾站在灑滿陽光的石頭前廊上，看到女人、狼與喬達拉，和伴隨著他們的一小群人往前走時，他們便很快向後移動。有一兩個人前進了一步，其他人圍在他們身邊伸長著脖子。到達石灰岩平台時，愛拉頭一次看到齊蘭朵妮氏第九洞穴的住處。眼前的景象令她吃驚。

雖然她知道喬達拉家園的「洞穴」這個字不是指某個地方，而是指住在那裡的一群人，但她看見眼前的結構不是洞穴時還是吃了一驚，至少這不是她想像中的洞穴。洞穴是在岩石正面、岩壁上，或是在地底下的一個或數個黑暗空間，有通往戶外的洞口。這些人住的地方，則是在從石灰岩峭壁延伸出去、懸吊著的巨大岩石平台下面的區域，也就是所謂的岩洞，這裡可以遮蔽雨雪，但充分透光。

此地高聳的岩壁曾經是古代海面之下的地表。海中甲殼動物石灰質地的殼遺留在此，堆積在海床上，漸漸地形成碳酸鈣，也就是石灰岩。在某些年代中，基於各種不同的原因，累積的甲殼形成比其他石灰岩還堅硬的岩層。當地殼移動，露出海床後逐漸變成岩壁，風化作用和水輕易切割相對較軟的岩石，鑿出極深的空間，留下較硬的岩石平台。

雖然岩壁上也布滿了石灰岩上常見的洞穴，這些平台狀的特殊地形構造所形成的遮蔽，卻創造出絕佳的生活空間，已供人類使用了數千年之久。

喬達拉領著愛拉走向她在路的另一端所看到的年長女人。高大的她，以莊嚴的儀態耐心等待著眾人到來。她灰色多過淡棕色的頭髮往後梳成一條辮子，在腦後盤成一圈。她明察秋毫、目光清澈而筆直的眼睛也是灰色的。

當他們走到她面前時，喬達拉開始正式介紹。「愛拉，這位是齊蘭朵妮氏前第九洞穴頭目瑪桑那，傑瑪哈的女兒，生於拉巴那的火堆地盤，第九洞穴交易大師威洛馬的配偶，第九洞穴頭目約哈倫的母親，受朵妮賜福的弗拉那的母親……」他正要說「索諾倫的母親」時遲疑了一下，很快改口為「返鄉旅人喬達拉的母親。」然後他轉向他的母親。「瑪桑那，這位是馬木特伊氏獅營的愛拉，猛獁象火堆地盤的女兒，被穴獅之靈選中，受穴熊保護。」

瑪桑那握住她的雙手。「以大地母親朵妮之名，我歡迎妳，馬木特伊氏的愛拉。」

「以大地母親馬特之名，我問候妳，齊蘭朵妮氏第九洞穴的瑪桑那，喬達拉的母親。」她們雙手交握時愛拉說。

瑪桑那對於愛拉奇怪的說話方式感到疑惑，也注意到即便如此她還是說得很流利，心想這若非說話能力的小缺陷，就是來自遙遠地方全然陌生的口音。她笑了。「妳遠道而來，愛拉，離開妳認識和所愛的人。若非如此，喬達拉就不能返回家園。為此我很感激妳。希望妳能很快地把這裡當成自己的家，我也會盡我所能幫助妳。」

愛拉知道喬達拉的母親是眞心誠意的。她的直率與坦白發自內心，她很高興她的兒子回來。愛拉鬆了一口氣，瑪桑那的歡迎令她感動。「自從第一次聽喬達拉說起妳，我就很期待與妳見面……但是我也有些害怕。」她以類似的直率與坦白態度回答她。

「我不怪妳。如果我是妳，我也覺得很難辦到。來，讓我帶妳來看看可以把東西放哪裡。妳一定很累，想在今晚的盛宴之前休息一下。」瑪桑那說著，帶領他們走向懸頂下方的區域。突然間沃夫開始嗚咽，發出有如小狗般的叫聲，牠伸長前爪，抬高背部與尾巴，擺出想玩耍的樣子。

喬達拉嚇一跳。「牠在幹嘛？」

愛拉看著沃夫，也很驚訝。牠重複這個姿勢，突然間愛拉笑了。「我猜牠想引起瑪桑那的注意，」她說：「牠認為她沒有留意到自己，並希望被介紹給她。」

「我也想認識牠。」瑪桑那說。

來。

「妳不怕牠！」愛拉說：「而牠知道！」

「我觀察過了，不覺得有什麼好怕的。」她說著把手伸向沃夫。牠聞她的手，舔了舔，又嗚咽了起來。

「我想沃夫希望妳摸牠，牠很希望能引起牠喜歡的人注意。」愛拉說。

「你喜歡這樣，對不對？」年長女人說著，一邊撫摸牠。「沃夫？妳這樣叫牠嗎？」

「對。這是馬木特伊氏的『狼』這個字，這名字滿適合牠的。」愛拉解釋道。

「但是我從來沒有看過牠這麼快就接受哪個人。」喬達拉說，他以敬畏的眼神看著他母親。

「我也沒看過，」愛拉看著瑪桑那和沃夫說：「或許牠只是是很開心能遇到一個不怕牠的人。」

他們走進懸頂內時，愛拉立刻感受到一陣冷冽的空氣，她望向突出於岩壁的龐大岩石平台，心想著這裡不知會不會崩塌。不過當眼睛習慣了昏暗的光線，令她感到訝異的還不止是喬達拉家園的地理構造。岩石庇護所下方的空間相當寬敞，比她所想像得還大得多。

來此地的路上，她在沿著河流的峭壁上看過類似這樣的懸頂，有些明顯有人居住，雖然沒有一個像這個一樣大。這個地區的每個人都知道這巨大的岩石遮蔽處，以及居住其中的人數目之多。在所有自稱齊蘭朵妮氏的聚落中，第九洞穴是最大的。

個別的獨立建築物成群排列在懸頂遮蔽下的空間東端，沿著背牆矗立在中央。有許多建築物相當大，由石頭和覆蓋著皮革的木頭框架所組成。皮革飾以美麗的動物圖畫，還有用黑色與各種色澤鮮明的紅、黃與棕色繪製的不同抽象符號。這些面東的建築物排列成弧形，圍繞著靠近岩石平台遮蓋下中央區域的敞開空間，平台上到處都是東西和人，教人眼花撩亂。

當愛拉更仔細看時，先前乍看之下雜亂無章的場景，此時畫分為不同的工作區域，它們通常與相關的工作區相鄰。因為太多活動同時發生，一開始看起來似乎很混亂。

她看到正在火上燻製的皮革，還有正經過拉直處理階段的長標槍，倚放在兩根柱子支撐的橫木上。不同完成階段的籮筐堆放在另一個地方，晾乾的皮帶用一對骨頭做成的竿子拉長。一束束綿長的繩索掛在打入橫梁的釘子上，下方未完成的網子在框架上撐開，地上有成捆織得很寬鬆的網子。染成深淺不一的紅色與其他不同顏色的皮革被切成幾片，不遠處掛著縫製到一半的衣服。

她認得大部分的手工藝品，但是衣服附近的一項活動倒是從來沒看過。架子上垂直固定著好幾股細線，另一種編織材料水平穿過這些細線，兩者編出了設計圖案。她很想過去看仔細，她告訴自己稍後一定要過來。另外的地方放置雕刻成工具的木頭、石頭、骨頭、鹿角和猛獁象牙，大多數工具上刻有花紋，有的以繪畫裝飾。也有些不是工具或器具的小雕像或雕刻品，似乎是爲他們自己或爲了某種她不了解的目的而製作。

大架子的許多根橫木上高掛著蔬菜和藥草，肉類放在靠近地面較低的網架上曬乾。與其他活動有段距離之處散放著尖銳的石片。她想，這是給像喬達拉這樣製造工具、刀子和標槍頭的燧石匠用的。

愛拉放眼所見，到處都是人。居住在寬敞岩石遮蔽物之下的聚落大小，與空間的大小相符。愛拉在不到三十人的部落裡長大；每七年一次的部落大會中，在短時間內聚在一起的兩百人，對她而言已經是一大群人。雖然馬木特伊氏的夏季大會參加的人數更多，但光是齊蘭朵妮氏第九洞穴就有超過兩百人住在這個地方，數目比整個穴熊族部落大會還大！

愛拉不知道有多少人在附近看他們，但這讓她想起那次和布倫的族人抵達部落大會時，每個人都在看她的感覺類似。一行人儘量不引起旁人注意，但當瑪桑那帶著喬達拉、愛拉和一隻狼到她的住處時，那些盯著他們看的人甚至不顧禮貌，根本沒想要向下或向一旁看。她不曉得自己能不能習慣和這麼多人生活在一起；她懷疑自己到底想不想這樣。

第二章

體型碩大的女人瞥見橫掛在入口的皮簾微微移動，她很快往下看，此時年輕的金髮陌生人出現在瑪桑那的住處。她坐在平常坐的地方，那是一張由整塊石灰岩刻出來的椅子，牢固到能支撐她龐大的身軀。墊著毛皮的石椅是特別爲她做的，不偏不倚放在她想要的地方，朝向遮蔽聚落那巨大懸頂之下大片開放區域的背面，但還是幾乎在整個公共生活空間視線所及的地方。

這女人像是在沉思，但這已不是她頭一次把這裡當作靜靜觀察他人或某些活動的地方。部落的人都知道，除非有緊急事件，否則不要打擾她的冥想，尤其是當她配戴象牙飾牌，把沒有裝飾的那一面朝外的時候。如果朝外的是刻有符號與動物的那一面，那麼任何人都可以去找她，但當她翻到空白的那一面時，飾牌就成爲靜默的象徵，表示她不想交談，不想被打擾。

儘管她通常都是居於領袖指導角色，洞穴裡的人早已經習慣於她的存在，幾乎對她視而不見。這是她刻意營造的形象，她並不後悔。身爲齊蘭朵妮氏第九洞穴的心靈領袖，她視族人的福祉爲己任，同時用盡方法以她想像力豐富的頭腦思考，克盡她的職責。

她看著年輕女人離開岩石庇護所，走向通往山谷的小路，她注意到她的束腰皮上衣，看起來肯定不是本地人的穿著。年長的朵妮侍者也發現她動作中帶著強健的活力，有著超乎年齡的自信，而這自信也使她看起來並不像被完全陌生的人與環境包圍。

齊蘭朵妮起身，走向散布在石灰岩洞裡，大大小小住所中的一間。在通往將私人生活空間與公共場所分開的住處入口前，她敲敲門簾旁那繃緊的生皮革壁板，聽見柔軟皮製鞋子拍打地面的腳步聲逐漸接近。身材高大、髮色金黃，出奇英俊的男人掀開門簾。他那特別靈活生動的藍眼睛充滿驚奇，接著露出愉快的熱情眼神。

「齊蘭朵妮！眞高興見到妳，」他說：「不過母親現在不在這裡。」

「你怎麼知道我是來找瑪桑那？你才是離開了五年的那個人。」她的語氣尖銳。

他頓時慌了，無話可說。

「好了，你要讓我一直站在這裡嗎，喬達拉？」

「噢……當然不是，請進。」他說。他習慣性地皺起眉心，抹去了溫暖的笑容。他向後退，推開門簾讓她進來。

他們倆默默端詳彼此一會兒。當他離開時她才剛成爲首席大媽侍者，並花了五年的時間才逐漸適任這職位，現在的她已經習慣了。這個他過去所認識的女人，已經變得肥胖無比。她的體型是一般女人的兩到三倍，有著巨大的雙乳與寬闊的臀部。她柔軟的圓臉下擠著三層下巴，但任何事都逃不過她銳利無比的藍眼睛。她依舊高大壯碩，優雅移動碩大身軀的她，言行舉止間展現了聲望與權威。她有著一種風範，一種能贏得他人尊敬的影響力氛圍。

他們同時開口。「妳需不需要……」喬達拉開口。

「你變得不一樣了……」

「抱歉……」他爲似乎打斷了對方而道歉，感到異常拘束。接著他見到她的一抹微笑與熟悉的眼神，他放鬆了些。

「我很高興見到妳……索蘭那。」他說。他以充滿熱情與愛意的動人雙眸注視她，同時眉頭舒展，恢復了笑容。

「你變得不多，」她說。她覺得自己被他的魅力以及因此勾起的回憶而打動。「很久沒有人叫我索蘭那了。」她再次仔細打量他。「不過你還是變了。你長大了些。比從前更英俊了……」

他正準備反駁，但她對他搖搖頭。「別否認，喬達拉。你知道我說的沒錯。但是你有一點不一樣。你看起來……該怎麼說呢，你沒有了那種渴求的眼神，那種每個女人都想設法滿足的需要。我想你已經找到你在追尋的。你從來沒有像現在這樣快樂過。」

「我什麼事都瞞不住妳，」他說。他興奮地笑著，像個孩子般歡喜。「她叫愛拉。我們打算在今年夏天的配對禮上結合。我們本來可以在出發前或在途中先舉行配對儀式，但我想等回家後再說，這樣妳才能把皮繩套到我們手腕上，將我們倆繫在一起。」

光是談起她，他的表情就不一樣，齊蘭朵妮瞬間感受到他對這個叫做愛拉的女人近乎迷戀的愛意。這令她擔心，喚起了作爲大地母親的發言人、代理者與媒介的她意圖保護她族人的本能。她明白他在成長過程中一直爲強烈的情感所困，最後他終於學會了自制。但他如此深愛的女人有可能帶給他極大的傷害，或甚至毀了他。她的眼睛瞇了起來。想知道更多這個徹頭徹尾蠱惑了他的年輕女子的事。

「你怎麼能肯定她適合你？你在哪裡遇到她的？你對她有多了解？」

喬達拉意識到她的關切，但除此之外還有別的事讓喬達拉憂心。齊蘭朵妮是所有齊蘭朵妮亞之中地位最高的心靈領袖，她位居第一不是沒有原因。她是個很有權威的女人，他不希望她與愛拉作對。在他們漫長而艱苦的旅途中，他最關心的，就是她能不能被自己的族人接受，他知道愛拉也一樣在意。儘管她擁有種種優秀的特質，有些事他還是希望她能保守祕密，雖然他懷疑她是否會這麼做。就算不招來這個女人的敵意，來自其他人的責難或許就夠多了。愛拉最需要的是齊蘭朵妮的支持而非敵意。

他伸手搭住這女人的肩膀，他必須想辦法說服她，不只接受愛拉，還要幫助她，但他不確定該怎麼做。看著她的眼睛，他不禁想起他們曾擁有的愛情，突然間他了解，這對他而言或許有些困難，如果有什麼辦法行得通，那唯有百分之百的誠實。

喬達拉是個感情不外露的人，隱藏情緒是他學習控制強烈情感的方式。因此和別人談論感情對他而言並不容易，即便是和像她這樣透徹了解他的人。

「齊蘭朵妮……」他的語氣轉為溫柔：「索蘭那……妳知道是妳為了其他女人而寵壞了我。那時我只不過是個大男孩，而妳是所有男人都渴望得到的動人女子。想到妳而做了春夢的人不止我一個，但妳卻讓我夢想成真。妳燃起我的欲望，當妳來到我面前，成為我的朵妮女時，我怎麼愛妳都不嫌多。妳塡滿了我步入成年的那段日子，可是妳知道事情沒有就此結束。我要的不止是如此，雖然妳不斷抗拒，其實妳也一樣。就算不被允許，我還是愛妳，而妳也愛我。我至今仍舊愛妳，我會永遠愛妳。」

「即使是在那之後，在我們為所有人帶來種種麻煩之後還是一樣。母親我把送去和達拉納一起住，我回來時，再也沒有人靠近妳。即使躺在別的女人身邊，我渴望的卻還是妳。我渴望的不止是妳的身體，我想和妳分享火堆地盤。我不在乎年齡的差距，或男人不應該和他的朵妮女相戀。我想和妳共度一生。」

「現在瞧瞧你原本可能會跟什麼樣子的女人在一起，喬達拉。」齊蘭朵妮說。她深受感動的程度超乎自己想像。「你是否看得夠仔細？我不只比你老，現在我胖到連走動都有困難。好在我現在還算強壯，不然可能會更胖，體重也將與日俱增。你還年輕俊美，是女人夢寐以求的對象。大媽選上我。她必定知道我會長得像她。齊蘭朵妮胖也無妨，但在你的火堆地盤，我只不過會是個肥胖的老女人，而你依舊年輕英俊。」

「妳以為我會在乎嗎？索蘭那，我必須越過大媽河的源頭才能找到一個足以與妳匹敵的女人，妳無法想像這路途有多遠。感謝大媽讓我找到愛拉，我愛她就像愛過去的妳一樣。請善待她，索蘭那……齊蘭朵妮，不要傷害她。」

「就這樣吧。如果她適合你，如果她『比得上』我，那麼我不會傷害她，而她不會也不能傷害你。

我只需要知道這些就夠了，喬達拉。」

他們同時抬起頭看著入口的門簾被推向一旁。愛拉帶著行李走進住處，她看到喬達拉的手搭在一個碩大無比的胖女人肩膀上。他的手縮了回去，看起來困窘無比，簡直一副羞愧的樣子，好像做錯了事。

喬達拉怎麼會這樣看著這個女人？他的手搭在她肩上是怎麼回事？這女人是誰？她雖然壯碩，儀態中卻散發出誘人的魅力，但她立刻又展現了另一種特質。當她轉身面向愛拉，動作中的果斷與沉穩顯示出她的權威。

觀察細微表情與動作中所蘊含的意義，是這年輕女人的第二天性。養育她的穴熊族不以口語爲主要溝通方式，他們以手勢、動作與細微的臉部表情和站姿交談。和馬木特伊氏住在一起時，她解讀肢體語言的能力又更進一步，甚至了解那些平時用言語溝通的人，他們不自覺的手勢與動作。突然間愛拉知道了這女人的身分，明白他們兩人之間發生的要事與她有關。她發覺自己正面對關鍵的考驗，但她毫不猶疑。

「喬達拉，她就是那個女人對不對？」愛拉走向他們時說。

「我是哪個女人？」齊蘭朵妮望著陌生女人說。

愛拉毫不畏縮地回望她。「妳就是那個我必須致謝的女人，」她說：「在我遇到喬達拉之前，我不懂得大地母親的贈禮，特別是她的交歡恩典。我只知道痛苦和憤怒，但他卻溫柔又有耐心，使我逐漸了解其中的喜悅。他跟我提到教導他的女人。齊蘭朵妮，感謝妳教導喬達拉，他才能給予我大地母親的贈禮。然而我還有更重要的事要感謝妳，這件事是妳更不容易做到的。謝謝妳放棄了他，他才能找到我。」

齊蘭朵妮很訝異，雖然她幾乎沒表現出來。愛拉的話是她完全沒有預料到的。她們四目交接，她端詳愛拉，探索她的內心深處，嘗試理解她內在深處的感受，以及發掘眞相的洞察力。年長女人對於不自覺的暗示與肢體語言的理解力不下於愛拉，只是她更倚賴直覺。她的能力是由下意識的觀察與直覺分析而來，而不是運用孩童時期所習得的語言，敏銳程度絕不亞於愛拉。齊蘭朵妮不明白自己怎麼知道，但她就是知道。

過了一會兒她才發覺一件奇妙的事。雖然年輕女人好像說著流暢的齊蘭朵妮語，她的語言的能力好到就像是說著自己的母語一般，但她毫無疑問是個外地人。

大媽侍者也遇過帶著其他語言腔調的訪客，但愛拉說話的方式裡有種奇怪的外地特質，不像她聽過的任何語言。她的聲音並非不悅耳，有些低沉，帶著點喉音，而且她發不出某些音。她想起喬達拉談到他們的旅途是多麼遙遠。兩個女人面對面，齊蘭朵妮的心中頓時閃過一個念頭——這女人願意大老遠隨他返鄉。

這時她才注意到年輕女人確實有著外地人的長相，她嘗試分辨她和齊蘭朵妮氏女人之間的差異。愛拉很迷人，但不是任何一類大家認爲喬達拉會帶回來的女人。她的臉比齊蘭朵妮氏女人稍寬而短，但比例勻稱，下巴線條清楚。她比年長女人稍微高一些，深金黃色頭髮在陽光照射下，髮絲閃閃發亮。她清澈的灰藍色眼珠隱藏著祕密與堅強的意志力，卻無一絲惡意。

齊蘭朵妮點點頭，轉向喬達拉。「她沒問題。」

他鬆了口氣，輪流看著她們倆。「妳怎麼知道她是齊蘭朵妮，愛拉？沒有人把妳介紹給她，對吧？」

「要看出來並不難。你還愛著她，她也愛你。」

「可……可是……妳怎麼……？」他語無倫次地說。

「難道你不曉得我見過你那樣的眼神嗎？你不認爲我了解愛你的女人內心有什麼感覺嗎？」愛拉說。

「有人會因爲看到他們所愛的人以愛的眼神看著他人而心生嫉妒。」他說。

齊蘭朵妮猜測，他說的「有人」就是指他自己。「喬達拉，你不認為她看到的是英俊的年輕人和肥胖的老女人嗎？不管是誰眼裡看到的都是這幅畫面。你對我的愛對她不構成威脅。如果記憶仍蒙蔽你的眼睛，我就夠欣慰的了。」

她轉向愛拉。「之前我不知道妳是什麼樣的人。如果我覺得妳不適合他，不管妳從多遠來，我都不會讓妳和他配對。」

「妳無論如何都阻止不了我。」愛拉說。

「看吧，」齊蘭朵妮轉頭看著喬達拉說。「我告訴過你，如果她適合你，我不會傷害她。」

「妳認為瑪羅那適合我嗎，齊蘭朵妮？」喬達拉似乎有些懊惱。他現在覺得好像夾在她們中間，無權自己做決定。「妳從來沒有反對我和瑪羅那訂婚約。」

「那不重要。你不愛她，她不會傷害你。」

兩個女人都看著他，雖然她們的外貌沒有共通點，兩人的表情卻很相似，以至於她們看起來很相像。喬達拉突然笑了。「嗯，我很高興看到我生命中兩位至愛的人將成為好朋友。」他說。

齊蘭朵妮抬起眉毛嚴厲地看了他一眼。「你憑什麼認為我們會變成好朋友？」但她暗中帶著微笑離開。

看著齊蘭朵妮離去，喬達拉感到種種奇怪的情緒混雜在一起，但他很高興這位有影響力的女人看來願意接受愛拉，他妹妹和母親也對她很友善。他在乎的女人看來都準備歡迎愛拉，至少目前是如此，他想。他母親甚至還告訴她，她願意盡一切力量讓愛拉有回家的感覺。

入口的皮門簾動了，看到他母親，喬達拉一陣驚訝，因為他才剛想到她。瑪桑那走進來，她帶著某種中型動物經防腐處理過的胃袋，裡面裝滿的液體已經浸透這個幾乎完全防水的容器，使它呈現深紫色。喬達拉眼睛一亮，露齒而笑。

「母親，妳把妳釀的酒帶來了！」他說：「愛拉，妳還記得我們住在夏拉木多伊氏那裡時喝過的飲料嗎？山桑酒？現在妳有機會嘗嘗瑪桑那的酒，她的酒是出了名的。無論其他人用哪種水果做酒，他們釀出來的都會變酸，但母親有她的一套。」他對她笑著，又加上一句：「或許有一天她會把她的祕訣告訴我。」

瑪桑那也對高個子男人報以微笑，但她不發一語。從她的表情看來，愛拉覺得她的確有祕方，而且她很善於守密，不止是她自己的祕密。她可能知道很多祕密。縱使她說話時坦白而直接，這個女人卻有著她深奧的一面。儘管她態度友善，對愛拉表示歡迎，但愛拉知道她在完全了解自己之前將會持保留態度。

突然間愛拉想起對她而言有如母親般的穴熊族女人伊札。伊札也知道許多祕密，然而就像其他穴熊族人一樣，她不會說謊。以手勢做爲語言，以姿態和表情傳達細微差別的穴熊族人不能說謊，因爲很快就會被揭穿，但他們可以避而不提。雖然對方可能了解某件事被隱瞞，但如果是以隱私爲由，就可以被允許。

她發覺最近這不是第一次她想到穴熊族。第九洞穴的頭目，喬達拉的哥哥約哈倫，就讓她想起穴熊族的頭目布倫。爲什麼喬達拉的手足會讓她想到穴熊族呢？她不明白。

「你們一定餓了。」瑪桑那看著他們倆說。

喬達拉笑著。「沒錯！我餓了！我們從今天一早到現在都沒吃東西。我趕著到這裡，我們離這裡很近，我不想停下來。」

「如果你們行李都拿來了，那就坐下來休息，我準備些東西給你們吃。」瑪桑那帶他們到一張矮桌子前，叫他們坐在墊子上，倒了些深紅色的液體在他們兩人的杯子裡。她四處張望。「我沒有看到妳的狼，愛拉。我知道妳帶牠進來了。牠需要食物嗎？牠吃什麼？」

「我通常拿我們吃的東西餵牠，但牠也會自己去獵食。我帶牠進來讓牠知道該待在哪裡，不過牠一跟著我走回馬兒吃草的河谷時，就打算留在那裡。牠平時獨自行動，除非我找牠。」愛拉說。

「牠怎麼知道妳找牠？」

「她用特別的口哨聲叫牠。」喬達拉說：「我們也用口哨聲叫馬兒。」他拿起杯子嘗了口酒，笑了起來，然後滿意地嘆了口氣。「這下子我知道我到家了。」他又嘗了一口，然後閉上眼睛細細品味。

「這是用什麼水果做的，母親？」

「主要是用長藤蔓上成串圓形莓子做的，它們只有長在不受風雪侵襲的面南坡地上，」瑪桑那解釋給愛拉聽。「我常去察看離這裡東南方幾公里的一塊地。有幾年它長得很差，但幾年前的某個冬天很暖和，第二年秋天樹上結實纍纍，莓子的香氣十足，甜而不膩。我加了一點點接骨木漿果和一些黑莓汁，但沒加很多。這種酒大家都喜歡，它比一般的酒烈一些，我剩的不多了。」

愛拉舉杯到唇邊品嘗時，嗅到了水果的香氣。杯內的液體辛辣而且氣味濃烈，它不甜，不是愛拉以為會嘗到的水果味道。她發現這酒和她第一次在獅營首領塔魯特釀的樺樹啤酒嘗到的味道一樣，有酒精成分。但它更像夏拉木多伊氏釀的山桑汁，記憶中那種果汁比較甜。

頭一次喝時她並不喜歡酒的苦澀，但獅營的每個人看來都非常愛喝樺樹啤酒，她想要融入他們，因此她強迫自己喝。不久之後她就喝慣了，不過她懷疑它受歡迎的原因不是因為它的味道，而是喝了讓人變得迷迷糊糊，有種醺然陶醉的感覺。她往往因爲喝太多而頭暈腦脹，對人太親暱，但也有些人喝了會傷心或生氣，甚至出現暴力行爲。

不過瑪桑那的飲料喝起來不止如此。奧妙的複雜口感把單純的果汁變得十分特別。她可以學著品嘗這種飲料。

「這酒很好喝，」愛拉說：「我沒有曾經喝過……我從來沒有喝過味道像這樣的酒。」她更正她說的話，覺得有些困窘。她的齊蘭朵妮語很流利，這是她在離開穴熊族以後學會的第一種口說語言，是喬達拉被獅子抓傷後傷口復原期間教會她的。雖然她還是發不出某些聲音，不管再怎麼嘗試，她說得都不正確，但卻很少再犯這種語法上的錯誤。她瞥了一眼喬達拉和瑪桑那，但他們好像沒注意到。她鬆了口氣，四處張望。

雖然已經幾次進進出出瑪桑那的住處，她還沒眞正看個清楚。她利用這機會仔細觀察，每看一回都感到既驚訝又愉悅。住處的構造很有意思，和他們橫越冰原時，造訪在高原上的蘿莎杜那氏洞穴內部住處類似，卻又不完全一樣。

每個住處外牆最前面的六十到九十公分左右由石灰岩構成，入口兩旁放著粗略修飾過的巨大石塊，不過鑿石工具無法輕易打造石造建築物的細部。剩餘的矮牆是由未經加工、或以錘石粗略打造過的石灰岩製成。這些大小不一、但都是約略五到七公分寬、厚度略薄、長度約是寬度三到四倍的石頭，被很有技巧地堆疊在一起，嵌成緊密結合的結構體。

略呈菱形的石塊依大小挑選分類，一個個接著橫向排列，因此牆的寬度等同於石頭的長度。厚實的牆以層層岩石堆疊而成，每塊石頭都放在下層兩塊石頭的接合處。其間偶以小石頭塡補空隙，特別是在靠近入口處的大石塊周圍。

岩石愈往上堆疊就稍微向內，因此每一層都比下一層還向外突出一些。岩石經過仔細挑選安置，形狀不規則的石頭有阻擋外界濕氣的功用，如湧入的雨水、累積凝聚的水氣或融冰等。

牆面不需要以灰泥或泥漿將縫隙塡滿或增加支撐力。粗糙的石灰岩有足夠抓力防止石牆滑動鬆脫，堆疊的石頭靠自身重量支撐，牆面甚至能承受杜松或松樹製成的橫梁插入，用以支撐其他建築物元素或棚架結構。巧妙相接的石頭密不透光，冬天呼嘯的風也吹不進來。尤其是從外面看去，美觀的結構有著相當引人注目的效果。

至於石牆內部，石造防風牆幾乎隱藏在第二道牆後面。這第二道牆是以未經處理、乾燥堅硬的生皮革壁板連接到插在土裡的木桿製成。生皮革壁板從地面開始一直垂直延伸到高於石牆的地方，高度約兩公尺多。愛拉想起外面壁板上端有著繁複的裝飾。內部許多壁板上也畫著動物與謎樣的符號，但由於室內比較暗，圖案的顏色似乎也較爲黯淡。由於瑪桑那住處倚靠著略微傾斜的岩壁背面，在懸頂的下方，因此住處其中的一面牆是實心石灰岩。

愛拉向上看。上面沒有天花板，只有不遠處上方突出的石灰岩架底部。除了偶爾出現向下的氣流，火堆的煙通常往牆板上方升起，沿著大塊岩石向上飄，以保持空氣的清淨。伸出的岩壁阻擋了險惡的天候，因此即使在很冷的時候，只要穿著暖和衣物，在住處仍舊很舒服。這些住處的空間相當大，不像她看過那些完全封閉的住處，雖然容易讓溫度升高，不過煙霧卻往往瀰漫著小小的生活空間。

木頭與皮革牆面縱使能遮風避雨，它主要的功用卻是爲了畫分私人空間，提供某種程度的隱私，就算不能隔音也能阻絕他人的目光。有些壁板的上半部可以打開讓光線透進來，或有需要時方便與鄰居交談。不過當窗板關起來時，就表示來訪者爲禮貌起見應該先獲得許可再從入口進門，不能從外面喊人或是自己走進去。

看到地上拼在一起的石頭，愛拉更仔細檢視地面。這地區龐大岩壁上的石灰岩常會在破碎後沿著結晶結構的線條，自然斷裂成大而扁平的碎片。住處裡的泥土地上鋪著不規則狀的扁平石塊，上面覆蓋以草和蘆葦桿編織成的墊子，以及軟皮地毯。

愛拉的注意力又回到喬達拉和他母親的對話上。啜了一口酒，她注意到手裡的杯子。它是由中空的獸角做成，是野牛，她想，可能是從離尖端不遠處切下來的一截，因爲它直徑非常窄。她舉起酒杯看看杯底，是將木頭依照獸角小而略微傾斜的圓形底部形狀做好後，緊密地嵌在上面的。她看見旁邊有刮痕，但仔細觀察後才驚覺那是一匹馬的側面圖形，刻工細膩精緻。

她把杯子放下，審視圍繞著他們座位周圍的低矮平台。那是一片薄的石灰岩，以彎曲的木頭框架支撐，桌腳以皮帶緊緊綑綁在框架上。桌面鋪著某種相當細緻的纖維製墊子，上面編織的複雜花樣看起來像是動物和各種抽象的線條和形狀，顏色則是深淺不一的紅土色。幾個不同質料的枕頭擺在周圍，皮製的枕頭顏色和墊子類似。

石桌上擺著兩個石燈。其中一個是雕刻得十分出色的淺碗，連著有裝飾的把手，另一個形狀類似但較簡陋，是將一大塊石灰岩中央快速鑿出一個凹陷處。兩盞燈裡都盛著融化的獸脂——也就是在沸水裡熬製而成的動物脂肪——還有燃燒的燈芯。較簡陋的那盞燈有兩條燈芯，較精緻的那盞有三條，每條燈芯發出的光都一樣亮。愛拉覺得，簡陋的那盞可能是不久前爲了能立即增加岩洞背面昏暗居住空間的亮光而製造，看來它只有暫時的功用。

有條不紊的室內空間用可移動的隔板分成四區，以更多盞石燈照明。同樣以木框固定的屏風大多用顏色或其他方式裝飾，有的是半透明的壁板，通常是以未燻過的堅硬生皮革做成，但也有些是透明的，愛拉想，這可能是將大型動物的腸子切開後使其乾燥平整而做成。

在岩石後牆的左端，與外部壁板相鄰處，是一片特別漂亮的屏風，似乎是用裡皮做成，所謂裡皮，就是不經刮削直接將動物皮晾乾，然後就可以大片大片剝下的內層，質地有些像羊皮紙。屏風上用黑色和不同深淺的黃與紅色畫上謎樣的花紋，有線條、點和方形。愛拉想起獅營的馬木特在典禮上使用類似的屏風，不過他們只有用黑色繪製上面的動物和花紋。他的屏風是用一隻白色猛獁象的裡皮做成，那是他最神聖的物品。

屏風前的地面上放著灰色的毛皮，愛拉很肯定那一定是從長著冬季濃密毛皮的馬兒身上來的。微弱火焰照亮了馬皮屏風，使它的花紋更顯眼，火光好像是從後方牆上的壁龕裡照過來的。

石牆上排列著石灰岩片做成的置物架，間隔不一，比一般鋪設用的岩片爲薄，延伸到屏風右邊，上面擺放了許多物品與工具。在最低的置物架下方的儲藏空間，石牆底部最傾斜處的地面上隱約可見物品的輪廓。愛拉認得許多東西的功用，不過有些東西雕刻與上色的技術很高明，除了實用性之外也十分美觀。

置物架右方的皮屏風從石牆中伸出，標示出一個房間的盡頭與另一個房間的起點。這些屏風只是約略分隔房間，愛拉透過一個窗口看見升高的平台上堆了高高的一疊柔軟毛皮。這是某個人睡覺的地方，她想。另一間睡房以屏風稍做區分，把他們住的這個房間和頭一間臥房隔開來。

以門簾遮住的入口是以木框架框住的皮革壁板牆面的一部分，這面牆在石牆對面。睡房對面是第四個房間，那是瑪桑那料理食物的地方。沿著入口牆壁的烹煮區，立著木製的架子，架上巧妙地排放著籮筐與碗，表面或刻、或織、或畫有美麗的幾何圖案與寫實的動物圖樣。大型容器放在牆邊的地板上，有些蓋上蓋子，有些是打開著，讓人看得見裡面存放的東西：蔬菜、水果、穀物和肉乾。

住處大體來說是方形的，有四個邊，不過外牆不是筆直的，裡面的空間也不完全對稱，而是呈不規則的曲線，沿著懸頂下方空間的輪廓線排列，把空位留給其他人的住處。

「妳把東西的位置都換過了，母親，」喬達拉說：「這裡比我記得的還寬敞。」

「它是比較寬敞沒錯，喬達拉，現在這裡只有我們三個人。弗拉那睡這兒，」瑪桑那指著第二個睡房說。「威洛馬和我睡在另一個房間。」她走向石牆對面的房間。「你和愛拉可以住主間。如果你要的話，我們可以把桌子靠牆移，留空位放床台。」

這個地方在愛拉看來很寬敞。這住處比獅營半地下長屋裡每個火堆地盤——也就是每個家庭——的獨立生活空間還大得多，不過沒有像她獨居在河谷裡的小山洞那麼大。然而馬木特伊氏的木屋和這個生活空間不同，它不是個天然的結構，而是獅營的人自己蓋的。

她的眼光移向附近分隔烹煮區和主間的小隔間。它向中間凹進去，愛拉發現那是以特殊方式接在一起的兩個透明屏風。在構成兩片壁板的內部邊框和腳架的木杆上，插入一圈橫切的中空野牛角。靠近上方與下方的圓圈構成類似鉸鏈的東西，使兩扇屏風可以往後摺。她心想不知道其他屏風是否也採用同樣作法。

她望向烹煮區內部，對裡面的設施感到好奇。瑪桑那跪在用大小相仿的石頭圈起的火堆旁的墊子上，周圍鋪設的石頭被掃得很乾淨。在她背後，單獨一盞石燈照亮了較暗的角落，這裡還有更多架子，擺著杯子、碗、盤子和工具。她注意到掛著的乾燥藥草和蔬菜，接著又看見框架末端的橫木，東西就是掛在這上面。火堆旁的工作檯面上放著碗、籮筐和裝著切成大塊新鮮紅肉的大骨淺盤。

愛拉心想她是否該去幫忙，但是她不知道東西放在哪裡，或瑪桑那在做什麼。礙著別人的事根本算不上幫忙。最好還是在這等著，她想。

愛拉看著瑪桑那把肉串在四根尖棒子上，串好後放在兩塊豎起來的石頭中間，也就是熱煤炭的正上方，石頭中間的凹痕可以立刻架起好幾支肉串。然後她用阿爾卑斯野山羊角做成的長柄杓，把裝在編織緊密籮筐裡的湯汁舀到木頭碗裡。她又用可以彎到底的彈性木頭鉗子，從烹調的籮筐裡夾出幾個平滑的石頭，從火裡拿了另一個加進去，然後把兩只碗端到愛拉和喬達拉面前。

愛拉看到濃稠的湯裡有圓形的小洋蔥和其他根莖類蔬菜，這才發現她有多餓，但她先等著看喬達拉怎麼做。他拿出以小而尖的燧石刀刃插在鹿角刀柄上所做成的餐刀，叉了一個小的蔬菜根放進嘴裡嚼了一會兒，然後喝了一些碗裡的湯。愛拉把她的餐刀拿出來照著做。

這鍋湯的湯底美味而充滿肉香，不過裡面沒有肉，只有蔬菜和她不常嘗到的幾種藥草，還有些別的東西，但她不知道是什麼。她很訝異，因爲她總是能分辨菜餚裡的食材。放在火上烤得焦黃的肉串很快被端到他們面前。肉串也是風味獨特。她想問，但保持沉默。

「妳不吃嗎，母親？很好吃呢。」喬達拉說著，叉了另一塊蔬菜。

「我跟弗拉那之前吃過了。我做了很多，因為我一直在等威洛馬回來。現在我很慶幸多煮了。」她笑著說。「我只需要幫你熱湯和煮原牛肉。我把肉放在酒裡泡過。」

原來是酒的味道，愛拉想。她又喝了口紅色的飲料。湯裡也有。

「威洛馬什麼時候回來？」喬達拉問。「我很期待看到他。」

「快了，」瑪桑那說。「他往西邊去進行一項交易，到大水去取鹽還有其他可以交易的東西，不過他知道我們打算何時動身前往夏季大會。除非有什麼事耽擱了，否則他絕對會在那之前回來。我猜他隨時會到。」

「蘿莎杜那氏的拉度尼告訴我，他們會和某個從山裡挖掘鹽礦的洞穴進行交易，他們稱這洞穴為鹽山。」喬達拉說。

「鹽山？我從不知道山裡有鹽，喬達拉。我想你得花很長的時間說說你的事蹟，而且沒有人會知道哪些是故事、哪些是真的。」瑪桑那說。

喬達拉開懷地笑了，但愛拉很清楚感覺到，雖然沒說出口，喬達拉的母親其實對他的話存疑。

「我沒親眼看見，但我寧可相信這故事是真的，」他說。「而且他們住在離鹹水很遠的地方。如果他們必須為了鹽而做長途旅行或交易，我不認為他們會這麼慷慨大方。」

喬達拉的笑容更深了，好像想到什麼有趣的事似的。「說到長途旅行，我要傳個口信給妳，母親，這口信是來自我們在旅途中遇到的某個人，某個妳認識的人。」

「是達拉納還是潔莉卡？」她問。

「我們也帶了他們的口信，他們要參加夏季大會。達拉納想要設法說服某位年輕的齊蘭朵妮跟他們一起回去。蘭薩朵妮氏第一洞穴的人口愈來愈多，如果他們不久後成立了第二個洞穴，我也不覺得驚訝。」喬達拉說。

「我覺得找人並不難，」瑪桑那說出她的看法。「這是件相當光榮的事，去的人就真的成了位居第一的大媽侍者，是第一位也是唯一的蘭薩朵妮。」

「不過既然他們目前還沒有大媽侍者，達拉納希望約普拉雅和艾丘札在齊蘭朵妮氏的配對禮上配對。」喬達拉說。

瑪桑那皺了皺眉頭。「你表妹長得那麼漂亮，與眾不同，但很美。她到齊蘭朵妮氏的夏季大會時，沒有哪個年輕男人的眼光能從她身上移開。所有男人任她挑選，她幹嘛去選艾丘札呢？」

「不，不是每個男人都可以。」愛拉說。瑪桑那注視著她，看到她閃過一抹自我保護的衝動神情。她微微臉紅，望向他處。「她告訴我，她再也找不到像艾丘札那樣愛她的人。」

「妳說的沒錯，愛拉，」瑪桑那說。她停了一會兒，然後直視著她，又加了句，「她得不到某些男人。」年長女人很快地瞥了她兒子一眼。「但是她和艾丘札看起來好像……不太配。約普拉雅豔光照人，可是他……長得不好看。不過外表不代表一切，有時候根本沒什麼意義。而且艾丘札的確是個溫柔親切的人。」

雖然瑪桑那沒有明講，但愛拉知道她立刻了解約普拉雅做出這個選擇的原因。喬達拉「血緣相近的表妹」，達拉納配偶的女兒，愛上她永遠得不到的男人。跟誰在一起都無所謂，所以她選了她知道真正愛她的男人。愛拉了解瑪桑那反對的理由並沒有那麼嚴重，而是源自個人的審美觀，不是她所害怕的那種對事物正當性忿忿不平的感受。喬達拉的母親喜愛美的事物，美麗的女人和配得上她的男人在一起似乎比較相稱，但她知道個性好更重要。

喬達拉沒有注意到兩個女人之間輕微的緊張關係，光是記得母親沒提起過的人請他傳達的口信，就夠叫他開心的了。「我要給妳的口信不是來自蘭薩朵妮氏人。在旅途中我們和一些人住在一起，待的時間比我們預計的要長，雖然我們根本沒打算要停留……不過那是另一個故事。我們離開時，他們的大媽侍者說，『你看到瑪桑那時，告訴她波朵致上她的愛。』」

喬達拉希望當他提到她可能早已遺忘的昔日人名時，他那沉著而有威嚴的母親會有所反應。他本想用他們之間無傷大雅的戲謔玩笑逗他母親，這口頭文字遊戲意有所指，不言自明。但是他沒料到瑪桑那會有這種反應。瑪桑那張大了眼睛，臉色發白。「波朵！噢！大媽啊！波朵？」她的手撫著胸口，好像喘不過氣來。

「母親，妳還好嗎？」喬達拉一躍而起，衝到她身邊。「對不起，我不是故意要讓妳嚇一大跳。要不要我找齊蘭朵妮來？」

「不，不用，我很好，」瑪桑那深深吸了口氣。「我只是很驚訝。我沒想到還會再聽到這個名字，我甚至不知道她還活著。你是不是……跟她很熟？」

「她說她和妳幾乎可以算是約科南的共同配偶，不過我想她可能過於誇大其詞，或許也記錯了，」喬達拉說：「妳怎麼從來沒提起過她？」愛拉對他做了個不解的表情。她一直不知道他不怎麼相信沙木乃。

「因爲我太痛苦了，喬達拉。波朵就像我的姊妹一般。我很高興與她共事一夫，但我們的齊蘭朵妮出言反對。他說他們答應她舅舅，訓練結束後她會回家。你說她是大媽侍者嗎？或許這樣最好，但她離開的時候非常憤怒。我懇求她等季節變換後再橫渡冰川，但她不聽我的。知道她順利抵達我很開心，也很高興她向我致意。你想她是不是眞心問候我？」

「我確定她是眞心的，母親。不過她其實不必回家，」喬達拉說：「她舅舅已經不在人世，她母親也是。她的確成了沙木乃，但憤怒卻使她濫用職權。她協助一個邪惡的女人當上頭目，可是她並不知道阿塔蘿會變得那麼邪惡。現在沙木乃正在彌補她的錯誤。她藉由幫助她洞穴的人度過壞年頭而肯定自己的工作，雖然在繼任者能順利接替之前，她必須先做他們的頭目。波朵很了不起，她甚至還發現把泥巴變成石頭的方法。」

「把泥巴變成石頭？喬達拉，你這麼說眞的很像雲遊的說書人，」瑪桑那說。「如果你要告訴我們這麼不可思議的傳說，我怎麼知道到底該相信什麼呢？」

「相信我，我說的是實話，」喬達拉不玩微妙的文字遊戲，一本正經地說。「我可沒變成遊歷於各洞穴的說故事旅人，美化傳說和歷史讓它們聽起來更刺激，不過在漫長的旅途中我見過許多事。」他望著愛拉。「如果不是親眼所見，妳會相信人可以騎在馬背上或是跟狼交朋友嗎？我還有很多讓妳難以置信的事要告訴妳，還有些事讓妳看了會懷疑自己的眼睛。」

「好吧，喬達拉。你說服我了。我不會再質疑你……即使我眞的很難相信你所說的事。」她說道。然後她笑了，笑容中帶著愛拉未曾見過的淘氣迷人神韻。這一瞬間，這女人看起來年輕了好幾歲，愛拉因此知道喬達拉的笑容是得自誰。

瑪桑那拿起酒杯慢慢地啜飲，催促他們把飯吃完。吃飽後，她把碗和肉串棒拿走，給他們兩人一張軟而濕、吸水性強的毛皮，讓他們把各自的餐刀擦乾淨後收起來，然後又倒了些酒給他們。

「你離開了好一陣子，喬達拉，」她對她的兒子說。愛拉覺得她似乎在斟酌著該怎麼說。「我知道你一定有很多旅途中的故事可說。愛拉，妳也是。」她看著年輕女人說。「我想，把故事說完要花上一段很長的時間。我希望你打算留下來……留一段時間。」她意味深長地看著喬達拉。「你愛留多久就留多久，雖然過一陣子你可能覺得有點擁擠。或許你會希望……將來……能在附近擁有自己的地方。」

喬達拉笑著說：「是的，母親，我們會的。別擔心。我不會再離開了。這裡就是家。我打算留下，我們兩個都要留下，除非有人反對。這就是妳想聽的故事嗎？我和愛拉還沒配對，但我們將會配對。我已經告訴齊蘭朵妮了，妳拿酒進來之前她還在這兒。我想等我們到家後再說，這樣才能在這裡配對，讓她在夏天的配對禮上幫我們舉行結繩儀式。我厭倦旅行了。」他以激動的口吻說。

瑪桑那歡喜地笑了。「能夠見到孩子在你的火堆地盤出生，或甚至是帶著你的靈，眞是太好了，喬達拉。」她說。

他微笑地看著愛拉。「我也這麼覺得。」他說。

瑪桑那希望他是在暗示什麼，但她不想問，他應該自己告訴她。她只希望像孩子可能會誕生在他的火堆地盤這種重要的事，他不應該言詞閃爍。

「有件事妳知道了會很開心，」喬達拉繼續說：「雖然不是在他的火堆地盤，索諾倫在不只一個洞穴裡留下有著他的靈的孩子。一個名叫費洛妮雅的蘿莎杜那氏女人很喜歡他，我們停留在那兒不久後，她就發現她得到祝福。現在她配對了，有兩個小孩。拉度尼告訴我，她懷孕的消息傳開後，蘿莎杜那氏的每個單身漢都找理由去看她。她從中挑了一個男人，不過她先幫小孩取好了名字，是女兒，叫索諾莉雅。我看過這小女孩。她長得非常像弗拉那小時候的樣子。」

「可惜他們住得這麼遠，還隔著冰川。雖然回程時那裡感覺好像離家很近，但那還是一段好遠的路。」他若有所思地停了一下。「我從來沒有特別喜歡旅行。如果不是索諾倫，我可能永遠不會跑到那麼遠的地方……」突然間他注意到他母親的表情，當他意識到自己在談論誰的時候，他的笑容淡去。

「索諾倫生在威洛馬的火堆地盤，」瑪桑那說：「我很肯定他也帶著他的靈。他永遠沒停過，當他還是個小寶寶時就這樣了。他還在旅行嗎？」

愛拉再次發現瑪桑那的旁敲側擊或是不言自明的問話方式。然後她想起馬木特伊氏人直截了當的好奇心總是把喬達拉弄得不知所措，突然間她明白了。自稱爲猛獁象獵人的那些人，和領養了她又讓她爲了學習他們習俗而飽受挫折的那些人，和喬達拉的族人不同。雖然穴熊族把和她長得一樣的人統統叫做異族，齊蘭朵妮氏人卻不是馬木特伊氏人，而且其中的差異不只是語言而已。如果她想要融入這裡，就必須留心齊蘭朵妮氏人有哪些不一樣的做事方法。

喬達拉深深吸了口氣，他明白該是把弟弟的事告訴母親的時候了。他握住母親的雙手。「很抱歉，母親。索諾倫現在前往另一個世界了。」

瑪桑那清澈筆直的目光，瞬間流露出失去小兒子的哀痛悲傷，她的雙肩好似被沉重的負擔給壓垮。她曾遭受失去至愛的痛，但卻從未失去孩子。失去她一手帶大的孩子更難以忍受，尤其他應該有著大好的人生等在眼前。她閉上眼睛，設法控制情緒，然後挺直了肩膀看著回到她身邊的兒子。

「當時你和他在一起嗎，喬達拉？」

「是的，」他說著，在腦海裡重現當時情景，悲痛又再度被挑起。「是隻穴獅……索諾倫追著牠來到一個峽谷……我想阻止但他不聽。」

喬達拉努力抑制著情緒，而愛拉憶起在河谷洞穴的那個夜晚，悲痛席捲了他，她抱著他，像抱著孩子般輕搖著他。那時她甚至不懂他的語言，但了解悲痛不需要語言。她伸手碰觸他的手臂，讓他知道她在身邊陪伴著，而不去打斷他們母子瞬間的交流。他吸了口氣。

「我有件東西要給妳，母親。」他說著起身去拿行李。他取出一個包裹，接著想了想，又取出另一個。

「索諾倫遇見一個女人，他們墜入愛河。她的族人自稱爲夏拉木多伊氏，他們住在大媽河的河口，那裡的河流寬廣，妳看了就知道它爲什麼叫大媽河。夏拉木多伊氏其實是由兩個部族組成，夏木多伊那一半住在陸地上，獵捕山裡的岩羚羊，而拉木多伊則是住在水上，捕捉水裡巨大的鱘魚。到了冬天，拉木多伊搬去與夏木多伊同住，一個部落裡的每個家庭都和另一個部落裡的某個家庭有親戚關係，彼此配對。他們看似兩種不同的族群，不過兩個部落彼此有許多近親，因此他們各爲一種族群的一半。」喬達拉發現他很難解釋夏拉木多伊人獨特複雜的文化。

「索諾倫深陷愛河，他願意成爲那個部落的一份子。和潔塔蜜歐配對之後，他成了夏木多伊那邊的人。」

「好美的名字。」瑪桑那說。

「她曾經是個美人，妳應該會喜愛她。」

「曾經？」

「她在生寶寶時去世了，這孩子本來會是索諾倫火堆地盤的兒子。索諾倫無法忍受失去她。我猜他想要追隨她到另一個世界。」

「他總是那麼快樂，那麼無憂無慮……」

「我知道，但是潔塔蜜歐死後他變了。他不再快樂和無憂無慮，而是變得什麼都不在乎。他沒辦法和夏拉木多伊人繼續住在一起。我想說服他和我一起回家，但他堅持要往東走，我不能讓他單獨前往。拉木多伊給了我們一艘船——他們做的船獨一無二——我們朝下游走，但是在大媽河入白倫海河口的大三角洲弄掉了所有東西。我受了傷，索諾倫差點被流沙吸進去，但馬木特伊某個營的人救了我們。」

「你是在那裡遇見愛拉的嗎？」

喬達拉看了看愛拉，又轉向他母親。「不是。」他停了一會兒。「我們離開柳樹營後，索諾倫決定往北走，想在他們的夏季大會時和他們一起獵殺猛獁象，但我不認爲他眞的在乎獵象的事，他只想繼續前進。」喬達拉閉上眼睛，再次深呼吸。

「我們正在獵鹿，」他繼續往下說，「但我們不知道有隻母獅也在追蹤那隻鹿。幾乎在我們擲出標槍的那一刻，牠也撲了上去。標槍先射中鹿，但卻是母獅把鹿殺死。索諾倫決意追上去，他說獵物是他的，不是母獅的。我叫他不要跟一隻獅子爭，讓牠把鹿拿走，但他堅持要跟著牠回獸穴。我們等了一會兒，等到母獅離開，索諾倫決定進入峽谷，取一塊肉。母獅有配偶，牠不肯放開獵物。獅子殺了他，也把我嚴重抓傷。」

瑪桑那擔心地皺起眉頭。「你被獅子抓傷？」

「如果不是愛拉，我就活不成了。」喬達拉說。「她救了我一命。她把我帶離獅子，還治療我的傷口。她是醫治者。」

瑪桑那看看愛拉，又吃驚地轉向喬達拉。「她把你從獅子手上救出來？」

「嘶嘶幫了我，而且換做是其他任何一隻獅子，我也幫不了忙。」愛拉設法解釋。

喬達拉了解他母親的困惑。他知道即使解釋了還是很難教人相信。「妳看到沃夫和馬兒都很聽她的話……」

「你可不是在告訴我……」

「妳告訴她，愛拉。」喬達拉說。

「這隻獅子還是幼獅時，我發現了牠，」愛拉開始說。「牠被鹿群踐踏，牠的母親留下牠，牠差點死了。當時我正在追那些鹿，想讓鹿掉到我的陷坑。我捕到一隻，回河谷的路上，我發現幼獅，也把牠帶回去。嘶嘶不太高興，獅子的味道嚇壞了牠，不過我還是把鹿和獅子都帶回我的洞穴裡。我醫治牠，牠復原了，但牠無法照顧自己，所以我得當牠的母親。嘶嘶也學著照顧牠。」回憶起往事，愛拉笑了。「牠還小時，看著牠們倆在一起眞有趣。」

瑪桑那看著這年輕女人，對她的了解又多了一分。「妳就是這麼做的嗎？」她說。「沃夫和馬也是這樣嗎？」

這時換愛拉吃驚地瞪大眼睛。之前沒有人這麼快就聯想得到。瑪桑那能了解，她眞的很高興，她笑容滿面。「對！當然囉！我就是這麼試圖告訴每個人，如果你在動物很小的時候發現牠，把牠當作自己的孩子一樣餵養牠，你們彼此就會很親近。殺死索諾倫、傷了喬達拉的獅子，就是我養過的這隻。牠就像我的兒子。」

「但那時牠已經是隻成年的獅子，不是嗎？和配偶住在一起？妳怎麼把喬達拉從牠身邊救出來？」瑪桑那問道。她難以相信。

「我們曾一起打獵。牠年幼時，我把我的獵物分給牠，當牠長大了些，我讓牠把牠的獵物分給我。我的要求牠都會照做，我是牠母親。獅子通常都聽母親的話。」愛拉說。

「我也不懂，愛拉，」看到他母親的表情，喬達拉說：「那獅子是我見過最大的一隻，但是愛拉卻在牠差點再次攻擊我之前，在半路上叫牠停下來。我不止一次看她騎在牠背上，而且馬木特伊氏夏季大會的所有人都看到她騎著那隻獅子。雖然我親眼看見，但還是很難相信。」

「我只是覺得很遺憾，我沒辦法救索諾倫，」愛拉說：「我聽到有人尖叫，但我到那裡時索諾倫已經死了。」

愛拉的話勾起瑪桑那的悲痛，一時之間所有人都沉浸在自己的情緒當中，但瑪桑那還想知道更多消息，深入了解。「我很高興知道他找到所愛的人。」她說。

喬達拉從行李裡拿出第一個包裹。「索諾倫和潔塔蜜歐配對時，他告訴我，妳知道他再也不會回來，但他叫我答應他，我有一天要回來。他叫我像威洛馬每次出門一樣，回來時給妳帶件漂亮的東西。當我和愛拉在回程的路上拜訪夏拉木多伊氏時，羅夏麗歐給了我這個要送妳。羅夏麗歐在潔塔蜜歐的母親死後，收養了她。她說這是潔塔蜜歐最喜歡的一樣東西。」喬達拉說著，把包裹給了他母親。

喬達拉把捆在皮革包裹上的繩子切斷。一開始瑪桑那還以爲禮物就是捆著包裹的柔軟岩羚羊皮，它十分漂亮。但打開包裹後，一條美麗的項鍊讓她屏住氣息。項鍊是用岩羚羊牙齒做的，線從幼獸完美無瑕的白色犬齒根部穿過，由小到大，左右對稱排列，每顆牙都用一截截由小到大的小鱘魚背骨分隔，墜子是一顆微微散發著七彩光輝的珠母貝，像艘船似地掛在中間。

「它代表了索諾倫選擇加入的族群，夏拉木多伊氏，兩個部族都包括在內。陸地上的岩羚羊代表夏木多伊氏，河裡的鱘魚代表拉木多伊氏，而貝殼小船代表他們雙方。羅夏麗歐希望妳能擁有索諾倫挑選的女人所有的某樣東西。」喬達拉說。

看到這漂亮的禮物，瑪桑那臉上留下了兩行淚水。「喬達拉，他為什麼認為我知道他不會回來？」她問道。

「他說他離開時，妳跟他說『旅途愉快』而不是『回家時再見』。」他說。

瑪桑那眼裡再度湧出淚水。「他說得沒錯，我不認為他會回來。雖然我不肯承認，但他走時我確定我再也看不到他。當我發現你跟著他走時，我以為我就此失去兩個兒子。喬達拉，但願索諾倫能跟你回家，不過至少你回來了，我眞的很開心。」她說著伸出手臂擁抱他。

看著喬達拉和他母親擁抱，愛拉忍不住也熱淚盈眶。她漸漸了解為什麼索莉和馬肯諾想要喬達拉留下來和夏拉木多伊人生活時，他不肯留下。愛拉知道失去兒子的感受。她知道自己再也見不到兒子，但她渴望知道他好不好，他之後的遭遇，還有他會過著什麼樣的生活。

入口的門簾又向一旁打開。「猜猜誰回家了？」弗拉那衝進來喊著。她身後跟著的威洛馬看起來冷靜得多。

第三章

瑪桑那匆忙起身歡迎剛回家的男人，他們熱烈擁抱。

「哇！妳那高個兒兒子回來了，瑪桑那！我從沒想到他會變成旅人。或許他該成爲交易者，而不是燧石匠。」威洛馬卸下他的背包說道。然後他熱情擁抱喬達拉。「我發現你一點都沒縮水嘛。」年長男人開懷地笑著，抬頭望向身高足足約兩百公分的金髮男人。

喬達拉對他報以開心的笑容。開他身高的玩笑是這年長男人跟他打招呼的一貫模式。身高超過一百八，和達拉納同樣是他火堆地盤男人的威洛馬其實一點也不矮，不過喬達拉和他出生時與瑪桑那配對的男人一樣高，那時候瑪桑那還沒和他切斷繩結。

「妳另一個兒子在哪兒，瑪桑那？」威洛馬依舊開心笑著問道。接著他注意到她臉上的淚痕，才明瞭她心裡有多煩亂。當他看見喬達拉臉上也出現同樣悲痛表情時，他的笑容從嘴角褪去。

「索諾倫到另一個世界去了，」喬達拉說：「我剛剛才告訴母親……」他看到威洛馬臉色泛白，腳步踉蹌，彷彿被人打了一拳。

「可是……可是他不可能在另一個世界，」威洛馬大爲震驚，難以置信。「他太年輕了，他還沒找到和他共組火堆地盤的女人，」他每說一句話，語調就愈來愈高。「他……他還沒回家……」他哽咽著說出最後一句話。

威洛馬一向喜歡瑪桑那的每個孩子，不過當他們配對時，在約科南火堆地盤出生的約哈倫差不多已經到了與朵妮女在一起的年紀，幾乎是個成人了，他們的關係比較像友情。雖然他很快就喜歡上還是個幼兒、仍在哺乳中的喬達拉，然而索諾倫和弗拉那才是他的火堆地盤的子女。他也相信索諾倫是帶著他的靈的兒子，因爲這男孩各方面都像他，特別是他喜歡旅行，總想去看看新的地方。當瑪桑那得知喬達拉跟他弟弟一起走的時候，他知道她在內心深處害怕自己永遠見不到他或喬達拉，但是威洛馬覺得那只是個母親的瞎操心。威洛馬預期索諾倫會回來，就好像他自己離家總會回來。

他神情恍惚，不知如何是好。瑪桑那從紅色的酒瓶裡替他倒了一杯飲料，喬達拉和弗拉那催促他在矮桌邊的軟墊上坐下。

「喝點酒，」瑪桑那說著在他一旁坐下。他愣住了，無法理解悲劇爲何發生。他舉起杯子，無意識地一飲而盡，然後坐在那兒瞪著空杯子。

愛拉希望她能做些什麼。她想要去拿她的醫藥袋來，調些舒緩放鬆的飲品給他。但他不認識她，而她知道此刻他正受到最好的照顧——愛他的人對他的關注。她想著，假如自己突然發現杜爾克死了，會有什麼感覺。知道永遠見不到她兒子是一回事，但她還能想像他漸漸長大，烏芭會愛他、照顧他。

「索諾倫的確找到了他所愛的女人，」瑪桑那試著安慰他。看到她男人的心痛和需要，她把自己從悲痛情緒中抽離，去幫助他。「喬達拉帶了一件她的東西給我。」她拿起項鍊給他看。他好像瞪著空氣，對身旁的一切都視而不見，然後他一陣顫抖，閉上了眼睛。過了一會兒，他轉向瑪桑那，似乎想起來她剛剛跟自己說話，雖然他想不起她說了些什麼。「這是索諾倫配偶的東西，」她說著把手中的項鍊給他看。「喬達拉說它代表她的族人。他們住在大河邊……在大媽河邊。」

「所以，他眞的走了那麼遠了。」威洛馬說，他的聲音空洞中帶著極度的痛苦。

「不止，」喬達拉說：「我們到了大媽河河口，一直走到白倫海還要再過去。索諾倫想從那裡往北邊走，和馬木特伊氏人獵殺猛獁象。」抬頭看著他的威洛馬，表情混雜了痛苦和困惑，好像不完全明白他在說什麼。「我有件屬於他的東西，」喬達拉說，他試著想辦法幫助這男人。他從桌上拿起另一個包裏。「這是馬肯諾給我的，馬肯諾是他的姻親。」

喬達拉打開皮革捆住的包裹，給威洛馬和瑪桑那看一個用赤鹿角做成的工具。赤鹿是麋鹿的一種。這根鹿角第一個分岔上方的叉都被截斷，在第一個分岔下面較寬的地方開了個直徑約四公分的洞。這工具是索諾倫的標槍桿拉直器。

索諾倫的手藝，是來自於他對木頭施壓的相關知識，一般方法是用滾燙的石頭或蒸氣加熱。這工具是他用來對標槍桿施加壓力，在將彎曲或打結的地方拉直時能更有效控制與施力時所使用的，因此他做出來的標槍能不偏不倚命中目標。如果使用的木頭是長段樹枝的末端，而無法用手拉直時，這種工具就特別有用。將樹枝末端穿過洞中，產生附加的槓桿作用力就能將末端拉直。雖然它叫做拉直器，這種工具也可以彎曲木頭，用來製作雪鞋、鉗子或任何需要彎曲木頭的物品。這只是同樣技術的不同應用。

拉直器約三十公分的堅固把手上刻著象徵符號以及春天的動植物。不同的雕刻內容代表了許多事，雕刻和繪畫的意義往往比表象圖案所代表的更複雜。所有圖案都是爲了榮耀大地母親，就這意義而言，索諾倫拉直器上的設計圖案，是爲了讓大地母親准許動物的靈被捕捉到用這工具做成的標槍上。工具上也有季節元素的描繪，表示那也屬於隱密難解的超自然的一部分。動人的圖案不只有所意涵，喬達拉知道他弟弟喜歡那些雕刻是因爲它們很美。

威洛馬似乎很專心地看著穿洞的鹿角工具，然後伸手去拿。「這是索諾倫的。」他說。

「對，」瑪桑那說：「你還記得索諾倫用這工具把木頭弄彎，做成這張桌子的桌腳嗎？」她撫摸眼前低矮的石板平台。

「索諾倫的手藝很好。」威洛馬說。他的聲音聽起來仍舊冷漠疏離。

「沒錯，是很好，」喬達拉說。「我想他和夏拉木多伊氏人在一起覺得那麼自在，原因之一是這些人用木頭做出來的東西超乎他的想像。他們用彎曲的木頭做船，他們能把原木挖空製作成獨木舟，那是一種船，然後把側邊彎曲加寬船身。他們還能在船的兩邊加上側板，就是長的木板，依照船的形狀彎曲木板，再把它們釘牢，用這種方式把船加大。拉木多伊人對於駕駛船隻很有一套，不過夏木多伊和拉木多伊人也會合作造船。」

「我曾考慮要和他們一起生活，他們很不得了。回程時我和愛拉去看他們，他們想要我們倆待下來。如果真的留在那裡，我想我會選擇拉木多伊那一方。那裡有個年輕人對學做燧石很感興趣。」

喬達拉知道自己在閒扯，但他已經不曉得該做什麼或說什麼。他試著要填補此刻的空白。他從來沒有看過威洛馬如此震驚。

入口處有人敲門，沒等到被邀請進門，齊蘭朵妮就掀開門簾走進來。弗拉那跟在她後頭，愛拉這才發現她溜出去請這女人過來。弗拉那自行點頭徵求在場人的同意，她做得很對。喬達拉的妹妹是個聰慧的年輕女人。

看到威洛馬那麼難過，弗拉那很擔心。除了找人幫忙，她不知道還能做什麼。齊蘭朵妮是朵妮侍者，也就是賜與朵妮贈禮的人，她的角色是大地之母與她孩子的中間人，她提供協助與醫療，是一般人尋求幫助的對象。

弗拉那已經把問題的根源告訴這個法力強大的女人。齊蘭朵妮快速掃了四周一眼，了解狀況。她轉向年輕女子悄悄說了幾句話，後者立刻走向烹煮區，開始朝火爐上的煤炭搧風，重新點火。可是火已經完全滅了。瑪桑那已經把剩餘的炭火分散在爐上，好讓肉烤得均勻，而沒有再堆回去讓火繼續燃燒。

愛拉可以幫上這個忙。她離開哀傷的一群人，快步走向她放在靠近入口的行李。她清楚知道她的點火工具在哪裡，當她拿了工具走向烹調區時，她想到了馬木特伊氏人巴澤克，她給了獅營每個火堆地盤一顆打火石，之後他就幫她做了這組工具。

「讓我幫妳生火。」她說。

弗拉那笑了。她知道怎麼生火，但是看到她火堆地盤的男人如此悲痛，她也很苦惱，因此很高興有人在身邊。威洛馬一向是那麼堅強、從容與沉穩。

「如果妳能拿些引火柴來，我就能點火。」愛拉說。

「點火棒在這裡。」弗拉那說著轉向背後的架子。

「沒關係，我不需要點火棒，」愛拉說。她打開工具組，裡面隔成幾區，還有一些小袋子。她打開其中一個袋子倒出壓碎的乾馬糞，又從另一個裡面拿出蓬鬆的火絨排在馬糞上。她從第三個袋子裡倒出刨成薄片的木屑放在馬糞堆旁。

弗拉那在一旁看著。在漫長的旅途中，愛拉顯然已經知道應該隨身準備生火工具，但當愛拉拿出兩顆石頭時，弗拉那卻覺得奇怪。他哥哥帶回家來的這個女人彎身靠近火絨，將兩顆石頭互敲，對著火絨吹，火焰冒了出來。實在不可思議！

「妳怎麼弄的？」弗拉那問。她訝異得不得了。

「我等會兒做給妳看，」愛拉說。「現在我們別讓火熄了，好燒些熱水給齊蘭朵妮。」

弗拉那突然感到一陣強烈的恐懼感襲來。「妳怎麼知道我要做什麼？」

愛拉瞥了她一眼，然後又仔細看著她。弗拉那一臉驚駭的表情。一個哥哥在消失了很久之後，帶著馴養的動物和一個不知名的女人回家，發現另一個哥哥已死，看見威洛馬對此事意外又煩亂的反應，這眞是令人緊張、興奮而又不安的一天。這個陌生人好像會用魔法生火，又好像知道沒人告訴過她的事，不禁讓弗拉那開始懷疑，那些關於喬達拉的女人有超能力的所有流言蜚語是否都是眞的。愛拉看得出弗拉那情緒過於激動，而且她肯定知道原因。

「我見過齊蘭朵妮，我知道她是你們的醫治者，所以妳才去找她，對不對？」愛拉問。

「對，她就是朵妮侍者。」年輕女人說。

「醫治者通常會準備茶或飲料讓心情煩躁的人鎮靜下來，所以我想她是叫妳燒水煮茶。」愛拉細心解釋。

弗拉那顯然輕鬆了許多，這麼說完全合理。

「我答應一定會告訴妳怎麼生火。用對了石頭，誰都辦得到。」

「不管是誰嗎？」

「對，妳也可以。」愛拉笑著說。

年輕女人也笑了。她對這女人早已充滿了好奇心，有好多問題想問，但她不想表現得無禮。這下子她的問題更多了，不過這外地女人好像並不那麼遙不可及。其實，她看起來人還挺好的。

「妳能不能也告訴我那兩匹馬的事呢？」

愛拉對她露出燦爛的笑容。她突然發現弗拉那雖然不折不扣是個美麗高挑的女人，但她可能剛成年不久。她得問問喬達拉弗拉那的年紀，不過愛拉猜測她還很年輕，可能和拉蒂的年齡差不多。拉蒂是獅營頭目配偶妮姬的女兒。

「當然，我還可以帶妳去看牠們。」她望向矮桌，所有人都聚集在那裡。「可能等明天一切都平靜下來再說。妳隨時都可以去看看牠們，不過在馬兒和妳熟識之前別自己一個人靠牠們太近。」

「喔，我不會的。」弗拉那說。

愛拉想起拉蒂對馬兒有多著迷，因此她笑著問：「改天妳想不想騎在嘶嘶背上？」

「噢！我可以嗎？」弗拉那問。她興奮得透不過氣，睜大了眼睛。這一刻愛拉幾乎在喬達拉妹妹身上看到拉蒂的影子。拉蒂對馬兒產生的熱情，讓愛拉覺得她說不定哪天會弄來一匹自己的小馬。

愛拉回去生火，弗拉那拿起用大型動物不透水胃袋做成的水囊。「我得去拿些水，水囊快空了。」年輕女人說。

煤炭還在燒著，幾乎快滅了。愛拉搧了點風，加上木屑，還有弗拉那給她的小火種，最後再加些大塊的木頭。她看到烹煮石，就放了幾塊在火裡加熱。弗拉那回來時，水囊鼓鼓的，看起來很重，但年輕女人顯然早已習慣。她在一只深的木頭碗裡裝滿水，這碗或許是瑪桑那用來煮茶的。然後她給愛拉一把末端略微焦黑的鉗子。愛拉用鉗子拿起了一顆她覺得夠燙的石頭。她把它丟到水裡時，石頭滋滋作響，冒出一股煙。她加了第二塊，然後取出第一塊，又放入第三塊、第四塊。

弗拉那告訴齊蘭朵妮水快要燒好了。從年長女人猛一抬頭看著她的樣子，愛拉知道弗拉那一定也告訴了她別的事。愛拉看著齊蘭朵妮費力地從低矮的坐墊上起來，她想起了穴熊族的莫格烏爾，克雷伯。由於跛足的關係，他很難從低矮的椅子上站起來。他最喜歡休息的地方，是一株彎曲老樹上的矮枝，那高度對他來說坐著剛好，站起來也容易。

齊蘭朵妮走進烹煮區。「我知道水熱了。」愛拉向冒著熱氣的碗點了點頭。「弗拉那說的是眞的嗎？她說妳要告訴她怎麼用石頭生火。這是什麼把戲？」

「沒錯。我有幾顆打火石，喬達拉也有一些。唯一的把戲就是學會使用方法，而那一點也不難，妳想要的話我隨時樂意做給妳看，我們本來就有此打算。」齊蘭朵妮回頭看威洛馬，愛拉知道她要兼顧兩邊。

「現在不用。」齊蘭朵妮搖搖頭輕聲說。她粗大的腰身上繫著皮帶，她從皮帶上的小袋子裡，酌量取了些乾藥草放在掌心，再放進沸水裡。「要是我有帶歐蓍草就好了。」她自言自語道。

「妳要的話我有一些。」愛拉說。

「什麼？」齊蘭朵妮說。她正在專心做她的事，沒有注意聽。

「我說，如果妳需要的話我有一些歐蓍草。剛才妳說要是妳有帶就好了。」

「我有說嗎？我是這麼想的，但是妳爲什麼會有歐蓍草？」

「我是女巫醫……是醫治者。我身邊一向隨身攜帶基本的藥草，歐蓍草是其中之一。它治療胃痛很有效，有放鬆的功用，還能保持傷口乾淨，而且迅速復原。」她說。

要不是中途忍住，否則齊蘭朵妮的下巴會整個掉下來。「妳是醫治者？喬達拉帶回來的女人是個醫治者？」她差點笑出來，接著她閉上眼睛搖搖頭。「我想我們得好好談談，愛拉。」

「我很高興可以與妳談談，」愛拉說。「不過妳需要歐蓍草嗎？」

齊蘭朵妮想了一會兒，她不可能是大媽侍者。如果是的話，即使她選擇與人配對，也絕對不會拋下她的族人跟某個男人回家鄉，不過她可能對藥草略知一二，許多人都懂些藥草知識。如果她有歐蓍草，我何不就用一些呢？歐蓍草的味道很特殊，我可以分辨它的眞假。「好，我想歐蓍草會有些幫助，如果妳手邊有的話。」

愛拉趕忙跑到她的行李旁，手伸到旁邊的口袋裡，拿出她的水獺皮醫藥袋。這袋子很舊了，她把它放回去時心裡想。我得盡快換一個。當她到了烹煮區時，齊蘭朵妮很感興趣地看著這奇怪的容器。它好像是用整隻動物做成的，她從來沒有看過這種袋子，看起來很像是隻眞的動物。

年輕女人把水獺的頭掀開，鬆開綁在水獺脖子上的細繩，看看裡面，拉出一個小袋子。從皮革的顏色、袋口繫繩的纖維質地與繩子末端垂掛著的繩結順序與數目，她就能知道裡面裝的是什麼。這袋子上的結只要知道方法就很容易鬆開。她把結打開，把小袋子拿給齊蘭朵妮。

齊蘭朵妮不明白愛拉沒有先聞過，怎麼會知道有沒有拿錯藥草，但當她把鼻子湊上去時，就知道愛拉沒拿錯。她倒了一點在掌心裡，仔細檢查，看看這藥草是只有葉子，或連葉子與花都有，以及裡面有沒有別的東西。看來似乎只有歐蓍草的葉子，她加了幾撮到木碗裡。

「要不要再加一顆烹煮石？」愛拉問。她想知道對方要做浸泡茶或煎煮茶，是要用浸的還是用煮的。

「不，」朵妮說。「我要的不是濃茶。他即將從震驚中恢復，只需要淡淡的浸泡茶就行了。威洛馬很堅強，現在他擔心的是瑪桑那。我想也讓她喝一些，給她服用的藥草我得特別注意。」

愛拉心想，她一定是按時讓喬達拉的母親服用某種藥草，並且很仔細地觀察用藥狀況。「要不要我幫大家泡茶？」她問道。

「我不確定，妳要泡哪種茶？」年長女人問。

「溫和又好喝的就可以了，加些薄荷或洋甘菊，而且我還有椵樹的花可以用來增加糖的甜味。」

「好，妳就泡一些吧。洋甘菊加椵樹花多少有些鎮定的效果，就用這兩種好了。」齊蘭朵妮說著轉身離開。

愛拉笑了。她又從醫藥袋裡拿了一些小袋子出來。醫治的巫術！她就知道！自從離開穴熊族後，我身邊就再也沒有懂得藥草和醫治巫術的人，有人能一起聊聊這方面的知識眞是太好了。

愛拉的治療技術與靈界無關，僅是藥草與治療的知識。一開始她就是從她的穴熊族母親伊札那裡學來的，伊札被族人認定是最崇高的女巫醫世家後裔。在與布倫的部族一起參加穴熊族大會時，她向另一個女巫醫學習更多醫療細節。之後在馬木特伊氏的夏季大會上，她有相當長的時間都和馬木特在一起。

她發現所有大媽侍者都通曉醫療與靈界，但對兩者的精通程度並不相同，通常是取決於個人興趣。有些馬木特的藥物知識特別豐富，有些對實際的治療過程較感興趣，還有些是對人體感興趣，爲什麼有著同樣的疾病或傷口，某些人會痊癒而其他人卻不會。有些人只關心靈界與心靈的事，對治療根本不太有興趣。

愛拉什麼都想知道。靈界的觀念、認識數字和數字的用法、熟記傳說與歷史……她儘量吸收這一切，不過她對醫療相關的知識一直特別著迷，包括藥物、治療方式與病灶等等。她依照伊札教她的方法，自己用不同的植物與藥草進行實驗，並且儘量向旅途中遇到的醫治者學習。她認爲自己有一定的知識，但還在繼續學習。她並不眞正了解自己的知識有多豐富，或者技巧有多高超。但自從離開穴熊族之後，她最懷念的就是有人可以像個同行一樣和她討論。

弗拉那幫她泡茶，告訴她東西擺放的位置。她們倆一起拿著冒煙的杯子走出來給大家。威洛馬的精神狀況顯然已經好轉，正問著喬達拉索諾倫過世的細節。喬達拉才剛開始重新敘述被穴獅襲擊的狀況時，入口傳來敲門聲，大家都抬起頭來。

「請進。」瑪桑那喊著。

約哈倫把門簾掀開，吃驚地看到包括齊蘭朵妮在內，每個人都聚在裡面。「我來見威洛馬，想知道交易進行得如何。我看到你跟提佛南拿了一大袋行李回來，不過大家這麼興奮，今晚還有盛宴，我想我們應該等到明天再來討論……」他邊說邊走進房間。接著他注意到氣氛有點不對勁。他輪流望向每個人，最後看到齊蘭朵妮。

「喬達拉正在跟我們說到……穴獅攻擊了索諾倫。」她說道。看到他驚懼的表情，她才發現他還不知道小弟的死。他也會很難受，大家都很愛索諾倫。「坐吧，約哈倫，我想每個人都該一起聽，一起分擔悲傷比獨自承受來得容易。況且我不覺得喬達拉想一再重複這故事。」

愛拉以眼神詢問齊蘭朵妮，頭朝那女人先前準備的有鎮靜作用的飲料偏了偏，然後再朝向她第二次做的飲料。齊蘭朵妮對著第二次的飲料點點頭，然後看著愛拉一言不發倒了一杯，默默遞給約哈倫。他正在聽喬達拉歸結種種事件如何導致索諾倫的死，根本沒注意到手裡的飲料。齊蘭朵妮對這年輕女人更好奇了。她有著某種特質，或許她懂得的還不止一點藥草方面的知識。

「獅子攻擊他之後又怎麼了，喬達拉？」約哈倫問。

「牠攻擊我。」

「那你是怎麼逃走的？」

「那是愛拉要說的故事。」喬達拉說。每一雙眼睛都突然轉向她。

第一次喬達拉故事講到一半冷不防地丟給她繼續時，她手足無措。現在她比較習慣了。但這些人是他的親友，他的家人，她將要說的，是他家人的死，這個人的關係顯然與他們非常親密，而她並不認識他。一股緊張感在她胃裡翻攪。

「我騎在嘶嘶的背上，」她開始說。「牠正懷著快快，但牠需要運動，因此我每天都騎著牠跑一會兒。我們通常往東，因為路比較好走，但是我厭倦老是走一樣的路，因此我往西走。我們走到河谷最底端，那裡的岩壁坡度逐漸和緩。過了小河，我幾乎要改變主意轉向了。嘶嘶拖著拖橇，坡很陡，不過牠的步伐很穩，爬坡毫無困難。」

「拖橇是什麼？」弗拉那問。

「就是有兩根棍子，一端固定在嘶嘶的背上，另一端拖著地，兩根棍子中間、馬身後面裝著堅固的置物籃。嘶嘶就是這樣幫我把東西載回洞裡，例如我獵捕的動物。」愛拉試著解釋她發明的拖橇。

弗拉那想知道，「妳怎麼不乾脆找些人來幫妳？」

「沒有人可以幫我。我獨自住在河谷裡。」愛拉說。

聚在一起的這群人訝異地你看我、我看你，然而在有人提出另一個問題之前，齊蘭朵妮插進來說：「我們一定可以問愛拉很多問題，不過晚一點吧。現在何不讓她把索諾倫和喬達拉的故事說完？」

大家都點頭表示同意，注意力回到這名外地女子身上。

「我們正要經過峽谷時，我聽到一聲獅吼，然後是一陣尖叫，聽起來是男人痛苦的叫聲。」愛拉繼續說。他們仔細聽著她的每句話，弗拉那無法保持沉默。

「那妳怎麼辦？」

「一開始我不知道該如何是好，但我一定要去看看是誰在尖叫，可以的話我得想辦法幫忙。嘶嘶帶我到峽谷裡，我躲在岩石背後慢慢觀察裡面的狀況。接著我看到獅子，也聽到牠的聲音，那是寶寶。我不再害怕，走了進去。我知道牠不會傷害我們。」她說。

這次換齊蘭朵妮忍不住發問。「妳認得那隻獅子的吼聲？妳就那樣走進回響著獅吼的峽谷？」

「那不是普通的獅子。那是寶寶，是我的獅子，我養大的獅子。」愛拉試著解釋其中重大的區別。她瞥了一眼喬達拉。儘管她正在敘述嚴肅的事件，他還是忍不住咧嘴而笑。

「他們已經跟我說過這隻獅子了。」瑪桑那說。「不止馬和狼，愛拉顯然對其他動物也很有辦法。喬達拉說他看過她像騎馬一樣騎在獅背上。他很肯定其他人也看過。請繼續，愛拉。」

齊蘭朵妮心想，她必須仔細研究愛拉與動物的密切關係。她已經在主河邊看過馬兒了，也知道愛拉帶著一隻狼，然而瑪桑那帶他們到住處時，她還在別的住處看一個生病的孩子。那時候他們還不那麼引人注目，她必須暫時別去想這件事。

「到達峽谷盡頭時，」愛拉繼續說：「我看到寶寶和兩個男人在岩壁平台上。我以爲他們兩個都死了，但當我爬上去看時，發現只有一個死去，另一個還活著，然而如果沒人幫忙，他也活不久。我設法把喬達拉弄下平台，把他綁在拖橇上。」

「獅子呢？」約哈倫問：「穴獅通常不會放棄已經殺掉的獵物。」

「的確不會，但這隻是我的寶寶，我叫牠走開。」愛拉看見他訝異而懷疑的表情。「我們一起打獵時就是如此。反正我不認爲牠是因爲肚子餓，母獅才剛帶了一隻鹿給牠。牠不會獵捕人類，我養大牠，我是牠的母親，人類是牠的親人……是牠的族群。我想牠攻擊這兩個男人的唯一理由，是他們入侵牠的洞穴，那是牠的領域。」

「但我不想把另一個男人留在那裡，母獅不會把人類當成親人。拖橇載不了兩個人，我也沒時間舉行葬禮。如果沒把喬達拉帶回我的洞穴，我怕他也會死。我在岩壁平台後面發現一個坡度陡峭的小石堆，前面擋著一塊大石頭。我把屍體拖到那兒，用當時手邊穴熊族粗大的標槍，把大岩石撬開，讓小石子落下來蓋住他。我很不願在沒把訊息傳達給靈界前，就那樣把他留在那裡。我不是莫格烏爾，但是我用克雷伯的儀式，請求大穴熊靈引導他到靈界。然後嘶嘶和我就把喬達拉帶回家。」

齊蘭朵妮有太多問題要問。克雷伯這個名字聽在齊蘭朵妮耳裡像是「格爾瑞伯」，這個人是誰？她爲什麼說是穴熊的靈，而不是大地母親的靈？愛拉的敘述她連一半都聽不懂，而另一半則是教人難以相信。「好吧，至少喬達拉受的傷沒有妳想像中嚴重。」年長的治療者說。

愛拉搖搖頭。她爲什麼這麼說？喬達拉差點死了。她到現在還搞不清楚自己怎麼救活了他。

從愛拉的表情，喬達拉猜得到愛拉在想什麼，顯然齊蘭朵妮需要更正她的假設。他站起身。「我想妳必須知道我被穴獅抓傷得多嚴重。」他說著撩起束腰上衣，解開夏季綁腿的皮帶。

即便是在最炎熱的夏日裡，男女都很少完全不穿衣服，不過裸露身體不是個問題，游泳或泡澡時會看見彼此。喬達拉露出身體時眾人瞪視的不是他暴露在外的男性器官，而是他大腿上方與鼠蹊部上的大塊疤痕。

傷口癒合得很好。齊蘭朵妮注意到，愛拉把他兩片皮膚縫在一起的痕跡還看得出來。她在他腿上分別縫了七針，在最深的傷口上有四個結，還有另外三個，這些縫線將撕裂的傷口接合。沒有人教她這麼做，她只想得到這個辦法讓裂縫合起來。

從外表看不出喬達拉曾經受過這麼嚴重的傷。除了留下的疤痕，受傷的那隻腳沒有跛，也沒有任何東西支撐，疤痕下的肌肉組織看來很正常。他的右肩和胸口附近還有其他的疤，是獅子抓傷的裂口和抓痕，另一個在肋骨上的疤，顯然和獅子造成的疤無關。看來這趟旅程喬達拉受了不少皮肉之苦。

此刻他們都知道喬達拉傷得多嚴重，也了解爲什麼他的傷勢需要立刻處理，然而只有齊蘭朵妮清楚，他離死亡只有一步之遙。想到她如何低估愛拉的醫治能力，齊蘭朵妮臉紅了。她對於自己脫口而出的批評感到尷尬。

「很抱歉，愛拉。想不到妳醫術如此高超。喬達拉帶來一位受過良好訓練的醫治者，我想這是齊蘭朵妮氏第九洞穴的福氣。」她說。她看見喬達拉笑著穿上衣服，而愛拉則是放下心來，輕輕吐了一口氣。

齊蘭朵妮想了解這個陌生女子的念頭更強了。她與動物之間的親密關係一定有某種意義，而且像這種有能力的醫治者，也必須在齊蘭朵妮亞威權與影響力的控管之下。如果不加以掌控監管，這樣的外地人可能會破壞大家井井有條的生活。不過既然她是喬達拉帶回來的人，她得慢慢來。首先她還要更了解這女人才行。

「看來我必須感謝妳，至少妳把我一個兒子帶了回來，愛拉。」瑪桑那說。「他回家我很高興，也很感激妳。」

「要是索諾倫也回來，此刻就眞的是一場歡樂的團聚了。然而索諾倫離開時瑪桑那就知道他不會回來，」威洛馬說完，看著他的火堆地盤配偶。「我不願意相信妳，但我早該知道。他什麼都想看，任何地方都想去。單單這個原因就可以讓他不斷旅行。在他年紀還小的時候，他的好奇心也異常旺盛。」

這番話提醒了喬達拉，有件事一直令他十分擔心，或許現在提出來正是時候。

「齊蘭朵妮，我得問妳，他的靈有沒有可能找得到靈界？」喬達拉習慣性的皺眉模樣與約哈倫一模一樣。「和他配對的女人死後，索諾倫完全變了，他去另一個世界時並沒有得到適當的協助。他的骨骸還在東邊大草原上的一堆碎石底下，我們沒有好好替他下葬。如果他的靈迷路了，在下一個世界裡遊蕩，沒有人指引他，那該怎麼辦？」

身軀龐大的女人皺起眉頭。這是個嚴肅的問題，必須巧妙應對，尤其她面對的是索諾倫傷心的家人。「妳是不是提到妳草草舉行了葬禮，愛拉？告訴我怎麼回事。」

「過程很簡單。」她說。「當一個人死去，而靈還留在這個世界時，克雷伯通常會舉行這個儀式。我比較關心活著的那人，但我想幫助另一個人找到去靈界的路。」

「後來她有帶我去那裡，」喬達拉補充，「她給了我一些紅色赭石撒在他墳墓的石頭上。最後我們離開河谷時，我們回到我和索諾倫被攻擊的峽谷，我在埋葬他的碎石堆裡找到了一顆很特別的石頭。我隨身帶著，如果他的靈還在遊蕩，我希望這石頭能幫助妳找到他的靈，替他指引方向。石頭在我行李裡，我去拿。」

喬達拉起身去拿他的行李，不久後他拿著一個簡單的皮囊回來，皮囊上繫著一條皮繩，方便掛在脖子上，不過看不出來他常這樣掛。他打開皮囊搖一搖，把某樣東西倒在手掌上。一個是一小塊紅赭石，另一個看起來像是一塊邊緣尖銳的普通灰色小石子，形狀有點像平頂的金字塔。然而當他拿起石頭轉向底部時，大家訝異地吸著氣。石頭表面有一層薄薄的粉藍色蛋白石，摻雜著耀眼的紅光。

「我站在那裡想著索諾倫，這玩意兒從碎石堆上滾下來，停在我的腳邊。」喬達拉解釋道。「愛拉說我應該把它放在我的護身囊裡，就是這個小袋子，然後帶它回家。我不知道這是什麼意思，但我覺得……我覺得……好像索諾倫的靈跟這石頭連繫在一起了。」

他把石頭交給齊蘭朵妮。沒有人想碰它，愛拉注意到約哈倫甚至還發著抖。齊蘭朵妮仔細地研究了一會兒，花了點時間思考該說些什麼。

「我想你說得沒錯，喬達拉。」她說：「這石頭連結了索諾倫的靈。我不確定這代表什麼意思，我得進一步研究它，請大地母親指導我，不過你把它帶來給我眞是明智之舉。」她沉默了一會兒，又繼續說。「索諾倫的靈很愛冒險。或許這世界對他而言太小了。他可能還在另一個世界旅行，不是因爲他迷了路，而是他還沒在那裡找到自己的棲身之地。當他在這世界的生命結束之前，你們已經往東走了多遠？」

「越過內陸海，到源自於高地冰川另一頭的那條大河盡頭。」

「是大家稱爲大媽河的那條河嗎？」

「沒錯。」

齊蘭朵妮再度陷入沉默。最後她終於開口：「喬達拉，索諾倫的追尋之旅很有可能只能在下一個世界，也就是靈界，才能得到滿足。或許朵妮覺得該召喚他，然後讓你回家。愛拉做的可能夠多了，但是我不太了解她所做的，或是她爲什麼那樣做。我得問些問題。」

她看著這高大英俊的男人，她曾經愛過他，現在依舊以自己的方式愛著他。她也看著坐在他身邊的年輕女人，在抵達此地的短暫時間內，她已經多次使自己感到訝異。「首先，誰是妳說的『格爾瑞伯』？還有妳爲什麼求助於穴熊族而不是大地母親的靈？」

她知道齊蘭朵妮想問什麼。這些問題問得很直接，她幾乎有股被迫回答的感覺。她已經知道什麼叫做謊言，也知道有些人會說假話，但是她做不到，頂多只能忍住不說。當有人直截了當問她問題時，避而不提又特別困難。愛拉低下頭盯著自己的手，手上有生火時弄到的黑色污跡。

她確信眞相終究會浮現，但她希望在這之前能先和喬達拉的族人相處一陣子，認識一些人。如果她必須離開，最好在她喜歡上這些人之前。

但是喬達拉呢？她愛他。如果她必須自己離開呢？她肚子裡有他的孩子。不只是他火堆地盤的孩子，或甚至是有著他的靈。那是他的孩子。不管別人怎麼認爲，她卻十分肯定，她知道這是他的孩子，同時也是她的孩子。當他倆共享大地母親賜給她子女的交歡恩典時，她的孩子就開始在她身體裡成長了。

因此她怕看到他，躲避他的眼神，她害怕看到自己不想看的表情。突然間她抬起頭直視著他。她一定得知道結果。

第四章

喬達拉微笑著。他微微點了點頭，把手伸向愛拉的手輕輕捏了一下，然後握著。愛拉幾乎不敢相信。他覺得沒關係！他能了解，而且他告訴她沒關係。關於穴熊族的事，不管她想說什麼都可以，他會跟她在一起。他愛她。她也對他報以充滿愛意的燦爛微笑。

喬達拉也看得出齊蘭朵妮的問題會帶來什麼樣的回答，令他訝異的是，自己並不在乎。他一度非常擔心他的家人和族人會怎麼看待這女人，他帶她回家他們會怎麼想。他差點放棄了她，差點失去她。現在，這一切都不重要了。縱使他在乎這些人，也很高興見到他們，但假使連他自己的家人都不能接受她和他在一起，那麼他會離開。他愛的是愛拉，他們倆在一起可以成就許多事。包括達拉納的蘭薩朵妮氏的洞穴在內，已經有好幾個洞穴邀請他們留下來一起生活，他確信他們能在某個地方找到一個家。

朵妮侍者知道愛拉和喬達拉之間傳遞了某種許可與確認的訊息。她的好奇心被挑起，但她早已學會，仔細觀察與耐心等待會比發問更能滿足好奇心。

愛拉轉向齊蘭朵妮，回答她的問題。「克雷伯是布倫部落裡的莫格烏爾，也就是了解靈界的人，但是他不只是莫格烏爾。他跟妳一樣，齊蘭朵妮，他位居第一，是整個穴熊族的莫格烏爾。但對我來說，雖然我不是生在那裡，克雷伯……是我火堆地盤的男人，還有跟他住在一起的女人伊札，是他的手足，不是他的配偶。克雷伯一直沒有配對。」

「穴熊族是指什麼人？」齊蘭朵妮問道。她發現愛拉提到他們時，口音變得很重。

「穴熊族是……我……我是被穴熊族領養的。當時……我無親無故，是他們接受我。克雷伯和伊札照顧我，養育我。伊札是我記憶中唯一的母親。她是女巫醫，是醫治者。某方面來說伊札也是首席大媽侍者。她和她母親與外祖母一樣，是最受敬重的女巫醫，她們的地位從穴熊族興起之初始終如此。」

「妳是不是在那裡學會醫治的技術？」坐在軟墊上的齊蘭朵妮傾身向前問道。

「是的，雖然我不是她親生女兒，也不像烏芭擁有她的記憶力，不過伊札還是教導我。烏芭是我妹妹。不是親姊妹，但我還是當她是我妹妹。」

「妳眞正的母親，妳的家人，還有妳出生時的族人怎麼了呢？」齊蘭朵妮想知道這些。每個人都很好奇，受她的故事吸引，但他們讓齊蘭朵妮提出問題。

愛拉的背向後靠，舉頭仰望，似乎想找到答案。然後她看著壯碩的女人，她正熱切凝視著她。「我不知道，不記得了。當時我還小，伊札猜想我可能五歲大……雖然他們不像齊蘭朵妮氏人有數字用語。穴熊族用嬰兒的發展稱呼不同年紀。第一年是出生年，然後是哺育年，再來是斷奶年，諸如此類。我把它們轉換成數字。」她試著解釋。然後停了下來。她不能解釋所有的事，不能把整個穴熊族的生活告訴齊蘭朵妮，最好還是只回答她的問題。

「妳不記得妳自己族人的任何一件事嗎？」齊蘭朵妮追問她。

「我只知道伊札告訴我的。一場地震摧毀了他們的洞穴，布倫的部落正在尋找新洞穴，那時她在一條河邊發現昏迷不醒的我。他們流離失所了一陣子，但是布倫准許伊札帶著我。她說我一定是被穴獅攻擊，因爲我腿上有四條爪痕，那是穴獅間距很寬的爪子抓的，當時……傷口感染，正在流血腐爛。」愛拉試著找尋正確的字眼。

「沒錯，我知道，」朵妮說。「化膿潰爛，或許已經到達足以導致病變的腐爛階段，獅爪容易造成此種傷害。」

「到現在我身上還有疤。克雷伯因此知道穴獅是我的圖騰，即便那通常是男人的圖騰。有時候，我還是會夢見自己在黑暗狹小的地方，看見一隻大獅爪朝我撲來。」愛拉說。

「那是力量很強大的夢。妳有做其他的夢嗎？我是指當時情形的夢？」

「還有個更嚇人的夢，不過那夢很難解釋，我一直記得不太清楚。它比較像是一種感覺，一種地震的感覺。」年輕女人顫抖。「我痛恨地震。」

齊蘭朵妮會意地點點頭。「還有其他的夢嗎？」

「沒……有，但是只有一次，那時喬達拉的傷口還在恢復當中，他教我說話……」

齊蘭朵妮以爲愛拉的遣詞用字比較特殊，她瞥了一眼瑪桑那，想知道她是否注意到愛拉古怪的說話方式。

「我了解某些字句，」愛拉說。「我學了許多字詞，但是我很難組織成句子，後來我夢見我母親，親生的母親。我看見她的臉，她跟我說話。之後我學說話就容易多了。」

「啊……那是個非常重要的夢境。」大媽侍者說。「大地母親來到妳的夢中，不管她是以什麼形式出現，這樣的夢總是特別重要，尤其是當她以妳自己母親的面貌出現，從下一個世界對妳說話。」

喬達拉想起當他們還在愛拉的山谷時，他曾經夢到過大地母親。那是個非常奇怪的夢。改天我也應該把這夢告訴齊蘭朵妮，他心想。

「那麼如果妳夢見大地母親，爲什麼妳不請求她幫助索諾倫在下一個世界找到棲身之處？我不懂妳爲什麼不召喚大地母親，而要召喚穴熊的靈。」

「一直到我學會你們的語言，喬達拉告訴我之後，我才知道有大地母親。」

「妳不知道朵妮，不知道大地母親？」弗拉那吃驚地問。齊蘭朵妮氏人從來沒聽過有誰不認得大地母親，即使是她以別的名字或形式出現。所有人都大惑不解。

「穴熊族崇敬偉大的穴熊烏爾蘇斯，」她說：「也因此我召喚烏爾蘇斯幫忙引導死者的靈——那時我還不知道他的名字——即使他不是穴熊族的人。因爲穴獅靈是我的圖騰，我也請求祂的幫助。」

「嗯，如果妳不認識大地母親，在那種情況之下妳做了能做的事。我敢說那一定有用。」齊蘭朵妮說。然而她還是很在意，只是沒有表現出來。怎麼可能會有子女不認識自己的大地母親？

「我也有圖騰。」威洛馬說。「我的是一隻金鷹。」他微微挺直了背。「我母親告訴我，我還是個小嬰孩時，有隻老鷹叼住我，想把我帶走，但是我母親抓著我不放，我的疤現在還看得到。齊蘭朵妮告訴她，金鷹的靈把我當成是牠們的一份子。齊蘭朵妮氏人擁有自己圖騰的人不多，如果妳有的話，算是幸運的。」

「嗯，逃過一劫算妳幸運。」約哈倫說。

「我想我很幸運，才能逃過在我身上留下疤痕的穴獅，」愛拉說。「喬達拉也是。我認爲他的圖騰也是穴獅。齊蘭朵妮，妳覺得呢？」

愛拉曾經告訴喬達拉，自從她能夠跟他溝通開始，穴獅靈就選上了他，不過他一直避免對此發表任何意見。個人圖騰對他的族人不像對穴熊族那樣重要，但對她卻很重要。她想進一步確定此事。

穴熊族人相信，男人的圖騰必須比女人的圖騰強，才能讓女人生寶寶，正因如此，她的男性圖騰很令伊札煩惱。即便她的圖騰這麼強大，愛拉還是有了個兒子，但從懷孕到生產期間她都很辛苦，許多人認爲她往後也一樣不好過。他們認定他是不祥的，因爲他的母親沒有配偶，沒有男人能妥善養育他。她的艱苦與不幸，都歸咎於身爲女人卻有男性圖騰。現在她又懷孕了，她希望喬達拉給她的這孩子健康平安，母子都沒有問題。雖然已經了解許多大地母親的事，她卻還沒忘記穴熊族的信仰。如果喬達拉的圖騰靈跟她一樣是穴獅，那麼她很確定他的圖騰夠強，能讓她懷上健康的寶寶，將來寶寶也會擁有正常的生活。

愛拉的語調引起齊蘭朵妮的注意，她仔細端詳這年輕女人。她發現愛拉希望喬達拉的圖騰是穴獅，這個圖騰對她而言非常重要，圖騰靈對養育她的穴熊族族人來說一定意義重大。現在穴獅可能眞的是他的圖騰靈，如果旁人認爲他很幸運，對他也沒什麼不好。他可能眞的很幸運，要不怎麼能回來？

「我相信妳說得沒錯，愛拉。」朵妮侍者說：「喬達拉可以宣布穴獅是他的圖騰，向眾人宣告他的好運氣。他非常幸運，因爲他需要妳時妳就在他身旁。」

「我就說嘛，喬達拉！」愛拉看起來好像大大鬆了一口氣。

她或她的穴熊族爲什麼這麼重視穴獅靈或是穴熊靈？齊蘭朵妮不明白。動物的靈，甚至是植物或昆蟲的靈等等，所有的靈都很重要，然而賦予它們生命的都是大地母親。這個「穴熊族」到底是什麼？他們到底是誰？

「妳說過妳獨自住在山谷裡是嗎？養育妳的穴熊族在哪裡呢，愛拉？」朵妮問。

「對，我也想知道。喬達拉介紹時，不是說妳是馬木特伊氏人愛拉嗎？」約哈倫說。

「妳說妳不知道大地母親，但妳以『大地母親』之名歡迎我們，那是我們用來稱呼朵妮的名字之一。」弗拉那補上一句。

愛拉輪流看著他們每一個人，最後她看著喬達拉，心裡一陣慌張。喬達拉臉上帶著一抹笑意，彷彿樂於見到愛拉坦率的答案把大家搞糊塗。他又握了一下她的手，什麼也沒說，他很有興趣知道她會怎麼回答。她放鬆了些。

「我的部落住在深入白倫海那塊土地的南端。伊札死前告訴我，我應該去找我的族人。她說他們住在北邊的大陸，然而當我終於出發去尋找時，卻一個人也找不到。我發現山谷的時候，夏天已經過了一半，我怕我無法爲即將到來的冬季做準備。山谷是個好地方，風吹不進去，有條小河以及許多動植物，甚至還有個小洞穴。我決定留下來過冬，結果一留就是三年，陪著我的只有嘶嘶和寶寶。或許我在等待喬達拉。」她說著對喬達拉微笑。

「我在晚春時遇見他，等他身體完全恢復，能夠旅行時，夏天已經接近尾聲。我們決定來一趟短途旅行，在這個地區探索一番。我們每晚在不同的地方紮營，我之前沒有離開山谷那麼遠。然後我們遇見獅營的頭目塔魯特，他邀我們去作客。我們和他們住到第二年夏季初，而且在那裡的時候，他們收養了我。他們也希望喬達拉留下，成爲他們的一員，但當時他已經打算回家。」

「嗯，我很高興他這麼決定。」瑪桑那說。

「看來妳非常幸運，有人願意收養妳。」齊蘭朵妮說。她忍不住懷疑起愛拉訴說的奇怪故事，而她不是唯一持保留態度的人。這些事聽起來好似穿鑿附會，而她的疑問還是比答案來得多。

「一開始，我確定這是塔魯特的配偶妮姬的主意。我認爲她說服了塔魯特，因爲我幫萊岱格治好了很嚴重的……病。萊岱格很虛弱……」愛拉覺得很挫折，因爲她不知道正確的用詞，喬達拉沒教過她。他能教她各種燧石的精確用字，以及把燧石做成各種工具和武器程序中的特定字詞，然而藥物和治療方面的術語，不在他日常生活的語彙中。她轉身向他，用馬木特伊語說：「齊蘭朵妮語的毛地黃怎麼說？就是我常常採給萊岱格用的那種植物。」

他告訴她，但在愛拉嘗試重複一遍並加以解釋之前，齊蘭朵妮已經很有把握自己曉得怎麼回事。她一聽見喬達拉把那個字說出口，就知道這種植物，且還知道它的用法。她很清楚，愛拉提到的那人，他汲取血液的器官——心臟——很虛弱，適當萃取毛地黃中的成分，對病情會有幫助。她也因此明瞭，愛拉是個能力足以知道如何使用像毛地黃這種有療效、但有潛在危險性植物的醫治者，難怪有人會想收養她。如果這個人是掌權的人，例如頭目的配偶，她就能了解愛拉爲何能在短時間內被收養。聽完愛拉說出她大致上的猜測，她又做了另一個假設。

「這個萊岱格，他是不是個孩子？」她問道。她要確認她最終的推斷是否正確。

「是。」愛拉回答。一時之間她的悲傷湧了上來。

齊蘭朵妮覺得她能理解愛拉與馬木特伊氏人之間的關係，但穴熊族仍然令她費解。她決定再換另一個問法。「我知道妳的醫術很好，愛拉，但擁有知識的人通常身上會有某種記號，如此其他人才會認得他們。像這個。」她說著摸摸左太陽穴上方、前額上的一個刺青。「妳身上沒有記號。」

愛拉仔細看著刺青。那是個長方形，被分成六個幾乎呈正方形的較小長方形，上下兩排，每排三個。小長方形上面有四條線，如果連起來，就能做出第三排長方形。長方形的輪廓線是黑色的，其中三個方形被填入各種層次的紅色，其中一個是黃色。

雖然這是個獨一無二的記號，她見過的幾個人都有一種或別種刺在身上的記號，包括瑪桑那、威洛馬和約哈倫。她不知道記號是否有特別意義，但齊蘭朵妮解釋了她自己記號的意義之後，愛拉猜想這些記號應該具有意義。

「馬木特的臉頰上有一個記號。」愛拉說著摸了她臉上的同一個地方。「所有馬木特伊氏人都有，有些人還有另外的記號。如果我留下來，他們也會給我記號。馬木特收養我後馬上開始訓練我，但我離開之前還沒受完訓練，所以還沒有記號。」

「但妳不是說妳被頭目的配偶收養嗎？」

「我以為妮姬要收養我，她也的確打算這麼做，但在典禮上，收養我的不是獅火堆地盤，而是猛獁象火堆地盤的馬木特。」

「這位馬木特是大媽侍者嗎？」齊蘭朵妮問。她猜想愛拉原來是要被訓練成大媽侍者。

「對，就像妳一樣。猛獁象火堆地盤是他的火堆，是給大媽侍者住的。大多數人選擇猛獁象火堆地盤，或者他們覺得自己被挑選。馬木特說我天生就該屬於那裡。」說到不是自己努力爭取，而是別人給予的事物時，她感到相當困窘，紅著臉望向一旁。這讓她想到伊札如何小心翼翼地想要把她訓練成為行為良好的穴熊族女人。

「我想妳的馬木特是位智者。」齊蘭朵妮說：「但妳說妳的醫治技術是跟一個女人學的，就是養育妳的那個穴熊族女人。他們沒有用記號來授與醫治者地位或標明他們的身分？」

「在我被穴熊族認可為女巫醫時，他們給了我一塊黑石頭，那是我護身囊裡一個特別的象徵。」愛拉說：「但是他們沒有在女巫醫身上刺青，只有在男孩成為男人時才會刺青。」

「一般人需要請求協助時，要怎樣才能認出誰是醫治者？」

愛拉之前沒有想過這個問題，她停下來想了想。「女巫醫不需要記號，族人自然會知道。女巫醫憑著自身的條件獲得地位，而族人向來認得她的地位。伊札是穴熊族裡地位最高的女人，甚至高過布倫的配偶。」

齊蘭朵妮搖搖頭。愛拉顯然認為她解釋過了，但齊蘭朵妮還是不懂。「我相信確實如此，但一般人到底怎麼知道的呢？」

「從她的地位就能知道，」愛拉重複一次，然後她試著說清楚。「從部落出門時她占據的位置，她吃飯時站的地方，她……說話時用的手勢，還有別人稱呼她時所做出的信號。」

「還要用位置和手勢表示，這樣不是很麻煩嗎？」齊蘭朵妮問。

「他們不覺得。部落的人本來就是用這種方式溝通，他們用手勢。他們不像我們這樣使用語言。」愛拉說。

「可是為什麼呢？」瑪桑那想知道。

「他們不能。不是所有我們發的聲音他們都發得出來。他們發得出其中一些，但不是全部。他們用手和身體說話。」愛拉試著解釋。

喬達拉看得出他母親和家人愈來愈困惑，愛拉也愈來愈灰心。他決定該是終止混亂場面的時刻了。

「愛拉是被扁頭養大的，母親。」他說。

接著是一陣驚駭的沉默。

「扁頭！可是扁頭是動物！」約哈倫說。

「不，他們不是。」喬達拉說。

「他們當然是，」弗拉那說。「他們不會講話！」

「他們會講話，只是不能像妳那樣講話。」喬達拉說。「我甚至能說一點他們的語言，當然愛拉說得好太多了。剛剛她說我教她怎麼說話，她真的就是這個意思。」他瞥了齊蘭朵妮一眼，他已經注意到她之前的表情。「她忘了怎麼說她兒時的語言，只會以穴熊族的方式說話。穴熊族就是扁頭，扁頭稱他們自己爲穴熊族。」

「如果他們用手說話，他們哪算得上是人呢？」弗拉那問。

「他們也有字彙，」愛拉重申。「只是有的字說不出來，他們甚至聽不見我們所發的某些聲音。如果小時候就開始學，他們也能懂，但他們不習慣聽這些話。」她想起萊岱格。即使不會說，他也可以聽懂他們說的每個字。

「嗯，我不知道他們有自己的族名。」瑪桑那說。接著她想到另一件事。「你跟愛拉是怎麼溝通的，喬達拉？」

「最初我們沒有交談，」喬達拉說。「當然了，因爲那時候不需要溝通，愛拉知道該做什麼。我受了傷，她照顧我。」

「喬達拉，難道你是說，愛拉從扁頭那裡學會治療穴獅造成的抓傷？」齊蘭朵妮說。

愛拉回答：「我說過，伊札來自穴熊族的女巫醫裡最受敬重的世系。她教我的。」

「我很難相信扁頭這麼有智慧。」齊蘭朵妮說。

「我相信。」威洛馬說。

每個人都轉頭看著這位交易大師。

「我根本不認爲他們是動物。我早就不這麼想了。我在旅行的時候看過太多扁頭。」

「那你之前爲什麼隻字不提呢？」喬達拉問。

「我沒機會提，」威洛馬說：「沒人問過我，我也沒多想。」

「你是怎麼改變對他們的看法，威洛馬？」齊蘭朵妮問。這是個新的觀點，她得好好思考喬達拉和這外地女人提出的驚人想法。

「讓我想想。我第一次開始質疑他們是動物的說法，是在好多年以前。」威洛馬開始說。「我在南方和東方獨自旅行。氣候變得太快，突然之間變得很冷，我急著回家。我不停的趕路，一直到天快黑了才在一條小溪邊紮營，打算早上渡河。醒來時，我發現自己在一群扁頭的對岸紮營。其實我很害怕，因爲有那麼多傳聞。所以我密切注意他們，萬一他們決定來追我時我好有所準備。」

「他們做了什麼？」約哈倫問。

「什麼也沒做，就像一般人一樣拔營了。」威洛馬說。「他們當然知道我在那兒，但是我只有一個人，不會給他們帶來什麼麻煩，他們似乎也不急著趕路。他們煮了些水，弄了熱飲，捲起帳篷。他們的帳篷跟我們的不一樣，搭得很靠近地面，不容易在野地裡辨識。他們把帳篷背在背上，快跑著離開了。」

「你看得出來裡面有女人嗎？」愛拉問。

「天氣很冷，他們全身都包著，他們是有穿衣服的。夏天時還沒注意到，因爲他們穿得不多，而冬天又很少看到他們。冬天我們比較不會出去旅行，就算去也不會走很遠，他們可能也一樣。」

「你說得沒錯，天冷或下雪時他們不喜歡離家太遠。」愛拉說道。

「大部分人留著鬍子，我不確定是不是每個人都有。」威洛馬說。

「年輕人沒有鬍子。你有看到他們背上背著籮筐嗎？」

「我想沒有。」他說。

「穴熊族女人不打獵，可是男人如果出遠門，女人通常會一起去，她們負責將肉曬乾帶回來，所以你看到的有可能只是去短程狩獵的一隊人，只有男人去。」愛拉說。

「妳也會嗎？」弗拉那問。「和男人一起去長程狩獵？」

「對，有一次我甚至還跟他們一起去獵猛獁象，」愛拉說。「不過我沒打獵。」

喬達拉注意到大家的好奇心多於成見。雖然他覺得一定有許多人無法忍受此事，但至少他的家人似乎有興趣了解這些扁頭……這些穴熊族人。

「約哈倫，」喬達拉說：「很高興我們能現在討論這件事，因爲我本來就打算跟你談談。有件事你必須知道。我們在回來的路上遇到一對穴熊族男女，就在我們要越過冰川平原往東去之前。他們告訴我們，有幾個穴熊族部落計畫要聚在一起討論我們的事，還有他們跟我們之間的問題。他們稱我們爲異族。」

「我很難相信他們會用任何字眼稱呼我們，」約哈倫說。「更別提開會討論我們的事。」

「你最好相信，如果你不信，我們可能會有麻煩。」

好幾個人同時開口。

「你這是什麼意思？」「什麼樣的麻煩？」

「我知道在蘿莎杜那氏那邊有個狀況。幾個年輕混混去挑釁扁頭——穴熊族男人。我知道他們幾年前就開始了，先挑一個對象下手，就像追犀牛那種方式，但穴熊族男人可不是好惹的。他們聰明又強壯。等到有一兩個人被逮到，這些年輕人才發現他們的厲害。所以他們開始找女人麻煩。穴熊族女人通常不打鬥，所以他們覺得沒挑戰性，沒那麼好玩。爲了找樂子，他們開始強迫穴熊族女人去……嗯……

我不會把它稱作是交歡。」

「你說什麼？」約哈倫說。

「你聽到我說的了。」喬達拉很肯定地說。

「大媽啊！」齊蘭朵妮衝口而出。

「眞可怕！」瑪桑那同時說道。

「太惡劣了！」弗拉那喊道。她厭惡地皺著鼻子。

「太卑鄙了！」威洛馬啐了一口。

「穴熊族也這麼想。」喬達拉說。「他們再也不想忍耐下去，一旦想到解決的辦法，就無法再忍受我們了。不是謠傳這些洞穴以前是他們的嗎？如果他們想討回去呢？」

「那是謠言，喬達拉。沒有任何歷史或耆老的傳說能夠支持這種說法。」齊蘭朵妮說。「只有提到熊。」

愛拉什麼都沒說，但她認爲謠言可能是眞的。

「無論如何，他們不能要回洞穴。」約哈倫說。「這是我們的家，齊蘭朵妮氏人的領土。」

「不過有件可能對我們有利的事該讓你知道。古邦說……古邦是那個穴熊族男人的名字……」

「他們有名字？」約哈倫說。

「他們當然有名字，」愛拉說：「就像我部落的族人一樣。那男人的名字叫古邦，女人叫優兒嘉。」

愛拉用低啞的喉音說出這兩個名字，這是穴熊族的發音方式。她是故意這麼做的，喬達拉想。

如果他們是這樣說話，我自然知道她的口音是怎麼來的，齊蘭朵妮心想。她一定說了眞話。她是被他們養大的。但她的醫術眞的是跟他們學的嗎？

「約哈倫，我想說的是，古邦……」他的發音好懂多了。「……他告訴我們，有些人找上穴熊族商量建立貿易關係，不過我不知道他們是哪個洞穴的人。」

「跟扁頭交易！」約哈倫說。

「爲什麼不行？」威洛馬說。「我認爲會很有趣，當然這要看他們拿什麼來交易。」

「這眞像是交易大師的口氣。」喬達拉說。

「說到交易，蘿莎杜那氏怎麼處理那些年輕人？」威洛馬好奇地問道。「我們跟他們交易。我可不想有從冰川另一邊過來的交易對象，而且還不小心遇上一群心存報復的扁頭。」

「當我們……五年前頭一次聽說這件事的時候，他們還沒採取什麼行動，」喬達拉說。他試著不要提起索諾倫。「他們知道有這回事，有些人還將這稱作是『崇高的靈』，但是拉度尼談起這事就生氣。後來情況愈來愈糟，我們回程時去了蘿莎杜那。穴熊族男人開始跟他們的女人一起去採集食物，以便保護她們，這麼一來那些有『崇高的靈』的年輕人就不會去找穴熊族女人，免得招惹穴熊族男人，後來他們所有人一起跟蹤拉度尼洞穴的一個年輕女人，強迫她……在初夜交歡恩典之前。」

「噢！不會吧！他們怎麼能那樣，喬迪！」弗拉那湧出淚水。

「大媽的幽靈世界！」約哈倫怒斥。

「那就是他們該去的地方！」威洛馬說。

「他們眞叫人痛恨！我甚至想不出夠嚴重的懲罰！」齊蘭朵妮怒氣沖沖地說。

一臉驚恐的瑪桑那捂著胸口，說不出話來。

愛拉對遭受攻擊的年輕女人深深感到同情，她曾經設法平息她的痛苦，但她不由地發現，喬達拉的親人對於異族受到混混攻擊的消息，反應比知道穴熊族女人受攻擊時要來得強烈多了。發生在穴熊族女人身上，他們只覺得不舒服，但如果是發生在他們自己人身上，他們卻是義憤塡膺。

不管其他人之前說了或做了什麼，這個發現使她了解兩個種族之間的鴻溝。她不禁懷疑，如果今天是一群穴熊族男人……一群扁頭對齊蘭朵妮女人犯下這樣令人髮指的罪行，她無法想像他們會作何反應。

「蘿莎杜那氏一定會處置這些年輕人，」喬達拉說。「年輕女人的母親喊著要求這些洞穴頭目讓這群惡劣的年輕人用血彌補他們犯下的過錯。」

「啊，這眞是個壞消息。這對頭目來說是很棘手的狀況。」瑪桑那說。

「她有權這麼要求！」弗拉那表示。

「對，她當然有，」瑪桑那說。「不過他們的親人，也或許是整個洞穴會起來反抗，雙方因此起爭執，可能有人被殺然後又有人想要報復。誰知道這樣下去的後果如何？他們會怎麼做呢，喬達拉？」

「有幾個洞穴的頭目已經叫快跑人傳訊息，有好幾個頭目聚在一起討論。他們同意派人追蹤，把這些年輕人找出來，拆散他們，然後每個洞穴再分別處置他們自己的人。可以想見他們會受到嚴重的處罰，不過他們也有機會彌補過錯。」喬達拉解釋。

「我認爲這個計畫很好，尤其是經過所有人同意，包括帶頭犯罪的洞穴在內。」約哈倫說：「等到這些年輕人被找出來，如果他們沒打算再惹事的話……」

「帶頭的傢伙怎麼想我不清楚，但我想其他人都想回家，爲了被族人接受，叫他們做什麼都願意。這些人飢寒交迫，外表骯髒，看起來不怎麼快樂。」喬達拉說。

「你見過他們？」瑪桑那問。

「就是這樣我們才遇到那對穴熊族男女。那群人跟蹤那女人，他們沒看到男人就在附近。那男人爬上一個高大的岩石觀察他們在搞什麼把戲，他們襲擊那女人時他一躍而下。雖然摔斷了腿，他還是想辦法趕跑那些年輕人。那裡離我們要橫越的冰川不遠，我們剛好遇到他們。」喬達拉笑著。「愛拉、沃夫、我，當然還有那兩個穴熊族人，我們馬上把他們轟走了，他們沒有多做抵抗。有了沃夫和馬兒，再加上我們知道他們是誰，他們卻從來沒看過我們，我想我們嚇壞這些人了。」

「是的，」齊蘭朵妮若有所思地說。「看得出來。」

「換做是我也會被你嚇一跳。」約哈倫開玩笑地笑著說。

「後來愛拉勸那男人讓她幫忙治療斷腿。」喬達拉接著說：「我們連著幾天一起紮營。我做了一對枴杖讓他靠著，幫助他走路，後來他決定回家。我可以跟他講上幾句話，不過大部分都是愛拉說的。我想我變得像他的兄弟一樣。」他說。

「這讓我想到，」瑪桑那說：「如果我們和這些人打交道時可能會有麻煩——他們是怎麼稱呼自己的？穴熊族？既然他們的說話能力足以與他人溝通協調，如果有像愛拉這樣能跟他們交談的人在場，會很有幫助。」

「我也是這麼想，」齊蘭朵妮加了句。雖然沒說出口，不過她一直在想，喬達拉說過愛拉的動物有讓人害怕的作用。這一點或許很有用。

「沒錯，母親，當然如此，但和扁頭交談，或用另一個名字稱呼他們，這種想法教人難以接受，而我不會是唯一辦不到的人。」約哈倫說。他暫停了一會兒，搖搖頭，彷彿自言自語似的說，「如果他們用手說話，你怎麼知道他們是在講話而不是在揮手？」

每個人都看著愛拉。她轉向喬達拉。

「我想妳應該做給他們看，」他說。「或許妳可以同時開口說話，像妳跟古邦講話時一邊幫我翻譯一樣。」

「我要說什麼？」

「妳何不把自己當作古邦來問候他們？」他說。

愛拉想了想。她不能完全用古邦說話的方式問候他們。古邦是男人，女人絕對不會和男人用同樣的方式問候人。她可以做出問候的手勢，比法都一樣，但是他們不會只比個歡迎手勢。這手勢必須根據說的人、還有聽話的對象做調整。其實沒有哪個手勢能代表一個穴熊族人問候另一個穴熊族人，從來沒有人正式地向人致意時這樣比過，或許她可以想想假設他們眞要問候時該怎麼比。她站起來，退到主要臥房中央空出來的地方。

「這女人問候你，異族人。」愛拉說完，停了一下。「或許該說成信奉大媽的族人。」她說著，思考穴熊族人會怎麼比手勢。

「試著說說看大媽的子女或大地母親的子女。」喬達拉建議。

她點點頭重來一次。「這女人名叫愛拉……她問候你，大地母親朵妮的子女。」她出聲說出自己的名字和大媽這兩個字，但聲音的抑揚頓挫卻是穴熊族的發聲方式。其餘的則是用正式的穴熊族手語配上齊蘭朵妮語。

「這女人希望有一天穴熊族的某個人會問候你，你也會問候他。莫格烏爾告訴這女人，穴熊族是古老的種族，有著久遠的記憶。新的種族到達前，穴熊族部落就已在此。他們稱新來的人爲異族，也就是那些不屬於穴熊族的人。穴熊族選擇以自己的方式生活，迴避異族。這是穴熊族的作風，穴熊族的傳統改變得很緩慢，然而某些穴熊族已經開始改變，開始形成新的傳統。果眞如此，這女人希望這些改變不會危害穴熊族，也不會危害異族。」

她以輕柔單調的齊蘭朵妮語，盡可能準確而沒有口音地翻譯穴熊族手語。他們透過字詞明白她所說的內容，也知道她不是隨便揮動手臂。有目的的手勢、表示某種動作的身體細微姿態、驕傲地抬起頭、鞠躬代表的默許，甚至是挑起眉毛，都試圖以優雅、流暢的姿態貫穿在一起。雖然他們不清楚每個動作的重要性，但她的動作卻顯然帶有意義。

整體效果驚人而優美，瑪桑那的背脊傳來一陣涼意。她瞥了齊蘭朵妮一眼，後者迎上她的目光並點點頭。她也有深切的感受。喬達拉注意到她們謹愼小心的肢體動作，他觀察這些注視愛拉的人，看得出來她使他們留下深刻的印象。約哈倫全神貫注盯著愛拉，皺著眉的前額出現細紋，威洛馬微笑點頭表示讚許，弗拉那則是毫不掩飾地笑著，以至於喬達拉也忍不住笑了。

說完後，愛拉回到桌前盤腿坐下，泰然優雅的姿勢使表演之後的她更加引人注目。桌邊瀰漫著不自然的沉默，誰都不知道該說些什麼，他們需要一段時間思考。最後弗拉那覺得必須開口打破沉默。

「愛拉，太棒了！幾乎像舞蹈一樣美。」她說。

「我很難把它想成舞蹈。這是他們說話的方式。不過我記得我好喜歡看人說故事。」愛拉說。

「妳的表演眞教人難忘。」瑪桑那說，接著她看著她兒子。「你也會嗎，喬達拉？」

「我不像愛拉比得那麼好。她教會獅營的人怎麼比手語，好讓他們和萊岱格溝通。他們在夏季集會上玩得很開心，因爲這樣一來其他人就不知道他們在說什麼。」他說。

「萊岱格不是那個心臟不好的孩子嗎？」齊蘭朵妮問：「他爲什麼不能和其他人一樣說話？」

喬達拉和愛拉對看了一眼。「萊岱格是穴熊族混種，他發不出他們的音。」愛拉說。「所以我教他和獅營的人用他的語言說話。」

「穴熊族混種？」約哈倫說：「妳的意思是扁頭混種？一個扁頭混種的孽種！」

「他是個孩子！」愛拉怒視著他。「他和其他孩子一樣，沒有哪個孩子是孽種！」

她的反應讓約哈倫很訝異，然後他想起她是被他們養大的，這才了解她爲什麼覺得被冒犯。他結結巴巴地試圖道歉。「我……我……我很抱歉，大家都是這麼想的。」

齊蘭朵妮介入他們的對話，想緩和氣氛。「愛拉，妳要記住，我們沒時間仔細思考妳說的每一句話。我們一直把妳的穴熊族人當作動物，而把半人半動物視爲骯髒的生物。我知道妳是對的，這個萊岱格……是個孩子。」

她說的沒錯，愛拉對自己說。其實妳不是不知道齊蘭朵妮氏人會怎麼想。妳第一次提到杜爾克時，喬達拉已經表示得很明白了。她試著冷靜下來。

「不過，有件事我想了解。」齊蘭朵妮接著說。她斟酌適當的發問方式，以免冒犯這位外地人。「叫做妮姬的這個人是獅營頭目的配偶，對嗎？」

愛拉很清楚她想問什麼，她瞄了一眼喬達拉，她敢說他正想辦法憋住笑。看到他的表情她安慰多了，他也知道她想問什麼，而且看著位高權重的朵妮一頭霧水卻幸災樂禍。

「這個叫萊岱格的孩子是她的嗎？」

喬達拉差點希望愛拉回答是，好讓他們能仔細思考。他花了好大力氣才推翻打從娘胎裡就被族人灌輸的觀念。如果他們想到生下「孽種」的女人能成爲頭目的配偶，這觀念就會動搖。他愈想就愈肯定，爲了他們好，也爲了他們的安全，他的族人應該有所改變，接受穴熊族也是人類的事實。

「她養育他，」愛拉解釋：「和她自己的女兒一起養大。他是穴熊族女人的兒子，這女人孤零零的，在生下他不久後就死了。妮姬領養了他，就像伊札在沒人照顧我時領養了我。」

愛拉的回答依舊使眾人感到震撼，而且就某方面來說更教人不敢相信，因爲頭目的配偶自願照顧這個新生兒，若非如此，他將隨母親一起死去。沉默籠罩著這群人，大家都停下來思考剛剛聽到的事。

沃夫待在馬兒吃草的山谷裡，探索這塊新領域。停留了一陣子，覺得差不多了，牠決定回到愛拉帶牠認識的家，也是那個想找她時就得去的地方。沃夫像牠的同類一樣，能毫不費力以優雅之姿迅速移動，牠大步跑過林地時雙腳離地，好像浮在半空中。幾個人在木河河谷裡採莓子，有個男人瞥見沃夫如鬼影般穿梭在樹林間。

「那隻狼來了！牠單獨行動！」男人大喊。他連滾帶爬以最快的速度閃到一旁。

「我的小寶寶呢？」一個女人驚慌地叫著。她四處張望，看到了她的幼兒後趕忙把她抱走。到了通往岩石平台的小徑，沃夫同樣以靈活敏捷的速度往前跑。

「就是那隻狼！我不想讓狼跑來這裡，大搖大擺走進我們的平台。」另一個女人說。

「約哈倫說我們應該准許牠自由來去，不過我得去拿我的標槍。」一個男人說。「或許牠不會傷害任何人，但是我不信任那隻動物。」

沃夫到達小徑盡頭的平台時，人群向後退去，讓出一條路，牠直接往瑪桑那的住處走去。有個男人急忙地想和這隻敏捷的四腳獵人保持一段距離，還撞倒了幾支標槍桿。沃夫察覺周遭人群的恐懼，牠一點也不喜歡，不過牠還是繼續朝愛拉指給牠看的地方走去。

瑪桑那住處裡的沉默氣氛被打破了。威洛馬看見入口的門簾在動，他突然跳起來大聲嚷著。「這裡有隻狼！大媽啊，這隻狼是怎麼進來的？」

「沒關係，威洛馬。」瑪桑那試著安撫他。「我們讓牠進來的。」弗拉那笑著對上她大哥的眼神，約哈倫在沃夫旁邊雖然緊張，他還是對她報以了解的微笑。

「這是愛拉的狼。」喬達拉說。愛拉趕到入口安頓沃夫，喬達拉忙著防止任何人魯莽行事。在愛拉叫牠過來的這個地方聽到這麼吵鬧喧嘩的噪音，沃夫比威洛馬還害怕。牠的尾巴夾在兩腿間，背部的毛直直豎起，露出嘴裡的利牙。

可以的話，齊蘭朵妮會跟威洛馬一樣立刻跳起來。一聲響亮而令人喪膽的狼嚎似乎是衝著她來，她怕得發抖。即使她聽說過愛拉的動物，也遠遠看過牠們，但這隻走進住處的龐大掠食動物還是嚇壞了她。她從來沒有這麼靠近一隻狼，野生的狼通常會躲開一群人類。

齊蘭朵妮驚訝地看著愛拉毫無懼意，匆匆趕到沃夫身邊，彎下腰來用手臂環繞著牠，用她並不完全了解的語言試圖安撫這隻動物。沃夫先是變得很興奮，愛拉撫摸牠時，牠會舔她的脖子和臉，然後牠眞的就平靜下來了。這是齊蘭朵妮所見識過最不可思議的超自然力量展現。到底這女人具有哪種神祕的能力，使她能控制這種動物呢？這念頭讓她雞皮疙瘩都起來了。

在瑪桑那和喬達拉的安撫下，看過愛拉和沃夫相處的威洛馬也冷靜下來。

「我想威洛馬應該和沃夫認識一下，對不對，愛拉？」瑪桑那說。

「尤其是他們以後要住在一起。」喬達拉說。威洛馬目瞪口呆看著他，臉上是難以置信的吃驚表情。

愛拉站起來走向他們，示意沃夫緊跟在一旁。「沃夫認識人的方法是熟悉對方的味道。如果你伸出手讓牠聞……」她邊說邊伸向他的手。

威洛馬把手縮回去。「妳確定嗎？」他看著瑪桑那說。

他的配偶微笑著把手伸向沃夫。牠聞了聞她的手，然後舔了一下。「你還沒和大家打招呼，一聲不響就進來。你嚇到人了，沃夫。」她說。

威洛馬依然有些遲疑，但他至少得向瑪桑那看齊，所以他伸出了手。愛拉用一般的方式介紹沃夫，她說出威洛馬的頭銜，讓沃夫聞他的味道，「沃夫，這位是威洛馬。他和瑪桑那住在一起。」沃夫舔了舔他，然後朝他輕輕尖叫了一聲。

「牠爲什麼要叫？」威洛馬很快地把手抽回去。

「我不確定，或許牠在瑪桑那的身上聞到你的味道。牠一下子就對她產生好感了。」愛拉推測。「試著拍拍牠或抓抓牠。」威洛馬試探性地抓了一下，沃夫突然間弓著身體猛烈地抓牠的耳後，好像威洛馬呵牠的癢似的。牠不雅的動作把大家都給逗笑了。抓完了，牠直直走向齊蘭朵妮。

她警覺地注視著牠，一動也不動。沃夫出現在住處入口時她嚇壞了。喬達拉比其他人更了解她的反應，他曾經看過她被嚇得魂不附體。之前大家一直關心又叫又跳的威洛馬，沒注意到這不發一語、驚恐的女人。她很高興他們沒注意自己。大媽侍者應該無懼於任何事物，事實也多半如此。她已經想不起來上一次這麼驚慌是什麼時候了。

「我想牠知道牠還沒見過妳，齊蘭朵妮。」喬達拉說。「既然牠要在這裡住下來，你們應也該認識彼此。」從他看著她的樣子，她猜喬達拉知道她有多害怕。她點頭同意。

「你說得沒錯。我應該怎麼做？把手給牠嗎？」她說著把手伸向沃夫。牠嗅了嗅，接著又舔了一下，突然間牠用牙齒咬住她的手，含在嘴裡發出一聲低沉的嚎叫。

「牠在做什麼？」弗拉那說。她也還沒正式和牠打招呼。「之前牠只對愛拉這樣做過。」

「我不確定。」喬達拉語氣裡透露一絲擔心。

齊蘭朵妮嚴厲地看著沃夫，牠放開嘴。

「妳有沒有受傷？」弗拉那問。「牠為什麼這麼做？」

「沒有。牠當然不會傷害我，牠這麼做只是要讓我知道牠沒什麼可怕的。」齊蘭朵妮說道。她無意撓抓牠。「我們彼此了解。」接著她凝視愛拉，愛拉也回望她。「我們倆還得好好地了解彼此。」

「是，我很期待。」她回答。

「沃夫還沒跟弗拉那打招呼。」喬達拉說：「過來，沃夫，來見見我妹妹。」

聽出他聲音中玩笑的語氣，沃夫跳起來走向他。「這是弗拉那，沃夫。」他說。年輕女人馬上發現撫弄撓抓這隻狼的樂趣。

「現在該我了。」愛拉說：「請把我介紹給威洛馬，」她說完轉向朵妮。「還有齊蘭朵妮，雖然我覺得彷彿早就認識你們了。」

瑪桑那向前一步。「當然。我忘記妳還沒正式見過他們。愛拉，這是威洛馬，齊蘭朵妮氏第九洞穴有名的旅行者，也是交易大師，瑪桑那的配偶，受朵妮賜福的弗拉那的火堆地盤男人。」接下來她看著威洛馬。「威洛馬，請歡迎馬木特伊氏獅營、猛獁象火堆地盤之女愛拉，她被穴獅之靈選中，受穴熊保護。」她對沃夫微笑。「她也是沃夫和兩隻馬的朋友。」她加了一句。

聽完愛拉剛才所說的種種故事，喬達拉的親人才進一步了解她的稱謂與親屬關係，也更認識她。她覺得自己比較不像個陌生人了。威洛馬和愛拉握住對方的手，以正式介紹的用詞，奉大媽之名問候對方。不過威洛馬稱她是沃夫的「母親」而不是「朋友」。愛拉發現一般人很少重複用同樣的介紹詞，他們常常會自行隨意改變。

「我很期待見見馬兒，而且我想在我的稱謂裡加上『被金鷹選中』，畢竟那可是我的圖騰。」他親切地對她微笑，又握了一下她的手才放開。她也對他報以燦爛的笑容。很高興經過這些時日能再見到喬達拉，他想著，而且他還帶了個女人回來跟他配對，瑪桑那該有多開心啊！這表示他打算留下來。這女人眞漂亮！要是她生出來的小孩有喬達拉的靈，想想他們會長得多好！

喬達拉決定，應該由他來正式把愛拉介紹給齊蘭朵妮。「愛拉，這位是齊蘭朵妮，她是首席大地母親侍者，替朵妮發言，是祝福眾人的朵妮代理人——朵妮侍者，是提供協助與醫治的人，也是族人與遠祖的中介者，齊蘭朵妮氏第九洞穴的心靈領袖，也是喬達拉的朋友，過去名叫索蘭那。」他笑著說出最後一句，那並不是她一般的頭銜。

「齊蘭朵妮，這位是馬木特伊氏的愛拉，」他開始介紹，最後加上一句：「希望很快能和喬達拉配對。」

齊蘭朵妮向前一步，伸出雙手。幸好他說了「希望」，齊蘭朵妮心想。她還沒同意他們配對。「我以大地母親朵妮的發言人歡迎妳，馬木特伊氏猛獁象火堆地盤的愛拉。」她握住愛拉的手，說出她最重要的頭銜。

「以大地母親馬特也就是朵妮之名，我問候妳，首席大媽侍者齊蘭朵妮。」愛拉說道。看著兩個女人面對面，喬達拉熱切希望她們倆能成爲好朋友。他絕對不會想看到她們反目成仇。

「現在我必須走了，我沒打算要待這麼久。」齊蘭朵妮說。

「我也得走了。」約哈倫說。他彎下身用自己的臉頰輕觸母親的臉頰後站了起來。「在今晚的盛宴舉行之前還有許多事要做。還有，威洛馬，明天我想聽聽交易的結果如何。」

齊蘭朵妮和約哈倫離開後，瑪桑那問愛拉想不想在盛宴之前休息。

「旅行弄得我又髒又熱。現在我最想做的就是去游個泳，涼快一下，順便洗洗澡。這附近有沒有皀根？」

「有的，」瑪桑那說。「喬達拉，在離木河河谷不遠處，沿著主河往上游走有塊大石頭，就在石頭後面。你知道在哪裡對不對？」

「對，我知道。馬兒就在木河河谷，愛拉，我會帶妳去。游個泳聽起來不錯。」喬達拉把手臂搭在瑪桑那肩上。「回家眞好，母親。我想我有好長一段時間都不會想再旅行。」

第五章

「我要去拿我的梳子，而且我想我還剩下一些洗頭用的乾鼠李花。」愛拉說著，一邊打開她的行李。「羅夏麗歐給我的岩羚羊皮可以拿來擦乾頭髮。」她最後加了一句，一邊拉出羚羊皮。

沃夫跑向入口又跑回來，好像在催他們動作快點。

「我想沃夫知道我們要去游泳。」喬達拉說：「有時候我在想，動物也懂我們的語言，牠們只是不會說。」

「我去拿替換的衣服，這樣才有乾淨衣服穿。我們走之前先把毛皮被攤開吧。」愛拉說。她把毛巾和其他東西放下來，再將另外一個包裹的繩子鬆開。他們迅速鋪好床，把幾樣其他隨身物品放好，接著愛拉把之前收起來的束腰上衣和短褲抖開來。她仔細檢查這件外衣。它是以柔軟的鹿皮剪裁成簡單的馬木特伊氏樣式，不過上面沒有任何裝飾，雖然乾淨但有污痕。即使洗過，也很難把污痕從皮革表面光滑如絲的絨毛上洗掉，不過那是她唯一能穿去參加盛宴的衣服。即使有馬兒幫忙搬運，旅行時能帶的東西還是有限，而且她想要帶她覺得更重要的東西，而不是替換的衣服。

愛拉注意到瑪桑那在看她。她說：「我今天要穿的衣服都在這裡，希望這樣穿是沒有關係的。我不能帶太多東西在身上。羅夏麗歐給了我一件夏拉木多伊氏樣式的外衣，裝飾得很美麗，是用他們那裡的高級皮革做的。但是我給了美黛妮雅，就是那個受暴力攻擊的蘿莎杜那氏女人。」

「妳心腸眞好。」瑪桑那說。

「反正我必須減輕行李重量，而且美黛妮雅看起來好高興。不過現在我但願有這麼一件衣服，在今晚的盛宴上最好能有件新一點的衣服穿。等安頓下來，我得做些衣服來穿。」她對瑪桑那微笑，然後四處張望。「我還是很難相信我們終於到了。」

「我也是，」瑪桑那說完停了一會兒。「如果妳願意，我想幫妳做幾件衣服。」

「我當然願意，很感謝妳。」愛拉笑了。「妳這裡的每件東西都好漂亮，瑪桑那，而且我不知道齊蘭朵妮氏女人穿什麼衣服才合適。」

「我也可以幫忙嗎？」弗拉那加了句。「母親對衣服的看法有時候不是年輕女人喜歡的。」

「我很樂意妳們兩位來幫我，不過現在穿這件就行了。」愛拉說著舉起她的舊衣服。

「今晚穿這件當然沒問題。」瑪桑那說。然後她自顧自地點點頭，好像正做了個決定。「我有件東西要給妳，愛拉。在我房裡。」

愛拉跟著瑪桑那到她房間。「這件東西我留著好久了，就是要給妳。」她說著打開了一個木盒。

「但是我們才剛見面！」愛拉驚呼。

「這是達拉納母親的東西，要給喬達拉將來的配偶。」她拿出一條項鍊。

愛拉屏住氣息，她遲疑了一會兒，才拿起瑪桑那給她的項鍊。她仔細端詳它。這條項鍊是用大小相同的貝殼、完美無瑕的鹿齒，以及用象牙精緻地雕刻成的母鹿頭製成的，中間懸掛著黃橘色的墜子。

「它好美！」愛拉吸了口氣。項鍊的墜子特別吸引她，她仔細看，那墜子閃耀著光澤，由於長期的磨損與撫摸而顯得光滑。「這是琥珀，對嗎？」

「對。這顆石頭已經在家族裡傳了許多代，達拉納的母親把它做成項鍊。喬達拉出生時她把它給了我，叫我送給他所挑選的女人。」

「琥珀不像其他石頭那樣冰冷，」愛拉把墜子握在手裡說：「它很溫暖，彷彿有活生生的靈在裡面。」

「妳這麼說眞有意思，達拉納的母親總說這塊石頭有生命。」瑪桑那說：「戴起來，看它戴在妳身上美不美。」

瑪桑那帶領愛拉走向她睡房的石灰岩牆。牆上鑿了個洞，從巨角鹿的角心長出的圓形尾端嵌在洞裡，然後從洞中延伸出常見的扁平掌狀鹿角。突出鹿角的分岔被折斷，留下略微不規則的支架，它的邊緣是向內凹陷的扇狀。擱在上頭的是一塊表面相當平滑的小木板，它倚靠著稍微向前傾斜的牆面，但幾乎與地面垂直。

愛拉趨向前，她注意到這塊木板清晰地映照出房間另一頭的木製與柳製容器，還有不遠處石燈裡燃燒的火焰。然後她驚訝地站住了。

「我看得見我自己！」愛拉說。她伸手碰觸木板表面。這塊木板以沙岩磨光，用錳的氧化物染成深黑色，再用油脂擦亮，使它光可鑑人。

「妳從來沒見過鏡子嗎？」弗拉那問。她站在房間裡靠近入口壁板旁，忍不住好奇，想看看她母親送給愛拉的禮物。

「不是像這樣的鏡子。晴天時我會用靜止的水面當作鏡子。」愛拉說。「但這面鏡子就在這裡，在妳的睡房裡！」

「馬木特伊氏人盛裝出席重要場合時，沒有照鏡子看自己的模樣嗎？」弗拉那問。「那他們怎麼知道自己打扮好了呢？」

愛拉皺眉想了一會兒。「他們會幫彼此看。在慶典開始前，妮姬總會確認塔魯特已經穿戴整齊。我朋友狄琪幫我做髮型時，每個人都會稱讚幾句。」愛拉解釋道。

「好了，我們來看看這項鍊戴起來怎麼樣。」瑪桑那說著，把項鍊戴在她脖子上，扣起兩端。

愛拉欣賞著項鍊，發現它戴在胸前有多麼美麗。然後她發覺她正端詳著自己鏡中的容貌。她很少看自己，比起身邊這些不久前才遇見的人，她自己的五官看起來更陌生。雖然鏡面相當平，但房間內的燈光很暗，她的臉因此有點黑。她看上去臉色枯黃，五官平板。

在穴熊族部落長大的愛拉認爲自己高大醜陋，她的骨架雖然比部落的女人細，但是她比男人來得高，不管是在她自己或在部落人眼裡都顯得與眾不同。他們的臉又寬又長，前額向後傾斜，粗大的眉脊向前突出，有著鷹勾鼻和深褐色的大眼睛，她藍灰色的眼珠相形之下遜色許多。她早已習慣用他們突出的五官作爲判斷美醜的標準。

和異族住了一陣子之後，她不再覺得自己長得太奇怪，但她還是不認爲自己漂亮，儘管喬達拉不斷地這麼說。她知道怎樣才算是個迷人的部落女人，卻不太知道該怎麼界定異族人所謂的美。在她看來，喬達拉那男性較突出的五官還有生動的藍眼睛遠比她來得漂亮。

「我看這項鍊很適合她。」威洛馬說。他閒晃過來，發表些意見。連他都不知道瑪桑那有這條項鍊。當初是瑪桑那挪出空間讓威洛馬搬進她的住處，還有讓他放置個人用品，她讓他住得很舒服。他喜歡瑪桑那整理東西的方式，也沒興趣四處翻動她的物品。

喬達拉站在他後面，越過威洛馬的肩膀看著愛拉。他開心地笑了。「妳從來沒有告訴過我祖母在我出生時給妳這條項鍊，母親。」

「她不是爲了你才給我項鍊，而是要送給與你配對的女人。你會和她共組火堆地盤，如果受大媽祝福，她還可以帶她的孩子過來。」她邊回答邊把項鍊從愛拉脖子上拿下來，放到她手裡。

「那麼妳是給對人了。」他說。「妳今晚要戴它嗎，愛拉？」

她看著項鍊，輕輕皺起眉頭。「不。我只能穿那件舊衣服，項鍊太漂亮，跟衣服不搭配。我想我會等到有適合它的衣服時再戴。」

瑪桑那微微點頭，笑著表示同意。

他們離開睡房時，愛拉看見睡榻上方的石灰岩牆上鑿了另一個洞。這個洞比較大，似乎更深入牆壁。洞的前面點著一盞小石燈，從她的角度看去，她隱約看得見燈光後方一尊福態女人小雕像的一角，愛拉知道那是尊朵妮像，代表大地母親朵妮，有時候她選擇將她的靈存放在這裡面。

在壁龕上方，她注意到睡榻上的石牆掛著和桌上類似的墊子，以細緻的質料織成巧妙的圖案。她但願能靠近細看，弄清楚這是怎麼做出來的。然後她忽然明白，或許她很快就能學會。他們不會再旅行了，這裡將成爲她的家。

愛拉和喬達拉離開後，弗拉那急急忙忙衝往附近的另一個住處。她差點要問喬達拉能不能讓她跟去，然後她接觸到母親的視線，她很明白地搖搖頭，弗拉那這才了解他們或許希望獨處。再者她知道她朋友會有一籮筐的問題想問她。她敲敲另一個住處的壁板。「羅蜜拉？是我，弗拉那。」

過了一會兒，一個豐滿迷人的棕髮年輕女人拉開門簾。「弗拉那！我們正在等妳，不過嘉麗雅要先離開，她叫我們在樹樁那兒跟她碰面。」

她們雙雙走出懸頂，興致高昂地聊了起來。接近那株曾遭雷擊的高大杜松樹樁時，她們看見一個瘦而結實的紅髮年輕女人從另一個方向匆匆走來，吃力地提著兩個相當大的水袋，裡面裝滿了水。

「嘉麗雅，妳剛到嗎？」羅蜜拉問。

「是啊，妳們等很久了嗎？」嘉麗雅說。

「沒有，弗拉那幾分鐘前才來找我。我們走過來時看到妳。」羅蜜拉說著拿走她手上的一個水袋。她們開始往回走。

「回程讓我來幫妳拿水袋。」弗拉那說，接過嘉麗雅的另一個水袋。「這水是今晚的盛宴要用的嗎？」

「當然啦！我覺得自己好像整天都在把東西搬來搬去，不過一場臨時的聚會一定很有意思，我猜這會比他們想像的還盛大，最後我們可能會用到聚會場。聽說幾個附近的洞穴派遣快跑人送來盛宴的食物。妳知道那表示他們洞穴大多數人都想來。」嘉麗雅說。接著她停下來，轉頭望向弗拉那。「好了，妳不是要跟我們談談她嗎？」

「我知道的還不多，我們才剛開始熟稔起來，她要跟我們住。她跟喬達拉訂婚約了，他們將在夏季配對禮上配對。她有點像是齊蘭朵妮，不過不完全一樣，她沒有記號什麼的，但是她懂得靈界的事，而且她是醫治者，還救了喬達拉一命。她發現他們時，索諾倫已經去了另一個世界。他們被穴獅攻擊！妳不會相信他們講的故事。」她們往回走向聚落的岩石前廊時，弗拉那興匆匆說道。

許多人為了這場盛宴，正忙著進行各式各樣的工作。但有些人停下來看這些年輕女人，他們尤其注意弗拉那，因為他們知道她和那位外地人還有返鄉的齊蘭朵妮氏男人待了一陣子。有人在聽她講話，一個有著淡金黃色頭髮和灰黑色眼珠的美麗女人聽得尤其仔細。她端著盛裝新鮮肉類的骨製托盤，假裝沒注意到弗拉那，但她和她們朝同一方向走，保持聽得到她們說話的距離。在聽到弗拉那說話之前，她本來要走完全不同的一條路。

「她人怎麼樣？」羅蜜拉問。

「我覺得她很親切。她說起話來有點奇怪，不過她來自很遠的地方。連她的衣服也很不一樣……她的衣服真少，只有一件多的外衣，而且樣式很簡單，可是她沒有什麼正式的衣服，所以她今晚要穿那件。她說她想要齊蘭朵妮樣式的衣服，但是不知道怎樣穿才恰當，而且她希望能穿著得體。我和母親會幫忙她做幾件衣服。她明天要帶我去看馬兒，我或許還能騎馬呢！她和喬達拉剛剛才去那裡，他們去主河游泳和洗澡。」

「妳真的要騎在馬背上嗎，弗拉那？」羅蜜拉問。

偷聽的女人沒有等到弗拉那回答，她停了一會兒，然後帶著不懷好意的笑容匆匆離去。

跑在前頭的沃夫停下來，確定愛拉和喬達拉還跟著牠。從岩廊東北端往下走的小路，通往一條小河右岸，在小河與主要河流匯聚處附近。平坦的如茵綠草外圍是開敞的混合林，愈往上游生長愈茂密。

他們來到草地時，嘶嘶發出一聲歡迎的嘶鳴。沃夫立刻跑向母馬，牠們觸碰對方的鼻子，在遠處觀看的人驚訝地搖頭。接著沃夫翹起臀部和尾巴，頭趴在地上，擺出一副想要玩耍的姿勢，對著小公馬尖聲地嗚嗚叫。快快抬起頭發出一陣嘶鳴，腳蹬地面，回應沃夫嬉鬧的動作。

馬兒看到他們倆似乎特別開心。母馬向前將頭搭在愛拉肩膀上，讓愛拉擁抱牠結實的頸子。他們以彼此熟悉的姿勢靠著對方，感到舒服又安全。喬達拉撫摸快快，替牠又抓癢又按摩。這匹深棕色的馬向前踱了幾步，用鼻子摩擦愛拉，也想和她接近。然後人、馬和狼全部挨在一起，在這充滿陌生人的地方，歡迎早已熟悉的彼此。

「我想去騎馬。」愛拉說。她抬頭看著午後天空的太陽位置。「我們有時間騎一趟短程，對不對？」

「應該有。天快黑時參加盛宴的人才會開始慢慢聚集。」喬達拉笑著說。「走吧！騎完馬還可以游泳。」他說。「我覺得似乎有人一直盯著我看。」

「有啊，」愛拉說：「我知道那是出於他們天生的好奇心，然而能離開一會兒也是好的。」

更多人在遠處聚集觀望著他們兩個。他們看到女人輕快地躍上黃褐色母馬的背，高個子男人好像才不過往上一抬腿，就跨上了深棕色公馬。他們騎馬揚長而去，那隻狼毫不費力跟隨在後。

喬達拉帶路，他先向上游走了一小段路，到達支流交會處的淺灘，然後繼續向上游沿著小河對岸再往前走，直到窄小有如峽谷般的河谷出現在右方。他們離開河流向北騎，越過一段封閉的河谷，沿著雨季時溪流氾濫、此時卻是布滿岩石的乾河床往上走。峽谷末端是一條陡峭但仍可攀爬的小徑，往前逐漸開展，到達高聳而多風的高原上，在此可以俯瞰下方的水道與鄉間景色。他們停下來，將一覽無遺的美景盡收眼底。

高原海拔約二百公尺，是附近最高的高原之一，環繞於四周令人屏息的風景，除了河流與沖積平原，還有另一側山巒迭起的高地景致。河谷上方的喀斯石灰岩高原不是表面平坦的高原。

只要有足夠的時間與酸性物質，就可使石灰岩溶解於水。經過經年累月的沖刷，河流與累積的地下水鑿穿這個地區的石灰岩層，將曾經平坦的古代海床切割成山丘與谷地。如今尚存的河流切割出最深的河谷與最陡的峭壁，高聳的岩壁雖營造出同樣深的山谷，但任兩處的高低差卻依上方山勢的起伏而有所不同。

乍看之下，在主要河流兩側乾燥多風的石灰岩高原上有著相同的植被，其植物類型與東方的開闊大陸草原類似。草地占大部分面積，低矮的杜松、松樹和雲杉緊抓住靠近河流與池塘的光禿地面，灌木叢與小樹生長在坡地與谷地。

隨著生長地不同，植物種類也有顯著的差異。植物稀疏的山頂以及面北山坡氣候乾冷，有利於寒帶草地生長，而面南山坡卻滿是翠綠茂盛的低緯度寒帶與溫帶植物。

主要河流寬闊的河谷下方，植物更爲茂盛，落葉與長綠樹木鋪滿河岸。剛發葉子的樹木大多是葉片小的樹種，例如白樺和柳樹，它們長出的葉子顏色比仲夏時節要來得淡。然而即使是雲杉與松樹等針葉木，也在尖端冒出新的淺色針葉。杜松和長青橡樹枝枒末端的嫩葉與深綠色的葉子則互相摻雜。

有時候河流會沿著蜿蜒水道穿過平坦沖積平原上的翠綠草原，草原上初夏高長的草正逐漸轉爲金黃色。有些地方，彎彎曲曲的主河河道使流水變窄，被迫沖向石牆，先是靠近峭壁的一邊，然後是另一邊。

在適當的環境下，有些河流的沖積平原，特別是支流，提供小混合林的成長條件。在有遮蔽的地方，尤其是不受狂風吹襲的面南山坡上，長滿許多矮小的栗樹、胡桃樹、榛樹和蘋果樹。這些樹有時候好幾年不結果實，但有幾年卻又結實纍纍。此外還有各式各樣結果子的藤蔓、灌木與植物，包括草莓、木莓與黑醋栗，以及葡萄、鵝莓、黑莓，和類似木莓的黃色雲莓，還有幾種不同的圓形藍莓。

纖細脆弱的苔原植被遍布在更高海拔的地方，尤其是覆蓋冰川的北邊高大群山，其中還有幾座活火山，愛拉和喬達拉在到達第九洞穴的前幾天路過時，還在那裡發現溫泉。地衣緊緊攀附在岩石上，藥草懸吊在離地面幾公分處，矮小的灌木叢在終年結凍的底土上匍匐前行。在較爲潮濕的區域，綠色與灰色互相混雜的苔蘚，以及蘆葦、燈心草和某幾種草，讓景致變得更柔和。整個地區多樣性的植被，使得動物的種類也同樣豐富。

他們繼續沿著小徑，轉向東北方的高地，來到俯瞰主河的陡峭懸崖邊緣。這條河幾乎是由正北方一路沖刷其下的石灰岩壁流向正南方。在平坦地面上的小徑跨過一條小溪之後向西北彎去。小溪流繼續流到懸崖邊，衝下陡峭的斜坡。小徑開始逐漸往下降，到了另一頭又彎回來，這時他們慢慢停下來。回程時他們策馬奔馳，馳騁在開闊的高地，直到馬兒依自己的步調自然放慢腳步。再度來到小溪時，他們停下來讓馬兒和沃夫喝水，兩人也下馬喝了幾口。

自從第一次騎在母馬背上以來，愛拉從來沒有這麼無拘無束的暢快騎馬。沒有任何累贅，沒有拖橇、行李，也沒有馬墊，甚至連韁繩都沒有。就像她開始學會騎馬那樣，只有她裸露的雙腿貼著馬背，將訊號傳達給嘶嘶敏感的皮膚——起初這是她下意識的反應——引導牠往她希望的方向跑。

快快套著韁繩，這是喬達拉訓練牠的方式，不過他必須同時發明套在快快頭上的器具以及訊號，才能讓牠朝向他想去的地方。他也感受到長久以來不曾有過的自在。這是趟漫長的旅程，他肩負讓兩人平安返家的重大責任。現在這重擔和行李一同卸了下來，騎馬成爲純粹的樂趣。兩人精神抖擻而亢奮，喜不自勝，他們帶著愉快的微笑沿著溪邊走了一段路。

「騎馬是個好主意，愛拉。」喬達拉開懷笑著對她說。

「我也這麼認爲。」愛拉說著，對他報以他一向鍾愛的笑容。

「噢！女人，妳好美。」他說著用手圈住她的腰，用他靈活湛藍的雙眼熱切低頭望著她，眼眸中充滿了愛意與快樂。只有冰川頂上深潭中融化的雪水可以與他眼珠的藍相比。

「你才美呢！喬達拉。我知道你說過形容男人不用美這個字，但是在我眼裡你很美。你知道的。」她抱著他的脖子，感受到他那與生俱來、幾乎無人能抵抗的強大魅力。

「妳愛怎麼叫我都行。」喬達拉說著，彎下腰親吻她，突然間他希望的不止是個吻。他們早已習慣擁有隱私，遠離旁人好奇的注視，在空曠的野外獨處。往後他必須適應再次被這麼多人圍繞……然而不是現在。

他用舌頭輕輕把她的嘴頂開，然後伸進她柔軟又溫暖的嘴裡。她也閉起眼睛探索他的嘴，讓自己感受他所挑起的快感。他把她拉近了些，享受她的身體貼在他身旁的感覺。他想，很快他們就會舉行配對禮，共組火堆地盤，她會生下屬於他火堆地盤的孩子，可能還帶有他的靈，而如果她說得沒錯，那甚至還是從他身上來的孩子，來自他的元精。他可以感覺到，這元精此刻正在他體內高漲。

他退後望著她，然後更急切地吻她的頸，品嘗她肌膚的鹹味，雙手伸向她的胸部。她的乳房漲大了，他感覺得出來，不久之後裡面將會充滿奶水。他解開她腰間的皮帶，伸手進去握住結實渾圓、沉甸甸的乳房。手掌感覺到她硬挺的乳頭。

他拉起她的上衣，她幫著他脫去，接著脫下短褲。在那短暫的一瞬間，他就那麼看著她佇立在陽光下，將充滿女人味的她盡收眼底：她美麗的笑臉、身上結實的肌肉、豐滿高聳的乳房與傲然挺立的乳頭、略顯渾圓的小腹以及亮金色的如雲秀髮。他是如此愛她，如此渴望著她，淚水因而湧上他的雙眼。

他迅速把自己的衣服脫下，放在草地上，他站起來，在她迎上前時將她擁入懷中。她閉上雙眼，任他親吻她的嘴、頸項與咽喉。他的手包住她的乳房，她的手則覆蓋在他的臀部上。他跪下來品嘗她頸部肌膚上的鹹味，舌頭從咽喉一直吻到乳溝。他手握雙乳，在她傾身向前時他用嘴含住了一個乳頭。

她止住呼吸，一陣微微的興奮感直達歡愉部位的核心。他換到另一邊乳頭用力吸吮，手指頭揉搓著另一個乳頭。接著他把她兩邊乳房托在一起，同時用嘴含住。她發出呻吟，讓自己沉浸在快感中。

他再次舔舐堅挺、飢渴的乳頭，然後往下移動到肚臍，來到小腹。他將溫暖舌頭彈入她的縫隙中，逗弄著裡面小小的硬核。強烈的快感通過全身，她喊叫出聲，弓身向他。他用手臂環繞她渾圓的臀部，將她拉向他，舌頭在她的縫隙間進進出出，挑逗她的硬核。

她站在原地，雙手抓住他的手臂，隨著每一次溫暖的揉搓，她的呼吸變成急促的喘息呻吟，體內高漲的快感一波波襲來，突然間釋放出一陣又一陣喜悅的痙攣。他感受到她的溫暖潮濕，品嘗屬於愛拉的獨特滋味。

她張開眼睛，低頭看著他調皮的笑容。「你眞讓我大吃一驚。」她說。

「我知道。」他開心地笑著說。

「現在換我了。」她哈哈大笑，輕推了他一把。把他推倒在地。她整個人壓在他身上吻他，在他身上聞到自己的味道。然後她輕咬他的耳垂，親吻他的頸項與咽喉，他愉快地微笑著。他最愛在兩個人都有興致時看她開心逗弄他，和他嬉鬧。

她親吻他的胸膛和乳頭，從胸前的毛舔到肚臍，再一直往下，到達他漲滿的陰莖。他閉上眼，感覺她溫暖的嘴包覆住他，恣意享受她配合著吸吮的上下移動。他用自己所學到的，教她如何取悅彼此。在那瞬間他想起年輕時被喚做索蘭那的齊蘭朵妮，想起他曾以爲自己再也找不到像她那樣的女人，但是他找到了。突然間他驚慌失措，他在心中向大地母親致謝。如果有一天失去了愛拉，他該怎麼辦？

他的心情瞬間改變。他很享受這樣玩一會兒，但現在他想要這女人。他坐起來，把她也拉起來，讓她面對他坐在他膝上，雙腳在他兩側。他將她抱在懷裡，炙熱的吻讓她驚訝無比，接著又緊緊擁抱她。她不知道是什麼改變了他的心情，但她以一如往常的愛意溫柔回應他。

接下來他吻她的肩膀和頸項，並且撫弄她的酥胸。她可以感受到他迫切的需要，她幾乎因此而欲望高漲。他用鼻子磨蹭她的乳房，想找到乳頭。她挺了挺胸，弓著背，隨著他的吸吮與輕咬，快感流遍全身。她感覺他堅硬、炙熱的陽物在她身下微微抬高，她想也不想，就發現自己正引導他進入自己。

她彎身向他，帶領他進入她溫暖潮濕的擁抱時，他幾乎無法承受。他用一隻手將她拉近，將一邊乳頭含在嘴裡，另一隻手按摩另一邊乳頭，彷彿她給他的女性魅力永遠不嫌多。

她引導他進入自己，每一次愛撫都使歡愉遍布全身，她呼吸沉重，嬌呼連連。一次又一次的舉起插入使他突然間欲望高漲。他放開她的乳房，用手撐住身體向後傾，抬起身體之後又放低，然後再抬起。他們在每次插入帶來一波波猛烈的快感中放聲喊叫，最後隨著一次美妙的戰慄，兩人攀升到歡愉的頂峰。

他又挺進了幾下之後倒在草地上，他的肩膀後面有塊小石頭，但他沒去管它。愛拉向前挪動躺在他身上，頭靠在他胸前，休息了一會兒。最後她終於又坐了起來。他微笑看她起身離開他。他很想再親熱久一點，但他們真的該回去了。她走了幾公尺來到小溪邊，蹲下去沖洗。喬達拉也走了過去。

「我們一到那裡就要游泳梳洗。」他說。

「我知道，所以我才沒有洗得太仔細。」

對愛拉而言，盡可能在交歡後淨身是她的穴熊族母親伊札教她的例行儀式，雖然她曾懷疑她那長相怪異、又高又不吸引人的女兒到底用不用得上。由於愛拉嚴格遵守這習慣，即使用冰凍的河水也要清洗，因此喬達拉雖然沒有那麼講究，這倒也成了他的習慣。

她去拿衣服時，沃夫跑過來，低著頭搖尾巴。沃夫還小的時候，她必須訓練牠當他倆在旅途中交歡時和他們保持距離。牠在一旁打擾會惹惱喬達拉，她也不喜歡被干擾。如果沃夫東聞西聞、想看看他們到底在幹嘛，光是用言語嚴厲訓斥還不能叫牠走開的時候，愛拉就得在牠脖子上拴一條繩子讓牠別亂跑，有時候還得拴得很遠。漸漸牠學會了，不過結束之後，她示意牠已經沒事了，這時牠總會小心謹慎地到她跟前來。

在附近耐心等待、嚼著牧草的馬兒，聽到口哨聲才過來。他們騎到高原邊緣再次停下來，俯瞰主要河流與其支流形成的河谷，以及與河道平行的石灰岩峭壁。從高地上他們可以看見主要河流從東邊流過來時，和從西北邊流來的小河匯聚在一起。小河流在較大河流即將轉向南方時流入主流，同時推動自西匯入的河水進入它的流向。在南方層層疊疊的峭壁盡頭，他們看見嵌在石灰岩地質中第九洞穴的巨大懸頂平台，和它長長的前廊。然而當愛拉俯瞰第九洞穴的家時，吸引她目光的並不是龐大無比的懸頂庇護所，而是另一個極不尋常的地形構造。

很久以前，在一次造山運動中，某一時期的山峰在緩慢的地質時間推移下堆疊升高，一根火成岩柱從原本生成的地方斷裂，掉入河水中。原本柱子所附著的石牆，在炙熱岩漿冷卻成玄武岩時，形成晶瑩剔透的結構體，構成平坦面以某種角度相接的大圓柱。

碎裂鬆動的岩石被洶湧的洪水推動，又被冰川往前拖，雖然受到猛烈敲打，玄武岩圓柱仍然維持基本形狀。石柱最後停留在內陸海床上，同時累積下沉的還有厚厚一層形成石灰岩的海洋生物沉澱物。之後的地殼變動將海床升高，慢慢變成河谷兩旁的圓形山丘與峭壁。在風、水與氣候侵蝕巨大的垂直石灰岩表面、形成齊蘭朵妮氏人所使用的庇護所與洞穴的同時，遠處不斷受到敲擊的不規則圓柱形玄武岩塊也露出地表。

光是岩塊的大小彷彿還不足以顯出此地的特色，嵌在巨大石灰岩懸頂上方的怪狀長石從前方突出，使龐大的岩洞更顯得與眾不同。雖然一端深深插入峭壁，然而它露在外面的部分斜得好像快要倒下來似的，因此成爲一個獨特的地標，替第九洞穴獨特的岩石庇護所增添一項引人注目的要素。愛拉剛抵達時就看到了，她認出這地形時打了個冷顫，覺得似曾相識。

「這塊石頭有名字嗎？」她指著石頭問道。

「它叫做墜石。」喬達拉說。

「這是個好名字。」愛拉說。「還有，你母親不是提到過那些河流的名稱嗎？」

「主要的那條河流其實沒有名字，」喬達拉說：「每個人都乾脆叫它主河。雖然它不是最大的，大多數人都認爲它是這個地區最重要的河流。它流進南邊一條更大的河，我們稱那條河爲大河，但許多齊蘭朵妮氏人的洞穴在這條河附近，只要有人說主河，大家都知道他指的是那條河。」

「那邊的小支流叫做木河。」喬達拉繼續說：「那裡長了許多樹，那個河谷裡的樹木比大多數河谷要來得多，獵人不常到那裡打獵。」愛拉點頭，以沉默表示了解。

支流河谷的右側是石灰岩峭壁，左邊是陡峭的山丘，它不像大多數主要河流與附近支流的河谷那樣是一片開闊的綠草地，而是濃密的樹林與其他植被，上游處更是如此。獵人喜歡開闊的草地，不喜歡林地，因爲在那裡打獵比較困難。有樹木和灌木叢可供躲藏掩飾，動物不容易被獵人看見，此外成群結隊遷徙的動物也偏愛有大草原的河谷。另一方面，河谷確實能提供建築、工具與生火所需的木材，林地裡也能採集水果和堅果，收集一些當作食物或做其他用途的植物，以及獵捕可以落入圈套和陷阱的小動物。在樹木稀少的土地上，沒有人會輕忽木河河谷的價值。

在第九洞穴前廊東北端下方也能清楚看見這兩條河的河谷，愛拉看到明顯的大火堆餘燼。她在那裡時沒有注意到有火堆，因爲她一心一意要沿著小路到達木河河谷裡馬兒吃草的草原。

「前廊邊緣怎麼會有那麼大的火堆，喬達拉？那不可能是用來取暖的，它是煮食用的嗎？」

「那是烽火，」他說道。發現她困惑的表情，他繼續往下說：「從那個地點看出去，可以看到很遠處的烽火。我們用火傳達訊息給其他洞穴，他們也用烽火傳達訊息。」

「什麼樣的訊息？」

「喔，各式各樣都有。一整群動物移動的時候我們常會傳遞訊息，讓獵人知道我們看到什麼。有時候也會用烽火宣布事情與集會，或者其他種類的聚會。」

「但要怎麼知道烽火的意義呢？」

「我們通常都會事先籌畫，尤其是在某種獸群遷徙，獵人計畫狩獵的季節。有些特定的烽火代表某人需要幫助。有時當你看到火堆燃燒時，就知道要特別注意。如果不知道烽火的意義，我們會派遣快跑人去查明訊息。」

「這是個很聰明的點子。」她說完，又加入自己的想法。「這就好像穴熊族的手語和信號對不對？不用言語就能溝通。」

「我從來沒從這個角度想，不過我想妳說得沒錯。」他說。

回去時喬達拉走了一條和來時不同的路。他朝主河河谷的方向沿著Z字形的小路從靠近山頂的陡峭斜坡蜿蜒而下，然後向右轉，經過較和緩的坡地，穿過草地和灌木叢。小路沿著主河右岸的平坦低地邊緣出來，直接橫越木河後來到馬兒的草地。

回程路上愛拉心情輕鬆，但是沒有騎馬時那種令人振奮的奔放心情。雖然她很喜歡目前爲止見到的每個人，但是眼前還有一場盛大的宴會，她並不期待在今晚認識齊蘭朵妮氏第九洞穴的其他人。她還不習慣一次見到那麼多人。

他們把嘶嘶和快快留在碧綠的牧草地，找到生長富含皀素的植物的地方，但是愛拉不熟悉這種植物，喬達拉必須指出是哪一株。她仔細研究，記下相同與相異處，確定自己之後能認得這種植物，然後從小口袋裡取出乾鼠李花。

沃夫和他們一起跳到河裡，但是沒待太久，看他們倆沒注意牠，牠就上岸了。他們游了好一會兒，終於將旅途中沾染的塵垢洗去，再把植物的根和一些水放在一塊圓石的凹處碾碎，磨出富含皂素的泡沫。他們把泡泡揉搓在自己身上，然後又大笑著抹在對方身上，接著潛到水裡沖掉。她拿了些鼠李給喬達拉，又抹了些在她的濕頭髮上。鼠李所含的皂質不多，只產生少許泡沫，但是聞起來香甜清新。年輕女人又沖洗了一遍，就準備上岸了。

他們用軟皮擦乾身體，然後坐在攤開的皮上曬太陽。愛拉拿起一把猛獁象牙刻成的四齒梳子，那是她馬木特伊氏朋友狄琪送的禮物。當她正要開始梳頭時，喬達拉阻止了她。

「讓我幫妳梳。」他說著把梳子接過去。他喜歡在她洗完頭髮後幫她梳頭，感覺手中厚重的濕頭髮在曬乾後變成柔軟有彈性的秀髮是他一大樂事。這動作使她感到備受寵愛。

「我喜歡你母親和妹妹，」愛拉說。她背對著他讓他幫自己梳頭。「還有威洛馬。」

「他們也喜歡妳。」

「約哈倫應該是個優秀的頭目。你知道你和你哥哥額頭都有皺紋嗎？」她問道。「我不喜歡他都不行，他看起來和你那麼像。」

「妳美麗的笑容讓他神魂顛倒，」喬達拉說：「和我一樣。」

愛拉沉默了一會兒，接著說出她在思考些什麼。「你沒告訴我你的洞穴裡有那麼多人，就好像整個穴熊族夏季大會的人都住在這裡。」愛拉說。「你好像認識每個人，不知道我到底能不能認識所有的人。」

「別擔心，過不了多久妳就會認識他們。」他一邊整理一團糾結在一起的頭髮，一邊說道。「噢，抱歉，我拉得太用力了嗎？」

「不，沒關係。很高興我終於見到你的齊蘭朵妮。她懂醫術，有人可以跟我聊這方面的話題真是太好了。」

「她是個很有權威的女人，愛拉。」

「顯然如此。她成爲齊蘭朵妮有多久了？」

「我想想，」他回答：「我想那是在我去和達拉納同住後不久。那時她在我眼裡仍舊是索蘭那。她很美，而且性感。我從來不覺得她瘦，不過她的身材愈來愈像大媽。我想她喜歡妳。」他停止梳頭，過了一會兒，他笑了起來。

「什麼事那麼好笑？」愛拉問。

「我聽妳告訴她妳怎麼發現我，還有寶寶的事等等。我很注意看她的表情。每次妳回答一個問題，她可能想再問妳三個問題。妳的回答只會讓她對妳更好奇。妳向來是這樣。即使對我來說，妳也是一個謎。妳知道妳有多了不起嗎，女人？」

她已經轉過頭來，他以充滿愛意的眼神望著她。

「給我點時間，我會讓你知道『妳』有多了不起。」她回答，一抹慵懶、性感的微笑在她臉龐。喬達拉俯身親吻她。

他們聽到一陣笑聲，兩人猛然回頭。

「噢，我們打擾你們了嗎？」一個女人說。就是這個迷人的淺髮黑眼珠女人聽到弗拉那和她朋友聊到兩位剛回來的旅人。另外兩個女人跟她在一起。

「瑪羅那！」喬達拉輕皺著眉頭說。「沒有，妳沒打擾我們。我只不過很驚訝會看到妳。」

「爲什麼你會很驚訝呢？難道你認爲我已經出其不意地踏上旅途了嗎？」瑪羅那說。

喬達拉局促不安，他望向愛拉，她正看著這幾個女人。「當然不是了。我想我只是很驚訝而已。」

「我們不過是出來散步，剛好在這裡遇到你。而且喬達拉，我承認我忍不住想讓你不太自在。畢竟我們有過婚約。」

他們並沒有正式訂婚約，但他不想跟她爭。他知道自己肯定造成她這種印象。

「我不知道妳還住在這兒，我以為妳已經和另一個洞穴的男人配對了。」喬達拉說。

「我是啊，」她說：「不過我們的關係沒有繼續，所以我回來了。」她一直用他熟悉的眼神，盯著他結實黝黑的裸體。「這五年來你變得不多，喬達拉。只不過多了幾道難看的疤痕。」她把眼光轉向愛拉。「不過我們其實不是來跟你說話的，我們是來見見你的朋友。」瑪羅那說。

「今晚她會被正式介紹給所有人。」他說著，不由得想保護愛拉。

「我們聽說了，但是我們不需要正式介紹。我們只想跟她打個招呼，歡迎她來。」

他無法拒絕將愛拉介紹給她們。「馬木特伊氏獅營的愛拉，這位是齊蘭朵妮氏第九洞穴的瑪羅那和她的朋友。」他仔細一看，說道：「第五洞穴的波圖拉？是妳嗎？」喬達拉問。

那女人笑了，因為喬達拉記得她而開心得紅了臉。瑪羅那對她皺了皺眉頭。「對，我是波圖拉，但是我現在住在第三洞穴。」她當然記得他，他被選為她初夜交歡恩典的男人。

但他記得她的原因是，她是那些事後追著他跑，還想辦法跟他獨處的女人之一，雖然習俗禁止他們在初夜交歡恩典後至少一年內和彼此來往。通常他心中都會對一起過夜的年輕女子懷抱著溫柔的愛意，然而她的窮追不捨多少破壞了他對典禮的美好回憶。

「我想我不認識妳另外一位朋友，瑪羅那。」喬達拉說。她好像比另外兩個人年輕。

「我叫蘿拉法，是波圖拉的妹妹。」年輕女人說。

「我和第五洞穴的一個男人配對後我們才熟起來。」瑪羅那說。「她們來拜訪我。」她轉向愛拉。

「我問候妳，馬木特伊氏的愛拉。」

愛拉站起來回禮。雖然她平時不會在意這種事，但一絲不掛的被陌生女人問候，還是讓她覺得有點尷尬。她圍起用來擦乾身體的毛皮，將它塞在腰際，把護身囊掛回脖子上。

「妳好，齊蘭朵妮氏第九洞穴的瑪羅那。」愛拉說。輕微的捲舌音和特殊的喉音立刻顯出她外地人的身分。「我問候妳，第五洞穴的波圖拉，也問候她的妹妹，蘿拉法。」她繼續說。

聽到愛拉古怪的說話方式，比較年輕的那個女人吃吃竊笑，但又想隱藏笑意。喬達拉覺得他在瑪羅那臉上發現一抹不自然的笑容，他的眉頭皺成一團。

「愛拉，我不只要問候妳，」瑪羅那說：「我不知道喬達拉有沒有提到過，但妳現在已經知道了，他決定踏上那場偉大的旅途之前我們訂過婚約，但他突然走了。我敢說妳一定曉得，我為此不太開心。」

喬達拉搜索枯腸，想說些什麼來避免接下來他知道一定會出現的話題，為了讓愛拉知道瑪羅那有多不高興，她會列舉出他一長串的過錯。但她讓他吃了一驚。

「但是那些都過去了。」瑪羅那說：「說實話，直到妳今天到這裡之前，這些年我沒再想過他。其他人或許還沒忘記，而且有些人喜歡說閒話。我想給他們些話題去聊，讓他們知道我可以很得體地歡迎妳。」她轉向她的朋友，讓她們加入談話內容。「我們正要去我房間，為參加今晚為妳舉行的歡迎盛宴做準備，我們認為妳或許想和我們一起，愛拉。我表妹薇羅帕已經在那裡了。你記得薇羅帕吧，喬達拉？我想這樣妳就有機會在今晚正式會面之前先認識幾個女人。」

愛拉嗅出空氣中的緊繃氣氛，尤其是在喬達拉和瑪羅那之間。但是在那種情況下這是很自然的。喬達拉提到過，他在離開前曾經差點和瑪羅那訂婚約，愛拉可以想見如果自己處在那女人的位置，將作何感想。不過瑪羅那對此事毫不避諱，而愛拉也的確希望能認識一些女人。

她想念她的女朋友們。在成長過程中和她年齡相仿的女孩沒幾個。伊札的親生女兒烏芭就像她妹妹一樣，但是烏芭比她小很多，而當愛拉對所有布倫部落女人的關心與日俱增時，她發現了彼此的差異。

不管她如何努力，嘗試做個順從的穴熊族女人，有些事她改不過來。直到她和馬木特伊氏住在一起，遇到狄琪，她才欣然領會和自己同年齡人聊天的樂趣。她想念狄琪，也想念夏拉木多伊氏的索莉，她很快就和愛拉結爲好友，愛拉總是不斷想起她。

「謝謝妳，瑪羅那。我想加入妳們。我只有這件衣服，」她說著，很快地穿上那件樣式簡單、沾上污痕的旅行外衣。「不過瑪桑那和弗拉那會幫我做些衣服。我很想看看妳們穿什麼。」

「或許我們可以給妳些東西，當作見面禮。」瑪羅那說。

「你可以把這塊毛皮帶回去嗎，喬達拉？」愛拉說。

「當然。」他說。他迅速緊抱了她一下，碰了碰她的臉頰，她就跟那三個女人走了。

目送他們離去的喬達拉，眉頭皺得更緊了。雖然他沒有正式要求瑪羅那做他的配偶，卻讓她認爲他們會在他離開之前那次夏季大會的配對禮結合，而她已經在籌畫一切。但他卻和他弟弟踏上旅途，從此消失。她一定很難受。

他不曾愛過她。她的美麗無庸置疑，大部分的男人都將她視爲夏季大會上最美麗、最炙手可熱的女人。雖然他不十分同意，她對分享朵妮的交歡恩典的確有一套，但她偏偏不是他最想要的女人。可是旁人說他倆是天造地設的一對，他們看上去多麼匹配，每個人都認定他們會結合。他或多或少也這麼預期。他知道有一天他想與一個女人和她的孩子分享火堆地盤，既然他無法得到他想要的女人索蘭那，那麼瑪羅那也可以。他不願承認，但在決定和索諾倫踏上旅途時，他的心情輕鬆無比。當時這是擺脫他倆關係最容易的辦法。他有把握在他走後她能找到別人。她說她找到了，但是他們沒有繼續下去。他曾經預期會見到她有一群孩子，但她完全沒有提到孩子的事，眞叫人訝異。

他根本不知道回來時她還沒配對。她還是個美麗的女人，但她確實脾氣不小，還帶有一股惡意的氣質。她有可能心懷不軌，挾怨報復。看著愛拉和三個女人走向第九洞穴，喬達拉擔心得皺緊了眉頭。

第六章

沃夫看見愛拉穿過馬兒的草地，和三個女人沿著小徑走來，牠快步跑向她。看到這隻龐大的肉食動物，蘿拉法尖聲喊叫，波圖拉倒抽了一口氣、驚慌地四下張望想找個地方逃走，瑪羅那嚇得臉色發白。一看見這隻狼，愛拉立刻瞥了她們一眼，她注意到她們的反應後隨即以手勢叫牠停在原地。

「沃夫，停！」愛拉提高音量，與其是爲了叫牠停下來，她這麼做更是想讓她們三人安心。不過她的聲音的確加強了手勢的作用，沃夫停下來看著愛拉，等待能接近她的手勢。「妳們想不想見見沃夫？」她說。發現這些女人還是很懼怕，她又加了一句，「牠不會傷害妳們。」

「我怎麼會想要認識一隻動物？」瑪羅那說。

她的語氣讓愛拉更仔細端詳這淺色頭髮的女人。她注意到她聲音裡的恐懼，但令人訝異的是，她的音調中還有厭惡，甚至是憤怒。愛拉能了解她的恐懼，但瑪羅那其他的反應似乎不太恰當。她不常見到沃夫引起他人這樣的反應。另外兩個女人看著瑪羅那，彷彿受她左右似的，也無意接近沃夫。

愛拉看到沃夫的姿勢愈來愈緊繃。牠一定也感覺出什麼不對勁，她想。「沃夫，去找喬達拉。」她說完做出手勢要牠離開。牠又在那裡待了一會兒看著她，等她轉身和三個女人走上通往第九洞穴巨大岩石庇護所的小路後，牠才跑開。

路上她們和幾個人擦身而過，看見愛拉和她們走在一起，每個人都有不同的反應。有人露出懷疑的眼神或不解的笑容，有人似乎很訝異，甚至嚇壞了。只有小孩子沒理會她們。愛拉很難不注意到這情況，她因此有些緊張。

她以穴熊族女人的方式暗中觀察瑪羅那和其他兩個女人。沒有誰能比穴熊族女人更不引人注目。她們可以沒入背景，彷彿消失了一般，讓旁人認爲她們一點也沒有察覺到周遭的事物，然而事實卻非如此。

從很小的時候，大人就教導女孩絕對不要盯著男人看，連眼光直視也不行，以表示她們的謙遜。而且她們被要求要懂得何時該注意他人。長此以往，穴熊族女人學會小心而準確地專注觀察，僅用眼角餘光就能從姿態、動作與表情迅速汲取重要的資訊，幾乎從不遺漏。

她的這項能力不輸任何一位穴熊族女人，不過愛拉以爲這是她解讀肢體語言的能力，卻沒意識到這其實是她多年與穴熊族人住在一起的影響。對這些女人的觀察結果使她心生提防，並且重新思考瑪羅那的動機，但她不想做出任何假設。

來到懸頂下方後，她們朝著和愛拉之前走過的不同方向走去，進入靠近中央區域的一個大型住處。瑪羅那領著她們進去，另一個似乎正等著她們的女人問候她們。

「愛拉，這是我表姊薇羅帕。」瑪羅那穿過主間進入邊間的睡房時說。「薇羅帕，這位是愛拉。」

「妳好。」薇羅帕說。

在和喬達拉所有家人做過相當正式的介紹後，瑪羅那如此草率無禮把自己介紹給她的表姊，縱使這是她頭一次進入這住處，卻連個歡迎的問候也沒有，這點讓愛拉覺得非常古怪，而且和她預期中齊蘭朵妮氏人的行爲並不一致。

「妳好，薇羅帕，」愛拉說。「這住處是妳的嗎？」

愛拉不尋常的發音讓薇羅帕大吃一驚，她很不習慣聽到和她自己不一樣的任何一種語言。她不懂這個外地人在說什麼。

「不是。」瑪羅那插話：「這是我哥哥和他的配偶，還有他們的三個小孩的家。薇羅帕和我跟他們住在一起，我們共用這個房間。」

愛拉很快地瞄了一眼這個用壁板隔出來的空間，和瑪桑那住處的隔間方式類似。

「爲了參加今晚的宴會，我們要做髮型和化妝。」波圖拉說。她掛著討好的笑容瞥了一眼瑪羅那，她看著愛拉時的笑容變得很不自然。「我們覺得妳可能想和我們一起準備。」

「謝謝妳的邀請，我想看看妳們怎麼做。」愛拉說：「我不知道齊蘭朵妮氏人都是怎麼打扮的。之前我朋友狄琪有時會幫我做髮型，但她是馬木特伊氏人，而且住得非常遠。我知道我再也看不到她，我很想她。能有幾個女性朋友眞好。」

波圖拉非常驚訝，而且被這位新朋友眞誠友善的回答給打動了，她不自然的笑化爲眞心的微笑。

「既然這是一場歡迎妳的盛宴，」瑪羅那說：「我們認爲也該送妳一件衣服。我請我表姊找些衣服讓妳試穿，愛拉。」瑪羅那看看四散在各處的衣服。「妳選的很不錯，薇羅帕。」蘿拉法吃吃笑著，波圖拉轉過頭去。

愛拉看到幾件外衣攤在床上和地上，大部分是裹腿和長袖襯衫或束腰上衣。然後她看著四個女人穿的衣服。

薇羅帕看上去比瑪羅那年長，愛拉注意到她穿的衣服很寬鬆，跟擺出來的那幾件類似。年紀很輕的蘿拉法穿了件無袖的皮製短束腰上衣，皮帶圍在臀部，剪裁和攤在地上和床上的不太一樣。身材豐滿的波圖拉身上穿的是用某種纖維製的圓裙和一件寬鬆的上衣，裙子下襬垂掛著長長的流蘇。消瘦但身材勻稱的瑪羅那穿了一件無袖上衣，前面的開口以各色各樣的珠子和羽毛裝飾，下緣一圈淡紅色的流蘇長度剛好及腰。她下身穿的是腰布裙，和愛拉在旅途中天氣炎熱時穿的裙子類似。

喬達拉曾經告訴她如何拿一條長方形的軟皮革從兩腿間往上提，然後用一條皮帶綁在腰上，把前面和後面過長的兩端垂下來，從兩邊拉在一起，讓腰布看起來像是一條短裙。她注意到瑪羅那的腰布裙前後都有流蘇。她的裙子在腿的兩側都是空的，露出她修長勻稱的赤裸大腿。她把皮帶繫得很低，剛好超過臀部，因此她走動時前後的流蘇就會擺動。愛拉認爲瑪羅那的衣服在她身上看起來太小了，好像是小孩子的衣服，而不是女人的，那件超短上衣兩邊沒有在前面相接，根本合不起來，而腰布裙也太迷你了。不過她敢說這位淺髮女人刻意而仔細地挑選她的衣服。

「來，挑些衣服出來吧，」瑪羅那說：「然後我們會幫妳做髮型。我們希望這對妳來說會是個與眾不同的夜晚。」

「這些衣服看起來太大太厚重了，」愛拉說：「它們穿起來不會太熱嗎？」

「夜晚會轉涼。」薇羅帕說：「而且這些衣服本來穿上去就很寬鬆，像我這樣，」她舉起手臂展示寬鬆的上衣。

「來，試試這件。」瑪羅那拿起一件束腰上衣說。「我們會告訴妳該怎麼穿。」

愛拉脫掉自己的束腰上衣，把護身囊從脖子上取下放在架子上，讓其他女人把另一件束腰上衣套在她頭上。雖然她比其他四個女人都要來得高大，上衣還是垂到她的膝蓋上，長袖蓋過了她的指尖。

「這件太大了。」愛拉說。她沒看見蘿拉法，但是她覺得似乎聽到背後傳來一陣聲音。

「不，不會。」薇羅帕誇張地笑著說。「妳只需要一條皮帶，還有妳應該要把袖子捲起來。像我一樣，妳看。波圖拉，把那條皮帶拿來，讓我弄給她看。」

豐滿的女人拿來一條皮帶，但是她不像瑪羅那和她表姊那樣放肆地笑。她臉上已經沒有笑容了。瑪羅那拿了皮帶圍在愛拉腰上。「妳應該像這樣把它繫得很低，圍在臀部，把上衣拉出來，這樣流蘇就會垂下來，看到沒？」

愛拉還是覺得衣服太厚重。「不，我覺得這件衣服不合身，它眞的太大了。妳看這雙裏腿，」她拿起束腰上衣旁的裏腿舉在面前。「腰部太高了。」她把束腰上衣從頭上脫掉。

「妳說的對。」瑪羅那說。「再試另一件。」她們又選了另一套衣服，稍微小一些，以象牙珠子和貝殼裝飾出繁複的花樣。

「這件好漂亮，」愛拉看著束腰上衣正面。「有點太華麗了……」

蘿拉法莫名其妙地哼了一聲。愛拉轉頭看她，但是她卻別過臉去。

「但它實在是非常重，而且還是太大了。」愛拉說著把第二件長上衣也脫掉。

「我覺得若是妳還不習慣齊蘭朵妮氏人的服裝，就會覺得它太大。」瑪羅那皺著眉頭說，但隨即又換上一副洋洋得意的表情。「但或許妳是對的。在這兒等我一下。我想我有件非常合身的衣服，而且是剛做好的。」她離開睡房，走進住處的另一頭。過了一會兒，她拿來另一套衣服。

這一件小多了，而且非常輕，愛拉穿上它。貼身的裹腿往下到小腿的一半，不過腰部的高度剛剛好，正面重疊的部分以牢固有彈性的皮繩綁住。上身是無袖的束腰上衣，正面剪裁出很深的V字領，繫上薄的皮繩。上衣有點小，愛拉不能把繩子綁緊，但是皮繩鬆鬆的也不錯。和其他幾套衣服不同的是，這套以柔軟皮革製成的衣服樣式簡單，沒有裝飾，軟皮舒適地貼著肌膚。

「這一件穿起來非常舒服。」愛拉說。

「我有件東西可以讓這衣服看起來更亮眼。」瑪羅那說著，把她那條用不同顏色纖維織成複雜圖案的皮帶給愛拉看。

「它的做工好漂亮，而且很有意思。」瑪羅那把皮帶圍在她腰部下方時，愛拉說。她很滿意這套衣服。「這件很合身。」她說：「謝謝妳的禮物。」她掛上護身囊，把其他幾件衣服摺好。

蘿拉法嗆到咳了幾聲。「我得喝點水。」她說著急忙走出房間。

「現在，妳一定要讓我幫妳綁頭髮。」薇羅帕臉上依舊是誇張的笑容。

「等我幫波圖拉化完妝，我答應一定幫妳化妝。」瑪羅那說。

「妳說過妳會幫我綁頭髮，薇羅帕。」波圖拉說。

「妳也答應會幫我弄。」蘿拉法在房間入口說。

「如果妳咳嗽好了的話。」瑪羅那嚴厲地看了那年輕女人一眼。

當薇羅帕梳理她的頭髮時，愛拉興味盎然地看著瑪羅那幫另外兩個女人化妝。她把固體油脂和磨得很細的紅與黃色赭石粉混合在一起，在嘴唇、臉頰和前額上色，再把油和黑炭混合在一起，加強眼睛的線條。然後她用和以上顏色相同卻更深的色調，仔細把點、曲線和其他形狀畫在她們臉上，這讓愛拉想起她在某些人臉上看過的刺青。

「現在讓我幫妳畫臉，愛拉。」瑪羅那說：「我想薇羅帕已經幫妳綁好頭髮了。」

「是啊！」薇羅帕說。「我弄好了。讓瑪羅那幫妳化妝吧。」

雖然這些女人化的妝很有趣，愛拉還是不太喜歡這主意。瑪桑那住處的用色和設計之細緻精巧，就讓人感到很舒服，但是愛拉不確定她是否喜歡這些女人臉上的妝，看起來太濃豔了。

「不……我想不用了。」愛拉說。

「妳一定要！」蘿拉法氣急敗壞地說。

「每個人都化妝，」瑪羅那說：「妳會是唯一沒化妝的。」

「是啊，讓瑪羅那幫妳畫嘛。每個女人都畫的。」

「妳眞的該畫，」蘿拉法慫恿她：「每個人都想讓瑪羅那畫臉。她願意幫妳算妳運氣好。」

她們的百般強迫讓愛拉很想抗拒。畫臉的事瑪桑那一句都沒提到。她想花點時間讓自己適應，而不是被迫接受她不熟悉的習俗。

「這次不要，或許下次好了。」愛拉說。

「噢！妳就畫吧，別掃興！」蘿拉法說。

「不！我不想畫臉！」愛拉語氣堅決，她們終於不再逼她。

她看她們替對方梳起繁複的辮子和髮髻，插上光鮮亮麗的裝飾用梳子和髮針，最後她們又加了些臉部的裝飾。之前愛拉沒注意到她們五官上的洞，等到她們把耳環穿在耳垂上，把類似栓子的裝飾物穿進鼻子、臉頰和下唇時她才看清楚。愛拉發現某些畫在臉上的圖案更凸顯之後加上的裝飾物。

「妳沒有在身上穿洞嗎？」蘿拉法問：「妳一定要穿些洞，可惜我們不能現在做。」

愛拉不確定她想不想穿洞，耳洞的話或許可以，這樣她才能戴上一路從猛獁象獵人夏季大會上帶來的耳環。她看到這幾個女人在脖子上加了些珠子和流蘇，把手鐲帶在手臂上。

她注意到她們不時地瞄向隔板後面的某個東西。一直看她們梳理裝飾，愛拉終於覺得無聊，就起來到處閒晃，看她們到底在看什麼。看到那面和瑪桑那住處鏡子相似的黑色發亮木頭時，她聽見蘿拉法倒吸了口氣。愛拉看著自己。

她不太滿意鏡中反射的影像。她的頭髮被梳成辮子和髮髻，但這些髮辮的排列位置古怪又不美麗，不像其他女人那樣是悅人的對稱排列方式。她看見薇羅帕和瑪羅那看了對方一眼，然後轉過頭去。她試著接觸其中一個女人的目光，但她們都躲著她。事有蹊蹺，她不覺得自己會喜歡這種情況。她一點也不喜歡她們幫她梳的髮型。

「我把頭髮鬆開。」愛拉說著，開始拆掉梳子、髮針和夾子。「喬達拉喜歡我這種髮型。」把所有雜七雜八的東西都從頭上取下來後，她拿起梳子梳開長而濃密、洗淨後充滿彈性的亮金色自然捲髮。

她調整脖子上的護身囊，然後照著鏡子。她向來不愛將護身囊離身，所以常常戴在衣服底下。或許將來她會學著自己梳髮型，不過現在她更喜歡讓頭髮自然垂下。她看了薇羅帕一眼，懷疑她爲什麼之前看不出自己的頭髮有多奇怪。

愛拉在鏡中看見她的皮製護身囊，她試著從別人的角度觀察它。裡面的內容物使它看起來凹凸不平，由於磨損和汗水的浸漬，它的顏色變得比之前深得多了。這個有裝飾的小袋子本來的用途是針線包，原本裝飾圓形底部邊緣的白色羽毛現在只剩下黑色的羽毛管，然而象牙珠子繡成的圖案還保留完好，使樣式簡單的束腰皮上衣增色不少。她決定把護身囊露出來。

她還記得，她的朋友狄琪看到她之前戴的那個又髒又沒有任何裝飾的小袋子，才說服她用這針線包當作護身囊。現在這也變得破舊了。她心想應該儘快做一個新的來取代它，但是她不會把舊的丟掉，這護身囊有著太多回憶。

她聽得見外面人來人往的聲音。一直看著這些女人在對方臉或頭髮加上枝微末節的最後修飾令她感到十分厭倦，她根本分辨不出這些裝飾有什麼效果。終於從住處門口旁的生皮革壁板上傳來刮門聲。

「大家都在等愛拉。」某人喊道，聽起來像是弗拉那的聲音。

「告訴他們她馬上就出來了。」瑪羅那回答：「妳確定不要讓我在妳臉上稍微上點妝嗎，愛拉？畢竟今晚的盛宴是爲妳舉行的。」

「不，我眞的不想畫。」

「好吧，既然他們在等妳，我想妳該去了。我們隨後就到。」瑪羅那說：「我們還得換衣服。」

「好，我想我就先走了。」愛拉說，她很高興有個可以離開的理由。感覺上她們在屋裡待了好長一段時間。「謝謝妳的禮物，」她想起要跟她道謝。「這套衣服眞的非常舒適。」她拿起舊的束腰上衣和短褲走了出去。

她在懸頂庇護所沒看到半個人，弗拉那沒有等她就走了。愛拉迅速掉頭走向瑪桑那住處，把她的舊衣服留在入口處。愛拉看見人群在遮蔽下方建築物的岩架陰影外面，她快步朝戶外走向他們。

當她走進向晚的陽光下時，附近見到她的幾個人吃驚地張大嘴停了下來。接著又有一些人發現她之後瞪著她看，還推了推身旁的人也叫他們看。愛拉放慢腳步，最後停下來回望那些看她的人。不久所有人都停止交談。突然間，一陣憋不住的狂笑打破寂靜，然後又是一陣接著一陣的笑聲。很快地所有人都笑了起來。

他們爲什麼要笑？他們是在笑她嗎？她做錯什麼事了嗎？她困窘地紅了臉。她做出什麼蠢事了嗎？她四下張望想找地方逃跑，但卻不知道該往何處去。

她看見喬達拉大步走向她，他怒氣沖沖，神色凝重。瑪桑那也從另一頭趕忙走向她。

「喬達拉！」他向她走近時她喊道。「爲什麼每個人都在笑？我哪裡不對了？我做了什麼事？」她沒發現自己說的是馬木特伊氏語。

「妳身上穿的是男孩子冬天的內衣。妳的皮帶是年輕男人在青春期初期戴的，好讓別人知道他正準備接受他的朵妮女。」喬達拉和她使用同樣的語言。愛拉頭一天和他的族人見面，就成爲如此殘酷玩笑的笑柄，他怒氣沖天。

「妳這些衣服是哪裡來的？」瑪桑那來到她面前時問她。

「瑪羅那。」喬達拉替她回答：「我們在主河邊時她過來告訴愛拉，她想幫愛拉爲出席今晚的盛宴打扮一番。我該猜得出她心懷不軌，想報復我。」

他們東張西望，回頭向岩洞下方瑪羅那哥哥住處的方向看去。那四個女人正巧站在懸頂的陰影裡。她們摟著彼此的腰，互相靠在一起，拚命嘲笑這受她們拐騙而穿上極不得體的男孩衣服的女人，淚水淌過她們的臉，使她們精心繪製的紅黑條紋裝飾糊成一片。愛拉這才明白她們以她的不安和困窘爲莫大樂趣。

看著這些女人，怒氣湧上愛拉心頭。這就是她們爲了歡迎她而給她的禮物嗎？她們希望所有人這樣嘲笑她嗎？此刻她了解到，她們拿出來的每件衣服都不適合女人穿。現在她恍然大悟，那些全都是男人的衣服。但是她發覺有問題的不止是衣服。這就是爲什麼她們把她的頭髮梳得這麼奇特，好讓別人笑話她？她們是不是也打算把她的臉畫得很好笑呢？

愛拉一直很愛笑。和穴熊族住在一起時，她兒子出生前她是唯一會在快樂時發出笑聲的人。穴熊族人會做出類似微笑的奇怪表情，但那不代表快樂，而是緊張或恐懼時的臉部表情，或在可能受到侵犯時會出現的威脅表情。她兒子是唯一一個像她那樣會微笑和大笑的寶寶，雖然族人對他的笑容感到不自在，她卻愛極了杜爾克快樂的咯咯笑聲。

住在山谷裡時，她常常在年幼的嘶嘶和寶寶做出滑稽動作時開心地笑。喬達拉不時展露的微笑和偶爾的開懷大笑，讓她明白她遇見自己的同類，讓她更愛他。當她第一次與塔魯特見面時，正是他那誠懇的笑容與精力充沛的吼聲，促使她到獅營作客。她在旅途中曾遇到許多人，也數次和他們一起歡笑，但她從來沒有被別人嘲笑過。她從不知道笑聲可以傷人。笑聲帶給她的是痛苦而非歡樂，這對她來說是頭一次。

瑪桑那也很不喜歡這捉弄訪客的惡劣把戲，畢竟這位齊蘭朵妮氏第九洞穴的客人也是他兒子帶回家與他配對的女人，她即將成爲他們的一份子。

「愛拉，跟我來，」瑪桑那說：「我去拿合適的衣服給妳穿，我們一定能在我那裡找出妳能穿的衣服。」

「或者穿我的也可以。」弗拉那說。她目睹這整件事，因此前來幫忙。

愛拉跟在她們後頭，才走了幾步又停下來。「不。」她說。

這些女人送給她不合適的衣服當作「見面禮」，因爲她們想讓她看起來古裡古怪、與眾不同，以表示她不屬於這裡。那麼，她必須感謝她們送的「禮物」，她要穿著這件衣服！她之前也曾經成爲眾人瞪視的對象。在穴熊族裡，她總是特殊、醜陋而古怪。他們從來沒有嘲笑過她，因爲他們不曉得該怎麼笑，但是當她抵達穴熊族的夏季大會時，所有人都瞪著她瞧。

如果她能忍受自己是唯一一個和別人不一樣的人，是整個穴熊族夏季大會裡唯一不是穴熊族的人，那麼她當然也能坦然面對齊蘭朵妮氏人，至少他們和她長得一樣。愛拉挺直背脊，下顎緊閉，下巴高高抬起，怒視哈哈大笑的圍觀人群。

「謝謝妳，瑪桑那。也謝謝妳，弗拉那。不過這套衣服好得很。這是送我的見面禮，丟在一旁不穿實在太不禮貌。」

她往後瞥了一眼，發現瑪羅那和其他女人都走了，她們回到瑪羅那的房間。大批人群逐漸聚攏，向他們走來，愛拉轉身面對他們。當她經過時，瑪桑那和弗拉那吃驚地看著喬達拉，但他只是聳聳肩、搖著頭。

愛拉往前走時，眼角瞥見一個熟悉的身影。沃夫出現在小徑前端，朝她跑來。牠到她跟前時，她拍拍自己，牠跳到她身上，把前腳搭在她肩膀上，舔舐並輕咬她的喉嚨。人群中傳來陣陣騷動。愛拉示意牠下去，然後以手勢讓牠緊緊跟隨，像她在馬木特伊氏的夏季大會上教牠的方式一樣。

當愛拉穿過人群時，她走路的姿態、果決的態度、注視嘲笑她的人時那挑釁的眼神，以及走在她身旁的沃夫，這一切使得周遭安靜了下來。很快地，沒有誰想再笑出聲。

她走入之前已經見過面的那群人當中。威洛馬、約哈倫和齊蘭朵妮都向她致意。她轉身看見喬達拉在她背後，瑪桑那和弗拉那跟在後面。

「這裡有些人我還沒見過。你能幫我介紹嗎，喬達拉？」

向前一步的反倒是約哈倫。「猛獁象火堆地盤的女兒，馬木特伊氏獅營一員的愛拉，被穴獅之靈選中，受穴熊保護……她也是馬和狼的朋友。這位是我的配偶，齊蘭朵妮氏第九洞穴的波樂娃……」

約哈倫將愛拉正式介紹給近親好友時，威洛馬開懷大笑，然而他的笑容裡沒有一絲嘲弄。愈來愈吃驚的瑪桑那，興味盎然地觀察她兒子帶回家的這個女人。她的視線遇上齊蘭朵妮，兩人交換了心照不宣的眼神。她們稍後會討論這件事。

許多人不住地打量愛拉，尤其是男人。雖然這套衣服在他們眼裡有特別的意義，但他們開始發現衣服和皮帶穿在愛拉身上有多麼合身。過去幾年來她一直在旅行，不是走路就是騎馬，她的肌肉非常結實。貼身的冬季男孩內衣凸顯出她瘦而有肌肉的勻稱身材。由於胸部結實而飽滿，她無法繫起衣服前面的細皮繩，因此領口處露出她的乳溝，這比男人平時看慣的裸胸更誘人。裹腿展現她長而勻稱的雙腿與渾圓的臀部，而撇開原本的象徵意義不談，圍在臀部的腰帶凸顯出她因懷孕初期而略微變粗的腰枝。

這套衣服穿在愛拉身上有了新含意。雖然許多女人的確在臉上化妝、穿戴飾物，她素淨的臉龐卻強調她的自然美。她那不規則散布著大波浪和小捲髮的長髮披散在身上，夕陽餘暉映照著髮絲，性感動人，和其他女人整齊的髮型形成強烈對比。她看起來還很年輕，讓成年男子回想起他們自己的年輕歲月，和初嘗大地母親交歡恩典的滋味。這使得他們希望自己能重拾青春，而愛拉就是他們的朵妮女。

大家很快忘記愛拉怪異的衣著，這套衣服穿在這位嗓音低沉、有著外地口音的美麗陌生女人身上似乎很合宜，這不會比她駕馭馬兒與狼的能力更怪異。

喬達拉注意到大家看著愛拉，也聽到她的名字出現在他們的竊竊私語中。他無意間聽到一個男人說：「喬達拉帶回家的女人眞是個豔光四射的美女。」

「我們都知道他會帶個美麗的女人回來，」回答他的是個女人的聲音：「但她也是勇氣十足，意志堅強。我想進一步認識她。」

這番評論讓喬達拉又看了愛拉一眼，突然間他看到的不是她不得體的衣著，而是她看上去的樣子。沒有幾個女人的身材像她那麼好，尤其是她這個年紀的女人，她們通常都有了一兩個孩子，使得年輕的肌膚變得鬆弛。即使衣著樣式得體，也很少有人會考慮穿上如此貼身的外衣。多數人比較喜歡寬鬆而能隱藏身材、穿在身上比較舒適的衣服。而且他的確很喜歡她把頭髮放下來。她是個美麗的女人，他心想，而且又勇敢。他心情輕鬆地露出笑容，回味他們下午騎馬出遊和在高地停留的時刻，暗忖自己是多麼幸運。

依舊不住大笑的瑪羅那和她三個同夥已經回到她的房間，去修補臉上壞掉的妝。她們打算稍後再穿上最好、最合適的衣服出現，期待出場時造成轟動。

瑪羅那把腰布裙換成柔軟光滑的長皮裙，外層還連著一件掛有流蘇的罩裙。她把罩裙圍在腰和臀部上綁起來，不過她穿的是同一件有裝飾的短上衣。波圖拉穿上她最喜歡的裙子和上衣。蘿拉法只帶了那件短束腰套裝，但是其他女人借給她一件有流蘇的長裙和幾條項鍊與手鍊，又費盡心力幫她梳髮和化妝，比她從前的裝扮都要來得華麗。薇羅帕一邊哈哈大笑，一邊把有裝飾的襯衫和男人的褲子脫掉，換上她自己花飾繁複、染成橘紅色的長褲和有深色流蘇的暗紅色束腰上衣。

都穿戴好之後，她們離開住處，一起走到開闊的前廊。然而看到瑪羅那和她朋友的人，都刻意背過身去不理會她們。齊蘭朵妮氏人並不殘酷，他們嘲笑這位陌生人，只是因爲成年女人穿著男孩子的冬季內衣和青春期皮帶，這念頭讓他們大吃了一驚。然而多數人並不喜歡粗魯的惡作劇。這事件有損每個人的顏面，顯得他們無禮又不好客。愛拉是他們的客人，而且很可能會馬上變成齊蘭朵妮氏人，況且她應對得很好，展現出她堅毅的精神，他們很替她驕傲。

這四個女人看到群眾圍著某人。有幾個人離開時，他們看見愛拉在人群中央，她還穿著她們給她的那套衣服。她根本連換都沒換！瑪羅那十分震驚。她一心認爲喬達拉的家人會給這個外來人一件比較得體的衣服穿——如果她在這之後還敢露臉的話。喬達拉一聲不響離開了她，除了空洞的承諾之外什麼也沒留下，她想羞辱他帶回來的陌生女人，但她的計畫卻暴露出她是一個多麼卑鄙、心腸惡劣的人。

瑪羅那刻薄玩笑的受害者反而是她自己，她氣得七竅生煙。她連哄帶騙地勸說她朋友加入她的計畫，答應使她們成爲眾人矚目的焦點，她說她們將會在盛宴上閃耀動人，結果每個人卻都在談論喬達拉的女人。即使是她那讓薇羅帕聽不懂、讓蘿拉法幾乎忍不住大笑的奇怪口音，都被說成是迷人而充滿異地情調的。

愛拉才是眾人矚目的焦點，瑪羅那的朋友十分後悔自己被她說服。特別是波圖拉，她之前一度抗拒。她同意的原因只是瑪羅那答應幫她畫臉，而瑪羅那的臉部彩繪是出了名的精巧細緻。愛拉似乎人還不錯，她很友善，更何況她現在顯然和除了她們幾個以外的每個人都成爲朋友了。

當這個新來的女人穿上男孩的衣服時，她們怎麼會沒看出這套衣服展露了她的美麗？不過這幾個女人只看到她們預期中的象徵意義，而不是現實狀況。她們無法想像自己會在公開場合穿這種衣服，但是愛拉不在乎。對於這套衣服或衣服所代表的意義，愛拉沒有情感或文化上的敏感度。如果她有什麼想法，也僅止於注意到它穿起來有多舒服。受到嘲笑的震驚一旦平息，她也就忘了服裝的意義。因爲她這麼想，其他人也跟著這麼想。

表面極爲平坦的一塊大石灰岩，盤踞大岩洞前廊的空間。許久以前它從懸頂邊緣斷裂，在大家的印象中它一直在那裡。如果有人想引起聚集在那一區的其他人注意，就會利用這塊大岩石，因爲站在上面的高度會比底下的人群高出幾公尺。

約哈倫跳上發言石，一陣期待的靜默在群眾之間蔓延開來。他向愛拉伸出手，拉她上來，接著請喬達拉站在她身邊。沃夫自己跳了上來，站在牠唯一熟悉的這兩位夥伴中間。高大英俊的男人、美麗的異地女人和身軀龐大的狼一起站在這高高在上的岩石上，形成一幅令人瞠目結舌的景象。並肩站在一起的瑪桑那和齊蘭朵妮看著這三個人，接著又彼此對望了一會兒，心中各自充滿了難以化爲言語的思緒。

約哈倫站在原地，等待群眾注意到他們並安靜下來。他注視著人群，確定整個第九洞穴的人都在看著他。每個人都在場。接著他陸續認出幾個來自鄰近洞穴的人。他發現這場集會比他預期中的規模要來得大。

第三洞穴的人大多站在左邊，旁邊是第十四洞穴的人。右後方有許多來自第十一洞穴的人。甚至還有幾個從第二洞穴，以及在河谷對岸第七洞穴的親友。他發現有幾個來自第二十九洞穴的人散布在人群中，甚至還有一對從第五洞穴來的男女。鄰近地區的每個洞穴都有人出席，還有些人從很遠的地方過來。

消息傳得眞快，他心想，快跑人一定都出去了。我們可能不需要為更多人召開第二次集會，看來每個人都來了。我早該料到他們會來。沿著上游去的所有洞穴一定早就看到他們，畢竟喬達拉和愛拉騎在馬背上一路往南走。今年的夏季大會上可能會有更多人。或許在離開前，我們該計畫一場大型狩獵，提供糧食來源。

等所有人都注意到他時，他又多等了一會兒，同時理清思緒。終於，他開始說話。

「齊蘭朵妮氏第九洞穴頭目約哈倫有話要說。」台下最後一點聲音也不見了。「今晚我看到許多訪客，以大地母親朵妮之名，我很高興歡迎你們來此集會，慶祝我弟弟喬達拉結束漫長的旅程，踏上歸途。我們很感謝大地母親在他行經陌生的土地時看顧他的腳步，也感謝她引導他流浪的雙足踏上返鄉之路。」

台下紛紛傳出贊同的聲音。愛拉注意到他眉間的皺紋和喬達拉的一樣，他常這麼皺著眉。她頭一次注意到兩人的神似，就對約哈倫產生同樣熱切的情感。

「大多數人或許已經曉得，」約哈倫繼續說道：「我那和喬達拉一起出去的弟弟不會再回來了。索諾倫此刻已經步入另一個世界。大媽把她最喜愛的人召喚回她身邊。」他往下看了自己的雙腳一會兒。

又是這個因果關係，愛拉心想。擁有太多才華、太多天賦、太過受到眾人寵愛以至於被認為是大媽最喜歡的人，未必幸運。有時大媽想念她最喜歡的人，因此提早在這些人還年輕時把他們叫回她身邊。

「然而喬達拉並不是獨自回來，」約哈倫往下說，然後他對愛拉微笑。「我想，我弟弟在旅途中遇見一個女人，大多數人知道後不會感到驚訝。」人群中有人吃吃地笑了，還有人露出會心的微笑。「但我必須承認，就算是喬達拉，我也沒想到他能找到這麼一個優秀的女人。」

約哈倫話聲一落，愛拉就覺得自己的臉紅了起來。這次使她困窘的不是揶揄的笑聲，而是約哈倫的讚美。

「把愛拉介紹給在場的每個人需要花上好幾天的時間，特別是如果每個人都打算在介紹時加入所有的稱謂和關係。」約哈倫再次微笑，許多人也點頭回應，露出了解的神色。「我們的客人沒辦法記住每個人，所以我們決定把她介紹給在場每位，讓你們有機會時再自我介紹。」

約哈倫轉頭望著一起站在發言石上的女人微笑。然後接著以較嚴肅的神情看著高大的金髮男人。「齊蘭朵妮氏第九洞穴的喬達拉，敲擊燧石的能手，前第九洞穴頭目瑪桑那之子，生於蘭薩朵妮氏頭目與創建者達拉納的火堆地盤，第九洞穴頭目約哈倫之弟，歷經五年漫長而艱苦的旅程後返家。他帶回來的女人來自非常遙遠的地方，這趟旅程花了他們一整年的時間。」

第九洞穴頭目牽起愛拉和喬達拉的手。「以大地母親朵妮之名，我向所有齊蘭朵妮氏人介紹，這位是馬木特伊氏的愛拉，獅營的成員，猛獁象火堆地盤的女兒，被穴獅之靈選中，受穴熊的靈保護。」然後他笑著說：「以及如各位所見，她也是馬和這隻狼的朋友。」喬達拉深信沃夫也笑了，彷彿知道有人介紹了自己。

馬木特伊氏的愛拉，她心想。還記得她曾是沒有族人的愛拉。此刻她對塔魯特、妮姬和獅營其他成員滿溢感激之情，因爲他們給了她一個能宣稱是屬於自己的地方。她忍住差點奪眶而出的淚水，她想念他們每個人。

約哈倫放下愛拉的其中一隻手，但牽起了另一隻，面對各洞穴的人。「請歡迎與喬達拉長途跋涉來到這裡的女人，歡迎她到大地母親的子女齊蘭朵妮氏人的這塊土地。請向這女人展現齊蘭朵妮氏人用以尊崇所有客人的殷勤款待與尊重的態度，特別是對這位受朵妮賜福的客人，讓她知道我們很重視訪客。」

大家朝著瑪羅那的方向斜眼看去。這個玩笑一點也不好笑了。現在輪到她們覺得尷尬，至少當波圖拉抬頭看見站在發言台上的外地女人穿著齊蘭朵妮氏男孩的內衣和青春期皮帶時，她的臉轉為深紅色。愛拉不知道別人送她的衣服是不得體的，但這無所謂，她看起來穿得非常高尚。

接著愛拉覺得自己有必要說些話，因此她向前一步。「以眾人之母馬特之名，也就是你們所知的朵妮，我問候你們，這片美麗土地上的子民、大地母親的孩子齊蘭朵妮氏人，感謝你們歡迎我。也謝謝你們接受我的動物朋友成為你們的一份子，准許沃夫和我一起住，」聽到牠的名字，沃夫抬頭看著她。「並且給馬兒嘶嘶和快快一塊地方。」

群眾的第一反應是驚訝得說不出話來。雖然她的口音很明顯，但使眾人訝異的倒不是她說話的方式。愛拉在正式介紹的場合上，以她最初為嘶嘶命名的發音說出牠的名字，從她嘴裡發出的聲音讓大家大吃一驚。愛拉發出維妙維肖的馬嘶聲，因此在那一瞬間，他們以為那裡有一匹馬。她之前就曾因模仿動物聲音的能力讓人感到訝異，馬兒不是她唯一模仿的對象。

愛拉對她兒時說的語言毫無印象，她不記得和穴熊族人在一起之前的生活，除了幾個模糊的夢境和對地震的極度畏懼。但是愛拉這一族的人對口說語言擁有幾乎和飢餓一樣與生俱來的衝動，那是一種本能的欲望。當她離開穴熊族人獨居在山谷裡、跟喬達拉學習重新開口說話之前，她發明出屬於自己的語言表達方式，賦予其意義，而這種語言就某種程度來說只有她、嘶嘶和快快才能了解。

愛拉擁有模仿聲音的天分，不過她是在缺乏口說語言、獨自生活，並且只聽得到動物聲音的情況下，才開始模仿。她所發明的語言，結合了在她被迫離開兒子前他開始發出的兒語、穴熊族的一些用語，還有模擬鳥類啾啾聲等動物發出的聲音。經年累月的練習使她的模仿熟能生巧，即使動物也無法分辨其中不同。

許多人都會模仿動物的聲音，如果模仿得夠好，就會是一種很有用的狩獵策略。但是愛拉模仿得太好，簡直出神入化，致使台下一陣錯愕。不過由於大家已經習慣演說者在不那麼嚴肅的場合中穿插戲謔成分，因此他們相信她是出於幽默感而發出那種聲音。最初的震驚轉變爲放鬆後的笑容和輕聲竊笑。

愛拉或多或少了解他們最初的反應。發現他們的緊張情緒緩和下來，她自己也隨之放鬆心情。他們對她微笑，她也禁不住對他們報以她那美麗耀眼、熠熠生輝的微笑。

「喬達拉，身邊有這樣的美女，你要怎麼才能不讓那些年輕小伙子靠近？」有人大聲喊著。這是第一個公開認同她美麗與迷人的人。

金髮男人笑了。「我得常常帶她去騎馬，不讓她閒下來。」他說：「你知道我出門的這段期間學會了騎馬，對不對？」

「喬達拉，你還沒出門之前就已經會『騎馬』了！」

人群中發出一陣爆笑聲，這一次愛拉明白這是開心的笑聲。

笑聲停止時約哈倫說：「我只有一件事要宣布，」他說。「我想邀請所有來自鄰近洞穴的齊蘭朵妮氏人，參加我們爲歡迎愛拉和喬達拉回家所舉辦的第九洞穴盛宴。」

第七章

一整天撲鼻的香氣不斷從岩洞西南端的公共烹煮區飄來，激起每個人的食欲，有幾個人趕在約哈倫演說前最後一刻還在忙著準備。介紹過後，大批人群擠到最前面，簇擁著喬達拉和愛拉往前走，不過他們還是小心地和跟在愛拉身後一步之遙的沃夫保持一點距離。

食物精巧地排放在以磨製的骨頭、編織的草和植物纖維以及雕刻的木頭做成的碗和大淺盤中，陳列在木塊和石灰岩厚片做成的低矮長桌上。彎曲的木鉗子、雕刻的獸角湯匙和大把石燧刀放在附近方便拿取的地方，準備拿來當作分菜的器具。多數人都帶了他們自己的餐盤，不過現場還有多的盤子可以分給需要的人。

愛拉停下來，欣賞了一會兒食物的陳設。桌上有整隻烤的幼鹿後腿肉、肥美的松雞和一盤盤的鱒魚和大眼狗魚，更難得的是，在這初夏時節他們還供應此時依然珍貴稀少的蔬菜：嫩根、新鮮綠葉蔬菜、嫩芽以及緊緊盤繞的羊齒植物嫩葉。可食用的帶甜味馬利筋花瓣，爲許多盤菜餚增添賞心悅目的裝飾。此外還有前一年冬天採集的堅果和水果乾，以及用大塊原牛肉乾、植物的根和洋菇煮成的濃郁肉湯。

愛拉忽然冒出了這個念頭：如果在熬過漫長嚴酷的冬天後他們還能留下這麼珍貴的食物，這顯然說明他們具有動員人群採集、保存、收藏和分配足夠糧食的能力，以維持數個齊蘭朵妮氏洞穴整個冬季的生活。光是第九洞穴的兩百多人就已經是個十分龐大的聚落，一個貧瘠的地域無法供給這些人一整年所需。然而此地特別豐饒的環境與大量便利、可供使用的天然庇護所，也帶來好幾個洞穴的人口成長。

齊蘭朵妮氏人第九洞穴的家園是一個高聳的石灰岩壁，表面在氣候的蝕刻下，形成從正西方偏南延伸到約略正西南方的一塊巨大懸頂，沿著主河成爲一條長而淺的面南曲線。突出的懸頂遮蔽一塊長約二百公尺、深約四十五公尺的區域，提供約近一萬平方公尺有掩蔽的生活空間。下方岩洞的石頭地板是由幾世紀以來層層緊密堆疊的泥土和碎石所構成，延伸出去後成爲露台，或可稱之爲前廊，略微突出於巨大的岩石平台邊緣。

由於可用的空間很大，第九洞穴的人並沒有把所有遮蔽的區域拿來當作住家。沒有人刻意做出這樣的決定，但或許是出於直覺反應，他們所宣稱擁有的主權地界，與附近地區工匠時常聚集的工作區域相鄰，第九洞穴的居住區都聚集在岩洞東端。既然他們有很大的擴張空間，緊鄰住處的西邊就被用來當作是聚落的工作區。工作區的西南邊一直延伸到底，是供孩子玩樂，還有讓人在自家外聚集時仍可不受惡劣天候侵襲的地方。

沿著主河及其支流邊還有許多其他齊蘭朵妮氏人的洞穴，只是它們的規模不及第九洞穴。他們大多住在類似的懸頂石灰岩壁下，至少在冬季時是如此，而且懸頂下也有同樣材質形成的寬敞前廊。齊蘭朵妮氏人土地位於赤道和北極圈的中點，雖然這些人毫無概念，而他們的後代要等到好幾千年後才會以這樣的專有名詞去思考，不過他們不需要知道這些，也能了解位居中緯度的優勢。他們已經在那裡生活了好幾個世代，他們從生活經驗中學習，並以自身爲範例告訴後代，如果他們知道該如何利用這塊土地，就能一年四季都深受其惠。

夏季時，一般人喜歡在所謂齊蘭朵妮氏人的大片土地上到處旅行。他們通常在開闊的曠野中搭帳篷，或住在以天然材質搭建而成的小屋裡，尤其當他們聚集在一起形成較大的群體時，這通常也是他們拜訪他人、狩獵或收成大量新鮮蔬菜的時候。如果可能的話，他們會樂於找個面南的石造庇護所以供暫時使用，或者和親朋好友共用石造庇護所，因爲這種場所畢竟有其獨特的優點。

在冰川時期，離此地最近的大塊冰山前緣只不過在往北數百公尺的地方，然而在中緯度夏季的晴朗日子裡，天候還是十分炎熱。太陽越過頭頂，高掛在西南方的天空中，好像繞著大地母親星球轉。第九洞穴遮風避雨的巨大懸頂和其他幾個面南或面西南的洞穴懸頂，在炎熱的正午將影子投射在地面上，提供了暫時的誘人陰涼處。

當天氣開始轉冷，預示冰川鄰近區域的嚴寒季節即將來臨時，他們比較喜歡待在較能久居、可遮風避雨的家園。在冰川期的冬季，雖然寒風刺骨，溫度往往到達冰點以下，但嚴寒的冷天卻常是乾燥而晴朗的。光芒萬丈的太陽懸在低空，午後細長的日照穿射進面南的庇護所，將暖洋洋的光束投射在吸收力強的石頭上。大片石灰岩洞珍惜這寶貴的贈禮，將溫度保留至寒氣逐漸增強的傍晚，然後再將暖氣釋放到遮蔽的空間中。

在北邊大陸，冰川遮蓋了地球將近四分之一的表面，適當的衣著和火堆是在這裡生存必備的，然而在齊蘭朵妮氏人的土地上，和煦的陽光能讓他們的生活空間保持溫暖。提供擋風遮雨庇護所的巨大岩壁，是使這地區成爲寒冷的上古世界人口最稠密地區的最重要原因。

愛拉朝負責籌畫盛宴的女人微笑。「這些擺設看起來好漂亮，波樂娃。要不是香味讓我飢腸轆轆，我會光看不吃。」

波樂娃開心地笑了。

「這是她的專長。」瑪桑那說。看到喬達拉的母親，愛拉有些訝異，她在踏上發言石前找過她，但卻沒找到。「沒有人能像波樂娃，可以把宴會或集會辦得這麼好。她也是個優秀的廚師，不過她整理捐贈食物和組織幫忙人力的能力，才是她成爲約哈倫和第九洞穴不可或缺人才的原因。」

「我是從妳那兒學來的，瑪桑那。」波樂娃說。配偶母親給予她崇高的評價，顯然讓她很開心。

「妳是青出於藍更勝於藍，我在舉辦宴會這方面沒有妳那麼在行。」瑪桑那說。

愛拉發現她特別提到舉辦宴會，她想起瑪桑那的「專長」不是舉辦宴會和集會。她的組織能力早已發揮在擔任約哈倫前一任的第九洞穴頭目上。

「希望下次妳能讓我幫忙，波樂娃。」愛拉說：「我想跟妳學。」

「我很樂意下次讓妳幫忙，但既然這是為妳舉辦的盛宴，大家都等妳開動，可否讓我替妳盛一些烤幼鹿肉？」

「妳的狼朋友呢？」瑪桑那問：「牠要不要吃些肉？」

「牠要，但是牠不需要吃嫩肉。牠可能比較愛吃骨頭，如果有不需要拿去燉湯、帶點肉的骨頭就行了。」愛拉說。

「那邊的爐火旁有幾根，」波樂娃說：「不過還是請妳先拿一片馴鹿肉和金針花給自己。」

愛拉舉起餐碗接過那片肉和一杓熱騰騰的綠色蔬菜，波樂娃又叫另一個女人上菜，然後和愛拉一起走向煮食火堆，她走在她左手邊，和沃夫保持距離。她帶著他們到一個大火堆旁的骨頭堆，幫愛拉挑了一塊斷裂的長骨，一端是發亮的圓形突出。骨髓已經被抽出，但是乾的褐色生肉塊還黏在上面。

「這塊就好了。」愛拉說。沃夫伸長了舌頭滿心期待看著她。「妳要不要把骨頭給牠，波樂娃？」波樂娃緊張地皺起眉頭。她不想對愛拉失禮，尤其在發生了瑪羅那的惡作劇之後，但是她不想把骨頭拿給一隻狼。

「我來。」瑪桑那說。她知道若是看到她這麼做，大家會比較不害怕。「我該怎麼做？」

「妳可以遞給牠，或是丟給牠。」愛拉說。她注意到幾個人也來了，包括喬達拉，他臉上帶著興味十足的微笑。

沃夫過來時，瑪桑那拿起骨頭遞給牠，然後她又改變主意把骨頭向這隻狼的方向丟去。牠跳起來在空中用牙齒咬住骨頭，這把戲贏得了幾句讚美，然後牠期待地看著她。

「把骨頭拿來這裡，沃夫。」她說著，同時用手勢向牠示意，指著前廊邊緣焦黑的樹樁。沃夫像拿著獎賞似地咬著骨頭到樹樁邊開始咬了起來。

當他們回到餐桌邊時，每個人都想給愛拉和喬達拉一小份特殊的點心，和她小時候吃的不一樣。不過她在旅途中學到一件事，那就是不管是哪種食物，或許吃起來口味很特殊，但只要是當地人最喜歡的，一般來說都很好吃。

一個比喬達拉年紀大些的男人來到圍繞愛拉的人群中。雖然愛拉覺得他看起來非常邋遢——他沒洗乾淨的金髮因爲油膩而顯得黯淡，他的衣服很髒，需要修補——但很多人都對他微笑，尤其是年輕男人。他的肩膀上扛了一個很像水袋的容器，是用幾乎完全防水的動物胃袋做成，裡面裝滿了液體，把袋子撐得鼓起來。

根據大小判斷，愛拉猜那個容器可能是取自馬的胃袋，它的形狀看起來不像是用有好多個胃袋的反芻動物做成的水袋。根據它的氣味，愛拉也知道那裡面裝的不是水。那味道讓愛拉想起塔魯特的波渣酒，這是獅營頭目用樺樹汁和其他成分做成的發酵飲料，他喜歡對成分保密，不過他通常會加入幾種穀物。

有個從剛才開始就在愛拉身旁打轉的年輕男人抬頭看他，開懷大笑。「勒拉瑪！」他說：「你有沒有帶你的巴瑪酒來？」

喬達拉很高興看到他的注意力被轉移。他不認識這個人，但知道他的名字是夏瑞札爾。他來自很遠的齊蘭朵妮氏聚落，是第九洞穴的新成員。我離開時他可能還沒遇上他的第一個朵妮女，喬達拉心想，但他一直像隻蒼蠅似地圍著愛拉繞。

「有。我想我可以在爲這年輕女人辦的歡迎盛宴上貢獻些心力。」勒拉瑪笑著對愛拉說。他不誠懇的笑容喚起她穴熊族敏銳的觀察力。她進一步注意他的肢體語言，之後立刻判斷這男人不可信任。

「貢獻心力？」其中一個女人以諷刺的口吻說。愛拉覺得那是盧夏瑪的配偶莎蘿娃。愛拉把兩個男人看成是約哈倫的副頭目，就如同布倫部落裡格洛德的角色一樣，盧夏瑪就是其中之一。頭目需要能夠信賴的人，她這麼斷定。

「我以爲這是我起碼能做的。」勒拉瑪說：「洞穴並不是常常有歡迎遠方朋友的機會。」他從肩上舉起沉重的袋子，轉身放在附近的石桌上。此時愛拉無意中聽到一個女人悄聲說道，「讓勒拉瑪貢獻任何東西的機會可就更少了。我懷疑他別有企圖。」

愛拉這下子明白她不是唯一不信任這男人的人，其他人也不信任他，這引起了她對他的好奇心。人們已經拿著杯子在他身邊聚攏，但他刻意挑中愛拉和喬達拉。

「我想返家的旅人和他帶回來的女人應該喝第一杯。」勒拉瑪說。

「他們很難拒絕這莫大的榮耀。」莎蘿娃喃喃自語道。

愛拉一字不漏地聽見這句輕蔑的評語，心想是否還有別人也聽見了。然而這女人說得沒錯，他們不能拒絕。愛拉看著喬達拉，他毫不客氣把杯中的水倒出來，向那男人點點頭。她也把杯子倒空，兩人走向勒拉瑪。

「謝謝你。」喬達拉笑著說。愛拉心想他的笑容和勒拉瑪的一樣不眞誠。「你眞是設想周到。人人都知道你的巴瑪酒是最好喝的，勒拉瑪。你見過愛拉了嗎？」

「和大家一起，」他說。「但是我沒有被正式介紹過。」

「馬木特伊氏的愛拉，這位是齊蘭朵妮氏第九洞穴的勒拉瑪。眞的，沒有人的巴瑪酒釀得比他更好。」喬達拉說。

愛拉想，這正式介紹好像太簡短了，但男人微笑接受讚美。她把杯子拿給喬達拉，空出雙手，將手伸向那男人。「以大地母親之名，我問候你，齊蘭朵妮氏第九洞穴的勒拉瑪。」她說。「與其拘泥於正式禮節，不如讓我用更好的方式歡迎妳。」

「我歡迎妳。」他說。他牽起她的手，然而卻只是很快地握了一下，彷彿很不好意思似的。

勒拉瑪動手打開容器。首先他解開壺嘴上一片洗淨的防水腸子，壺嘴是原牛背脊中的一截脊椎骨做成的。包覆在管狀骨頭外的物質已經被刮去，外面切出一圈溝槽，然後放入胃袋原有的開口中，再用一條堅韌的繩索把圍繞在骨頭旁的皮綁緊，讓繩索陷入溝槽內固定住，使接合處滴水不漏。接著他拔開瓶蓋，它是用一端打了好幾次結的細皮繩做成，結的大小剛好大到能塞進袋子中央的洞。如此就能輕易從脊椎實心部分中央的天然開口，控制從軟綿綿的袋子裡出來的液體流量。

愛拉從喬達拉手裡拿回杯子遞過去，勒拉瑪在杯子裡裝了大半杯酒，接著他又倒了些給喬達拉。愛拉啜了一小口。「很好喝！」她笑著說。「我和馬木特伊氏住在一起時，他們的頭目塔魯特常用樺樹汁、穀類和其他成分做成類似這樣的飲料，但我得說這個比較好喝。」

勒拉瑪露出得意的奸笑，望著周圍人群。

「這是用什麼做的？」愛拉試著想嘗出酒的味道。

「我不是每次都用同樣的作法，手邊有什麼我就用什麼。有時候我會用樺樹汁和穀類。」勒拉瑪不願正面回答。「妳猜得出裡面有什麼嗎？」

她又嘗了一些。發酵的東西很難猜出原本的成分。「我想有穀類，也可能有樺樹汁或其他樹汁，可能有水果，但是還有其他甜的東西。但我不知道比例如何，每種成分各用了多少。」愛拉說。

「妳的味覺不錯。」他顯然大感驚訝。「這一批裡面的確放了水果，是霜降後還留在枝頭的蘋果，因此稍甜了一些，但妳吃到的甜味是蜂蜜。」

「對嘛！經你這麼一說，我可以吃出蜂蜜的味道。」愛拉說。

「我有時弄不到蜂蜜，但如果有的話，巴瑪酒的味道會更濃更好喝。」勒拉瑪說。這次他露出眞誠的笑容。能跟他討論釀酒的人並不多。

大多數人都有某項他們熟能生巧的技藝。勒拉瑪知道他釀的巴瑪酒比任何人的都要好。他認爲這是他拿手的技藝，然而他覺得沒幾個人能給予他認爲自己應得的讚揚。

許多食物都會自然發酵，有些發酵時還留在藤蔓或樹上，連吃下它們的動物有時也會受影響。製作發酵飲料的人很多，至少偶一爲之，但是每次的做法都不同，而成品常常變酸。眾人常說瑪桑那釀的酒最好，但大家都當這是小事一樁，畢竟那不是她唯一的技能。

勒拉瑪釀製的最後成品保證是酒而不是醋，而且他釀的往往非常好喝。他知道這不是件微不足道的小事，釀出好酒需要擁有技巧和知識，但是大家都只關心他的成品。他是出了名地愛喝自己釀的酒，而且第二天早上常會「身體不適」，不能去打獵，或參與某些集體活動。有的活動雖然很煩人，但通常是洞穴內必要的活動。

勒拉瑪替兩位重要的客人倒了巴瑪酒，不一會兒就有個女人出現在他身邊。一個幼兒懸在她腿上，她似乎沒去管他。她手裡拿了個杯子，遞給勒拉瑪。他臉上閃過一絲不悅的神情，但在幫她倒巴瑪酒時小心地表現出不喜不怒的表情。

「你不把她介紹給你的配偶嗎？」她說。她的問題顯然是針對勒拉瑪，但她卻看著愛拉。

「愛拉，這是我的配偶楚曼達，搭在她身上的是她的小兒子。」勒拉瑪說。他立刻順應她的要求，但卻有點心不甘情不願，愛拉想。

「楚曼達，這是……馬特木的愛拉。」

「以大媽之名，我問候妳，楚曼達……」愛拉說著放下她的杯子以便能用雙手進行正式介紹。

「我歡迎妳，愛拉。」楚曼達說著又喝了口酒，根本懶得把手空出來問候愛拉。

又有兩個小孩子擠到她身旁。這三個小孩子身上的衣服都很破舊髒污，所以之前愛拉在齊蘭朵妮氏女孩與男孩之間所發現的微小差異，在他們身上幾乎察覺不出。還有楚曼達，她看起來也好不到哪裡去。她的頭髮沒有梳理，衣服也是污跡斑斑。愛拉猜想楚曼達恐怕過度沉溺於她配偶釀造的飲料。她最大的孩子是個男孩，愛拉猜想，他用一副令人不快的表情看著她。

「她講話爲什麼那麼好笑？」他抬頭看著他母親說：「還有她爲什麼穿著男孩的內衣？」

「我不知道。你幹嘛不自己問她？」楚曼達說著，把杯裡的液體一飲而盡。

愛拉瞥了勒拉瑪一眼，發現他怒氣沖沖。他看起來正要打這孩子。愛拉趕忙對男孩說：「我說話的方式不一樣，那是因爲我從很遠的地方來，而且小時候我周遭的人說的話和齊蘭朵妮氏人不同。我長大後喬達拉才教我說你們的語言。還有這些衣服，是今天下午別人送我的禮物。」

小男孩非常驚訝她竟然回答自己的問題，但他毫不遲疑又繼續發問。「爲什麼有人要給妳男孩的衣服穿？」

「我不知道，」她說：「或許她們原本打算開個玩笑，但我很喜歡這件衣服。穿起來很舒服。你不覺得嗎？」

「大概吧。我從來沒穿過這麼好的衣服。」男孩說。

「那麼我們或許可以幫你做幾件。如果你來幫忙，我很樂意做給你。」

他眼睛一亮。「妳是說眞的嗎？」

「對，我是說眞的。要不要告訴我你叫什麼名字？」

「我叫博洛根。」他說。

愛拉伸出雙手。博洛根吃驚地看著她，他沒料到她會向他正式介紹自己，因此不確定該怎麼辦。他不認爲他有正式的名號，他從沒有聽他母親或他火堆地盤的男人用他們的稱謂與親屬關係問候任何人。

愛拉彎下身牽起他骯髒的手。

「我是馬木特伊氏獅營的愛拉。」她開始說，然後接著往下說出她完整的正式名號。輪到他而他不知道該怎麼回應時，她幫忙說。「以大地母親馬特、也就是朵妮之名，我問候你，齊蘭朵妮氏第九洞穴的博洛根，他是與頂級的巴瑪酒製造者勒拉瑪配對、受朵妮賜福的楚曼達之子。」

她說的方式聽起來好像他眞的和其他人一樣，有值得驕傲的稱謂與親屬關係。他抬頭看母親和她的配偶。勒拉瑪已經不生氣了。他們都在微笑，她對他們的稱呼，似乎令他們感到很滿意。

愛拉發現瑪桑那和莎蘿娃也加入了他們。「請給我最頂級的巴瑪酒。」莎蘿娃說。勒拉瑪很開心地照辦。

「還有我。」夏瑞札爾說。他在人群逐漸往勒拉瑪身邊圍攏、遞出杯子時，率先提出要求。

愛拉注意到楚曼達又倒了一杯，然後才跟孩子一起離開。走時博洛根看著她。她對他笑，也很高興看到他也對著自己笑。

「我想妳跟那年輕人交了朋友。」瑪桑那說。

「那是個很粗俗無禮的年輕人。」莎蘿娃加了句：「妳眞的要幫他做幾件冬季內衣？」

「有何不可？我想學著做這件衣服。」愛拉指著她身上的衣服說。「將來我可能會有兒子。而且我說不定會替自己再做一件。」

「替自己再做一件！妳的意思是妳會穿它？」莎蘿娃說。

「需要修改一下，例如把上衣改得比較合身。妳有沒有穿過？眞的非常舒適。此外，這也是別人送我的見面禮，我要表現出我的感謝之心。」愛拉語氣中透露出一絲憤怒與自尊心。

莎蘿娃瞪大眼睛看著這位喬達拉帶回家的外地人，突然間又察覺到她特殊的口音。這女人可不是好惹的，她想。瑪羅那本來想讓愛拉難堪，但愛拉卻反將她一軍，到頭來受辱的反而是瑪羅那自己。以後每當看到愛拉穿那件衣服時，她就會躲躲閃閃。我可不希望愛拉生我的氣！

「我敢說博洛根今年冬天一定需要些暖和的衣服。」瑪桑那說。這兩個年輕女人之間微妙的訊息交流，她可一點也沒漏看。或許愛拉馬上建立起她的地位比較好，她想。大家必須知道不能隨便占她便宜。畢竟和愛拉配對的男人，是生長在肩負重任的齊蘭朵妮氏頭目的火堆地盤。

「他一年到頭都需要衣服。」莎蘿娃說：「他到底有沒有穿過像樣的衣服？這些孩子如果能擁有些什麼，也是因爲旁人可憐他們，把不要的東西送給他們。就算他喝得那麼凶，妳有沒有發現他總有辦法拿足夠的巴瑪酒換取他要的東西，特別是用來釀酒的材料，但他換來的卻不足以養活配偶和她的孩子？而且有事情要做時他從來沒露面，像是把石頭粉末撒在溝裡，或甚至是去打獵。」

「而且楚曼達也不幫忙。」莎蘿娃繼續說：「他們倆是一個樣子。她總是『身體不適』，採集食物或聚落裡的工作她都幫不上忙，不過要求分一份其他人的努力成果餵養她那些挨餓的『可憐』孩子時，她一點也不會不好意思。不過誰能拒絕她呢？他們眞的衣不蔽體，很少是乾乾淨淨的，而且常在挨餓。」

用完餐後，集會的氣氛愈來愈喧鬧歡騰，尤其是在勒拉瑪帶著巴瑪酒出現以後。當夜幕低垂，飲酒作樂的人們轉移陣地，來到遮住整個聚落的巨大岩石懸頂下方靠近中央的一塊地方。眾人在高高在上的岩架邊緣下生了一個很大的火堆。即使在夏季最炎熱的那幾天，夜晚仍帶來刺骨寒氣，讓人想起北邊的大塊冰川。

營火又把熱氣投射到岩洞下方，暖和起來的岩石使周遭變得舒適。不斷來來去去的友善群眾聚集在返家不久的這對男女身邊。愛拉見到太多人，雖然她的記憶力絕佳，卻還是記不得所有人。

沃夫突然又跑了出來，和波樂娃一起出現，她帶著睡眼惺忪的傑拉達爾一起加入人群。小男孩清醒了想掙脫母親懷抱，但他母親顯然很不高興。

「沃夫不會傷害他。」愛拉說。

「牠和孩子相處得很好，波樂娃。」喬達拉附和：「牠在獅營裡和孩子一起長大，尤其很保護其中一個體弱多病的孩子。」

緊張的母親俯身讓孩子下來，但還是緊盯著他。愛拉走過來，一隻手臂環繞著沃夫，主要用意在向這位母親保證孩子的安全無虞。

「傑拉達爾，你想不想摸摸沃夫？」愛拉問。他一本正經點點頭。她引導他朝沃夫的頭伸出手。

「牠的毛弄得我好癢喔！」傑拉達爾笑著說。

「是啊，牠的毛很刺，牠自己也覺得很癢。牠在脫毛，意思是牠的毛會掉一些下來。」愛拉說。

「牠會痛嗎？」傑拉達爾問。

「不，牠只會覺得癢。所以這時候牠特別喜歡有人幫牠搔癢。」

「牠為什麼會掉毛？」

「因為天氣愈來愈暖和。冬天很冷的時候，牠會長出很多毛來保暖，但夏天毛這麼多就太熱了。」愛拉解釋道。

「天冷的時候牠怎麼不穿外套呢？」傑拉達爾追問。

回答他的是另一個聲音。「因為狼沒辦法自己做外套，所以大地母親每年冬天都幫牠們做一件。」齊蘭朵妮說。波樂娃出現後不久她也來加入他們。「到了夏天天氣轉暖，大地母親就脫掉牠們的外套。沃夫脫毛就是朵妮幫牠脫外套的方法，傑拉達爾。」

齊蘭朵妮和小男孩說話時的溫和語氣和溫柔的眼神令愛拉吃驚。她不禁猜想齊蘭朵妮會不會想要孩子。以她的醫學知識，愛拉敢說這位朵妮侍者一定知道怎麼避孕，但要知道如何受孕或防止流產就比較難了。不曉得她對於新生命如何誕生有什麼看法，愛拉心想，或是她是否知道如何防止懷孕。

波樂娃抱起孩子要帶他回住處時，沃夫跟了上去，愛拉把牠叫回來。「我想你應該去瑪桑那的住處，沃夫。」她說著對牠比了個「回家」的手勢。只要是愛拉鋪上她毛皮的地方就是牠的家。

當冰冷的夜幕籠罩在逐漸黯淡的火光無法照到的地方時，許多人都離開宴會的主要活動區。有些人，尤其是有年幼孩子的人，則是回到各自的住處。還有些人圍在火堆邊緣的陰影中進行較爲私密的活動，有人聊天，有人擁抱。這些大多是年輕男女，但也有較年長的人，有的是兩人以上。在這種場合分享配偶也是常有的事，只要是在每一方都欣然同意的情形下發生，就不會有不良後果。

這場合使愛拉想起榮耀大地母親的慶典。假使分享交歡恩典就等於榮耀她，那麼當天夜晚她一定備感榮耀。齊蘭朵妮氏人和馬木特伊氏人沒有什麼兩樣，愛拉心想，或是夏拉木多伊人和蘿莎杜那氏人，甚至他們的語言也和蘭薩朵妮氏人相同。

有幾個男人設法說動這位美麗的外地女人與他們分享大地母親的交歡恩典。愛拉喜歡成爲注目的焦點，但她明白表示除了喬達拉，她不想跟任何人過夜。

他以複雜的心情看待她的備受矚目。他很高興他的族人完全接納她，有這麼多男人仰慕他帶回家的女人也讓他感到驕傲，不過他希望他們不要公然表現得這麼迫不及待要將她帶回他們毛皮被裡的樣子——尤其是那個叫做夏瑞札爾的陌生人——同時他也很高興她對他們之中的任何人都不感興趣。

齊蘭朵妮氏人不容許嫉妒。嫉妒會帶來爭吵衝突，甚至是打鬥，而一個族群最重視的就是和睦共處與通力合作。在一年之中，大部分時間都比冰封荒原好不了多少的一塊土地上，願意互相幫助是生存的必要條件。他們大多數的習俗和慣例都是以維繫善意爲目的，他們不鼓勵任何可能危及他們友好關係的事情，例如嫉妒。

喬達拉知道如果愛拉選擇別人，他會難掩妒意。他不想和任何人分享她。或許，在他們配對多年以後，舒適的慣性偶爾會被新人帶來的刺激感所取代，那會是不一樣的情形，不過現在還不是時候。而且在他內心深處，他懷疑自己到底會不會心甘情願與人分享她。

有些人開始唱歌跳舞，愛拉想到他們那裡去，但每個人都擠到她身旁想跟她聊天。尤其是一個男人，他幾乎整個晚上都在人群邊緣打轉，現在他似乎下定決心要跟愛拉說話。愛拉想，她稍早之前已經發現到有個與眾不同的人，然而當她試著把注意力轉向他時，又有另一個人問她問題或發表意見，使她分心。

有個男人又遞了一杯巴瑪酒給她，她抬起頭來看他。雖然這飲料讓她想起塔魯特的波渣酒，但這酒更烈。她有點頭昏眼花，決定不要再喝了。她很清楚這種發酵飲料在她身上可能會產生什麼效果，她不希望在第一次和喬達拉族人見面時，就表現得太「友善」。她對給她飲料的男人微笑，打算禮貌地拒絕他，然而看到他的笑容一時之間凍結在臉上時，她大為吃驚。之後他又迅速換上了發自內心熱切而友善的表情。

「我叫布魯克佛，」他說。他吞吞吐吐，好像很害羞。「我是喬達拉的表弟。」他的嗓音相當低沉，但音色圓潤而宏亮，非常悅耳。

「你好！我是馬木特伊氏的愛拉。」她說。令她好奇的不止是他的聲音或舉止。

他的長相和她見過的其他齊蘭朵妮氏人不太一樣。他的大眼睛不是常見的藍或灰色，而是相當深的顏色。愛拉心想，那可能是棕色，但在火光下看不太出來。不過他整體的外貌比眼睛的顏色更叫人吃驚。這種長相在她看來很熟悉。他的五官長得像穴熊族人！

他也是穴熊族和異族的混種。我敢說一定如此，愛拉心想。她以眼角餘光仔細端詳他。他引發了她所受的穴熊族女人訓練，她發現自己小心避免直接瞪著他看。她不認為他是穴熊族和異族各一半的混種，像和約普拉雅訂婚約的艾丘札，或是她的兒子。

異族的臉部特徵在這男人身上較明顯，他的前額大致高而直，稍微往後傾斜，他轉頭時，她可以看出雖然他的頭是長的，後腦卻是圓的，沒有突出的圓形枕骨。然而懸在他眼窩深陷的大眼睛上方的眉脊，是他最特殊的五官，它不像穴熊族男人那樣高聳，但絕對是突出的。他的鼻子也很大，雖然長得比穴熊族男人細緻，基本形狀卻相同。

她認爲他的下巴可能是向後縮的。他深棕色的鬍鬚擋住下巴因此看不出來，然而鬍子卻讓這人看起來很像她小時候認識的那些男人。喬達拉通常在夏天刮鬍子，他第一次刮的時候她大爲震驚，光滑的下巴使他看上去像青少年那樣年輕。在那之前她從沒看過有哪個成年男子沒有留鬍子。這男人好像矮於一般人，甚至比她稍矮一些，不過他的身材非常健壯魁梧，有著大塊肌肉和厚實的胸膛。

布魯克佛具備所有她成長環境中那些男人的特徵，而且她認爲他長得很英俊，看起來很舒服。她甚至有那麼一點受到他的吸引。她也覺得有些站不穩了，她絕對不要再來一杯巴瑪酒。

愛拉溫暖的笑容傳達出她的感受，然而布魯克佛心想，她眼光瞥向一邊和往下看的模樣使她散發出嬌羞的氣息。他不習慣女人如此熱情的回應，更何況對象是和他那高大迷人的表哥在一起的美女。

「我猜妳大概想喝一杯勒拉瑪的巴瑪酒。」布魯克佛說：「妳身邊一直圍繞著那麼多人，大家都想跟妳說話，不過沒有人想到妳或許口渴了。」

「謝謝你。我確實口渴了，但我不敢再喝那玩意兒。」她指著杯子說道：「其實我已經喝太多，頭暈腦脹。」然後她露出那燦爛熱情、令人無法抗拒的微笑。

布魯克佛如癡如醉，一時之間忘了呼吸。整個晚上他一直想認識她，但又害怕趨前，因爲之前他曾經被美麗的女人毫不在意一腳踢開。她的金髮在火光中閃耀，結實又極爲勻稱的軀體在柔軟貼身的皮革包覆下展露無遺，而略帶外地特徵的五官爲她增添一分異地情調的魅力，他心想她是他所見過最美麗出眾的女人。

「要喝點別的東西嗎？」布魯克佛終於開口問，臉上掛著孩子氣的微笑，急著想討好愛拉。他沒料到她會對他如此大方友善。

「走開，布魯克佛。我先來的。」夏瑞札爾語氣裡並不全是開玩笑。他看到愛拉對布魯克佛露出微笑，而他已經整晚設法要把愛拉帶開，或至少讓愛拉答應改天和他見面。

沒幾個男人會如此鍥而不捨，千方百計想讓喬達拉選中的女人對自己感興趣，但夏瑞札爾去年才從遠方的洞穴搬來第九洞穴。他比喬達拉小幾歲，喬達拉和弟弟踏上旅途時他甚至還不是成年男子，他不知道這高個子男人是出了名的對女人有一套。他當天才知道頭目有個弟弟。然而他卻聽說過有關布魯克佛的流言蜚語。

「你該不會以爲她會對母親是半個扁頭的人感興趣吧？」夏瑞札爾說。

群眾發出一陣驚呼，頓時所有人安靜下來。已經有好多年沒有人公開提起此事。他瞪視著這年輕男人，幾乎無法控制怒氣，他的臉部因爲充滿恨意的惡毒表情而扭曲。看到他的表情轉變，愛拉震驚不已。她曾經在一個穴熊族男人身上見過這種盛怒，這怒氣嚇壞了她。

然而布魯克佛不是第一次這樣被取笑。當愛拉穿著瑪羅那和她朋友送的衣服而被嘲笑時，他特別爲愛拉忿忿不平。布魯克佛也曾經是殘酷玩笑的笑柄。他很想像喬達拉那樣跑到她身邊保護她，而當他看到她勇敢面對嘲笑時，不禁淚水奪眶。看著她抬頭挺胸走出來正視她們，他早已傾心於她。

之後，雖然他渴望和她說話，卻苦於猶豫不決，遲遲無法上前介紹自己。女人並不常給予他善意回應，他寧願在遠處仰慕著她，也不願看到她和一些美麗女人一樣用鄙夷的眼神看他。但觀察她一陣子之後，他終於決定一試。之後她都對他好極了！她好像欣然接受他的出現。她那熱情包容的微笑更顯出她的美麗。

在夏瑞札爾對他做出批評後，接著是一陣沉默，布魯克佛看到喬達拉往愛拉身後走來，徘徊在她身邊保護她。他一直很羨慕喬達拉，他比大部分人都高。雖然他從未加入謾罵的遊戲，而事實上也不止一次護衛他，但他覺得喬達拉是可憐他，這樣更糟。現在喬達拉帶著這人人愛慕的美麗女人回家。爲什麼有的人就是這麼幸運？

然而他想不到自己對夏瑞札爾怒目而視讓愛拉心煩意亂。自從離開布倫的部落後她就再也沒看過這種表情，她想起布倫配偶的兒子布勞德，他常以那樣的表情看她。雖然布魯克佛不是生她的氣，令她顫抖的回憶使她想逃開。

她轉向喬達拉。「我們走吧，我累了。」她以馬木特伊氏語輕聲說道。此時她才發覺她眞的累了，事實上她筋疲力竭。他們才剛結束一場漫長艱辛的旅程，在發生了這麼多事之後，很難相信他們不過是當天才到，其中包括和喬達拉家人會面時的焦慮，和告知他們索諾倫之死的悲痛，瑪羅那開的玩笑，以及和這大洞穴的所有人見面的興奮，現在又是布魯克佛。太讓人吃不消了。

喬達拉看得出布魯克佛和夏瑞札爾的口角讓愛拉難受，他多少知道原因何在。「今天太累了。」他說：「我想我們該走了。」

他終於鼓起勇氣跟她說話，他們卻這麼快就要離開，布魯克佛似乎很失望。他遲疑了一會兒，笑著說，「妳一定要走嗎？」他問。

「天色晚了。很多人已經上床睡覺，我也累了。」她笑著對他說。她可以對不是面目猙獰的他微笑，但這笑容中欠缺稍早的熱情。他們向附近的人道晚安，但當她回頭看時，她注意到布魯克佛再次對夏瑞札爾怒目而視。

和喬達拉一起向瑪桑那住處走去時，愛拉問：「你有沒有看到你表弟瞪夏瑞札爾的樣子？那眼神充滿恨意。」

「我不能怪他對夏瑞札爾生氣，」他說。喬達拉對這男人也不怎麼熱情。「妳知道，說某人是扁頭是種莫大的侮辱，說某人的母親是扁頭就更糟糕。布魯克佛以前就被嘲笑過，特別是在小時候，小孩子有時候也很惡毒。」

喬達拉繼續解釋，當布魯克佛還是個孩子時，只要有人想戲弄他，就叫他「扁頭」。雖然他沒有引來這稱號的穴熊族特殊面貌特徵——向後傾斜的前額，但是說出這個字保證能令他極度憤怒。對於這個對母親所知甚少的幼小孤兒來說，最惡劣的事莫過於把他母親說成是一般人所能想像得到最卑劣的、半人半獸的孽種。

由於他們可以預期他情緒化的反應，再加上孩子不經心的殘酷行徑，小時候那些塊頭較大或較年長的孩子常常捉弄他，叫他「扁頭」或「孽種的兒子」。但等他長大些後，他以力氣彌補了身高的不足。在跟男孩們打了幾次之後，那些比他高大的男孩子沒有人比得上他強健的肌力，尤其再加上如山洪爆發般的憤怒，因此他們不再奚落他，至少不會當著他的面。

「不知道一般人爲什麼這麼在意這種事，不過那或許是眞的。」愛拉說：「我想他是穴熊族混血。他讓我想起艾丘札，但布魯克佛的穴熊族特徵比較少，不那麼明顯，除了剛才那眼神。這使我想起布勞德看我的樣子。」

「我不確定他是不是混種。或許是某個從遠處來的祖先，也可能他的某些外貌和扁……穴熊族人神似。」喬達拉說。

「他是你表弟，他的事你知道多少？」

「我其實不是很清楚，但我可以把我聽來的告訴妳。」喬達拉說：「有些年長的人說，在布魯克佛的祖母還是個年輕女人時，她在前往遙遠的夏季大會途中，不知什麼原因而和族人分開。她本來該在那次大會上行初夜交歡禮。她被人找到時夏天已經快結束了。他們說她失去理智，說的話根本就前後矛盾。她聲稱被動物攻擊。他們說之後她一直都不太對勁，不過她也沒活得很長。她回來後不久就發現受到大地母親祝福，即使她還沒有行初夜交歡禮。生下布魯克佛的媽媽沒多久後她就死了，也有可能是因為生產而死。」

「他們認為她去了哪裡？」

「沒人知道。」

愛拉皺起眉頭陷入深思。「她離開時一定找到了食物和棲身處。」她說。

「我不認為她有挨餓。」他說。

「她有沒有說是哪一種動物襲擊她？」

「我沒聽說。」

「她身上有沒有抓傷、咬傷或其他傷痕？」

「我不曉得。」

他們走近住處區時，愛拉停下來看著這高大男人沐浴在新月與遠方火堆的微弱光線中。「齊蘭朵妮氏人不是把穴熊族人稱做是動物嗎？他的祖母有沒有提到任何有關你們口中稱為扁頭的人？」

「他們的確說過她痛恨扁頭，一看到扁頭她就會尖叫跑開。」喬達拉說。

「布魯克佛的媽媽呢？你認識她嗎？她長什麼樣子？」

「我不太記得了，那時候我還很小。」喬達拉說：「她很矮。我記得她有一雙大而漂亮的眼睛，像布魯克佛一樣顏色很深，帶點棕色，但不太像深棕色，比較像是淡褐色。大家常說她的眼睛是五官中最美的部分。」

「像古邦眼睛那樣的棕色嗎？」愛拉問。

「經妳這麼一說，我想大概是吧。」

「你確定布魯克佛的母親沒有穴熊族的外貌嗎？像艾丘札……還有萊岱格？」

「我不認為有人會覺得她很漂亮，但我也不記得她跟優兒嘉一樣有眉脊。她一直沒有配對。我猜想男人對她不是很感興趣。」

「那她是怎麼懷孕的？」

即使在黑暗中她也看得到喬達拉的笑容。「妳深信懷孕需要男人，對不對？大家都說大地母親祝福了她，但索蘭那……齊蘭朵妮曾經告訴我，她是少數在初夜交歡禮之後立刻受到祝福的女人。一般人總認爲那時懷孕年紀太輕，但有時就是會如此。」

愛拉點頭同意。「後來她怎麼了？」

「我不知道。齊蘭朵妮說她從小就不健康。我想她在布魯克佛很小的時候就死了。他是被瑪羅那的母親帶大的，她是布魯克佛母親的表姊妹，但我不認爲她很關心他，她只是在盡義務。以前瑪桑那有時候會照顧他，儘管如此有些年紀大的男孩子還是會找他麻煩。他一直痛恨有人叫他扁頭。」

「難怪他對夏瑞札爾大發脾氣。至少我現在明白了。但是那種眼神……」愛拉又是一陣顫抖。「他看起來跟布勞德一模一樣。從我有記憶以來，布勞德就討厭我。我不知道爲什麼。不管我做什麼，都無法讓他不恨我。我試著忍受了一陣子，但我可以告訴你，喬達拉，我絕對不想讓布魯克佛討厭我。」

他們進入瑪桑那的住處時，沃夫抬起頭歡迎他們。愛拉叫牠「回家」後，牠找到愛拉的毛皮被，蜷縮在一旁。看到牠的眼睛在瑪桑那留下的一盞燈火照映下閃閃發光，愛拉笑了。她坐下來時牠熱情地舔了舔她的臉和喉嚨以示歡迎。接著牠也迎接喬達拉。

「牠還不習慣這麼多人。」愛拉說。

牠回到愛拉身邊時，她用雙手抱住牠的頭，望著牠閃爍的雙眼。「怎麼啦，沃夫？要習慣那麼多陌生人對不對？我知道你的感覺。」

「不久之後他們就不會是陌生人了，愛拉。」喬達拉說：「大家已經開始喜歡妳了。」

「除了瑪羅那和她的朋友之外。」愛拉說。她坐起來，鬆開那件原本應該是男孩冬季內衣的柔軟皮上衣繫帶。

瑪羅那對待她的態度仍然使他不安，看來愛拉也一樣。但願她不必遭受這樣的考驗，尤其是在抵達的第一天。他希望她能和他的族人相處愉快。很快她就會變成他們的一份子。不過她的處理方式讓他感到很驕傲。

「妳眞是太棒了，妳挫了瑪羅那的銳氣。大家都這麼覺得。」他說。

「爲什麼那些女人要讓大家嘲笑我呢？她們不認識我，甚至沒有試著和我交朋友。」

「是我的錯，愛拉。」喬達拉解開包住小腿的腳套上半部繫繩，他的手停了下來。「瑪羅那有充分的理由期待我出現在那年夏天的配對禮上，然而我卻連個解釋也沒有就離開，她一定受到很大的傷害。如果妳和認識的每個人都預期妳會和某人配對，但他卻消失了，那麼妳會作何感想？」

「我會很不開心，也會生你的氣，但我希望我不會想要傷害不認識的人。」愛拉說著，把裹腿的腰帶鬆開。「她們說想幫我做頭髮，讓我想起狄琪，然而當我照鏡子自己梳頭時，我看到她們弄的樣子。我以爲你告訴過我，齊蘭朵妮氏人具有殷勤有禮、熱情好客的觀念。」

「是啊，」他說。「大部分的人是如此。」

「但不是每個人。你之前的女性朋友就不是這樣。或許你該告訴我還得留意誰。」愛拉說。

「愛拉，不要讓瑪羅那扭曲妳對其他人的看法。難道妳看不出來大多數人有多麼喜歡妳嗎？給他們一個機會吧。」

「那麼戲弄孤兒、把他們變成布勞德的那些人又怎麼說呢？」

「大部分人不是那樣的，愛拉。」他面帶愁容看著她。

她吐出一口長長的氣。「是，你說的沒錯。你母親不是那樣，還有你妹妹和其他親人。即便是布魯克佛也對我很好。只不過我上一次看到那種表情，是布勞德叫古夫給我下死咒的那次。我很抱歉，喬達拉。我只是太累了。」她突然抱住他，把臉埋在他的頸子旁，語帶哽咽地說，「我想讓你的族人對我留下好印象，也想交些新朋友，但是這些女人不想做我的朋友，她們是裝出來的。」

「他們已經對妳留下好印象了，愛拉。妳做得再好不過了。瑪羅那的脾氣向來不好，但我確信在我離開時她可以找到其他對象。她魅力四射，大家都說她是部落之花，是每次夏季大會上最炙手可熱的女人。我想正因如此每個人都預期我們會配對。」

「因爲你是最英俊的男人，而她是最美麗的女人？」愛拉問。

「大概是吧。」他說。他覺得自己滿臉通紅，很慶幸燈光如此昏暗。「我不知道爲什麼她到現在還沒有配對。」

「她說她之前配對過，但他們的關係沒有繼續下去。」

「我不知道。但她爲什麼不再找其他人？她又不是突然間忘了如何取悅男人，或變得沒那麼有魅力、沒那麼值得追求。」

「或許眞是那樣，喬達拉。如果你不想要她，可能其他男人也會重新觀察她。會想傷害她根本不認識的人，這種女人或許沒你想像的那麼有魅力。」愛拉說著把一隻腳上的裹腿脫下來。

喬達拉點點頭。「希望這不是我的錯。我在那種情況下離開她已經夠糟了。我很不願意想成是我讓她無法找到配偶。」

愛拉疑惑地望著他。「爲什麼你會那麼想？」

「妳不是說或許因爲我不想要她，別的男人也……」

「其他男人會重新觀察她。如果他們不喜歡眼裡見到的，那怎麼會是你的錯？」

「嗯……」

「你可以怪罪自己沒有做任何解釋就離開，我相信她既難過又困窘。但是她有五年的時間去找別人，而且你說大家公認她很受歡迎。如果她找不到別的配偶，那不是你的錯，喬達拉。」愛拉說。

喬達拉停了一會兒，然後點點頭。「妳說得沒錯。」他說罷繼續脫衣服。「睡覺吧。早上一切看起來都會變得美好。」

正當他們爬進溫暖舒適的毛皮被時，愛拉腦中又出現了一個新念頭。「如果瑪羅那那麼懂得『交歡』，我不明白她為什麼連一個孩子也沒有？」

喬達拉輕聲笑著。「妳說朵妮的交歡恩典能讓女人生孩子，我希望妳是對的。」他掀開自己那邊的被子時停了下來。「但妳說的沒錯！她一個小孩也沒有。」

「別把被子掀開！很冷！」她高聲在他耳邊說。

他很快鑽進睡鋪裡，赤裸的身體挨著她。「或許這就是她一直沒有配對的原因。」他繼續說：「或者是一部分原因。如果一個男人決定婚配，他通常會想要一個可以為他的火堆地盤帶來孩子的女人。女人可以有了孩子，然後待在她母親的火堆地盤，或甚至擁有自己的火堆地盤，然而男人火堆地盤裡有小孩的唯一方法就是和女人配對，這樣她才會把孩子帶來。如果瑪羅那配對過，但沒有孩子，就會使她身價下跌。」

「那真是太遺憾了。」愛拉說。她突然心有戚戚焉。她知道她曾經多想要孩子。自從看到伊札生烏芭的那一刻起，她就想要擁有自己的孩子，她確信是布勞德的恨意給了她小寶寶。正是他的恨意讓他強迫她，而如果他沒有強迫她，新生命就不會在她肚子裡長大。

當然那時候她還不明白，但仔細端詳她的兒子後她終於了解。布倫的部落裡從來沒見過長得像她孩子那樣的寶寶，那麼既然她的孩子長得不完全像她，也就是像異族，他們還是認為他是畸形的穴熊族孩子，不過她看得出他是混種。他有一些她的特徵，一些穴熊族人的特徵。她突然間靈機一動，明白當男人把他的器官放入女人生孩子的地方，基於某種原因，新生命就此開始。穴熊族人不這麼想，喬達拉的族人或其他異族人也不這麼想，但愛拉堅信事實就是如此。

躺在喬達拉身旁，知道自己肚子裡正懷著他的孩子，愛拉爲那些失去孩子和或許不能有孩子的女人感到一陣揪心的憐憫與苦楚。她眞能怪瑪羅那心情不好嗎？如果失去喬達拉她會有什麼感受？她想著不禁淚水盈眶，在慶幸自己好運的同時，溫馨的感受湧上心頭。

不過再怎麼說，那還是個惡劣的玩笑，而且結果可能比現在更糟。愛拉忍不住生氣，而且當她決定勇敢站出來面對這些人時，她還不知道他們會怎麼做。她們可能聯合起來對付她。她或許同情瑪羅那，卻不需要喜歡她。還有布魯克佛，之前他的穴熊族外貌使她感到親切，但現在她卻想提防他。

抱著她的喬達拉試圖保持清醒，一直等到他以爲她睡著，才閉起眼睛睡去。然而愛拉卻在半夜醒過來，急著上廁所。沃夫悄聲跟著她走到門口旁的夜壺邊。她回到床上時，牠蜷在她身邊。她很感激一旁的狼和另一旁的男人提供的溫暖與保護，然而又過了好一陣子，她才再度睡著。

第八章

愛拉很晚才起床。她坐起來四處張望，喬達拉和沃夫都不在，只剩她獨自在住處，但是有人留下一整袋水和編織緊密的洗臉盆讓她洗臉。一旁的木刻杯裡裝了些液體，聞起來像薄荷茶，是冷的，不過此刻她什麼都沒心情喝。

她從床上起來，走到門邊的大簍子去解手，她當然注意到自己想上廁所的頻率增加了。接著她一把將護身囊扯下來，免得妨礙她用臉盆——不是拿來洗臉，而是裝她的嘔吐物。今早她反胃得特別厲害，一定是因爲勒拉瑪的巴瑪酒，她想。宿醉跟晨吐一起來，我想從現在開始我不能再喝了。反正此時喝酒不管對我或對寶寶可能都不好。

吐光了胃裡的東西，她用薄荷茶漱口。她發現有人把她本來打算前一天晚上穿的那件有污痕的乾淨衣服，捆好放在她的毛皮被旁。她穿上衣服，才想起她昨天把衣服留在洞內靠近入口處。她的確有意保留瑪羅那給她的衣服，一部分原因是爲了堅守原則而決定再次穿它，但也因爲穿起來很舒適，她實在看不出有哪裡不妥。不過她今天不穿。

她繫上旅行時穿的那條堅韌耐用的腰帶，把刀鞘調整到感覺舒適的老位子，再把其餘掛在腰間的工具和小袋子擺好，然後把護身囊套回脖子上。她端起味道難聞的臉盆拿到外頭，但放在入口附近。她不確定該把裡面的東西倒在哪裡，因此想找個人問問。一個帶著小孩的女人朝住處走來，跟愛拉打招呼。愛拉記憶深處裡浮現出一個名字。

「早上好……羅瑪拉。這是妳兒子嗎？」

「是的。羅貝南想跟傑拉達爾玩，所以我在找波樂娃。她不在家，我想她會不會在這裡。」

「這住處裡沒有人。我起床的時候大家都不在了，我不知道他們去了哪裡。今早我沒精神，很晚才起床。」愛拉說。

「很多人都起得很晚。」羅瑪拉說：「經過昨晚的盛宴，沒幾個人想早起。勒拉瑪釀的飲料作用很強。這方面他是出了名的──這也是唯一讓他出名的事情。」

愛拉在這女人的評語中察覺一絲鄙夷的語氣，因此有些猶豫該不該問羅瑪拉哪裡方便倒掉她早晨的嘔吐物，不過附近沒有其他人，她又不想把盆子丟著。

「羅瑪拉……不曉得我能不能問妳，哪裡能讓我……倒掉……穢物？」

這女人霎時一臉疑惑，然後她往愛拉眼光不經意停留的地方看去，她笑了。「我想妳需要如廁溝。妳看那裡，往前廊東緣看，不是外頭點起烽火的前面，而是靠近後面那邊。那裡有一條小路。」

「嗯，我看到了。」

「妳要往上坡走，」羅瑪拉繼續說：「沿著小路妳會走到一條岔路。左邊的小徑比較陡，會一直往上，通到這片峭壁頂端。不過妳要走右邊的路。沿著邊緣蜿蜒向上，最後妳會看到木河在妳腳下。再往前走一點就是一片開闊的平地，那裡有幾條溝，在到那兒之前妳就能聞到味道了。」羅瑪拉說；「我們已經有好一陣子沒有掩埋如廁溝，妳可以看得出來。」

愛拉搖搖頭。「掩埋如廁溝？」

「就是將煮過的岩壁粉末撒在上面。我們一直這麼做，但我想大概不是每個人都會撒。」羅瑪拉說著，彎下腰去抱起開始不耐煩的羅貝南。

「你們怎麼加熱岩壁粉末？爲什麼要加熱？」愛拉問。

「作法是把峭壁岩石敲打成粉末，再放入高溫的火中加熱，我們用的是信號火堆，接著就把粉末鋪撒在溝裡。這麼做的原因是它能消除大部分臭味，或是把臭味蓋過。然而在溝中排尿或加入液體的時候，岩石粉末又會變硬，等到溝中塡滿排泄物和變硬的岩石粉末時，就必須挖一條新的溝，那是件大工程。因此我們不想常常在上面鋪撒岩石粉末。但是現在我們該掩埋它了。我們的洞穴很大，如廁溝的使用率很高。沿著小路走就是了，妳很快就能找到它的位置。」

「我想我一定找得到。謝謝妳，羅瑪拉。」愛拉說罷，這女人就離開了。

從地上拿起碗後愛拉又想到另一件事，她匆忙轉身入內去拿水袋，這樣才能把洗臉盆沖乾淨。接著她拿起穢物，走向小路。爲住在這麼龐大洞穴裡的一群人採集、儲存食物很費事，她邊往小徑走去邊想著，然而處理排泄物也一樣麻煩。布倫部落的人只要走到外面就行了，女人去一個地方，男人去另外一個地方，他們不時換地方。想像羅瑪拉解釋的程序，讓愛拉覺得相當有意思。

將石灰岩加熱或鍛燒以取得生石灰，再用以減少排泄物臭味的處理過程愛拉並不清楚，不過對住在石灰岩壁中而且從早到晚用火的人來說，生石灰是一種天然的副產品。火堆灰燼裡難免會累積些石灰，把灰燼清乾淨後和其他廢棄物倒在一堆，如此不用多久就會有人發現石灰除臭的功用。

有這麼多人住在同一個地方，除了夏季中的一段時間會有好幾群人外出之外，他們可以說是長期住在這裡，因此有許多工作需要整個聚落的努力與合作才能完成，例如挖掘如廁溝，或者像愛拉剛剛才知道的，燒烤石灰岩壁上的石頭做成生石灰。

愛拉還沒從如廁溝回到住處，就已接近正午時分。她在背後的小徑上找了塊曬得到太陽的地方，把洗臉盆曬乾後晾著通風，然後她決定去看看馬兒的狀況，同時把水袋加滿水。她走到前廊時有幾個人向她打招呼，她記得其中幾個人名，但不是每個人的名字都記得。她對他們點頭微笑，但對那些她不記得是誰的人覺得有些不好意思。她歸因於自己的記憶力不好，下定決心要盡可能認識所有人。

布倫部落的族人讓所有人都知道，他們認爲她稍嫌遲鈍，因爲她不像部落裡的年輕人記憶力那麼好。她想起那時她也有同樣的感覺。由於她很想融入並且找到收養她的人，她訓練自己在他人頭一次說明時就將所有的事情記下來。她不知道在練習天生智力以獲取所學的過程中，她正將自己的記憶力訓練到遠超過她這一族人正常狀況下所能達到的程度。

日子久了，她漸漸了解他們記憶的方式和她的不同。雖然她並不完全理解他們的記憶方式，但她知道部落的人擁有她所缺乏的「記憶」，他們的記憶方式不一樣。部落人的記憶依靠直覺，他們一路演化下成人類的另一條分支，這些人生來就具有生存所需的大部分知識，經過長時間下來，資訊已經被吸收到他們每一位祖先的基因中，就和包括人類在內的所有動物獲取出於本能所知的方式相同。

部落孩子只需「被提醒」一次，就能啓動他們與生俱來的初始記憶，而不像愛拉那樣必須靠學習與記憶。對於古代的世界以及如何生存於其中，部落人知之甚詳，一旦學了新東西他們絕對不會忘記。然而與愛拉和她族人不同的，是他們不容易學習新事物。改變對他們而言並非易事，但是當異族來到他們的土地時，卻給他們帶來了改變。

嘶嘶和快快不在她帶牠們到草原時的同一個地方，而是在河谷更上游吃草，離靠近木河與主河匯聚處、一般人較常使用的區域有一段距離。看到她時嘶嘶先是垂下頭，又突然揚起頭來，在空中用鼻子畫了個圈。然後牠彎著頸子低下頭，伸直尾巴跑向愛拉，看到她開心不已。快快得意洋洋地弓著頸子，在母親身邊跳躍，耳朵向前伸，尾巴向上，抬高腳步，踩著穩健的步伐向她慢跑而來。

馬兒以嘶鳴聲歡迎愛拉。愛拉親切地笑著回應牠們。「你們兩個爲什麼這麼開心？」她以部落的手勢和她在山谷中自己發明的語言對馬兒說話。她知道牠們不完全明白她所說的，但牠們的確能聽懂幾個字以及某些手勢，還有她語調中所傳達看到牠們時的歡喜之情。

「你們倆今天可眞是意氣風發啊！你們可知道我們的旅途已經告一段落，再也不用旅行了。」她繼續說：「你們喜歡這裡嗎？希望如此。」她伸手撓抓母馬最喜歡的一處，然後再幫公馬抓。她又摸摸嘶嘶的側邊與腹部，想斷定牠在與那匹公馬幽會之後是否因此懷了小馬。

「現在還太早，說不準，但我想妳可能也要有小寶寶了，嘶嘶。連我都已經第二次月亮周期沒流血，也還看不太出來。」她用檢查母馬的同樣方式檢視自己，心想，我的腰變粗了，肚子變圓了，我的乳頭疼痛，胸部脹大了些。「而且我早上還會反胃。」她繼續說著邊比手勢。「但只有剛起床的時候稍微有點不舒服，不像之前整天都難過。我想我毫無疑問是懷孕了，可是現在我的精神很好，好到可以去兜風。妳想做點運動嗎，嘶嘶？」

母馬再次揚起頭，好似回答她。

不曉得喬達拉在哪裡？我想去找找他，看他是否想去騎馬，愛拉自言自語道。我也把騎馬用的毯子帶著，這樣坐起來比較舒服，不過現在我直接坐在馬背上就行了。

她以熟練靈活的動作抓住嘶嘶短而豎直的馬鬃末端，跳上牠的背，朝岩洞騎去。她不假思索就繃緊腿部肌肉以指示馬兒方向。經過這麼長一段時間，這已經成爲她的習慣，不過她讓母馬用自己的步調奔馳。她聽見快快一如往常那樣追隨在後。

不知道還有多少時間能像這樣跳上馬背。等到肚子愈來愈大，我得踩在某個東西上面才能坐上牠的背，愛拉心想。即將要有個小寶寶的念頭，讓她開心得幾乎要擁抱自己了。她的思緒飄回才剛結束的漫長旅途，又想起昨晚。她見到這麼多人，要記住所有人實在很不容易，但喬達拉說的沒錯：大多數人都不壞。我不能讓少數討厭的人，像是瑪羅那或表現得像布勞德的布魯克佛，破壞我對其他人的好感。眞不明白爲什麼討厭的人總是比較容易記得呢。或許因爲他們是少數吧。

今天天氣很暖和，豔陽將徐徐吹送的風曬得暖烘烘。愛拉走近一條涓細但湍急而水花四濺的小支流旁，她往上游望去，看到一條小瀑布從岩石表面沖激而下。她覺得口渴，又想起她本來要把水袋裝滿，因此轉身走向從岩壁邊流下來閃閃發光的水邊。

她躍身下馬，讓馬兒喝了瀑布下方的池水。愛拉用雙手掬起水喝，接著把清涼乾淨的水裝入水袋裡。她在那裡坐了一會兒，感覺神清氣爽，不過還是有些懶洋洋的。她拾起幾顆小石頭，無所事事地丟到水裡。她眼光掃過這片陌生的地帶，下意識注意到一些細節。她又拾起一顆石頭，在手心裡滾動，感受石頭的肌理，她看著石頭發呆，然後再丟進水裡。

過了好一會兒，石頭的特徵才潛入她的意識中。接著她再次四處翻找那顆石頭，她把那顆石頭——也或許是另一顆類似的石頭——撿起來仔細端詳。那是顆灰金色的小石子，有著天然結晶結構的尖銳稜角和表面。她突然從刀鞘裡取出掛在皮帶上的燧石刀，用刀背敲打石頭。火花蹦了出來！她又敲了一遍。

「這是顆打火石！」她大聲喊。

自從離開山谷後她就再也沒見過打火石。她仔細看著這顆石頭和河床裡與河邊地上的小石子，又檢查其他幾塊黃鐵礦。她撿了幾塊，心情愈來愈興奮。

她蹲下身來看著自己撿拾的一小堆相似的石頭。這裡有打火石！這下子就不必省著使用剩下的石頭，我們可以撿到更多。她等不及要給喬達拉看。

她把石頭收集起來，又多找了一些，然後吹口哨呼喚早已閒晃至一片肥美綠草地的嘶嘶。然而就在她準備上馬時，喬達拉朝她大步走來，沃夫跟在他身旁。

「喬達拉！」她喊著跑向他。「看看我找到什麼！」她說完邊跑邊掏出幾塊黃鐵礦。「打火石！這附近有打火石，這溪邊到處都是！」

他衝到她身邊，露出開心的笑容，不單是因為她的重大發現，也是回應她的狂喜。「我不知道這附近有打火石，不過我倒是從沒特別注意這種石頭，我總在找燧石。告訴我，妳在哪找到這些石頭。」

她帶他到瀑布下方的小池子邊，緊盯住河床裡的石頭和窄小河道的兩邊。「你看！」她得意洋洋地說：「那裡有一顆。」她指著岸邊的一顆石頭。

喬達拉跪下去撿起石頭。「妳說的沒錯！這會改變我們的生活，愛拉。這表示每個人都可以擁有打火石。如果這裡有，附近其他地方可能也有。根本還沒人知道這種石頭，我沒機會告訴任何人。」

「弗拉那還有齊蘭朵妮都知道。」愛拉說。

「她們怎麼知道的？」

「還記得在你告訴他們你弟弟的事時，齊蘭朵妮幫威洛馬泡了安定情緒的茶嗎？我用打火石把熄滅的火點起來，這讓弗拉那感到緊張，所以我答應要告訴她打火石怎麼用。她也告訴了齊蘭朵妮。」愛拉說。

「所以齊蘭朵妮知道。不知怎麼的，到頭來她總是先知道一些事。」喬達拉說。「不過我們稍後再回來多拿些石頭。現在，有些人想跟妳談談。」

「談穴熊族嗎？」愛拉猜想。

「今早我還不太想起床，約哈倫就找我去參加一個會議，但我請他讓妳多睡一會兒。我已經說了我們遇到古邦和優兒嘉的事。他們很感興趣，但卻難以相信穴熊族是人而不是動物。齊蘭朵妮已經進一步分析先人的傳說，只有她才知道齊蘭朵妮氏人的歷史。她想找出其中是否有關於扁頭……穴熊族……先於齊蘭朵妮氏人住在此地的蛛絲馬跡。羅瑪拉說妳起床了，所以約哈倫要我來找妳。」喬達拉說。「除了他，其他人也有一大堆問題。」

喬達拉帶了快快的韁繩，但調皮的小公馬卻不怎麼肯前進，還想嬉戲一番。喬達拉耐著性子撓抓牠的癢處，最後牠才默默服從。他跨上馬背，兩人開始回頭穿過小河谷開闊的林地。

喬達拉停下來和愛拉並肩而騎。遲疑了一會兒，他說：「羅瑪拉說她今早跟妳說話的時候，覺得妳不太舒服，可能妳還不太習慣勒拉瑪的巴瑪酒。妳還好嗎？」

在這裡很難守住什麼祕密，愛拉想。「我很好，喬達拉。」她說。

「他釀的酒眞的很烈，妳昨晚就已經不太舒服。」

「我昨晚累了。」愛拉說：「今天早上我只是有點反胃，因爲懷孕的關係。」從他的表情看來，她懷疑他擔心的不只是她的晨吐。

「昨天太緊湊了，妳見到好多人。」

「大多數人我都喜歡。」她看著他，露出淺淺的笑容。「我只是不習慣一次見那麼多人，像是整個穴熊族大會似的。我甚至記不得每個人的名字。」

「妳才剛認識他們，沒人會認爲妳應該記得所有人。」

他們在馬兒吃草的草原下馬，把馬留在路的盡頭。抬頭向上一望，愛拉看見澄澈的天空襯托出墜石的輪廓，而在那一瞬間，它彷彿發射出一道奇異的光芒。但她一眨眼，光就不見了。陽光很強，她想。我一定是沒用手遮住太陽才會這樣。

沃夫從長草中間出現。牠東跑跑西看看地跟在他們後面，探索小洞穴，追蹤有趣的氣味。當牠看見愛拉站在原地眨眼，牠決定要好好問候他們這一群夥伴裡地位最高的領袖。這隻龐大的犬科動物趁她不注意時跳到她身上，把前腳放在她肩膀上。她晃了一下，但又馬上站穩腳步，撐住牠加在她身上的重量，讓牠舔咬她的下巴。

「早安，沃夫！」她說著用雙手抓住牠頸間雜亂的粗毛。「我想你今天也很精神飽滿，和馬兒一樣。」牠跳下來，跟她走到路上，有些人沒見過沃夫這種表達感情的特殊方式，因此看得瞠目結舌，還有些人呵呵笑著，被牠的反應逗樂了。但沃夫完全不理會這些人，愛拉示意牠跟在她身邊。

她想在瑪桑那住處停下來放好裝滿的水袋，但喬達拉過了居住區還一直往前走，她也跟著他走。他們經過懸頂西南端的工作區。愛拉看到前方有幾個人在前一夜殘留的營火邊或站或坐。

「妳來啦！」約哈倫說著，從一小塊石灰岩上站起來走向他們。

他們走近時，愛拉注意到一團小火在大而燒黑的圓圈邊緣燒著。一旁的深簍子裡裝滿冒著熱氣的液體，上面浮著幾片葉子和其他蔬菜。簍子外層覆蓋著某種黑色的物體，她的鼻子嗅到松樹脂的味道，它的功用是防水。

波樂娃舀了些到杯子裡給她。「喝點茶吧，愛拉。」她說，把杯子拿到愛拉面前。

「謝謝妳。」愛拉說著接過杯子。她喝了一口。茶裡的藥草植物搭配合宜，還有些許松樹的味道。她又喝了些，然後發覺自己想吃點固體食物。液體又讓她反胃，她也開始頭痛。她看見一塊沒人坐的石頭，就坐了上去，同時希望反胃的感覺快點停止。沃夫躺在她腳邊。她拿著杯子，沒喝茶。要是她有煮些那時曾幫獅營馬木特伊頭目塔魯特的特製「宿醉」茶就好了。

齊蘭朵妮仔細觀察愛拉，心想她看出些熟悉的跡象。「我們也該休息一下吃點東西了。還有沒有昨晚的剩菜呢？」她對波樂娃說。

「這是個好主意，」瑪桑那說。「已經過了中午，妳吃過了嗎，愛拉？」

「沒有。」她非常感謝有人想到要問她。「我很晚才起床，接著到如廁溝去，然後又去木河河谷察看馬兒的狀況。我在小溪邊把水袋裝滿了。」她舉起水袋。「喬達拉就是在那裡找到我的。」

「很好。如果妳不介意，我們就用這些水多煮些茶，我會請人拿食物來給大家。」波樂娃說罷，踩著輕快的腳步走向住處。

愛拉環顧四周，想看看會議上還有誰，她立刻迎上威洛馬的視線。兩人對彼此微笑。他正和瑪桑那、齊蘭朵妮和此時正背對著她的喬達拉說話。約哈倫的注意力已轉向他的兩位密友兼顧問，索拉邦和盧夏瑪。愛拉記起稍早帶著個小男孩跟她說話的女人羅瑪拉，就是索拉邦的配偶。她前晚也已經見過盧夏瑪的配偶。她閉起眼睛試著回想她的名字。對，是莎蘿娃。靜靜坐著的確有用，她的噁心感好多了。

在現場的其他人當中有位灰髮男人，她記起他是鄰近洞穴的頭目，叫曼佛拉爾。他正在和另一個愛拉認為自己沒見過的男人說話。他偶爾會擔心地瞥一眼沃夫。一位高瘦的女人舉手投足之間充滿威嚴，愛拉想起她是另一個洞穴的頭目，但她不記得她的名字。坐在她身邊的男人身上有和齊蘭朵妮類似的刺青，愛拉猜想他也是位心靈領袖。

她突然想起這群人都是這個部落裡某種形式的領導人。在穴熊族裡，這些就是地位最高的人。在馬木特伊氏裡，他們就相當於姐妹決議團和兄弟決議團。齊蘭朵妮氏人不像馬木特伊氏人那樣採用雙重領導方式，在每個營地裡以一位姐妹與一位兄弟做為女頭目和男頭目。齊蘭朵妮氏的頭目有些是男人，有些是女人。

波樂娃踩著同樣輕快的腳步回來。愛拉發現，每當需要食物時，他們就會找她。雖然她好像負責提供食物，但把食物拿來和端上食物的人顯然不是她。她回到會議上。她一定自認為是與會者。看來頭目的配偶也可能是頭目。

在穴熊族裡，出席這類會議的所有人都是男人。他們沒有女頭目，女人沒有辦法靠自己的能力贏得地位。除了女巫醫之外，女人的地位取決於她配偶的位階高低。愛拉不禁懷疑，如果這兩種人有一天相遇，他們要如何協調彼此的差異？

「羅瑪拉、莎蘿娃和其他人正為我們準備飯菜。」波樂娃朝索拉邦和盧夏瑪點點頭宣布道。

「很好。」約哈倫說。他的話似乎表示會議繼續召開。每個人都停止和他人聊天，眼神看著他。他轉向愛拉。「我們在昨天的盛宴上介紹了愛拉。在場所有人是否都已經介紹自己？」

「昨晚我不在這裡。」剛才和灰髮頭目說話的男人說。

「那麼請容我幫兩位介紹。」約哈倫說。這男人向前一步，愛拉站起來，但以手勢叫沃夫退後。

「愛拉，這位是齊蘭朵妮氏第十四洞穴小河谷的頭目布拉瑪佛。布拉瑪佛，這位是馬木特伊氏獅營的愛拉……」約哈倫停了一會兒，試著回想她那不怎麼常見的稱謂與親屬關係。「猛獁象火堆地盤的女兒。」這樣就夠了，他想。

布拉瑪佛伸出雙手，重複他的名字和職稱。「以朵妮之名，我歡迎妳。」他說。愛拉握住他的手。「以大地母親馬特，也就是朵妮之名，我問候你。」她微笑著說。

他之前已經注意到她說話的方式不同，現在甚至更明顯，但他回應她的微笑，握著她的手稍微久一些。「小河谷是最適合捉魚的地方。第十四洞穴的人以最棒的漁夫聞名，我們很會製作捕魚工具。我們是近鄰，妳一定要儘快來拜訪我們。」

「謝謝你，我很樂意去拜訪你們。我喜歡吃魚，也喜歡捉魚，不過我不知道怎麼設陷阱。小時候我都學著用手抓魚。」爲強調她這番話，愛拉舉起還被布拉瑪佛握著的雙手。

「既然如此，我很想看看妳怎麼抓。」他說著，放開她的手。

女頭目向前一步。「我想介紹我們的朵妮侍者，河岸地的齊蘭朵妮。」她說：「昨晚他也不在這裡。」她瞥了一眼布拉瑪佛，抬了抬眉毛，補充道：「第十一洞穴以製作在主河上下游航行的木筏聞名。以木筏運送重物要比用人扛著來得簡單多了。如果妳有興趣了解，歡迎妳來拜訪。」

「我非常有興趣學習你們如何製作浮在河面的船。」愛拉說。她試著回想他們倆是否有經過正式介紹，還有她的名字是什麼。「馬木特伊氏用厚皮革固定木頭框架，做成像是能漂在水上的大碗，用來載運人和物品過河。在來這裡的路上，喬達拉和我做了一艘這樣的船橫渡一條大河，但河水湍急，小圓船太輕，很難控制。我們把它綁在嘶嘶的拖橇上就好多了。」

「我不明白什麼是『嘶嘶的拖橇』。那是什麼意思？」第十一洞穴的頭目問。

「嘶嘶是其中一匹馬的名字，卡拉雅。」喬達拉站起來往這邊走。「拖橇是愛拉發明的。她可以告訴妳那是什麼。」

愛拉對她形容了這種運輸工具之後又說，「有了這個，嘶嘶就能幫我把我獵捕的動物運回我的住處。改天我示範給妳看。」

「當我們到了河對岸時，」喬達拉補充道，「我們決定把碗形船身綁在拖橇上，而不綁在一般編織的平台上，這樣我們就能把大部分的東西放上去。如此一來，當我們過河時，船浮在水上，東西不會弄濕，而且綁在拖橇上也比較好控制。」

「木筏也不太好控制。」女頭目說：「我想所有的船隻想必都不好控制。」

「有些會比較好控制。在旅途中，我和夏拉木多伊氏住了一陣子。他們會用大樹幹雕刻出美麗的船。船首與船尾是關鍵，他們還用槳來控制船行的方向。掌舵需要練習，但拉木多伊氏，也就是夏拉木多伊氏在水上生活的那一半部族，非常善於此道。」喬達拉說。

「什麼是槳？」

「槳是種長得像平湯匙的東西，他們用槳把船推過河。我幫忙做了一艘他們的船，還學著用槳。」

「你覺得槳會比我們用來推木筏過河的長竿子好用嗎？」

「這個船的話題很有趣，卡拉雅，」向前一步的男人打斷他們。他比那女人矮，身材瘦削。「但是我還沒有被介紹給愛拉，我想我最好自己來。」卡拉雅微微臉紅，但她不發一語。愛拉聽到她的名字時，她想起她們倆已經介紹過彼此了。

「我是齊蘭朵妮氏第十一洞穴的齊蘭朵妮，第十一洞穴也叫做河岸地。以大地母親朵妮之名，我歡迎妳，猛獁象火堆地盤的女兒，馬木特伊氏的愛拉。」他說著，伸出雙手。

「我問候你，第十一洞穴的大媽侍者，齊蘭朵妮。」愛拉說著，緊握住他的手。他有著與瘦削身材不相稱的強大握力，而她感受到的不止是他精瘦的氣力，還有一股內在的力量與自信。她還在他舉手投足之間觀察到別的東西，令她想起在馬木特伊氏夏季大會上遇到的幾位馬木特。

領養她的老馬木特曾經談到，某些人身上同時帶有男性與女性特質。一般人認爲他們具有兩種性別的力量，進而懼怕他們，但如果他們加入大媽侍者之列，旁人相信他們的力量將會特別強大，因此特別歡迎這種人加入。最後，馬木特解釋道，許多發現自己像女人般受男人吸引的男人，以及像男人般受女人吸引的女人，都會聚集到猛獁象火堆地盤來。她心想不知道齊蘭朵妮亞的情形是否相同，而且從站在那兒的那個男人判斷，事實似乎如此。

她又注意到他太陽穴上的刺青。和首席齊蘭朵妮一樣，他的刺青是由正方形組成，有些只有輪廓線，有些裡面塡上顏色，但他的方形數目較少，而且在不一樣的方塊內著色，另外還加上幾條曲線。這使她發覺到除了喬達拉和她自己以外，在場的每個人都有不同的臉部刺青。最不引人注目的是威洛馬的刺青，而臉部紋飾最繁複的是女頭目卡拉雅。

「既然卡拉雅已經吹噓過第十一洞穴的豐功偉業，」朵妮侍者轉頭向洞穴頭目致意，補充道：「我要說的只是邀請妳來拜訪。不過我想問個問題。妳也是朵妮侍者嗎？」

愛拉皺起眉頭。「不是，」她說：「你怎麼會這麼認爲呢？」

「我聽到大家閒聊。」他微笑坦承：「說妳能控制動物。許多人認爲妳一定是大媽侍者。我記得曾聽人說過東邊獵猛獁象的部族，有人說他們的大媽侍者只吃猛獁象，而且都住在同一個地方，可能在某個火堆地盤。妳被介紹爲『來自猛獁象火堆地盤』時，我心想傳言是否是眞的。」

「不完全是，」愛拉微笑著說：「猛獁象獵人裡的大媽侍者的確住在猛獁象火堆地盤，但那不表示他們全都住在一起。就像『齊蘭朵妮亞』一樣，那只是個稱謂。有許多火堆地盤，如獅火堆、狐狸火堆、鶴火堆等。這些火堆地盤代表……某人隸屬的世系。一個人通常誕生在某個火堆地盤，但也可以被領養。一個營有許多不同的火堆地盤，營的名字是由創立者所屬的火堆地盤名字而來。我的營叫獅營，因爲塔魯特來自獅火堆地盤，而且他是頭目。他的妹妹圖麗是女頭目。每個營都有一個姐妹和一個兄弟做爲領導者。」

所有人都興味盎然地聽著。對於原本只知道自己生活方式的人而言，了解其他人如何形成組織與如何生活，是件非常讓人感興趣的事。

「馬木特伊在他們的語言裡代表『猛獁象獵人』，或者也可以是『獵猛獁象的孩子的母親』，因爲他們也崇敬大地母親。」愛拉往下說，她試著解釋清楚。「猛獁象對他們來說特別神聖。這也就是猛獁象火堆地盤專門爲大媽侍者保留的緣故。一般人通常選擇猛獁象火堆地盤，或覺得他們被挑選，但我是被獅營的老馬木特收養，所以我是『猛獁象火堆地盤的女兒』。如果我是大媽侍者，我就會說『被猛獁象火堆地盤選中』或『受猛獁象火堆地盤召喚』。」

這兩位齊蘭朵妮亞，正準備提出更多問題，但約哈倫打斷他們。雖然他也很好奇，但此時他更感興趣的是撫養愛拉長大的人，而非領養她的人。「我也想知道更多馬木特伊氏人的故事，」他說：「但喬達拉告訴我們一些有趣的事，是有關你們回程時遇到的扁頭。如果他所言不假，那麼我們必須開始以完全不同的角度思考扁頭的問題。說實話，我擔心他們對我們造成的威脅，會超出我們所想。」

「什麼威脅？」愛拉立刻升起防衛心。

「據喬達拉告訴我，他們是……有思想的人類。我們一向認爲扁頭是與穴熊相去不遠的動物，或許還跟穴熊有血緣關係，他們是比較矮小、比較聰明的種類，但還是動物。」約哈倫說。

「我們知道這附近有些洞穴和窪地之前曾是穴熊的窩。」瑪桑那加入談話：「而齊蘭朵妮告訴我們，根據某些耆老的傳說和歷史，有時先民會殺死或趕跑穴熊，以便有家可住。如果那些『穴熊』就是扁頭……那麼……如果他們是有智慧的人類，一切都是有可能的。」

「如果他們是人類，而我們卻把他們當作動物對待，還是有敵意的動物，」約哈倫停了一下，「我必須說，換做是我，我也會考慮以某種方式加以報復。我可能早就想奪回地盤了。我想我們必須意識到這種可能性。」

愛拉鬆了一口氣。約哈倫清楚地表明了他的立場。她可以理解爲什麼他認爲他們可能會造成威脅。或許他甚至沒說錯。

「我懷疑就是因爲這樣，大家才堅持扁頭是動物。」威洛馬說：「殺動物是一回事，如果是爲了取得食物或庇護所而不得不然；但他們如果是人類，即便是奇怪的人種，那就是另一回事了。沒有人想認爲自己的祖先殺了人，還偷走他們的家園，但如果說服自己他們是動物，那就好過多了。」

愛拉心想，這眞是個教人訝異的看法，不過威洛馬之前也曾發表睿智的評論。她開始了解爲何喬達拉談起他時總是語帶情感與尊敬；他是個了不起的男人。

「不好的感覺會潛伏一段很長的時間，」瑪桑那說：「會歷經許多個世代，但如果他們有歷史與傳說，那便賦予他們長遠的記憶，麻煩就來了。既然妳那麼了解他們，不曉得我能不能問妳些問題，愛拉。」

她不知道該不該告訴他們，穴熊族的確有故事與傳說，但他們不需要這些就能記得他們的歷史，他們生來就有長遠的記憶。

「嘗試用不同於以往的方式和他們接觸可能比較明智。」約哈倫繼續說：「或許我們可以在問題形成之前先加以避免。我們可能考慮派遣代表和他們會面，或許去討論貿易的可能性。」

「妳覺得怎麼樣，愛拉？」威洛馬說：「他們會不會有興趣和我們交易？」

愛拉皺著眉頭思考。「我不知道。我所認識的穴熊族知道我們這種人的存在。對他們來說，我們是異族，但他們避免和我們接觸。在大多數情況下，在我生長環境中的那一小群穴熊族人大多數時間並不把異族人放在心上。他們知道我是異族人之一，不是穴熊族人，但我是個孩子，而且還是個女孩。我對布倫和其他男人來說無足輕重，至少在我還年輕的時候。」她說：「但布倫的部落不住在異族附近。我想我很幸運。在他們發現我之前，他的部落裡沒人看過異族的小孩子，有些人沒看過成人，甚至連遠遠看過都沒有。他們願意接納我、照顧我，但我不確定如果他們曾被逐出家園，或被一群粗暴的年輕人騷擾，會有什麼感受。」

「但喬達拉告訴我們，有些人曾經和你們在路上遇到的人商談交易，」威洛馬說：「如果其他人能跟他們交易，我們爲什麼不能？」

「那不是該取決於他們到底是否眞的是人，而不是和穴熊有血緣的動物？」布拉瑪佛插話。

「他們是人，布拉瑪佛。」喬達拉說：「如果你曾經和他們密切接觸，你就知道了。而且他們很聰明。在旅途中，遇到過的穴熊族人不只有和愛拉一起時的那對男女。請提醒我之後再告訴你另外的故事。」

「妳說妳眞的是被他們養大的嗎，愛拉？」曼佛拉爾說：「跟我們談談他們。他們是什麼樣的人？」灰髮男人看來比較明理，不會在還沒了解一切狀況前就妄下結論。

愛拉點點頭，但停了一會兒才回答。「你們認爲他們和穴熊有關係，這點很有趣。這其中存在奇妙的事實，那就是穴熊族人自己也這麼相信。有時他們甚至還跟穴熊住在一起。」

「哼！」布拉瑪佛從鼻子裡噴了口氣，好像在說，「我早就告訴你們了！」

愛拉對他說明：「穴熊族人崇敬烏爾蘇斯，也就是穴熊的靈，這和異族尊崇大地母親相去不遠。他們稱自己爲穴熊族。當穴熊族人召開大型集會時——類似夏季大會，但不是每年一次——他們有一場爲穴熊之靈舉行且極爲神聖的儀式。早在部落大會舉辦之前，負責主辦的部落會捉一隻穴熊幼獸和他們一起住在洞穴裡。他們把牠當自己孩子般飼養，等到牠長得太龐大時，就幫牠蓋一個地方讓牠不要逃跑，但是他們還是會餵牠、縱容牠吃。」

「在部落大會召開時，」愛拉繼續說下去：「男人會進行比賽，看誰有幸送烏爾蘇斯到靈的世界去替穴熊族發言，送達訊息。競賽中獲得最多勝利的三個男人會被選中擔任這項任務，因爲把完全長成的穴熊送到下一個世界，至少需要三個人。被選上很光榮，但也非常危險。通常穴熊會帶走一個或以上的人，和牠一起去靈的世界。」

「所以他們和靈的世界溝通。」第十一洞穴的齊蘭朵妮說。

「他們還用紅赭石埋葬死者。」喬達拉說。他知道他的話對那男人來說意義深遠。

「我們得要花點時間理解這個訊息。」第十一洞穴的頭目說：「還需要一番深思熟慮，這表示我們必須做出許多改變。」

「妳說的沒錯，當然是如此，卡拉雅。」首席大媽侍者說。

「現在我們該停下來用餐了，這倒沒什麼好想的。」波樂娃說著，回頭望向前廊東端。每個人都轉頭往同一方向看。一行人端著盤子和盛有食物的容器走來。

開會的人三三兩兩聚在一起，開始吃東西。曼佛拉爾拿著他的一盤食物，坐在愛拉旁邊、喬達拉對面。他前一晚已經介紹過自己，但這位初來此地的女人被人群包圍簇擁，他沒辦法進一步認識她。他的洞穴就在附近，他知道之後還有的是時間。「已經有好些人對妳提出邀請，讓我再加上一份，」他說：「妳一定要來拜訪雙河石，齊蘭朵妮氏第三洞穴離你們很近。」

「如果第十四洞穴以最棒的漁夫聞名，而第十一洞穴擅長製作木筏，那麼第三洞穴以什麼聞名？」愛拉問。

喬達拉替他回答：「狩獵。」

「每個人不是都會打獵嗎？」她問。

「當然了，所以他們並不特別炫耀，就因爲每個人都會打獵。有些其他洞穴的獵人喜歡談論自己的英勇事蹟，他們或許很厲害，然而就一整群人來說，第三洞穴是最棒的獵人。」

曼佛拉爾面帶微笑。「我們的確爲此自豪，不過是以自己的方式。我想我們之所以會變成這麼優秀的獵人，原因在於我們的地點。我們的庇護所居高臨下，位於兩條河的交匯處，有大片綠草如茵的河谷。這一條，」他揮動拿著肉骨頭的手，指向主河。「還有另一條叫做青草河。我們獵的動物，大部分都在遷徙時通過這兩個河谷，我們占據了最佳位置，一年四季都能監視牠們。我們已經學會判斷哪些時候某種動物可能出現，也會讓其他人知道，但我們常是第一個獵捕這些動物的人。」

「你說的或許沒錯，曼佛拉爾。不過第三洞穴的每個獵人都很優秀，不只是一或兩個。他們每一個人都努力使技巧達到完美的境界。」喬達拉說：「愛拉了解這點。她熱愛打獵，她的拋石索用得好極了，不過等我們讓你瞧瞧我們發明的新標槍投擲器再說。它能把標槍投得又遠又快，你一定很難相信。愛拉比較準，我可以投得稍微遠一點。但每個人都可以從比用手投擲還遠兩、三倍的距離之外射中動物。」

「我眞想看看！」曼佛拉爾說：「約哈倫想在近期內安排一場狩獵，以儲備夏季大會的糧食。那會是示範這個新武器的好時機，喬達拉。」接著他轉向愛拉加了句：「你們兩個都會加入這次狩獵吧？」

「是，我會的。」她停下來吃了口東西，然後看著兩個男人說：「我有個疑問。爲什麼洞穴被編上號碼？這些號碼有沒有順序或意義可言？」

「時間最久的洞穴號碼最小，」喬達拉說：「他們較早成立。第三洞穴成立於第九洞穴之前，第九洞穴成立於第十一或十四洞穴之前。第一洞穴已經不在了。成立最早的洞穴是齊蘭朵妮氏第二洞穴，離這裡不遠。曼佛拉爾的洞穴是第二早的，由先民所建立。」

「喬達拉，你教我數數的時候，數字總是依特定順序排列，」愛拉說：「這裡是第九洞穴，而曼佛拉爾，你住在第三洞穴。那麼來自中間這些數字洞穴的人在哪裡？」

灰髮男人笑了。愛拉找對人詢問齊蘭朵妮氏人的相關知識。曼佛拉爾對他族人歷史的興趣由來已久，他已從幾位齊蘭朵尼亞、遊歷各地的說書人，和聽過從祖先代代相傳下來的故事的那些人口中，獲得豐富的資訊。包括齊蘭朵妮自己在內的齊蘭朵妮亞成員，有時都會問他問題。

「自從先民成立洞穴以來，許多事情都有所改變。」曼佛拉爾說：「居民遷徙，或到其他洞穴找配偶。有的洞穴變小，有的洞穴變大。」

「有的洞穴變得特別大，像是第九洞穴。」喬達拉補充。

「歷史告訴我們，疾病有時會奪取許多人命，使人挨餓的壞年頭也會。」曼佛拉爾把故事接下去說：「洞穴變小的時候，有時兩或三個洞穴會結合在一起。合併後的洞穴數字通常會用那個較小的數字，但也有例外。當洞穴太大，庇護所已不敷使用時，他們可能會分裂成新的洞穴，常常位在附近。不久前有一群人從第二洞穴分出來，搬到他們河谷的另一頭。他們叫做第七洞穴，因為那時已經有第三、第四、第五和第六洞穴了。當然現在第三洞穴還在，還有第五洞穴，在北邊，但是第四或第六洞穴已經沒有了。」

愛拉很高興能學習更多有關齊蘭朵妮氏人的事，她微笑感謝曼佛拉爾的解釋。他們三人在友善的氣氛下坐了一會兒，安靜的進食。然後愛拉又提出了另一個問題。「是否所有洞穴都以某項特殊的事情聞名？像是釣魚或打獵，或是製作木筏？」

「大部分是如此。」喬達拉說。

「那麼第九洞穴以什麼出名呢？」

「他們的藝術家和手工藝者。」曼佛拉爾替他回答：「所有洞穴裡都有技巧純熟的工匠，但第九洞穴的工匠最優秀。部分原因是他們洞穴太大了，不只是因為生育造成，而是任何想得到最佳訓練的人，從雕刻到工具製作等等，都想搬到第九洞穴。」

「那多半是因爲下游地的緣故。」喬達拉說。

「什麼是『下游地』？」愛拉問。

「那是往下游的一個庇護所。」喬達拉解釋：「那不是一個有組織的洞穴所住的地方，雖然從平常居住在那裡的人數看來，妳可能會那麼以爲。那是大家進行工作計畫，還有和別人討論工作的地方。我會帶妳去那裡，或許在會議之後，如果我們在天黑前走得開的話。」

包括上菜的人、其中幾人的孩子以及沃夫都吃飽後，他們用杯子和碗喝起熱茶，放鬆一下。愛拉覺得好多了。她不再反胃，頭也不痛了，但她發現次數頻繁的尿意又出現了。把餐點拿來的那些人端著許多空盤子離開時，愛拉看見瑪桑那獨自站了一會兒，她走向她。

「這附近有沒有排尿的地方？」她悄聲問：「還是我們得回到住處去？」

瑪桑那笑了。「我也正想去。靠近立石那兒有一條小徑通往主河，快到上面時有點陡，不過這條路通到河岸旁的一個地方，女人多半使用那裡。我帶妳去。」沃夫跟著她們，看著愛拉一陣子，然後牠嗅出更有趣的氣味，就跑去深入探索河岸了。回去的路上，她們和走在小徑上的卡拉雅擦身而過，她們對彼此會意地點點頭。

等東西都收拾乾淨，約哈倫確定所有人都在場，然後他站起來。那好像是繼續討論的意思。每個人都看著第九洞穴的頭目。

「愛拉，」約哈倫說：「用餐時卡拉雅提出了一個問題。喬達拉說他能和扁頭，也就是妳所說的穴熊族交談，但不如妳說得流利。妳是否如他所說的那麼了解他們的語言？」

「是的，我了解穴熊族語言。」愛拉說：「我是被他們撫養長大的。在遇見喬達拉之前我不會說別的語言。我小時候失去家人之前，我一定曾經會說某種話，但是我現在一點也記不起來。」

「可是妳長大的地方離這裡非常遙遠，有一年的旅程，是嗎？」約哈倫繼續說。愛拉點了點頭。

「遠方人說的語言和我們的不一樣。妳和喬達拉說馬木特伊語時我聽不懂。即便是和我們住得很近的蘿莎杜那氏人，說的也是不同的語言。有些字類似，我可以懂一些，但我無法說出除了簡單概念之外的話。我了解這些穴熊族的語言和我們不同，但妳從那麼遙遠的地方來，怎麼能了解附近這些穴熊族人說的話呢？」

「你的疑惑我可以理解。」愛拉說：「剛遇到古邦和優兒嘉的時候，我自己也不確定能不能和他們溝通。但口說語言和他們所使用的那種語言不同，不僅因爲手勢和信號的緣故，也因爲他們有兩種語言。」

「兩種語言？那是什麼意思？」首席齊蘭朵妮問。

「他們有每個穴熊族人每天與彼此交談的日常用語。」愛拉解釋道：「雖然他們大部分使用手語和姿勢，包括體態和表情，但他們也使用一些詞語，即便他們不像異族那樣，發得出所有聲音。有些穴熊族人說的話比其他人多。古邦和優兒嘉的日常生活用語和我的族人所使用的不同，我不了解那些用語。但穴熊族也有一種特別的正式語言，用來和靈界說話，以及和日常生活用語不同的其他穴熊族人溝通。這種語言相當古老，不使用文字，除了某些人名之外。那就是我用來和他們溝通的語言。」

「讓我確定我是否了解你所說的，」齊蘭朵妮說：「這個穴熊族——我們講的是扁頭——不只有一種語言，他們有兩種，其中一種是所有扁頭都能互相理解的，即使是住在一年旅程之遠的地方？」

「很難相信，對不對？」喬達拉咧著嘴笑道：「但這是眞的。」

齊蘭朵妮搖搖頭，其他人也同樣一臉狐疑。

「那是非常古老的語言，穴熊族人擁有十分長遠的記憶。」愛拉解釋。「他們記得所有的事。」

「無論如何，我很難相信，他們竟然只用姿勢和手語就能說這麼多話。」布拉瑪佛說。

「我也這麼覺得。」卡拉雅說：「正如約哈倫提到蘿莎杜那氏人和齊蘭朵妮氏人了解對方語言的情形，或許那些只是簡單的概念。」

「昨天妳在我家做了些示範。」瑪桑那說：「妳可以表演給所有人看嗎？」

「還有，如果像妳所說的，喬達拉懂一點這種語言，或許他能幫我們翻譯。」曼佛拉爾加了句。每個人都點頭。

愛拉站起來。她停了一下，整理思緒。接著，她以古老而正式語言的動作比畫起來。「這女人問候這男人曼佛拉爾。」她大聲說出名字，然而她刻意的說話方式，那特殊的口音，在她說話時特別明顯。

喬達拉翻譯：「你好，曼佛拉爾。」

「這女人問候這男人約哈倫。」愛拉繼續。

「還有你，約哈倫。」喬達拉說。他們又繼續進行了幾個簡單的句子，然而他看得出來，不論有聲或無聲，他們無法充分理解這種綜合語言。他知道她能說的不只這些，但他無法翻譯當中所有複雜的內容。

「愛拉，妳只比了幾個基本的手勢是嗎？」

「我不認爲你能翻譯基本手勢以外的語言，喬達拉。我教獅營和教你的就只限於這些，剛好足夠讓你們和萊岱格溝通。我怕完整的語言你看不懂。」愛拉說。

「愛拉，妳示範給我們看的時候，」瑪桑那說：「妳替自己翻譯。我想那樣會比較清楚。」

「是啊，妳何不用那種方式示範給布拉瑪佛和大家看，兩種語言都說。」喬達拉建議。

「好啊，但我要說什麼呢？」

「妳何不把妳和他們一起生活的事情告訴我們。」齊蘭朵妮建議：「一開始他們把妳帶走的事妳還記得嗎？」

喬達拉對著胖女人微笑。這是個好主意。這不只能向大家示範這種語言，還能表現出那些人的同情心，了解他們是如何收留一個孤兒，即便是一個奇怪的孤兒。她的示範能說明穴熊族對待我們的一份子，比我們對待他們更好。

愛拉站了一會兒，整理思緒，接著她以穴熊族的正式語言和齊蘭朵妮語開始說道：「開頭的事我不太記得，但伊札常常告訴我她是怎麼找到我的。他們正在找新洞穴。發生了一場地震，或許是我現在還夢到的那場。它摧毀了他們的家，洞穴的落石砸死了幾個布倫的族人，許多東西都壞了。他們把死者埋葬後離開。即使洞穴還在，繼續住下去卻很不吉利。他們的圖騰靈待在那裡會不高興，想要他們離開。他們很快就上路了。他們馬上就需要新家，不只是爲了自己，也因爲保護他們的圖騰靈需要一個祂們滿意的新家。」

雖然愛拉保持平靜的語調，以手勢和動作說故事，大家已經被她的敘述吸引。對他們而言，圖騰是大地母親的一種面貌，他們了解當大地母親不高興時會造成何種破壞。

「伊札告訴我，他們沿著一條河走時，她看到吃腐屍的鳥在頭頂盤旋。布倫和格洛德先看到我，但他們繼續往前走。他們正在尋找食物，會很高興看到食腐鳥發現被肉食動物獵殺的獵物。他們或許能阻擋四隻腳的獵人一陣子，好拿走些肉。他們以爲我死了，但他們不吃人類，即使是異族的人類。」

愛拉說話時，她的動作流露出優雅與自在的氣息，熟練而輕鬆地做出手語和姿勢。「伊札見到我躺在河邊的地上，她停下來察看，她是女巫醫，所以她很感興趣。我的腳被大貓抓傷，她認爲可能是隻穴獅，而傷口已經潰爛。起初她也認爲我死了，但接著她聽到我呻吟，所以她靠近檢查我，發現我在呼吸。頭目布倫是她的手足，她問他能不能把我一起帶走。他沒有禁止。」

「好！」「太棒了！」觀眾中傳來陣陣回應的聲音。喬達拉自顧自微笑著。

「當時伊札懷有身孕，但她仍然抱起我，背著我走，直到當晚紮營才把我放下。她不確定她的醫術對異族是否有效，但她知道之前有過成功的例子，因此決定一試。她製作膏藥將毒素吸出。第二天也背了我一整天。我記得醒來後第一次看到她的臉，我大聲尖叫，但她把我抱在懷裡安慰我。到了第三天，我已經稍微可以走路，就是那時伊札認為我注定該成爲她的孩子。」

愛拉停了下來。現場鴉雀無聲。這故事非常動人。

「當時妳多大？」終於波樂娃開口問。

「後來伊札告訴我，她認爲我當時應該算是五歲。我可能和傑拉達爾或羅貝南一樣大。」她看著索拉邦補了一句。

「妳這些話也全都用動作表示嗎？」索拉邦問：「他們眞的不用言語就能說這麼多話嗎？」

「並不是我說的每個字都有相應的手勢，不過基本上他們能了解故事的梗概。他們的語言不僅止於手部動作，它無所不包，即便是眨一下眼皮或點點頭都能表情達意。」

「但由於使用這種語言，」喬達拉又說道：「他們不能說謊。如果說了謊，他們的表情或姿態就會露出破綻。我剛遇見她時，她甚至沒有說假話的概念。她連我話中的意義都無法了解。雖然現在她懂了，她還是做不到。愛拉不會說謊，她從沒學過怎麼說，因爲她就是這樣被撫養長大的。」

「不用言語說話的優點，或許不只有我們所了解的那樣。」瑪桑那靜靜地說。

「我想光看愛拉就能明白，這種手語是愛拉最自然的溝通方式。」齊蘭朵妮說。她心想如果愛拉作假，她的動作不可能如此流暢。更何況她爲了什麼理由必須說謊呢——難道她眞的不會說謊嗎？她不全然相信，但喬達拉的論點很有說服力。

「再多告訴我們一些妳和他們生活的狀況。」第十一洞穴的齊蘭朵妮說：「妳不必再用手語，除非妳想用。手語很美，但我想妳已經證實了妳的話。妳說他們埋葬死者，我想知道他們的葬禮如何進行。」

「是的，他們會埋葬死者，伊札死時我在現場。」

這場討論持續了一下午。愛拉動人地描述埋葬的儀式慣例，接著又說了些童年的事。大家問了許多問題，常常插話，以便能進行討論與獲得更多訊息。

最後約哈倫注意到天色已晚。「我想愛拉累了，大家也都又餓了。」他說：「在散會前，我想我們該談談夏季大會前的狩獵。」

「喬達拉告訴我，他們有新的狩獵武器要給我們看。」曼佛拉爾說：「或許明天或後天是打獵的好日子，這樣第三洞穴就有時間擬定計畫，告訴我們該去哪裡。」

「很好。」約哈倫說：「不過，如果有人餓了，波樂娃已經又幫我們準備了一份餐點。」

這場會議進行得既熱烈又有趣，不過大家都很高興能起來走動。他們走回住處時，愛拉思考那場會議和所有問題。她知道她誠實回答了每件事，但她也知道，除了被問到的以外，她主動說出的事不多。她尤其避免談到她兒子。她知道齊蘭朵妮氏人會把他當成孽種，那麼既然她不能說謊，她可以避而不談。

第九章

他們回到瑪桑那住處時室內漆黑一片。弗拉那去她朋友羅蜜拉那裡，沒有在家等她母親、威洛馬、愛拉和喬達拉回來。他們在晚餐時曾看到她，可是他們還繼續非正式的討論，所以這年輕女人知道他們不可能早回家。

他們推開入口的門簾，火坑裡即將熄滅的煤炭上，連一絲微弱的亮光都沒有。

「我來拿燈或火把，到約哈倫那裡去點火。」威洛馬說。

「我沒看到那裡有光，」瑪桑那說：「他和波樂娃剛才在開會，他們可能去帶傑拉達爾回家。」

「索拉邦家裡呢？」威洛馬說。

「我也沒看到那裡有光。羅瑪拉一定不在。索拉邦也整天都在開會。」

「你們不必大費周章去找火，」愛拉說：「我有今天找到的打火石。我可以立刻生火。」

「什麼是打火石？」瑪桑那和威洛馬幾乎同時說。

「我們會示範。」喬達拉說。雖然看不到他的臉，愛拉知道他滿臉笑意。

「我需要火絨，」愛拉說：「某個能接住火花的東西。」

「火堆邊有火絨，但我不知道能不能不絆到東西就找到火坑。」瑪桑那說：「我們可以找別人把火生起來。」

「那妳不是得摸黑進屋去找檯燈或火把嗎？」喬達拉說。

「我們可以借一盞檯燈。」瑪桑那說。

「我想我可以弄出夠亮的火花，找到火坑。」愛拉說罷，拿出她的燧石刀，在小袋子中摸索她找到的打火石。

她先進入住處，左手拿著小顆黃鐵礦舉在面前，右手拿著刀子。那一瞬間她覺得自己好像走進很深的洞穴。眼前伸手不見五指，彷彿黑暗要將她向後推似的。她打了個冷顫。她用燧石刀的刀背敲打打火石。

「噢！」當一道明亮的火花剎那間照亮黑漆漆的室內，又隨之熄滅時，愛拉聽見瑪桑那喊。

「妳是怎麼弄的？」威洛馬問；「可以再做一次嗎？」

「我用燧石刀和打火石點起火花。」愛拉邊說邊把兩樣東西互相敲擊，以表示她的確能再做一遍。火花點亮的時間很長，讓她能朝火坑走幾步。她又敲了一次，再走近火坑幾步。走到烹煮火堆時，她看到瑪桑那也找到那裡了。

「我把火絨收在這裡，在這一邊。」瑪桑那說：「妳想放在哪裡？」

「靠近邊緣就好了。」愛拉說。她在黑暗中碰觸到瑪桑那的手，和她手中握著某種一小撮柔軟乾燥的纖維物質。愛拉把火絨放在地上，彎身向前，再次敲擊打火石。這次火花跳到那一小堆易燃物上，產生出微弱的紅光。她又多堆了些火絨在上面。瑪桑那準備好小木塊和較大片的引火柴，接著溫暖的火光一下子就照亮了住處內部。

「現在，我想看這顆打火石。」點燃了幾盞燈後，威洛馬說。

愛拉把小顆黃鐵礦拿給他。威洛馬仔細研究這顆灰金色的石頭，把它轉過來觀察每一面。「它看起來就像顆石頭，只是顏色很有趣。妳是怎麼用它來起火的？」他問：「是不是任何人都能點火？」

「對，任何人都能。」喬達拉說：「我做給你看。可以給我些火絨嗎，母親？」

瑪桑那去拿火絨時，喬達拉從行李裡取出他的點火工具，把敲擊用燧石和打火石拿出來。接著他堆起一小撮柔軟纖維。這或許是香蒲或柳葉草混合一些樹脂，還有從枯樹上取來的乾腐木屑，他想。他母親一向愛用這種火絨。喬達拉彎身靠近易燃的火絨，將燧石和黃鐵礦互相敲擊。雖然在燃燒的火焰旁不容易看見，但火花還是落在那堆易燃物旁，將它燒灼成棕色，冒出一縷煙。喬達拉吹出小小的火焰，然後又多加了些易燃物。沒多久第二堆火也在被灰燼染黑的圓圈裡燃燒了起來，用石頭圍住的圓圈就是這住處的火堆。

「我可以試試嗎？」瑪桑那說。

「敲出火花並且讓它落在妳想要的地方是需要些練習的，不過這並不難。」喬達拉把石頭和敲擊燧石給她時說。

「等妳做完我也想試。」威洛馬說。

「你不必等，」愛拉說：「我可以從我的點火工具裡拿敲擊燧石做給你看。我一直用刀背點火，不過刀子已經被我敲出缺口了，我可不想把刀子弄斷。」

他們第一次嘗試，動作遲疑笨拙。但愛拉和喬達拉在一旁把方法告訴他們，瑪桑那和威洛馬兩人開始抓到訣竅。威洛馬先點起火，但第二次卻沒辦法點起來。瑪桑那一旦點起火，就掌握住生火的技巧；不過藉由練習和兩位專家的建議，其間不斷穿插著笑聲，沒多久兩人都能輕易用石頭敲出火花。

弗拉那回到家，看見四個人跪在火堆邊，開心地笑著，火堆裡有幾團小小的火焰。沃夫和她一起進來。一整天都和愛拉待在同一個地方讓牠不耐煩，所以當牠看到弗拉那帶著傑拉達爾，弗拉那又慫恿牠，就忍不住跟著他們走了。他們很高興地炫耀他們認識這隻奇怪又友善的掠食動物，而和這兩位夥伴在一起，也使沃夫對洞穴其他人的威脅大減。

和每個人一一問候過之後，沃夫喝了點水，走到入口邊的角落，牠已經把那裡當作是自己的地盤。在與傑拉達爾和其他幾個孩子度過美妙而疲累的一天後，牠蜷縮起身子休息。

「你們在做什麼？」興高采烈地打過招呼，注意到火堆的弗拉那問。「你們幹嘛在火坑裡點那麼多火？」

「我們正在學著用石頭生火。」威洛馬說。

「用愛拉的打火石嗎？」弗拉那說。

「對，很簡單。」瑪桑那說。

「我答應示範給妳看，弗拉那。妳現在要試嗎？」愛拉說。

「妳眞的生起火了嗎，母親？」弗拉那問。

「當然。」

「你也是，威洛馬？」

「對。需要練習幾次才能學會，但那不難。」他說。

「嗯，我想我可不能變成家裡唯一不曉得怎麼做的人。」弗拉那說。

愛拉示範用石頭生火的精確位置給這年輕女人看，喬達拉和剛上手的威洛馬在一旁提出建議，同時瑪桑那用生起的火加熱烹煮石。她在煮茶的籮筐裡裝滿水，開始切幾片煮好的冷野牛肉。烹煮石熱好後，她放了幾顆在煮茶的籮筐裡，使籮筐中冒出一縷熱氣，接著又把幾顆石頭連同一些水加到一個容器裡，容器是由柳條緊密編織後黏在木頭底座上做成的，裡面盛著早上煮好的蔬菜，有金針花、切段的商陸綠莖、接骨木嫩芽、薊莖、牛蒡莖、捲曲的羊齒嫩葉和百合球莖，以野生羅勒、接骨木的花和山核桃的根調味，添加辛香氣。

瑪桑那準備好簡便的晚餐時，除了已經生起的幾堆火，弗拉那也在火堆裡點起了一小把火。每個人都拿了自己的餐具和喝茶的杯子，圍著矮桌坐在軟墊上。用餐過後，愛拉拿了一碗剩菜，再加上一塊肉給沃夫，然後倒了杯茶給自己，才加入他們。

「我想多知道些打火石的事，」威洛馬說：「之前我從沒聽過有人這樣生火。」

「你從哪學來的，喬迪？」弗拉那問。

「愛拉教我的。」喬達拉說。

「那麼妳是從哪學來的，愛拉？」弗拉那問。

「這不是我學來的，也不是計畫或思考出來的，而是偶然發生的。」

「但這種事情怎麼可能『偶然發生』呢？」弗拉那問。

愛拉啜了口茶，閉上眼睛回憶起當時的情形。「有的時候每件事都不對勁，那天就是如此。」她開始說道：「我在河谷的第一個冬天才剛開始，河水正在結冰，半夜我的火熄了。嘶嘶還是個小寶寶，而鬣狗又在黑暗中在我洞穴邊聞來聞去，但我找不到拋石索。我必須丟烹煮石才能把牠們趕跑。早晨我正要砍木頭生火，但我的斧頭掉在地上摔碎了。那是我唯一一把斧頭，所以我得做一把新的。幸運的是，我發現石頭堆裡有燧石塊，還有動物的骨頭堆在洞穴下面。」

「我走到布滿石頭的河岸想去敲出一把新斧頭和製作其他工具。在工作時，我放下修飾用的石頭，心裡想的是燧石，但卻不小心揀錯了石頭。那不是我修飾用的石頭，而是一顆像這樣的石頭，當我用它敲燧石的時候，竟敲出火花。那使我想到火，反正我要生火，因此我決定用那顆石頭試著生火。試了幾次就成功了。」

「聽妳說得很容易，」瑪桑那說：「但即使看到火花，我可不一定會試著那樣生火。」

「我獨自住在山谷裡，沒有人告訴我事情該怎麼做，或什麼事不能做。」愛拉說：「我已經違反穴熊族傳統，去打獵和殺了一匹馬，還收養了那匹馬的小馬，穴熊族絕對不會准許這種事。在那之前我已經做了許多不該做的事，因此我早已準備嘗試任何靈光乍現的想法。」

「妳有許多這種打火石嗎？」威洛馬問。

「在山谷那裡的岩岸邊有許多打火石，」喬達拉回答：「第一次離開山谷時，我們收集了所有能找到的石頭。旅途中我們送出去一些，但我儘量多留了些給這裡的人。一路上我們沒再找到打火石。」

「太可惜了，」交易大師說：「要是能分送給大家，或甚至拿來交易的話就太好了。」

「我們可以這麼做！」喬達拉說：「今早就在我們來開會之前，愛拉在木河河谷找到一些。自從離開她的河谷後，這是我第一次看到打火石。」

「妳在附近找到打火石了？在哪裡？」威洛馬問。

「在一個小瀑布底端。」愛拉說。

「如果在一小塊地方有，那麼或許那附近還有更多。」喬達拉加了句。

「沒錯。」威洛馬說：「你和多少人提過打火石的事？」

「我還沒空告訴任何人，但齊蘭朵妮知道。」喬達拉說：「弗拉那告訴她的。」

「是愛拉說的，或者說我看到她用打火石。」弗拉那解釋：「昨天，在你回家的時候，威洛馬。」

「但她還沒親眼看過？」威洛馬問。他臉上展露微笑。

「我想沒有。」弗拉那說。

「這下子有趣了。我等不及要做給她看！」威洛馬說：「她一定會大吃一驚，但她可不想表現出來。」

「那會很好玩，」喬達拉也開懷大笑。「要讓那女人驚訝可不容易。」

「因爲她知道的事太多了。」瑪桑那說：「妳絕對想不到妳讓她多麼印象深刻，愛拉。」

「那倒是眞的，」威洛馬說：「他們都是。你們倆是不是還隱藏更多驚奇沒告訴我們呢？」

「嗯，我想我們明天要示範的標槍投擲器會讓你很吃驚，而且你絕對想像不到愛拉拋石索用得多好。」喬達拉說：「雖然這件事跟你的關係不大，不過我又學了製作燧石的有趣新技巧，甚至連達拉納都很訝異。」

「如果達拉納很訝異，那我也一定會的。」威洛馬說。

「還有拉線器。」愛拉說。

「拉線器？」瑪桑那說。

「對，用來縫衣服。我老是學不會要怎麼把細繩或是筋腱線穿過用錐子戳的洞。然後我有了個點子，不過靠全獅營的人幫忙，我才做出第一個拉線器。妳要的話我可以把縫紉工具拿來給妳看。」

「妳想它能不能讓已經看不清楚洞的人再將線穿過洞呢？」

「應該可以，」愛拉說。「我去拿。」

「何不等明天光線比較亮時再說？在火光中不像在陽光下看得那麼清楚。」瑪桑那說：「不過我的確想看看。」

「噢，喬達拉，你還眞製造了興奮的氣氛，」威洛馬說：「光是你的歸來就已經很夠了，而你帶回來的還不只有你自己。我總說旅行能開啓新的可能性，冒出新的想法。」

「我想你說的沒錯，威洛馬。」喬達拉說：「不過老實告訴你，我已經厭倦了旅行。能在家裡待上好一陣子，我心甘情願。」

「你會去參加夏季大會吧，喬迪？」弗拉那說。

「當然了。我們會在那裡配對，小妹。」喬達拉說著，用手臂摟著愛拉。「去夏季大會不算旅行，特別是在我們的長途旅程之後。參加夏季大會是回家的一部分。這讓我想起一件事，威洛馬，既然約哈倫打算離開前再出獵一次，你知道我們可以去哪裡拿僞裝工具？愛拉也想去打獵，我們倆都需要。」

「我們一定可以找到可用的東西。如果要獵赤鹿，我有一套多的鹿角。很多人都有獸皮和其他東西。」交易大師說。

「什麼是僞裝工具？」愛拉問。

「我們披上獸皮，有時會戴上鹿角或牛角，這樣就能接近獸群。動物不信任人，因此要設法讓牠們以爲我們是動物。」威洛馬說。

「喬達拉，或許我們可以帶馬兒們去，像嘶嘶和我幫馬木特伊人獵野牛那次一樣。」愛拉說完，看著威洛馬。「我們騎在馬背上時，動物看不見我們，只看見馬兒。我們靠得很近，而且有了標槍投擲器，即使只有我們兩個人，還有沃夫，那次打獵也很成功。」

「用妳的動物來幫忙獵捕動物？我問你們還有沒有隱瞞更多驚喜的時候，妳沒提這件事。妳認爲這不教人訝異嗎？」威洛馬笑著說。

「我有種感覺，他們自己都不知道準備了多少驚喜要給我們。」瑪桑那說。停了一會兒，她又說：「有人想在就寢前喝點洋甘菊茶嗎？」她望向愛拉。「我覺得洋甘菊茶很能讓人鎮靜放鬆，而妳今天又被逼問了一整天。這些穴熊族超乎我的想像。」

弗拉那一聽到這句話就豎起耳朵。每個人都在談論那場冗長的會議，她的朋友以爲她會知道，一直追著她要多給點線索。她告訴她們，她知道的不比別人多，但她暗示她只是不能說出她所知道的。至少現在她對於會議主題多少有些概念。她仔細聆聽接下去的對話。

「……看來他們有許多優秀的特質，」瑪桑那這麼說道：「他們照顧生病的人，他們的頭目對族人的福祉也極爲關注。由齊蘭朵妮的反應看來，他們女巫醫所擁有的知識必定相當淵博。我感覺她會想進一步了解他們的心靈領袖。我想她本來想問妳許多問題，愛拉，但她忍住不問。約哈倫對他們的族人和生活方式更有興趣。」

大家靜了下來，屋內一片沉寂。在從火堆和油燈中投射出逐漸減弱的柔和光線下，愛拉凝視著瑪桑那美麗的家，同時又發現更多美麗的細節。住處和女主人十分相稱，也讓愛拉想起雷奈克把他獅營長屋中的生活空間布置得多麼優雅。他是藝術家，也是傑出的雕刻匠，還花時間向她解釋他創作和欣賞美麗事物的感受和想法，不單是爲了自己，也爲了向大媽致敬。她覺得瑪桑那必定有著某些相同感受。

啜著溫暖的茶，愛拉看喬達拉的家人圍坐在矮桌旁，安靜而放鬆，她感覺到前所未有的平和與滿足。這些是她能了解的人，是她的同類，此時她忽然驚覺，她眞的是異族的一份子。接著她長大的地方——布倫部落洞穴的樣貌——突然間浮現在眼前，兩者的對比使她驚異無比。

齊蘭朵妮氏人的每個家庭都有獨立的住處，以屛風和牆壁分隔居住單位。住處中聽得到話語和聲響，按照習俗大家都會刻意不理會，不過每個家庭保有視覺上的隱私。馬木特伊氏人在獅營的土屋裡也以皮門簾替每個家庭畫分出區域，在必要的時候給予視覺上的隱私。

在她的部落裡，即使除了幾顆刻意放在地上的石頭外，沒有用任何東西界定，大家卻都知道每個家庭活動空間的界線何在。隱私是一種社會實踐；一個人不能直接注視隔壁火堆，他的眼神不會越過隱形的界線。穴熊族很善於忽視他們不該看的東西。愛拉椎心刺骨地回憶起當她被下死咒時，甚至連愛她的人都不再看她的情景。

齊蘭朵妮氏人也畫定住處內外的空間，包括睡覺、烹煮和用餐，以及不同工作計畫的空間。在穴熊族洞穴裡，不同活動空間沒有明確的地點。一般來說，睡覺的地方就是火堆地盤所在，不過在大多數情況下，空間的區分依習俗、習慣和行爲而定。那是心理和社會上的分區，而不是實質上的。女人避開男人工作的地方，男人遠離女人活動的地方，而工作計畫常常會在對那時來說較方便的地方完成。

齊蘭朵妮氏人好像比穴熊族人更有時間做些事情，愛拉想道。他們似乎全在做許多事，不只是做必要的事。或許他們打獵的方式造成這種區別。她陷入沉思，沒聽到有人問她問題。

「愛拉？……愛拉！」喬達拉大聲說。

「噢！對不起，喬達拉。你剛剛說什麼？」

「妳在想什麼？連我說話妳都聽不到。」

「我在想異族和穴熊族的差異，我不懂爲什麼齊蘭朵妮氏人好像比穴熊族做更多的事。」愛拉說。

「妳想到答案了嗎？」瑪桑那問。

「我不知道，但或許和不同的狩獵方式有關。」愛拉說：「當布倫和他的獵人出門時，他們通常會帶回一整隻動物，有時候帶兩隻。獅營的人數大概和布倫部落一樣，但打獵時他們每個人都會出去，男人、女人，甚至還有些孩子，即使只是跟著去。他們通常獵殺許多動物，只把最好和最肥美的部位帶回來，留下大部分的肉過冬。我不記得這兩個部族的人曾經挨餓，但在冬天接近尾聲時，穴熊族人常常只剩下最瘦的肉和最粗糙的食物，因此有時他們必須在春天動物還瘦巴巴的時候去打獵。獅營裡有些食物會短缺，他們很渴望綠色蔬菜，但即使在晚春，他們好像還是吃得很豐富。」

「或許之後我們該把這些事告訴約哈倫，」威洛馬站起來，打了個哈欠說道。「不過現在我要上床了。明天很可能也會很忙。」

威洛馬起身後，瑪桑那也從軟墊上站起來，把餐盤拿到烹煮區去。

弗拉那站起來伸懶腰、打哈欠，她的姿勢和威洛馬像得不得了，他們相似的樣子把愛拉給逗笑了。

「我也要上床了。早上我會幫妳清理餐具，母親。」她說著，用一小片軟鹿皮把她的木飯碗擦乾淨後再收起來。「現在太累了。」

「妳要去打獵嗎，弗拉那？」喬達拉問。

「我還沒決定。看看我到時心情怎樣再說。」她回答完走向她的睡房。

瑪桑那和威洛馬回到他們睡覺的地方後，喬達拉把矮桌移到一邊，攤開他們的獸皮被。兩人鑽進去時，沃夫過來睡在愛拉旁邊。有其他人在時牠不介意避開，然而當愛拉睡覺時，牠覺得她身旁才是牠睡覺的地方。

「我眞的很喜歡你的家人，喬達拉。」愛拉說：「我想我會喜歡和齊蘭朵妮氏人住在一起。我在想你昨天說的話。你說對了，我不應該用少數幾個討厭的人去評斷每個人。」

「不過也不要只看每個人最好的一面。」喬達拉說：「妳永遠不會知道他人對事情的反應是什麼。要是我的話，會一次處理一件事。」

「我想每個人都有優點和缺點。」愛拉說：「有人某一項比另一項多了那麼一些。我總是希望對方的優點比缺點多，而我相信大多數人是如此。還記得弗里貝克嗎？他一開始眞的很惡劣，但最後他變好了。」

「我得承認，他讓我訝異。」喬達拉說著，向她依偎過去，用鼻子磨蹭她的頸子。

「不過你不會讓我訝異。」感覺他的手在她大腿間，她笑了。「我知道你在想什麼。」

「希望妳也想著同一件事。」他說。她靠過去親吻他，手也伸到他腿間。「我可能猜得沒錯。」

這個吻長而纏綿。兩人都欲望高漲，但他們不急，沒必要匆匆忙忙。他們到家了，喬達拉想。漫長危險的旅途中他們經歷種種困難，但最後他終於帶她回家了。現在她很安全，危險不再。他停下來低頭看她，對她的滿懷愛意讓他不知道自己能否承受。

即使在即將熄滅的黯淡光線下，愛拉還是能在火光中呈豔紫色的藍眼睛裡看到愛意，而她也覺得自己滿溢相同感受。在成長過程中，她作夢也想不到能找到像喬達拉這樣的男人，想不到她會如此幸運。他喉頭哽咽，又彎下身來親吻她。他知道他必須擁有她、愛她，與她結合。知道有她在這裡陪著他，他滿懷感謝。她好像永遠在等著他，不管何時他想要她時，她也想要他。她從不像有些女人那樣扭扭捏捏。

那一瞬間他想起瑪羅那。她喜歡玩那些扭捏作態的把戲，倒不是對他，而是對其他人。突然間他很高興自己跟著他弟弟踏上未知的探險，而不是留下來和瑪羅那配對。要是索諾倫還活著就好了……

但愛拉是活生生的，雖然他不只一次差點失去她。喬達拉感覺到她的嘴唇因為他探索的舌頭而打開，他感受她溫暖的氣息。他吻她的頸子，輕咬她的耳垂，他的舌頭滑向她的喉嚨，熱情地吻著。她忍住不動，抗拒那呵癢的感覺，而變成體內的一股期待。他吻著她喉嚨的凹陷，又轉到另一邊朝向尖挺的乳頭移去，繞著它打轉，輕咬著。她的渴望如此劇烈，以至於當他終於將乳頭含在嘴裡吸吮時，她幾乎是鬆了口氣。她感覺得到，從她最深的內在和她感受歡愉的地方，爆發出一股興奮感。

他已經蓄勢待發，然而聽到她在他吸吮、輕咬她一邊乳頭、接著又換另一邊時發出的嬌喘聲，他覺得自己漲得更大。強大的欲望突然之間迎向他，他迫切想得到她，但他希望她和他一樣已經準備好。他知道如何讓她獲得快感。

她感受得到他急切的欲望，她自己的欲火也因此被燃起。她很樂意就此讓他進入，然而他卻拉下他們鋪蓋捲上層的被子，身體往下移。她屏住氣息知道即將發生的事，並渴望它的到來。

他的舌頭在她肚臍上畫圈，不過只有一下子。他不想等，她也不想。踢掉鋪蓋捲上層被子時，她想到他們睡房附近的其他人，頓時遲疑了一下。愛拉不習慣和其他人處在同一個住處，覺得有些拘束，喬達拉似乎沒有這種顧忌。

她感覺他親吻她的大腿，將她雙腿分開，親吻另一邊，接著吻她女人的柔軟皺摺。他品嘗她熟悉的味道，緩慢舔舐，然後找到她小小的硬核。

她呻吟得更大聲。他用舌頭吸吮、按摩她，她覺得一波波快感閃電般流竄全身。她不知道自己已經完全準備好了。它來得比她預期的快，幾乎毫無預警地，她感覺到歡愉的頂峰，和對他男人工具無法抑制的渴望。

她伸手把他拉向她，幫助他進入。他長驅直入。第一回抽送後，他設法忍住，想多等一會兒，但是她已經準備好了，她催促他，因此他不再抵抗。他愉快地放縱自己完全插入，一次又一次，接著他到達頂峰，她也是，他們感受到歡愉的浪潮一路攀升，滿溢而出，一次次不斷襲來。

喬達拉躺在她身上休息，她很享受這一刻。但他隨之想起她懷孕了，他怕自己壓得她太重。當他快速地從自己身上移開，她瞬間感到失落。

翻身移到她身旁時，他又不禁納悶到底她說的對不對。小寶寶就是這麼在她身體裡面產生的嗎？就像愛拉一向堅持的，這也是他的孩子嗎？大地母親不只賜給她的孩子這美妙的交歡恩典，交歡恩典同時也是她以新生命祝福女人的方式嗎？在女人身體裡開啓新生命，會不會就是男人被創造出來的原因？他希望愛拉是對的，希望這是事實，可是他到底該從何知道眞相？

過了一會兒，愛拉從床上起來。她從行李裡拿出一只木製小碗，從水袋裡倒了些水進去。沃夫早已退回靠近入口處牠選擇的角落，此時牠一如往常在他們分享歡愉之後試著上前。她對牠微笑，比了個手勢表示牠做得很好。然後她站在夜壺上方，依照伊札在她剛成爲女人時教她的那樣，清洗自己。伊札，我知道妳不確定我是否需要這種訓練，她心想，但當時妳教我清潔習慣是對的。

她回到床上時喬達拉半睡半醒。他累得爬不起來，但她會在早上把鋪蓋捲晾起來刷乾淨。現在他們會在同一個地方待上好一陣子，她甚至有時間清洗他們的毛皮，她想。妮姬曾經做給她看過，不過要花點時間和心力。

愛拉挪到她睡的這頭，喬達拉睡在他那頭，貼在她身後。他們像兩根湯匙似地依偎在一起，他抱著她睡著了，但她縱使舒服又滿足，卻毫無睡意。她今天比平常睡得晚多了，清醒地躺在床上時，她又再次思考穴熊族和異族的事。和穴熊族共同生活以及和不同異族群體在一起的回憶不斷浮現在腦海中，她發現自己拿兩者做比較。

兩種人手邊都有同樣的原料，但他們利用材料的方式卻不太一樣。他們都狩獵，都採集食物，也都使用生皮、骨頭、植物原料石頭做衣服、庇護所、工具和武器，但其中的確有不同點。

或許最顯而易見的，是喬達拉的族人用繪畫或雕刻的動物和圖案裝飾環境四周，穴熊族則否。雖然她不確定該作何解釋，即使對象只是她自己，但她的確認為穴熊族人表現出這類裝飾的初始概念。例如紅赭石用在葬禮上，增添身體的顏色。他們喜歡將收集起來的特殊物品放在護身囊裡。圖騰疤和有顏色的記號是為了特殊目的而畫在身上，不過原始的穴熊族人沒有創造藝術流傳後世。

只有愛拉這樣的人種會這麼做；只有像馬木特伊氏人、齊蘭朵妮氏人和他們在旅途中遇到的其他異族人會創造藝術。她不禁想到，不知道生下她的未知族人在他們的生活環境中是否也會裝飾有形的物體，而她相信他們會。這些人後來才出現，在某一段時間內他們和穴熊族共同存在於這片冰冷的原始世界，穴熊族稱他們為異族。他們是最早觀察動物生存型態，而將其形體以繪畫或雕刻的方式重製的一群人。這是一項意義深遠的區別。

創造藝術，繪製動物的輪廓或有目的的記號，代表有能力產生抽象概念，也就是有能力擷取某物的本質做成符號，象徵那件物體。物體的符號也有另一種形式：一個聲音，一句話。能夠以藝術思考的頭腦，就能以最大的潛力發展出另一項重要的抽象能力：語言。能創造出抽象的藝術與抽象的語言綜合體的頭腦，終有一天會形成這兩種符號的聯合體，也就是詞語的記憶：書寫。

第二天早上，愛拉很早就張開眼睛，不像前一天睡得那麼晚。火坑裡沒有燒紅的炭火，所有的燈都熄滅了，然而在第一道微弱的反射光線——預告日升的曙光中，她隱約看得到瑪桑那住處黑色牆板上方高懸在頭頂的石灰岩架輪廓。她悄悄溜出獸皮被，在微亮的光線中摸索前進，使用夜壺，此時還沒有其他人走動。她一起床沃夫就抬起頭，快樂地嗚嗚叫著打招呼，跟在她身後。

她有些噁心，但還不至於嘔吐，只是很想吃點固體食物止住反胃。她走到烹煮區點了一小堆火，拿出幾塊前一天留在餐盤上的野牛肉，還有些食物存放籃底部軟爛的蔬菜。她不確定自己有沒有覺得好些，但她打算看看能否泡一杯茶讓胃舒服些。她不知道前一天誰幫她泡了茶，她猜是喬達拉，心想她也要幫他泡一杯他最喜歡的早茶。

她從行李中拿出醫藥袋。現在我們終於到這兒了，我可以補充我的藥草存量。她察看每個包裹，思考它們的用途時，一邊想著。甜燈心草可以治胃痛，不過不行，伊札告訴我它可能會造成流產，我可不想那樣。思忖著可能的副作用時，她又從腦中龐大的醫藥知識庫裡，擷取出另一個想法。黑樺樹皮能預防流產，但我手邊沒有。好吧，我不想冒險失去這孩子。

我懷杜爾克時吃了很多苦。愛拉想起伊札出去挖新鮮的蛇根草，使她免於流產。那時伊札已經病了，出去弄得又濕又冷加重了她的病情。我想她一直沒辦法完全恢復，愛拉心想。我想念妳，伊札。我希望妳在我身邊，那麼我就能告訴妳，我真的找到了配偶。我希望妳能活著見到他，我想妳會同意我們結合。

羅勒！當然了！它可以防止流產，也是很好喝的飲料。她把行李放在一旁。薄荷也很好，能抑制嘔吐，治療胃痛，味道也不錯。喬達拉也喜歡薄荷。她把那個小袋子也拿出來。還有啤酒花，能治療頭痛和痙攣，達到鬆弛的效果。她邊想著邊把它放到薄荷旁邊。但是不需要太多，啤酒花會讓人嗜睡。

此刻奶薊種子或許對我有幫助，但它要浸泡很久。愛拉繼續檢查她有限的藥草存量時這麼想道。車葉草，對了，聞起來好香。也能治胃痛，但效果沒有太強。還有洋甘菊，我可以用它代替薄荷，也很適合治療胃腸不適。加上其他藥草味道可能比較好，不過喬達拉喜歡薄荷。馬鬱蘭或許不錯，但不要好了。伊札總是用新鮮的葉子治療胃部的毛病，她不會用乾燥的。

伊札還喜歡用哪些新鮮的植物？木莓葉！當然了！那正是我需要的，這對晨吐特別有效。我沒有葉子，不過前天的盛宴上有些木莓果子，因此它一定長在附近。現在也正是季節。最好趁莓子成熟時摘採葉子。我得確定生產時有足夠的木莓，伊札向來在女人分娩時用它。她告訴我木莓能使女人的子宮放鬆，讓嬰兒更容易生出來。

我還剩下一些椵樹花，這對治療胃痛特別有效，甜甜的葉子泡茶也很好喝。夏拉木多伊氏營地附近有顆美麗的大椵樹，不曉得有沒有椵樹生長在這附近？她從眼角瞥見有人影，抬頭看見瑪桑那從睡房裡出來。沃夫也抬起頭，滿心期待的站起來。

「妳今天起得眞早，愛拉。」爲了不打擾還在睡覺的人，她放低聲音。然後她彎身摸摸沃夫，向牠打招呼。

「我通常起得很早……如果前一晚沒有喝烈酒、徹夜狂歡。」愛拉和她一樣輕聲細語，帶著俏皮的微笑回答。

「沒錯，勒拉瑪的飲料很烈，不過大家似乎都很喜歡喝。」瑪桑那說：「我看妳已經點了火。我通常會在晚上設法保留著火，這樣早上才有生火的煤炭，不過有了妳給我們的打火石，我就可以偷懶了。妳在煮什麼？」

「早晨的茶，」愛拉說：「我也喜歡在早晨幫喬達拉泡杯提振精神的茶。要我幫妳泡一杯嗎？」

「等水燒熱了，我要泡一種綜合茶，齊蘭朵妮要我在早晨喝。」瑪桑那說罷，開始清理昨天晚餐留下的東西。「喬達拉跟我說妳習慣幫他泡早晨的茶，所以昨天他決定幫妳泡杯茶，讓妳在早上喝。他說妳總是幫他準備好熱茶，因此就這麼一次，他希望妳也能一醒來就有茶喝。我建議他泡薄荷茶，它冷了還是很好喝，而看來妳可能會晚起。」

「我正在猜那是喬達拉泡的茶。不過是不是妳放臉盆和水在旁邊？」愛拉問。瑪桑那笑著點點頭。

愛拉拿起夾烹煮石的彎曲木頭夾子，從火裡拿出了顆滾燙的石頭，丟進編織緊密、裝滿了水的茶籃裡。它散發出熱氣，發出嘶嘶聲，開始冒泡泡。她又加了一顆，過了一會兒她把石頭拿出來，又多加了幾顆進去。等水沸騰了，兩個女人把沸水倒入各自的茶裡。雖然矮桌子被移到靠近入口的地方，以便挪出空間放多餘的獸皮被，不過還是有很寬敞的地方讓兩個女人在友好的氣氛中，坐在桌邊的軟墊上，啜著熱飲。

「我一直在找機會和妳聊聊，愛拉。」瑪桑那柔聲說：「我常懷疑喬達拉到底能不能找到他愛的女人。」她差點說出「再一次」，不過她及時住口。「他一直有很多朋友，很受人喜愛，但是他隱藏眞正的情感，沒幾個人了解他。索諾倫跟他最親近。我總認爲他有一天會配對，但我不知道他會不會允許自己墜入愛河。我相信他已經如此了。」她對愛拉微笑。

「他總是隱藏他的情感，這倒是眞的。在我發覺這一點之前，我差點和另一個男人配對。即使我愛喬達拉，我以爲他已經不再愛我了。」愛拉說。

「我認爲這毫無疑問，顯然喬達拉很愛妳，我很高興他找到了妳。」瑪桑那啜了一口茶。「那天我很爲妳感到驕傲，愛拉。瑪羅那搞了那樣的惡作劇，妳還能面對人群，那需要勇氣……妳知道她和喬達拉曾經說過要配對吧？」

「是的，他告訴過我。」

「雖然我沒有反對，不過當然了，我承認我很高興他沒有選擇她。她是個迷人的女人，每個人都認爲她很適合他，但我不這麼想。」瑪桑那說。

愛拉很希望瑪桑那告訴她原因。這女人停下來喝了口茶。

「我想給妳一件比瑪羅那送妳的『禮物』更適合穿的衣服。」年長的女人喝完她的茶，把杯子放下後說道。

「妳已經給了我很美的東西戴了。」愛拉說：「達拉納母親的項鍊。」

瑪桑那笑著站起來，不發一語進入睡房。回來時她手臂上垂掛著一件衣服。她把衣服舉起來給愛拉看。那是件長束腰上衣，灰白輕柔的顏色很像是經過漫長冬天後被染白的草莖，以珠子和貝殼綴飾，非常美麗，縫線是彩色的，還有長長的流蘇，但不是皮革製的。再仔細端詳，愛拉看出那是用很細的細繩或某種纖維的線上下交叉編織而成，質感很像籮筐，但織得非常細密。怎麼有人能夠編織這麼細的線呢？很像矮桌上的墊子，但比那更細。

「我從來沒看過像這樣的衣服，」愛拉說：「這是什麼質料？這件衣服是從哪兒來的？」

「我做的，我在特殊的框架上織的。」瑪桑那說：「妳知道有種植物叫亞麻嗎？高高細細，開著藍色花朵？」

「我知道那種植物，我想喬達拉說過它叫做亞麻。」愛拉說：「適合用來治療嚴重的皮膚疾病，例如瘡、開放性潰瘍和疹子，即使是長在嘴裡也能治。」

「妳有沒有把它搓成線？」瑪桑那問。

「或許有，我不記得了，不過我可以理解它是怎麼做的。它的纖維的確很長。」

「我就是用它來做這件衣服。」

「我知道亞麻很有用，但我不知道它可以用來做出這麼美麗的東西。」

「我想妳或許可以在配對禮上穿它。我們很快就要出發前往夏季大會，就在下一個滿月時，而妳說妳沒有適合特殊場合穿的衣服。」瑪桑那說。

「噢，瑪桑那，妳真好！」愛拉說：「不過我其實有一件新娘服，是狄琪幫我做的，我答應會穿它，希望妳別介意。我大老遠從去年的夏季大會上帶過來。它是按照馬木特伊氏的樣式做成，穿著方式必須依照他們的特殊習俗。」

「我想妳穿上馬木特伊氏的新娘服再適合不過了，愛拉。我只是不知道妳有沒有衣服可穿，也不確定我們有時間在離開前做一件。不過還是請妳收下這件衣服。」瑪桑那說完，笑著把衣服給了她。愛拉覺得她好像鬆了口氣。「或許在其他場合，妳會想穿點特別的。」

「謝謝妳！這件衣服太漂亮了！」愛拉說罷，拿起衣服再次端詳，又把它在身上比了比，看看這件寬鬆的服裝合不合身。「妳一定花了很多時間製作這件衣服。」

「是的，不過我樂在其中。我花了好多年才成功完成製作的方法。威洛馬幫我做出我用的架子，索諾倫也是，在他走之前。大多數人都有某項特殊的技藝。我們常常交易做出來的成品，或當作禮物送人。現在我年紀有點大了，不太適合做太多別的事。只是我看東西看得沒以前清楚，尤其是看近的東西。」

「我原本就想把拉線器給妳看！」愛拉說著跳了起來。「我想縫衣服時看不清楚的人，用它會輕鬆得多。我去拿。」她走到行李邊拿她的縫紉工具，這時她看見一個她帶來的特別包裹。她笑著把它也拿回桌邊。「妳想不想看看我的新娘服，瑪桑那？」

「我想，但我不想開口問。有些人喜歡保密，等到時候再讓所有人大吃一驚。」瑪桑那說。

「我有個不一樣的驚喜。」愛拉解開她的新娘服時說。「不過我想我要告訴妳。我身體裡有了新生命。我懷了喬達拉的寶寶。」

第十章

「愛拉！妳確定嗎？」瑪桑那笑著說。她總覺得即使那孩子或許帶著喬達拉的靈，然而用「懷了喬達拉的寶寶」來形容她受到大地母親祝福，是種相當奇怪的說法。

「再確定不過了。我已經兩個月亮周期沒有流血，今早還有點反胃，而且我發覺身體有些變化，這些變化通常代表懷孕。」愛拉說。

「眞是太好了！」喬達拉的母親說著，張開雙臂擁抱愛拉。「如果妳已經受到祝福，那會爲妳的配對帶來好運，至少一般人是這麼認爲的。」

年輕女人坐在矮桌旁，解開用皮革捆住的包裹，試著把這件她帶在身邊橫越整個大陸、度過去年每一個季節的束腰上衣和裹腿上的皺痕抖平。瑪桑那仔細檢視這套衣服，並且快速掃視過所有摺痕，才發現這是件多麼華麗的服裝。愛拉穿著它肯定能在配對禮上耀眼非凡。

首先，它的樣式獨一無二。通常齊蘭朵妮氏的男女都穿非常寬鬆的套頭束腰短上衣，腰間繫皮帶，以各式骨頭、貝殼、羽毛或毛皮，以及用皮革或細繩做的流蘇做裝飾，只是依性別不同而有些許差異與變化。女人的衣服，尤其是在特殊場合穿著的衣服，通常都懸掛著長長的流蘇，走路時隨著步伐擺動。年輕女人很快就學會如何製作垂吊飾品，以凸顯她們舉手投足間的風情。

在齊蘭朵妮氏人中，裸體女人屢見不鮮，但流蘇卻撩人得多。倒不是說女人通常不穿衣服，而是因爲她們在這種關係密切、幾乎沒有個人隱私的社會裡，洗衣、換衣或基於某種原因時常必須把衣服脫下，所以這是見怪不怪的。但另一方面來說，流蘇卻能增添女人的魅態，尤其是紅色的流蘇。男人爲此瘋狂，偶爾甚至會因爲某種特殊的聯想而引發暴力行爲。

當女人肩負擔任朵妮女角色的責任，也就是在她們取得教導年輕男人大地母親交歡恩典的資格時，她們會繫一條長長的紅色流蘇在臀部，代表她們重要的儀式身分。在炎熱的夏季，她們只穿著流蘇。朵妮女受社會習俗慣例保護，免於受到男人不當舉止的侵犯。此外，身上穿著紅流蘇時，她們習慣待在某些特定地區，然而一般人認爲女人在其他時候穿著這種流蘇是有危險的。誰曉得它會讓男人在衝動之下做出什麼事？雖然女人常穿其他顏色的流蘇，但所有流蘇都難免帶有某種情色暗示。

正因如此，「流蘇」這個字在微妙的諷刺或刻薄的笑話中，常變成雙關語，帶有「陰毛」的意思。當男人深深迷戀某個女人，離不開她或對她目不轉睛，就被說成是「被她的流蘇給纏住」。

齊蘭朵妮氏女人也穿戴其他飾品或將裝飾縫在衣服上，但她們尤其喜愛穿上走路時會美妙擺動的流蘇，無論是用來裝飾溫暖的冬季束腰上衣也好，或裸露的肌膚也罷。雖然不會直接穿紅流蘇，許多女人卻選擇強烈暗示紅色的顏色。

愛拉的馬木特伊氏套裝沒有流蘇，但確實是費盡心血製作而成的。它用的是質地最上乘的皮革，鮮豔的金黃色調幾乎媲美她的秀髮，黃赭石構成的主色調與紅色和其他顏色形成巧妙的搭配。這件衣服的生皮革可能是某種鹿皮，或許是賽加羚羊，瑪桑那想，雖然它不是一般常見經過仔細刮削處理、柔軟有如天鵝絨般的鹿皮。儘管非常軟，磨光發亮的完工皮革，表面卻不透水。

然而這套服裝的皮革品質還不算什麼，精美的裝飾才是讓這件衣服看起來如此華麗的原因。長的皮革束腰上衣和裹腿的下半部布滿繁複的幾何圖案，主要是用象牙珠子做成的，有些區塊完全塡滿顏色。花樣一開始是朝下的三角形，然後橫向構成Z字形、縱向構成菱形和山形，接著又演變爲複雜的幾何圖形，例如長方形漩渦和同心菱形。

衣服上還有許多顆和皮革顏色同色系但或深或淺的小琥珀珠子，以及紅、棕與黑色的刺繡，用以強調象牙珠子構成的圖案，並修飾圖案的輪廓。長束腰上衣背後下襬是朝下的三角形，前方開襟愈往下到臀部愈尖細，因此當左右兩邊合在一起時，才能構成另一個向下的三角形。腰部以手工織成的腰帶束緊，腰帶上的幾何圖案與上衣類似，是用紅色猛獁象毛織成，點綴象牙色的摩弗倫羊毛、棕色的麝香牛處理過的皮毛，和深紅黑色毛茸茸的犀牛毛。

這套衣服光耀奪目，是件傑出的藝術品，每個細節的做工都非常優秀。很顯然有人能取得最佳的質料，並且以最完美的技術創造出最後成品，沒有白費任何功夫。珠子的圖案就是很好的例子。雖然瑪桑那只看得出有很多珠子，不過實際繡上去的有三千多顆用猛獁象牙做成的珠子，每個小珠子都以手工雕刻、穿洞、磨光。

喬達拉的母親從來沒有見過這樣的衣服，但她立刻知道，不管是誰指揮眾人做出這套服裝，此人必定在族群中備受尊崇，位高權重。很明顯地，爲這衣服投入的時間精力難以計算，然而他們卻在愛拉離開時送給她這件衣服，因此相關資源和勞力所形成的利益就不會留在製作衣服的這部落裡。愛拉說她是被收養的，那麼收養她的人顯然擁有無比的權力和聲望，而事實上權力聲望也等同於財富，這一點沒有人比瑪桑那更清楚。

難怪她想穿上自己的馬木特伊氏服裝，瑪桑那想，而且她該穿上它。這衣服絕不會損害喬達拉的聲譽。毫無疑問，她將會是夏季大會上的話題焦點。

「這套衣服眞是太出色了，愛拉，眞的太美了。」瑪桑那說：「誰替妳做的？」

「妮姬做的，不過有很多人幫忙她。」這年長女人的反應讓愛拉很高興。

「我敢說一定是的。」瑪桑那說：「妳之前提過她，不過我不太記得她是誰。」

「她是獅營頭目塔魯特的配偶，她本來要領養我，但最後領養我的是馬木特。我想是馬木特請妮姬做了這件衣服。」

「那麼馬木特是大媽侍者嗎？」

「我想他曾經是首席大媽侍者，像你們的齊蘭朵妮一樣。總之，他絕對是年紀最大的。我離開的時候，狄琪有了身孕，而她哥哥的配偶也快生了。這兩個孩子都算是他的第五代。」

瑪桑那會意地點點頭。她知道領養愛拉的人很有影響力，但沒想到這個人可能是他們族人裡最位高權重的人。這就說得通了，她想。「妳說穿著這件衣服必須遵照某種習俗嗎？」

「馬木特伊氏人認爲在配對禮之前穿新娘服是不恰當的。妳可以穿給家人和好友看，但不應該在公開場合穿。」愛拉說。「妳想看這件長上衣穿上去是什麼樣子嗎？」

喬達拉在睡夢中咕噥著翻了個身，瑪桑那往他們獸皮被的方向望去。她把聲音壓得更低。「既然喬達拉還在睡就沒關係。他在典禮之前看見妳穿新娘服是很不妥當的。」

愛拉脫下她的夏季束腰上衣，拿起厚重、裝飾華麗的新娘服。「如果只是穿給別人看，狄琪叫我穿的時候要像這樣綁起來。」愛拉輕聲說著，用飾帶把上衣綁緊。「但如果是在典禮上穿，應該要像這樣把衣服打開。」她重穿衣服，解開飾帶。「妮姬說，『女人和男人配對，當她將自己的火堆地盤和男人的火堆地盤合併時，應該很驕傲地露出她的乳房。』我在配對禮之前不應該把衣服打開，不過既然妳是喬達拉的母親，我想讓妳看到應該沒關係。」

瑪桑那點點頭。「我很高興妳穿給我看。依照我們的習俗，在典禮前新娘服只能穿給女人、好友或家人看，我想其他人都不該看。我覺得……」瑪桑那停下來笑了笑。「讓大家大吃一驚會很有意思。如果妳願意，我可以把它掛在我房裡，把摺痕拉平。噴點蒸氣也很有用。」

「謝謝，我一直在想，該把它掛在哪裡。妳給我的這件漂亮的束腰上衣能不能也放在妳房間裡？」愛拉停了一會兒，想起另一件事。「我還有一件束腰上衣要掛起來，那件是我做的。妳可以幫我保管嗎？」

「當然可以。不過現在先把妳的衣服收起來，我們可以等威洛馬起床後再去放。妳有別的東西要我幫妳保管嗎？」瑪桑那說。

「我有些項鍊和別的小東西，但那些可以放在我的行李裡，反正我會帶去參加夏季大會。」愛拉說。

「東西很多嗎？」瑪桑那忍不住問。

「只有兩條項鍊，包括妳給我的那一條，一條手鍊，一個跳舞女人給我兩只掛在耳朵上的螺旋狀貝殼，還有我離開前圖麗給我兩個成對的琥珀。她是獅營的女頭目，塔魯特的姊姊，狄琪的母親。她覺得我應該在配對禮時把琥珀戴在耳朵上，因爲那跟我的束腰上衣很搭。我也想戴，但我沒穿耳洞。」愛拉說。

「我想齊蘭朵妮會很樂意幫妳穿，如果妳願意的話。」瑪桑那說。

「我想我願意。我不想在其他地方穿洞，至少現在不用，但我很想在我跟喬達拉配對的時候戴上那對琥珀，和穿上妮姬的衣服。」

「這位妮姬一定很喜歡妳，才會爲妳做這麼多事。」瑪桑那說出她的看法。

「她眞的很喜歡我。」愛拉回答：「要不是妮姬，我想喬達拉走時我不會跟他一起走。我應該要在第二天和雷奈克配對。他是她哥哥的兒子，雖然她有如他母親。但妮姬知道喬達拉愛我，她告訴我，如果我眞的愛他，就要追上他，這麼告訴他。她說的沒錯。不過告訴雷奈克我要離開了，是件很不容易的事。我眞的在乎他，非常在乎。但我愛的是喬達拉。」

「妳眞的很愛他，要不然妳不會離開這些如此關心妳的人，而跟他回家。」瑪桑那說。

發現喬達拉又翻了翻身，愛拉站起來。瑪桑那啜著她的茶，看年輕女人把新娘服和編織的束腰上衣重新摺好，放進行李裡。回來後她伸手去拿桌上的縫紉工具袋。

「我的拉線器在這裡面。」愛拉解釋。「喬達拉的早茶煮好後我們可以出去到陽光底下，我做給妳看。」

「好，我很想看。」

愛拉轉身走到烹煮火堆，加了塊木頭到火裡，再放烹煮石把水加熱，然後量取乾藥草放在掌心幫喬達拉泡茶。喬達拉母親心想，她對愛拉的第一印象是對的。她很迷人，但她的優點不止如此。她應該是發自內心關心喬達拉的幸福。她會是他的好伴侶。

愛拉也想著瑪桑那，她敬佩她寧靜、自信的雍容態度和高貴優雅的姿態。愛拉覺得喬達拉的母親有豐富的同情心，但她確信這曾經是頭目的女人在必要時也可以非常強悍。難怪她的族人不希望她在喪偶後退位，這年輕女人想。繼位的約哈倫一定很辛苦，但至少在她看來，目前他擔任這個職位還算游刃有餘。

愛拉悄悄將喬達拉的熱茶放在他身邊，心想她應該要去找些嫩枝給他。他愛嚼嫩枝末端清理牙齒。他喜歡冬青樹的味道。一有空她就會去找找這種類似柳樹的長青樹。瑪桑那喝完她的茶，愛拉拿起縫紉工具袋，兩個女人靜悄悄地走出住處，沃夫跟在她們身後。

走到岩石前廊時天色還早。太陽才剛睜開明亮的眼睛，從東方山頭邊緣露出臉來。亮晃晃的光線朝岩壁石頭上射出紅光，但空氣仍是冷冽清新。還沒什麼人開始走動。

瑪桑那領著愛拉走向信號火的黑色圈圈。她們坐在排列在烽火周圍的大岩石上，背對著穿透紅金色薄霧、來到萬里無雲藍色穹頂的耀眼陽光。沃夫離開她們，繼續往木河河谷走去。

愛拉解開縫紉工具袋的拉繩。那是個把邊緣縫起來，從中央拉緊的小皮袋。表面原本用象牙珠子縫成幾何圖案，但現在珠子掉了，磨損的繡線顯示出這口破舊的小袋子經常被使用。她把裡面的小東西都倒在膝蓋上。裡面有幾種不同大小的細繩和細線，是用植物纖維、筋腱和幾種猛獁象、摩弗倫羊、麝香牛和犀牛毛髮做成的，每種線都纏在動物的指骨上。幾把切割用的燧石刀用筋腱線綁在一起，還有一把用來穿洞的骨錐和燧石。有一塊用來當作頂針的正方形猛獁象堅硬生皮革。最後一樣東西是三個用中空鳥骨做成的小管子。

她拿起一根管子，從管子一端拿開一小團皮革，把管子裡的東西倒在手上。一個很小的錐形象牙桿滑了出來，它一端是尖的，有點類似錐子，但在另一端有個小孔。她小心翼翼把針拿給瑪桑那。

「妳看得到洞嗎？」

瑪桑那把針拿遠些。「我看不太清楚。」她說著又拿近了些，然後摸一摸這小東西，先是尖端，然後往下摸到針的另一端。「啊！有了！我摸得到。有個很小的洞，比珠子的洞大不了多少。」

「馬木特伊氏人也會把珠子穿洞，但獅營裡沒有技巧高超的串珠工匠。喬達拉做了個鑽孔工具，鑽出這個洞。我想這是製作這拉線器最困難的部分。我沒帶東西來縫，不過讓我把它的用法示範給妳看。」愛拉說著把拉線器拿回來。她挑選了一個纏著筋腱線的指骨，放開一段線，把線頭放進嘴裡弄濕，熟練地將線穿過洞再拉出來。然後她把針和線拿給瑪桑那。

這女人看著穿了線的針，但她大部分是用手感覺，而不是用她上了年紀的眼睛看。她的眼睛看遠處的東西還很清楚，但看近的就不行了。她皺眉專注檢視針線，突然表情一亮，浮現出會意的微笑。「當然了！」她說：「有了這個，我相信我又可以縫衣服了！」

「妳必須在要縫的東西上用錐子先戳個洞。就算再怎麼尖，象牙針尖也不能輕易刺穿很厚或很硬的皮革。」愛拉解釋。「不過總比用手把線穿過洞來得容易。我能穿洞，但無論妮姬和狄琪多有耐心教我，我還是學不會怎麼用錐子尖端挑起洞裡的線頭。」

瑪桑那微笑表示同意，接著她露出不解的表情。「大多數年輕女孩在學的時候都會遇到這問題。妳小時候沒有學縫紉嗎？」

「穴熊族不會縫東西，至少不用同樣的方式。他們把布綁在身上當作衣服。有些東西是用繩子打結綁在一起，例如樺樹皮容器，但讓繩子穿過去打結的洞相當大，不像是妮姬要我穿的那種細小的洞。」愛拉說。

「我老是忘記妳的童年很……不尋常，」瑪桑那說：「如果妳小時候沒有學縫紉，我就能了解爲什麼妳做不來。不過這眞是個聰明絕頂的工具。」她抬起頭。「波樂娃朝這裡走過來了。如果妳不介意，我想讓她看看拉線器。」

「我一點也不介意。」愛拉說。她望向懸頂前方陽光普照的前廊，看見約哈倫的配偶還有盧夏瑪的配偶莎蘿娃朝她們走來，也注意到有更多人已經起床，到處走動。

幾個女人彼此問候，接著瑪桑那說：「妳看這個，波樂娃，還有妳，莎蘿娃。愛拉稱它爲『拉線器』。她剛剛才拿給我看。這東西很巧妙，即使我已經沒辦法看清楚近處的東西，我想它能讓我再繼續縫紉了。我可以憑感覺做。」

這兩個已經縫製過無數衣物的女人，立刻掌握這新工具的要領，馬上興奮地討論起它可能的用途。

「我想學會用拉線器並不難，」莎蘿娃說：「但是做這根針一定不容易。」

「喬達拉幫忙做了這個。他做了個很細的鑽孔器鑽出小洞。」愛拉解釋。

「的確需要擁有像他那樣的技術才做得出來。他走之前，我記得他做了燧石錐子和幾個穿珠子的鑽孔器。」波樂娃說：「我想莎蘿娃說的沒錯。要做像這樣的拉線器很難，但我相信費這番功夫是值得的。我想試試看。」

「我很樂意讓妳試試這個拉線器，波樂娃，我還有另外兩根不同大小的，」愛拉說：「我會依照想縫的東西選擇拉線器大小。」

「謝謝妳，不過今天整天都要計畫打獵的事，我不覺得會有時間。約哈倫認爲今年的夏季大會將會盛況空前。」波樂娃說完，對愛拉微笑。「因爲妳的緣故。喬達拉帶了一個女人回家的消息已經傳遍主河上下游，甚至更遠的地方。約哈倫希望在我們主辦宴席時，一定要有足夠的食物供應給額外出席的人。」

「而且每個人都很興奮能見到妳，他們想知道這些有關於妳的故事是否是眞的。」莎蘿娃笑著說。她也有同感。

「等我們到了那兒就不眞了。」波樂娃說：「故事總會被加油添醋。」

「不過大部分人都知道這點，一開始就連故事的一半也不信。我想喬達拉和愛拉今年打算讓許多人大感訝異。」瑪桑那說。

波樂娃在齊蘭朵妮氏第九洞穴的前頭目臉上，看到她很少見的表情，那是淘氣又沾沾自喜的笑容。她懷疑瑪桑那是否知道些什麼，是其他人都不知道的。

「妳今天會跟我們去雙河石嗎，瑪桑那？」波樂娃問。

「我想我會去。我想看看喬達拉說的『標槍投擲器』的示範。如果它就像這個拉線器，」瑪桑那說著，想起昨晚生火的經驗。「還有像他們帶回來的其他構想那麼巧妙，那一定十分有趣。」

約哈倫帶頭繞過靠近主河的一塊陡峭岩石區，因此大家必須以單人縱隊前進。瑪桑那跟在他身後，當她看著她長子的背影時，她很高興知道她不只有個兒子走在前面。過了這麼多年以後，她的另一個兒子喬達拉頭一次走在她後面。愛拉跟著喬達拉，沃夫在她腳邊。第九洞穴的其他人排成一列跟在他們身後，不過和沃夫保持幾步的距離。經過第十四洞穴時，有更多人加入他們。

他們到了主河沿岸的一處，河岸一邊是第十四洞穴的庇護所，另一邊是第十一洞穴，此處河道漸寬，水流沖激突出河面的岩石。主河在這裡很淺，可以輕易涉水而過，因此大多數人常用這個地點到達河的對岸。愛拉聽到旁人稱這裡是「渡河點」。

有些穿著鞋子的人坐下來把鞋子脫掉。其他人像愛拉一樣光著腳，或是顯然不在乎鞋子弄濕。第十四洞穴的人退到一邊，讓約哈倫和第九洞穴的人先渡河。既然約哈倫建議在前往夏季大會之前進行最後一次狩獵，而他在名義上又是頭目，這麼做是出於對他的禮貌。

當喬達拉踏進冰冷的河水時，他想起一件事要告訴他哥哥。「等等，約哈倫，」他喊道。這男人停了下來，瑪桑那在他旁邊。「我們和獅營一起去參加馬木特伊氏的夏季大會時，我們得渡過一條很深的河，才能到達夏季大會的會場。主辦夏季大會的狼營在水裡放了一堆堆的石塊和小石子當作踏腳石，如此一來渡河的人就不會把身上弄濕。我知道我們有時候也會這樣做，但他們的河水非常深，甚至能在石縫間釣魚。我覺得這是個好點子，因此想等回來時記得說給你們聽。」

「這河水很急，難道不會把石頭沖走嗎？」約哈倫問。

「他們的河水也很急，而且深到裡面住著鮭魚和鱒魚。水流會穿過石頭縫中間的空隙。他們說河水氾濫時會沖走石頭，但他們每年都會築起新的踏腳石。主河中央的岩石堆是很好的釣魚地點。」喬達拉解釋道。其他人也停下來聽他說。

「或許這值得考慮。」瑪桑那說。

「皮筏呢？不會被踏腳石擋住嗎？」一個男人問。

「這裡的水大多數時候沒有深到能用皮筏過河。過河的人反正要抬著皮筏和上面所有的東西繞過渡河點。」約哈倫說。

他們繼續討論，等在一旁的愛拉注意到河水很清澈，看得見河床的石頭和偶爾游經的魚兒。接著她發覺從河中央看出去的景色很特殊。往前看是南方，在主河左岸她看見一個有庇護所的岩壁，那可能就是他們要去的地方。緊接著在後面是與主要河流相連的一條支流。越過小河，是一片與主要河流平行的陡峭岩壁。她轉頭看另一邊。往上游也就是北邊，她看到許多更高的岩壁，第九洞穴龐大的岩石庇護所就位於一個急轉河灣外側的右岸。

約哈倫繼續上路，帶領一長列人朝齊蘭朵氏妮氏第三洞穴的家園前進。愛拉注意到有人在前方等待，向他們招手，她在人群中認出卡拉雅和第十一洞穴的齊蘭朵妮。他們排在隊伍後方，這時隊伍拉得更長了。靠近前方高聳的岩壁時，愛拉看見了這巨大岩牆的全貌，它也是主河河谷中眾多壯麗的石灰岩壁之一。

雕鑿出這塊岩壁的自然力量，同時也創造了這一區域所有的岩石庇護所。這岩壁被切成了兩半，三層岩廊工整地上下相疊。眼前岩石的中間就是一個岩架，它位於一個遮蔽通道的前方，長約九十多公尺。這是第三洞穴平日活動的主要岩架，大多數住處都在這裡。岩廊形成保護下方岩洞的岩石懸頂，同時也被上方的懸頂遮蔽住。

喬達拉發現愛拉正在觀察石灰岩壁，他停了一會兒讓她趕上他。這條路不窄，他們可以並肩往前走。「青草河匯入主河的地方叫做雙河。」他說：「那岩壁叫雙河石，因為在那裡可以俯瞰河流匯集。」

「我以為那是第三洞穴。」愛拉說。

「大家知道它是齊蘭朵妮氏第三洞穴的家園，但它的名稱是雙河石，就好像齊蘭朵妮氏第十四洞穴的家園叫做小河谷，而第十一洞穴的家園叫做河岸地。」喬達拉解釋道。

「那麼第九洞穴的家園叫做什麼？」愛拉說。

「第九洞穴。」喬達拉說完，發現她皺起眉頭。

「為什麼它不像其他洞穴一樣有另一個名稱？」她問。

「我不清楚，」喬達拉說：「它一直被叫做第九洞穴。我猜它本來可以被稱做『雙河石』之類的名字，因為木河在附近匯入主河，然而第三洞穴已經取了這個名字。或者它可以叫做『巨石』，但有另一個地方叫做這名字。」

「它可以叫做其他名字，或許跟『墜石』類似的某個名稱。其他地方都沒有這麼不尋常的東西，對不對？」愛拉問道，她試著去理解。前後一致的事情比較好記，但凡事都有例外。

「是，我從來沒看過。」喬達拉說。

「但第九洞穴就是第九洞穴，此外沒有其他名字。」愛拉說：「不曉得爲什麼。」

「或許是因爲我們的庇護所從很多方面來看都是獨一無二的。從來沒有人看過或甚至聽說過有哪個岩石庇護所這麼巨大，或住了這麼多人。它像其他庇護所一樣也俯瞰兩條河流，然而木河谷比其他大多數洞穴的樹都還要多。第十一洞穴常常請求我們讓他們在這裡砍樹做木筏。此外，還有像妳說到的，有那塊墜石。」喬達拉說：「每個人都知道第九洞穴，即使住在遠方的人也知道，但沒有一個名字能確實形容它所有特色。我猜它就只是以居住在那裡的人而聞名，第九洞穴居民。」

愛拉點點頭，但她還是皺著眉。「好吧，我想以居住在那裡的人命名確實讓它與眾不同。」

他們接近第三洞穴的家園時，愛拉在主河和岩壁底部中間的空間，看得到四散的帳篷、斜遮棚、框架和置物架。隨意分布的火堆——之前生火的地方殘留的黑色圓圈和幾堆仍在燃燒的火焰——散布其中。這裡是第三洞穴戶外活動的主要工作區，包括主河岸邊一個用來拴住木筏的小碼頭。

第三洞穴包含的區域不只是岩壁，還有從岩廊下方區域一直延伸到兩條河流邊緣的，以及這以外的一些地方。這塊地方並不屬於他們。有些人，特別是來自鄰近洞穴的人，會走到另一個洞穴的地盤，使用它的資源，但一般認爲接受邀請而來或事先詢問比較有禮貌。成年人知道這心照不宣的規矩。當然，孩子們可以愛到哪裡就到哪裡。

在主河與木河之間的主河沿岸，也就是剛好在北邊的第九洞穴、南邊雙河石的青草河之外的地區，住在那裡的齊蘭朵妮氏人將該處當作共同聚落。事實上它是一個擴大出來的村落，雖然他們完全沒有這類新拓居地的觀念，或替它命名。然而當喬達拉四處旅行，稱齊蘭朵妮氏爲他的家鄉時，他心裡所想的不只是那個特定的石造庇護所的許多人，而是整個鄰近的聚落。

訪客開始沿著小徑向上，往雙河石的主要岩層前進，不過到達低處的岩廊時，他們停下來等一個想參加會面的人。站在那兒時，愛拉抬頭往上看，發現她必須扶著一旁的牆才能站穩腳步。突出的岩壁頂端高聳入雲，當她的視線沿著巨大的石牆往上看時，她覺得岩壁彷彿跟著觀看的人一起往後倒。

「那是齊莫倫。」喬達拉說。那男人問候約哈倫時喬達拉開心地笑了。愛拉看著這位比約哈倫還高的金髮陌生人。她訝異於這兩個男人間微妙的肢體語言，他們似乎把對方視爲勢均力敵的對手。

這陌生人擔心懼怕地看著沃夫，不過他不發一語，一行人繼續走到上一層。他們終於來到主要岩層，愛拉必須再次停下來，這一次是壯觀的景色使她停下腳步，眼前的景象令她屏住氣息。從第三洞穴石造庇護所的前方入口處，可以俯瞰周圍一片遼闊的田野風光。她甚至還看得到青草河上游附近有另一條小河流匯入。

「愛拉，」聽到她的名字，她轉過頭來。約哈倫和剛才與他們會合的男人一起在她身後。「我想介紹個人給妳認識。」

男人前進一步，伸出雙手，不過他的眼睛卻提防地看著愛拉身旁的狼，而沃夫正滿懷好奇盯著他。他看起來和喬達拉一樣高，因爲留著金髮，乍看之下長得很像喬達拉。她向前問候他，同時放下手示意沃夫後退。

「齊莫倫，這位是馬木特伊氏的愛拉……」約哈倫開始介紹。第九洞穴的頭目繼續往下介紹她的稱謂與親屬關係時，齊莫倫握住她的雙手。約哈倫注意到這男人焦慮的表情，他完全了解他的感受。「愛拉，這位是齊莫倫，齊蘭朵妮氏第二洞穴長者火堆地盤的頭目，第二洞穴齊蘭朵妮的兄弟，齊蘭朵妮氏第七洞穴創立者的後代。」

「以大地母親朵妮之名，歡迎妳來到齊蘭朵妮氏的土地，馬木特伊氏的愛拉。」齊莫倫說。

「眾人之母馬特，也被稱做朵妮和其他許多名稱；以馬特之名，我問候你，齊莫倫，齊蘭朵妮氏第二洞穴長者火堆地盤的頭目。」愛拉說。然後她笑著重複他的完整介紹詞。齊莫倫注意到她的異地口音，還有迷人的微笑。她實在很美麗，他想，不過喬達拉的女人怎麼會差到哪兒去呢？

「齊莫倫！」他們結束正式介紹詞後喬達拉說：「見到你眞高興！」

「我也是，喬達拉。」兩個男人握住對方的手，給對方結實而熱情的擁抱。

「所以現在你是第二洞穴的頭目了。」喬達拉說。

「對，好幾年了。我還在想不知道你能不能回得來。聽說你已經回來了，但我必須過來親眼看看，是否所有關於你的故事都是眞的。我想一定是。」齊莫倫說。他對愛拉微笑，但依舊謹愼地和沃夫保持一段距離。

「愛拉，我和齊莫倫是老朋友了。我們一起度過成年禮，得到皮帶……同時成爲男人。」回憶起往事，喬達拉笑著搖搖頭。「我們年紀差不多，但因爲我比每個人都高，我覺得自己很引人注目。看到齊莫倫來的時候我好高興，因爲他跟我一樣高。我想要站在他附近，這樣我就不會那麼顯眼了。我想他也這麼覺得。」他回頭看那男人，他也笑著，但他的表情讓喬達拉轉換話題。「齊莫倫，我想你該來認識沃夫。」

「認識牠？」

「對。沃夫不會傷害你，愛拉會幫你介紹。那麼牠就會把你當朋友。」

喬達拉帶他走到這四隻腳的獵人面前時，齊莫倫不知如何是好。那是他見過最大的一隻狼，但這女人顯然不害怕。她彎下身單腳跪著，用手臂摟著牠，然後抬頭微笑。狼的嘴巴張開，露出森森白牙，牠的舌頭垂在外面。這隻狼在譏笑他嗎？

「伸出你的手讓沃夫聞。」喬達拉催促道。

「你叫牠什麼？」齊莫倫說。他皺著眉頭，不願做這動作。他實在不想把手伸到這隻動物面前，但周圍的人都在看，他也不想表現出害怕的樣子。

「那是愛拉取的名字，是馬木特伊語的『狼』。」

愛拉牽起他的右手時，齊莫倫知道他躲不了了。他深呼吸一口，讓她把自己這重要的肢體部位送到那滿口利牙的嘴邊。

當愛拉把撫摸狼的過程示範給他看時，齊莫倫和大多數人一樣非常吃驚，沃夫舔他的手讓他嚇了一跳。感受到沃夫活生生的溫暖氣息，這男人不懂爲何這隻動物會站著不動讓人撫摸。最初的疑惑消失後，他發現自己更加注意這女人。

她擁有什麼力量？他不禁想道。她是齊蘭朵妮嗎？他特別留意齊蘭朵妮和他們的獨特能力。她的齊蘭朵妮語說得相當清晰易懂，但她的說話方式有些奇怪。那不完全是種口音，他想。她彷彿吞下了某些音。不會不好聽，但你的確會因此特別注意她……倒不是說你不想注意。她有異地人的相貌，你知道她是個外來的人，但卻是位美麗、有異地風情的外地人，而狼也是原因之一。她是怎麼控制狼的？他幾乎是懷著敬畏之情，不解地看了她一眼。

愛拉一直在觀察齊莫倫的表情，她看到他的疑慮。她覺得自己快要笑出來，因此轉移目光，然後才又看著他。「從沃夫還是隻小狼時我就照顧牠，」她說：「牠和獅營裡的孩子一起長大。牠很習慣跟人在一起。」

齊莫倫一陣訝異。她像是知道他在想什麼，在他開口提問之前就回答他的問題。

「你是自己一個人來的嗎？」當齊莫倫終於不再看那隻狼和愛拉，把注意力移回他身上時，喬達拉問。

「還有許多人會來。我們聽說約哈倫想在出發去夏季大會之前舉辦最後一次狩獵。曼佛拉爾派了個快跑人到第七洞穴，他們又派人到我們那裡，但我不想等大家，就先來了。」他說。

「齊莫倫的洞穴在那邊，愛拉。」喬達拉往下指著青草河谷說：「妳看得到那條小支流嗎？」愛拉點點頭。「那就是小青草河。沿著青草河一直走，越過支流以後，就會到達第二洞穴和第七洞穴。他們有親戚關係，兩個洞穴只隔著一片肥沃的草原。」

這兩個男人開始聊天，回憶往事，交換近況，但愛拉又被四面環繞的景色分了神。第三洞穴寬敞的上層岩廊給居民帶來許多優勢。巨大的懸頂使他們免於惡劣天候的侵襲，同時又提供絕佳的風景。與靠近第九洞穴林木繁茂的河谷不同，青草河和小青草河兩地的河谷都是肥沃豐沛的綠草地，但是與主河沖積平原上的寬闊草地不一樣。眾多樹種與灌木排列在主要河流的岸邊，但在成排的狹長林地以外，是一片反芻動物最喜愛的短草地。朝正西方越過主河，寬闊的沖積平原前方是綿延的山丘，向上通往覆蓋綠草的高地。

青草河和小青草河兩地的河谷比較濕，在一年中的某些時節幾乎成了沼澤，因此有些地區得以長出比人還高的各種高草，其中也常混雜葉狀的非草本植物。種類繁多的植物，引來許多不同種草食動物，這些在遷徙季節橫越此地的動物，特別偏好各式各樣的牧草，和多葉藥草植物的特定種類或部位。

雙河石的主岩廊可以俯瞰青草河和小青草河兩地的河谷，是監看遊蕩獸群的理想地點。結果長時間下來，第三洞穴的人不只追蹤獸群動向的技巧大有進步，也具備了不同種類動物隨季節更替與氣候模式而改變外貌的相關知識。此種優勢使他們逐漸成為技巧純熟的獵人。雖然每個洞穴都打獵，但住在雙河石的第三洞穴獵人手裡的標槍，刺中遷徙途中經過河谷沖積平原肥沃草地的食草動物數目，遠比其他洞穴的獵人還多。

大多數齊蘭朵妮氏人都知道第三洞穴的狩獵知識與技巧有多麼卓越，但離他們最近的鄰人特別了解。只要有人計畫出獵，尤其是考慮進行大型、整個聚落或集體狩獵時，他們會尋求第三洞穴獵人的看法和資訊。

愛拉往左看，左邊是南方。兩條河流就在下方匯合，布滿綠草的河谷在高聳的岩壁間展開。青草河匯入後，更寬闊的主河緊貼著高大岩壁底部向西南流去，繞過一個大彎旁的岩石後離開視線範圍，流往更南方一條更大的河，最後流到往西一段距離之外的大河。

接著愛拉向右看，右邊是北方，就是他們來時走的路。主河的上游河谷是一片寬闊的綠草地，太陽照在蜿蜒的河面上反射出粼粼波光。閃爍的河水流經杜松、銀樺、柳樹和松樹，甚至偶爾還可見到長綠橡樹，標示出河水的流向。上游對岸，主河急轉彎朝向升起的太陽，此處看得見第九洞穴高聳的岩壁和碩大無比的懸頂庇護所。

曼佛拉爾向他們大步走來，臉上掛著歡迎的笑容。雖然這灰髮男子並不年輕，愛拉卻注意到他步伐中帶著朝氣與自信。她覺得很難判斷出他的年齡。在問候彼此與幾場正式介紹後，曼佛拉爾帶領這群人來到主層居處區略北一個無人使用的地區。

「我們替每個人準備了中餐。」曼佛拉爾宣布：「如果有人口渴，這裡有水和杯子。」他指著幾個靠在岩石上濕漉漉的大水袋，旁邊有些編織的杯子疊在一起。

大多數人都接受了邀請，不過許多人帶著他們自己的杯子。即使是短程旅行或拜訪朋友，一般人也常在大袋子裡裝著自己的杯子、碗和餐刀。愛拉不只帶著自己的杯子，還幫沃夫帶了一個碗。大家目不轉睛看著這隻龐大的動物急忙舔著她給牠的水，有些人笑了。發現和這女人有著謎一般難解關係的狼也和所有動物一樣需要喝水，這讓所有人都覺得寬慰不少。

他們在一片祥和的期待氣氛中安頓下來，有些人坐在石頭上，有些人站著。曼佛拉爾等到每個人都安靜下來準備好以後，他向站在他身旁的一位年輕女人致意。

「在過去幾天裡，我們這裡和第二景都派了觀察員出動。」他說。

「那裡就是第二景，愛拉。」喬達拉悄聲說。她往他指的方向看去。在雙河匯流處和它廣大沖積平原的對岸是另一個小型岩石庇護所。一列岩壁與奔流而下的主河平行，庇護所就從這一列岩壁的起點突兀地伸出，與岩壁形成銳角。「雖然被青草河分隔開來，第三洞穴還是把第二景當作是雙河石的一部分。」

愛拉再朝向稱做第二景的地方看去，然後走了幾步在邊緣俯瞰河流。從她的角度可以看見青草河接近較大河流時變得更寬，形成小的扇形三角洲。在較小河流的右岸，雙河石底部有條往東的路，向上游分岔成兩條路通往河邊。她發現那條分岔出來的小徑通往三角洲寬而淺的那端青草河岸，但背對雙河匯聚的湍急河流。此處就是第三洞穴與青草河交會的地方。

在另一側，有一條路穿過兩條河的沖積平原形成的河谷，延伸約四百公尺，來到角落突出的岩洞。它小而高，因此下方沒有寬敞的遮蔽空間，不過有條岩石小徑通往頂端的石頭平台，在那裡可以看到從青草河另一頭望去，兩座河谷的另一番景色。

「在你來之前，瑟佛娜帶來了消息，」曼佛拉爾說：「我認為應該可以完成一場成功的狩獵，約哈倫。我們一直在追蹤約八頭不同群的巨角鹿，有公有母，牠們帶著幼鹿朝這個方向移動，瑟佛娜才剛發現一隻大得不得了的野牛。」

「兩者都行，只要是我們最有把握能獵到的。你的建議是什麼？」約哈倫問。

「如果只有第三洞穴出獵，我們可能會在主河等待巨角鹿，在渡河點攔截幾隻。但如果真想滿載而歸，我會以野牛為目標，把牠們趕進圍欄。」

「我們可以兩種動物都獵。」喬達拉說。

有些人笑了。「他全部都要？喬達拉總是這麼急躁嗎？」有個人評論道，愛拉不確定是誰。

「他是很急躁，不過通常不是急著獵捕動物。」有個女人的聲音反駁。人群中隨之發出一陣笑聲。愛拉看見說話的人，那是第十一洞穴的頭目卡拉雅。愛拉還記得見過她，而且對她印象深刻，不過她不喜歡她話中的語氣。她好像在嘲弄喬達拉，而愛拉不久前才成爲笑柄，聽過類似的笑聲。她看著他會作何反應。喬達拉臉紅了，但他擠出了幽默的笑容。他很不好意思，愛拉想，而且他設法掩飾。

「我想這主意聽起來有點急躁，我知道我們看起來似乎無法兩樣都獵，但我想我們可以辦得到。我們和馬木特伊氏人一起生活時，愛拉騎在馬上幫獅營把野牛趕進圍欄裡。」喬達拉試著解釋：「馬比任何人跑得都快，我們可以命令馬去我們想去的地方。我們能幫忙趕野牛，在牠們想掙脫時阻擋牠們的去路。各位將發現用這種標槍投擲器射下一頭巨角鹿有多麼容易。或許能射中不止兩頭。我想所有人都會訝異它的功用。」發言時他舉起這狩獵武器。它是根相當平而窄的木棍，看起來構造相當簡單，似乎做不到這個返鄉旅人宣稱的所有功能。

「你是說你認爲我們可以同時獵到這兩種動物？」約哈倫問。

集會被第三洞穴拿食物來的人打斷。用過一頓豐盛的午餐後，眾人進一步討論，發現野牛群的地點離之前建造的圍欄不遠，因此可以將圍欄修補後使用。他們計畫花一天時間修補，如果還修不好，而野牛又還沒有離開，他們就在次晨獵野牛，不過他們也會盯著巨角鹿。話題轉向狩獵策略的計畫時，愛拉仔細聆聽，不過她並沒有自告奮勇，讓自己和嘶嘶幫忙。她想看討論結果如何。

「好吧，讓我們來瞧瞧這了不起的新武器，喬達拉。」約哈倫終於說道。

「好。」曼佛拉爾說：「你讓我很好奇。我們可以使用青草河谷的練習場。」

第十一章

練習場靠近雙河石底端，由中央一條土道構成，這條土道因爲過度使用而被踩得光禿禿的，周圍的草地甚至也被或站或走的許多人給踏平了。一塊大石灰岩的一部分標示出土道的一端，這塊岩石之前是塊突出的岩架，不知何時掉了下來。原本尖銳的邊緣在被人經年累月地攀爬之後磨圓了。另一端有四塊包著乾草的生皮革，被之前射中的標槍戳出了幾個洞。每塊生皮革上都畫上不同的動物。

「妳得把那些靶移到更遠的地方，至少兩倍距離。」喬達拉說。

「兩倍距離？」看著他手裡的木製工具，卡拉雅問。

「至少兩倍。」

喬達拉手裡拿的東西是用一條筆直的木頭做成，大約是從他伸長的手指頭到手肘的前臂長度。它窄而扁，沿著中央有一條長溝槽，靠近前方有兩條皮環。從投擲器後方的標槍檔伸出一個尖叉狀的鉤子，剛好可以套進刻在一支輕標槍尾端的小洞。

喬達拉從生皮革製成的箭袋裡，拿出一個用筋腱線和黏膠綁在短木片上的燧石標槍頭，黏膠是用煮過的獸蹄和生皮革碎片做成。短桿末端漸漸收尖，成爲一個圓頭。這個東西看起來像是不對稱的短標槍，或是某種有特殊把手的刀。接著他從標槍架上拿了支一端像標槍一樣插著兩根羽毛、但另一端卻沒有頭的標槍。人群中傳來好奇的竊竊私語。

他把桿子漸漸收尖、接上燧石標槍頭的那端，插進較長的那根桿子前端刻出的洞裡，然後舉起一支兩截式的優美標槍。人群中傳來恍然大悟的驚嘆聲，但不是所有人都了解。

「自從發明標槍投擲器的技術以來，我已經做了幾次改革。」喬達拉對聚攏的人群說。「我一直在嘗試新點子，看看效果如何，後來發現可拆卸的標槍頭功能很好。每次標槍落點不對，或是你射的動物跑走，長桿子就會斷裂。有了這種標槍，」他拿起標槍，再次把兩段分開。「標槍頭可以從桿子上拆下來，就不必做一整支新標槍。」

人群中發出感興趣的低語聲。把標槍桿做得這麼直挺，需要花費許多時間精力，才能在擲出時筆直往前飛。沒有哪個獵人未曾在最糟糕的時刻把標槍弄斷過。

「你可能看得出來，這支標槍比一般的標槍小而輕。」喬達拉繼續說。

「這就對了！」威洛馬驚呼。「我知道這支標槍有哪裡不一樣，除了有兩部分以外。它看起來好像更優美，幾乎帶有女性氣質。好像一支『大媽標槍』。」

「我們發現較輕的標槍其實飛得比較遠。」喬達拉說。

「但是它能刺穿動物嗎？」布拉瑪佛說：「重的標槍可能不會飛得一樣遠，但我發現標槍需要重量。如果太輕，遇到厚皮會彈起來，或是把頭折斷。」

「我想現在該是示範的時候了。」喬達拉說著拿起他的標槍固定套和箭袋，往落石那裡退。他帶了多餘的桿子和可拆卸的標槍頭，不過這些頭不完全一樣。有些尖端是用燧石做的，然而每個標槍頭的形狀略有不同，還有些是用長條的骨頭刻成一個尖頭，底部可以拆開，方便接上較短的中段桿子。他迅速裝了幾個標槍，同時索拉邦和盧夏瑪把靶拖到遠處。

「夠遠了嗎，喬達拉？」索拉邦大喊。

喬達拉望了一眼愛拉。沃夫在她身邊站著不動。她握著標槍投擲器，背上背了個長箭袋，裡面裝著更多標槍。她對他微笑，他也報以微笑，但他笑得很緊張。他決定先示範，再解釋和回答問題。

「可以了。」他說。靶在射程內，其實太近了，不過第一次示範這樣的距離就夠遠。他也可以射得更準。他不必叫他們閃開，大家就已經邁開大步往後跑，巴不得能遠遠離開陌生工具所射出的標槍。他等他們走回來，這些人臉上的表情從期待到懷疑都有。這時他準備擲標槍。

他用右手水平握住標槍投擲器，拇指和食指拉住前面的兩條皮環。他快速把一支標槍嵌進溝槽裡。他把標槍向後滑，讓同時具有標槍檔功用的投擲器鉤子套進標槍有羽毛那端的洞裡，然後毫不遲疑將標槍射出去。他動作太快，許多人幾乎沒注意到當他藉由皮環的幫助緊緊抓住前端時，標槍投擲器後端上揚，將手臂長度加上標槍投擲器的長度，因此能有效獲得額外的槓桿優勢。

他們看到的，是一支標槍以平常兩倍速度飛出去，落在畫了鹿的皮革正中央，強大的力道使標槍乾淨俐落地穿透稻草束。當第二支標槍幾乎以同樣力道跟著第一支標槍飛出去，落在第一個洞旁邊時，大家大吃了一驚。愛拉接著喬達拉之後也投擲了一支標槍。一陣驚訝的沉默之後，接著是一連串的問題。

「你看到了嗎？」

「我沒看到你投標槍，可以再做一遍嗎，喬達拉？」

「那支標槍幾乎刺穿了箭靶，你怎麼能丟得那麼用力？」

「她的也刺穿了靶。他們哪來那麼大力氣？」

「我可以看看這個東西嗎？你把它叫做什麼？標槍投擲器？」

最後一個問題是約哈倫問的，喬達拉把工具給了他。他哥哥仔細檢視，還把它轉過來，發現背面用簡單的線條刻了一頭鹿。他笑了。他見過類似的圖案。

「就一個燧石匠來說，刻得還不錯。」

「你怎麼知道是我刻的？」

「我還記得你以爲自己會是個雕刻匠，喬達拉。我想我還留著一個你給我的盤子，上面有類似的雕刻。不過這是哪來的呢？」他說著，把投擲器還給喬達拉。「我想看你怎麼用它。」

「我和愛拉住在山谷時做出來的。它並不難用，不過需要點練習才能上手。我可以投得比較遠，不過愛拉比我準。」喬達拉一邊撿起另一支標槍，一邊解釋。「你們看到我刻在這支標槍後端的小洞了嗎？」

約哈倫和幾個人擠過來看這個圓形的凹口。

「它的用處是什麼？」卡拉雅問。

「我會做給妳看。看到這個投擲器後端像鉤子一樣的突出物了嗎？它們是這樣套在一起的。」他說著，把鉤子尖端套進洞裡。他調整標槍，好讓它平放在投擲器裡，兩根羽毛分別在兩邊，接著他把拇指和食指穿過皮環，以水平的姿勢握住標槍和投擲器。每個人都圍攏過來想看。「愛拉，妳也示範給他們看吧。」愛拉做了類似的示範。

「她握的姿勢不一樣，」卡拉雅說：「她用前兩根指頭穿過皮環，喬達拉用的是拇指和食指。」

「妳觀察得很仔細，卡拉雅。」瑪桑那發表意見。

「我比較習慣這樣握。」愛拉解釋：「喬達拉之前也這麼握，但現在他喜歡那樣握。兩種方式都行。你可以用自己覺得最自在的方式。」

卡拉雅點點頭，然後說：「妳的標槍也比一般的來得小而輕。」

「起初我們用比較大的標槍，但不久之後喬達拉就發明了這種小標槍。它們比較好控制，也比較準。」愛拉說。

喬達拉繼續示範：「你們有沒有發現，射的時候將投擲器的末端抬起，可以增加標槍投擲的力量？」標槍和投擲器在他的右手，他用左手握住標槍，以慢動作示範這姿勢，不讓標槍掉落。「就是這樣才讓它格外有力。」

「當標槍投擲器伸展到最長時，就好像你的手臂伸長了一半。」布拉瑪佛說。之前他話不多，愛拉想了一會兒，才記起他是第十四洞穴的頭目。

「你可以再投一次嗎？再讓我們看一次要如何使用。」曼佛拉爾說。

喬達拉往後站，瞄準目標，射出標槍。標槍再次刺穿了靶。愛拉的標槍立刻跟著射了出去。

卡拉雅笑著望向喬達拉帶回家來的這女人。她不知道愛拉這麼能幹，愛拉讓她大感訝異。她以爲這位十分迷人的女人，不過就像他走之前選上的那個瑪羅那，不過這個女人或許更值得深入認識。

「妳想不想試試，卡拉雅？」愛拉問道，把她的標槍投擲器遞給她。

「好，我想試。」第十一洞穴的頭目開懷笑著說。她把標槍投擲器拿來仔細觀察，此時愛拉拿了另一個裝著可拆卸標槍頭的桿子。她在底部看到野牛雕刻圖案，心想不知是否也是喬達拉刻的。這圖案刻得很不錯，雖然不是獨一無二，但也夠漂亮了。

愛拉和喬達拉向眾人示範投擲技術，他們必須不斷練習，才能熟練使用這項新的狩獵武器，這時沃夫早已跑去閒逛。有些人已經能丟出好一段距離，但顯然準確度還需要一些時間才能達成。愛拉退後看著大家，這時她的眼角瞥見一個移動的物體。她轉頭看見沃夫正在追一個東西。她瞥了一眼，從小袋子裡拿出拋石索和幾顆平滑的圓石。

她把石頭放在拋石索中央的皮凹袋裡，當換上盛夏羽毛的雷鳥飛起來時，她也早已準備好。她向這隻豐滿的鳥擲出石子後看到牠墜下。第二隻雷鳥飛起來，愛拉用拋石索裡的第二顆石子把牠打了下來。此時沃夫已經找到第一隻鳥。牠咬起鳥時愛拉把牠攔下，把鳥從牠嘴裡取出，然後又拾起第二隻，抓著兩隻鳥的雙腳。突然間她發覺季節到了，她開始在草叢間四處張望。看到鳥巢的她愉快地笑著撿起幾顆蛋。她可以煮克雷伯最喜歡的一道菜：在雷鳥的腹部塡入雷鳥蛋。

她滿意地往回走，沃夫走在她身邊。直到走近了，她才注意到每個人都停止練習，瞪著她看。有人微笑，但多數人都是一副訝異的表情。喬達拉咧著嘴笑。

「我有跟你提過她的拋石索技術嗎？」喬達拉說。他洋洋得意的表情全寫在臉上。

「但是你沒說她用狼把獵物趕出來。有了她的拋石索和狼，你何必還發明這東西？」約哈倫舉起標槍投擲器說道。

「事實上，就是拋石索給了我製作標槍投擲器的靈感。」喬達拉說：「而且那時候她還沒有沃夫，不過她跟一隻穴獅一起打獵。」

大多數人以爲喬達拉在說笑，不過看到這女人拿著一對死雷鳥，身旁站著狼，他們不確定要相信哪個。

「你是怎麼發明出這標槍投擲器的，喬達拉？」約哈倫問。輪到他試用，投擲器還握在他手裡。

「看愛拉用拋石索丟石頭，讓我期盼自己也能用那種方式丟標槍。其實我第一次做出來的東西比較像拋石索，但後來發覺我需要更堅硬、更有彈性的東西。漸漸我就想出這個點子。」喬達拉解釋：「不過當時我還不曉得是否眞能用它打獵。現在你可能已經猜想得到，這需要練習，我們甚至還學著在馬背上使用。現在你有機會試用，或許我們應該示範眞實的打獵。可惜馬兒不在這兒，但是至少可以讓你更了解它的射程。」

幾支標槍從靶上被拔起，喬達拉拿起一支，從約哈倫手裡接過投擲器，往回走了幾公尺。他瞄準靶，但卻沒有直接以乾草爲目標，反而使盡全力射出標槍。標槍越過乾草束，飛了比之前距離的一半還更遠些，才落在遠方的草叢中。人群裡發出訝異的聲音。

接著換愛拉，雖然她的力氣不像這高大健壯的男人那麼大，她標槍落下的地方只比喬達拉近一點點。愛拉的力氣比大多數女人都大，這是她的成長方式使然。穴熊族人比異族強壯結實。在成長過程中，爲了配合他們，光是爲達到穴熊族期望女人和女孩完成的日常工作，她就必須鍛鍊出比她同族類人更強健的骨骼和更大肌力。

一邊將標槍收回，眾人一邊討論他們剛才見識到的新武器。用標槍投擲器擲標槍看來和用手擲標槍沒有太大差別，差別在於結果。它可以飛出兩倍距離，力道也更大。這個特點備受討論，因爲所有人立即了解從遠處擲標槍的安全性更高。

打獵時的意外事故雖然並非經常發生，但倒也不罕見。好幾個獵人都曾被疼痛發狂的受傷動物攻擊致死或殘廢。問題在於，就算他們無法達到喬達拉和愛拉那樣爐火純青的程度，那麼還要花多少時間和精力，才能具備足夠技巧，游刃有餘地使用標槍投擲器。有些人覺得自己早已擁有足夠技巧去順利完成狩獵，但另外一些人，尤其是仍在學習打獵的年輕人，對這工具特別感興趣。

乍看之下，這個新武器好像十分簡單，而事實也是如此。然而它所根據的原理是以直覺的方式被理解，要等到許久之後，才會有人將這些原理有系統地記錄下來。標槍投擲器是一個把手，而且是一個可拆卸的特殊把手。它利用槓桿的力學優勢增加標槍的衝力，因此比手擲的標槍飛得更快更遠。

這些人早在有記憶以來，就已開始使用各種各樣的把手，不管哪一種把手都能擴大肌肉的力量。例如一片尖銳的石頭——如燧石、碧玉、黑砂石、石英、黑曜石等——握在手裡都是切割工具，但是把手卻使刀鋒的力量加乘，增加刀子的效能，讓使用者更容易控制。

不過標槍投擲器不只是已知原理的新應用。而是像喬達拉和愛拉這樣天賦異稟的人讓自己更容易生存下來的例子：他們有能力醞釀新構想，將構想轉變爲有用的物體，將抽象想法付諸實行。這是他們最大的天賦，雖然他們根本不知道這是何種能力。

一整個下午這些訪客都在討論即將舉行的狩獵該採取何種策略。他們決定獵捕看到的野牛群，因爲野牛群的數目較多。喬達拉再次提出他的看法，認爲他們可以同時獵捕野牛和巨角鹿兩種動物，不過倒是沒有極力說服眾人。愛拉沒有發表意見，她決定靜觀其變。訪客又用了一次餐，之後便被熱烈邀請留下來過夜。有些人選擇留下，但約哈倫在狩獵前有些事想準備，況且他也答應卡拉雅在回程的路上去第十一洞穴稍做停留。

雖然第九洞穴的人踏上歸途時太陽已經往西方落下，但天色仍是亮的。在他們到達靠近主河河岸那一大片平坦地面時，愛拉再次抬頭仰望著雙河石有如架子般一層層的庇護所。有些人以大家常用的「回來」手勢向他們招手。她發現訪客也用類似的動作招手回應，這動作意思是「歡迎來訪」。

他們走近河岸，沿著岩壁往右，向北往回走。他們繼續往上游走，他們那一側主河的岩石牆變得愈來愈矮。在一條坡道底端接近最低處，他們看到一個石造庇護所。從坡道向上、稍微往後一些，大約三十多公尺遠的地方，是第二個岩洞，不過大致是從同一層岩廊繼續伸展出去的。附近還有一個小洞穴。這兩個庇護所、洞穴以及長廊，組成這人口稠密的分區定居地裡另一個聚落的生活空間——齊蘭朵妮氏第十一洞穴。

卡拉雅和第十一洞穴的人比第九洞穴的人先離開雙河石，當這群人接近時，第十一洞穴的頭目和齊蘭朵妮並肩站立，等著歡迎他們。看到這兩人站在一起，愛拉注意到卡拉雅比第十一洞穴的齊蘭朵妮高。他們走近時，愛拉才發現其實她並不高，而是齊蘭朵妮非常矮。他問候她時，她再次發現他手的握力很強，不過她還意識到另一件事。她第一次和他見面時，這男人有某種讓她感到困惑的不自然舉止；在他問候歡迎訪客時這感覺更強烈。

突然間她察覺到，他沒有像大多數齊蘭朵妮氏男人一樣公然或暗地裡打量她，她知道他不靠女人來滿足需求。還記得住在獅營時，她興致勃勃地聽眾人討論體內同時具有男人和女人特質的人。接著她又想起喬達拉說，這類齊蘭朵妮往往能成爲優秀的醫治者，想到這裡她禁不住微笑。或許她又有一個能討論醫治與醫藥技巧的對象了。

他對她報以友善的笑容。「歡迎來到河岸地，齊蘭朵妮氏人第十一洞穴的家園。」他說。站在他身旁稍微靠後方的男人，對齊蘭朵妮露出熱情而充滿愛意的微笑。他長得很高，五官端正。愛拉心想他稱得上是英俊，不過她覺得他的舉止卻有女人味。

齊蘭朵妮轉身看著這高個子男人，示意他上前。「我想介紹我的朋友，齊蘭朵妮氏第十一洞穴的馬若蘭。」他說。接著他繼續進行其餘的正式介紹詞，感覺上似乎格外冗長，愛拉心想。

在他說話時，喬達拉過來站在她身邊，讓處在陌生環境下的她感覺好多了。回到他族人的土地上之後，她已經面對了許多新狀況。她轉頭對他微笑，然後又轉回來握起這男人的雙手。她發現他沒有喬達拉這麼高，不過比她高一些。

「以眾人之母、也被稱爲朵妮的馬特之名，我問候你，齊蘭朵妮氏第十一洞穴的馬若蘭。」她說完所有的問候語。他面帶友善的微笑，而且似乎有意和愛拉繼續交談，但是他必須站到一旁，把位子空出來給其他第十一洞穴齊蘭朵妮要歡迎的人，而且在他們將想開始聊些輕鬆的話題之前，已經有人移動到他們之間了。稍後還有時間聊天，她想。

她掃視四周，觀察周遭環境。雖然此處高出河岸，跟河邊隔著一段距離，卻還是很靠近主河。她向瑪桑那提出她的觀察。

「沒錯，他們很靠近主河。」她說：「有些人認爲他們有可能遭受氾濫之災。齊蘭朵妮說，在耆老的傳說裡曾暗示這一點，然而現在還活著的人，即使是年紀最大的長者，都不記得這裡曾經氾濫過。不過他們的確利用了這地點的優勢。」

威洛馬解釋道，因爲離河岸很近，第十一洞穴的人善加利用主河的資源。捕魚是主要的活動，不過更重要的是，第十一洞穴以水上運輸聞名。「他們用木筏攜帶大量需要運輸的物品，包括食物、貨物或人。」他說：「第十一洞穴的人不僅最擅長以竿子支撐木筏，載運他們自己洞穴或鄰近洞穴的人往來於主河上下游，而且大部分木筏都是他們製作的。」

「這就是他們的專門技術。」喬達拉說：「第十一洞穴的人擅長製造與使用木筏。他們的家園叫做河岸地。」

「是不是那些圓木做成的東西？」她指著靠近河邊那幾個用木頭和圓木做成的物體。這些東西看起來很眼熟。她努力回想之前曾在哪裡看過類似的東西，然後她想起來了。沙木乃氏的女人曾經划過一艘木筏。那時她想找喬達拉，她沿著他消失地點通往外面的唯一小徑走去，來到一條河邊，看見附近有幾艘小船。

「並非全部都是。看起來像大木筏的是他們的碼頭。綁在上面的小平台是木筏。大多數洞穴都會在一個靠近河的地方把木筏拴緊，有些只不過是幾個簡單的木樁，還有的是蓋得比較精美的碼頭，不過沒有一處和他們的一樣。只要有人想旅行或運輸物品，不管是往上游或下游走，他們都會請第十一洞穴安排。他們航行的次數相當頻繁。」喬達拉說：「很高興我們能在此地停留。我一直很想告訴他們夏拉木多伊氏的事，還有他們用圓木一體成型做成操控自如的船。」

約哈倫在一旁聽到他們的談話。「我想你現在可能沒時間深入討論船的事情，除非你想留下來。我想在天黑前回到第九洞穴。」他說：「我跟卡拉雅說我會在這裡停留，因爲她想帶妳到處看看，愛拉。我想在狩獵後乘船到上游會見幾位頭目，討論夏季大會的事。」

「如果我們有拉木多伊氏那種挖鑿圓木製成的小船，就可以幾個人一起坐在船裡往上游划，而不必撐著沉重的木筏。」喬達拉說。

「做一艘這樣的船需要多久？」約哈倫問。

「那種船很費功夫。」喬達拉承認；「不過一旦做好，就能用好一陣子。」

「此刻它幫不上忙，對吧？」

「是。不過我猜之後也許會大有用途。」

「或許吧，不過我幾天後就要到上游去，」約哈倫說：「然後再回來。如果第十一洞穴計畫進行一次航行，事情就容易多了，回來也比較快，不過必要的話我也可以走路。」

「你可以騎馬。」愛拉說。

「妳騎吧，愛拉。」約哈倫對她幽默一笑。「我不知道怎麼控制牠們。」

「一匹馬能載兩個人，你可以坐在我後面。」

「或是我。」喬達拉說。

「嗯，或許下次吧。不過現在我想先弄清楚第十一洞穴會不會在這幾天計畫往上游航行。」約哈倫說。

他們沒注意到卡拉雅向這裡走來。「其實我在考慮安排往上游的航行。」她說。他們全都抬起頭。「我也要去參加會議，約哈倫。如果狩獵成功的話……」即使認為有這種可能，沒有人會斷定任何一場狩獵將是成功的；這麼說會帶來厄運，「……帶些肉到夏季大會的舉辦地點預先儲藏起來是個好主意。我想你說的沒錯，今年參加夏季大會的人數會特別多。」她轉向愛拉：「我知道妳不能久留，不過我想帶妳見見我們這地方，介紹一些人讓妳認識。」她不是刻意忽略喬達拉，不過她這番話是特別對著愛拉說的。

喬達拉更仔細地看著第十一洞穴的頭目。在那些譏諷他的狩獵建議和使用新武器提案的人當中，她表現得最為不屑，不過在愛拉展現她的技能之後，此刻她似乎又對愛拉印象很好。或許他該稍後再提新種類的船，也或許卡拉雅不是他談這事情的適當人選，他想著，不禁猜測到底誰是他們現在最棒的製船匠。

他試著回憶他所認識的卡拉雅。記憶所及，對她感興趣的人向來不多。不是因為她長得不漂亮，而是她好像對男人不特別感興趣，也沒有鼓勵他們追求自己。不過他不記得她曾經對女人感興趣。她一直和她母親朵樂娃住在一起。喬達拉心想，不知道現在是否還是如此。

他知道她母親一直沒和男人生活在一起。他不記得誰是她的火堆地盤男人，或者有哪個人知道大媽選擇哪個男人的靈讓朵樂娃懷孕。眾人對她替女兒取的名字感到納悶，大多是因為發音聽起來像是「勇氣」這個字。她認為卡拉雅需要勇氣嗎？不過做為洞穴頭目的確需要勇氣。

愛拉知道沃夫會成為注目的焦點，因此彎下身來撫摸牠，說些安慰的話讓牠放心。她也從牠那兒尋求安慰。不斷成為眾人關注的焦點眞的很不容易，而且這些注意力可能不會很快消失。正因如此，她並不特別盼望夏季大會的到來，即使她很期待自己能成為喬達拉配偶的配對禮。她深呼吸，偷偷嘆了口氣，然後站直身子示意沃夫緊跟著她，接著和卡拉雅一起走向第一個庇護所。

它和這個區域其他石造庇護所類似。石灰岩的軟硬差異導致岩壁以不同的速率侵蝕，製造出岩廊和懸頂之間的空間，免於受到風吹雨淋，但又能向外敞開，接受日照。即使在這些冰川環繞的地區，有了另外加蓋的擋風建築和供給暖氣的火堆，冬季時石灰岩壁裡的空間也提供了非常優越的居住條件。

在和一些人會面，也把沃夫介紹給幾個人之後，愛拉被帶往另一個石造庇護所，這裡是卡拉雅的住處。她和頭目的母親朵樂娃見面，不過她沒有其他親屬。看起來卡拉雅沒有配偶或手足，而且她也明白表示她不想要小孩，她說照顧族人的責任已經夠重大的了。

卡拉雅停頓了一會兒，好像在研究愛拉，接著她說：「既然妳對馬的知識豐富，我想讓妳看一樣東西。」

這位頭目往一個小洞穴走去時，喬達拉有些訝異。他知道她們要去哪裡，通常一般人不會帶首次來訪的陌生訪客到他們的聖地。靠近洞穴裡唯一狹長空間的入口處有幾條連續的謎樣線條，洞穴內部有幾個粗糙的雕刻痕跡，難以辨認，可是天花板上卻是一匹雕刻細膩的大馬，洞穴底端還有其他雕刻圖樣。

「這眞是一匹漂亮的馬。」愛拉說：「雕刻出這畫的人一定很懂馬。這個人住在這裡嗎？」

「我不認為，雖然她的靈可能還在附近徘徊。」卡拉雅說：「這畫在這裡很久了。某個先人刻出來的，我們不知道是誰。」

她帶愛拉去參觀的最後一樣東西，是繫著兩艘木筏的碼頭，還有正在建造另一艘木筏的工作區。她很想留久些，多了解些事，不過約哈倫急著走，喬達拉表示自己也必須做些準備。愛拉不想獨自留下，尤其這是她第一次造訪，不過她答應一定會再來。

一行人繼續沿著主河上游往北走，來到一小片岩石陡坡底下，那裡有個小的岩石庇護所。愛拉注意到岩石碎屑大多沿著岩壁懸頂堆積。累積的碎石堆在岩洞外緣的下方形成一面由邊緣尖銳的礫石鬆散堆疊出的石牆。

洞穴裡有使用過的痕跡。幾片屏風立在碎石堆後方，其中有一片已經倒在地上。一個破爛不堪的舊鋪蓋捲被丟在後面的牆邊，破舊到表面大部分的毛皮都脫落了。地上有幾個火堆留下來的黑色圓圈，痕跡相當明顯，有兩圈用石頭圍著，其中一圈的地上還隔著火堆插著兩根相對的分岔樹枝，愛拉很肯定那是叉烤肉用的。

愛拉好像看到幾縷煙從某個火堆裡冒出來，她很訝異。這似乎是個荒廢不用的地方，但是看起來又好像最近才被使用過。

「哪個洞穴的人住在這裡？」她問。

「這裡沒有人住。」約哈倫說。

「但是所有人都會使用這個地方。」喬達拉補充了一句。

「每個人都會偶爾使用這裡。」威洛馬說：「這是個躲雨的地方，或讓年輕人聚會，也或者是讓男女在夜晚獨處，不過沒有人一直住在這裡。大家就叫它『庇護所』。」

在庇護所稍做停留後，他們繼續從主河河谷向上走，來到渡河點。往前方望去，愛拉在河流急彎處的右岸，又看到了岩壁和第九洞穴獨特的懸頂庇護所。過河之後，他們順著主河邊的斜坡底部一條被踏平的路往前走，斜坡上是稀稀疏疏的樹木和灌木叢。

小徑在主河和一片極陡峭的岩壁之間變窄，他們再次成一路縱隊前進。「這就是那個叫做『高岩』的岩壁是嗎？」愛拉說著，放慢腳步等喬達拉趕上。

「對，」他說。這時他們來到陡峭岩壁前方不遠的一條岔路。這條岔路朝向他們剛才回來的方向，不過是轉彎向上的。

「那條路通往哪裡？」她問。

「通往我們剛剛經過那面高聳岩壁裡的幾個洞穴。」他說。她點點頭。

又走了幾公尺，小徑往北來到一個被岩壁包圍的東西向河谷。一條小溪從河谷中央流下進入主河，此時主河幾乎是從正北流向正南。這山谷被夾在兩片陡峭的堤岸間：南邊剛剛經過的垂直岩壁——高岩，以及北邊甚至更碩大無比的第二塊巨岩。河谷狹窄的程度幾乎算得上是一個峽谷。

「那塊岩石有名字嗎？」愛拉問。

「大家就只是叫它『巨石』。」喬達拉說：「那條小溪叫魚溪。」

他們往繞著小溪邊的那條路向上望去，看到幾個人走了下來。布拉瑪佛臉上掛著笑容，帶頭走向他們。「歡迎來作客，約哈倫。」他來到他們面前時說。「我們想帶愛拉到處看看，介紹些人讓她認識。」

喬達拉從他哥哥的表情可以看得出來，雖然他知道拒絕對方會非常不禮貌，但他實在不想再停留。瑪桑那同樣察覺他表情不對勁，她不希望兒子只因爲想趕快回去，而犯下可能觸怒友善鄰人的魯莽錯誤。不管他的計畫是什麼，都不是那麼重要，因此她出面說話。

「當然，」她說：「我們很樂意停留一會兒。這次我們不能久留，因爲我們得準備打獵，約哈倫也有些事必須要辦。」

「他怎麼知道我們會在此時剛好路過?」當他們繞著魚溪邊的小路往上走,來到對方居住地時,愛拉問喬達拉。

「還記得高岩那條通往洞穴的分岔路嗎?」他說:「布拉瑪佛一定派了觀察員在那裡,他看到我們時,就跑下去告訴他。」

愛拉看見一群人在等他們,她注意到龐大石灰岩塊朝向小溪的那幾個面上,坐落了幾個小洞穴、岩洞和一個巨型的岩石庇護所。他們到達那裡時,布拉瑪佛轉身伸出手臂,做出環繞這整個地區的姿勢。

「歡迎來到小河谷,這裡是齊蘭朵妮氏第十四洞穴的家園。」他說。

寬敞的岩洞前面是個很大的岩廊,兩側各有一條坡道可以進入。沿著牆面刻出來的狹窄短階梯與坡道相連。岩壁上方的小洞被稍微加大,可以用來監視或當作排煙孔。石造庇護所前方的一部分被一堆石灰岩碎屑形成的牆所遮蔽,可以不受惡劣天候侵襲。

第九洞穴的訪客受邀進入小河谷聚落的主要生活空間,對方端出已經泡好的茶。嘗了一口後,愛拉斷定那是洋甘菊。沃夫受好奇心驅使,很想探索這個新的岩石庇護所——或許愛拉的好奇心不亞於牠——但愛拉還是把牠留在身邊。當然每個人都知道狼會服從這女人,許多人也已經從遠處見過牠。她很清楚讓牠待在他們家中會讓牠焦躁不安。

她把沃夫介紹給布拉瑪佛的妹妹和他們的齊蘭朵妮,其他人在一旁觀看。即使第九洞穴和第十四洞穴關係很友好,這位陌生人愛拉才是眾所矚目的焦點。在做了幾次正式介紹,眾人又喝了一次茶之後,訪客陷入尷尬的沉默,不知道接下來該做或說些什麼。約哈倫看著向外通往主河的路,心急如焚。

「妳想不想看看小河谷其他地方,愛拉?」布拉瑪佛說。此時看得出來約哈倫很急著要走。

「好,我想看。」她說。第九洞穴的訪客鬆了一口氣。他們和第十四洞穴的幾個人排成一列,從牆邊刻出的樓梯往下走,孩子們蹦蹦跳跳走在前面。最大的庇護所是第十四洞穴主要的家,不過他們也使用面南岩壁底部另外兩個相鄰的小型岩石庇護所。

他們在一個小庇護所前面幾公尺前停了下來。「這裡是鮭魚庇護所。」布拉瑪佛說著，領他們進入一個直徑約六公尺、幾乎呈圓形的小空間。

他往上一指，愛拉看到圓拱形的洞頂上以淺浮雕刻著一隻與實物同樣大小的鮭魚，差不多一百二十公分長，那是隻鉤狀下巴的雄鮭魚，正游往上游產卵。這還只是這幅複雜畫面的部分，其他的圖案包括用七條線分隔的長方形，一匹馬的前腳，幾個謎樣的記號和雕刻，以及從黑色背景中隱約浮現出的凹陷手印。

他們快速參觀了小河谷的其他地方。西南方是一個非常寬廣的洞穴，位於大岩石庇護所的對面，而南邊有個在小岩洞前方敞開的岩架，岩洞經由一個約二十公尺的長形隧道延伸到岩壁內部。洞穴入口右邊一個天然的小階地上刻著兩隻輪廓線生動的原牛，以及一個隱約可見是犀牛的圖案。

這些小河谷內所有渾然天成的地方讓愛拉留下深刻的印象，而且她對此毫不掩飾。布拉瑪佛和第十四洞穴的人對他們的家園深感驕傲，而且很高興能展示給不吝於表達讚賞的愛拉。他們也漸漸習慣了這隻狼，尤其愛拉一直很小心讓沃夫在她的控制之下。有幾個人勸這些訪客留下來用餐，就算不是所有人，但至少愛拉要留下來。

「我很想，」愛拉說：「不過不是這次。我很樂意下次再來。」

「那麼，妳走之前我想帶妳去看攔魚壩。」布拉瑪佛說。「在去主河的路上。」

眾人集合起來。他帶領連訪客在內的這一大群人，來到建在魚溪裡、固定在溪中的攔魚壩。流經狹窄河谷的水道，是成年鮭魚每年回來產卵的溪流。只要依需要做出不同的調整，攔魚壩就能有效捕捉到許多同樣受這條溪流吸引而來的他種魚類。不過最大的收穫是巨大的鮭魚，長度可達約一點五公尺，而一般成年雄鮭魚也有約一點二公尺長。

「我們也製作魚網來捕魚，特別是主河裡的魚。」布拉瑪佛說。

「我的族人住在靠近內陸海的地方。有時他們會到流經洞穴附近的河口，用網子捕鱒魚。抓到雌魚他們最開心，因爲他們特別愛吃黑色的小小魚卵。」愛拉說。

「我們去拜訪住在西邊大水附近的那些人時，我吃過鱒魚卵。」布拉瑪佛說。「很好吃，但是鱒魚通常不會跑到這麼上游來，不過鮭魚當然會。鮭魚卵也很好吃，它比較大，顏色很明亮，幾乎是紅色的。不過比起魚卵，我還是比較愛吃魚。我想鮭魚喜歡紅色。妳知道雄鮭魚游往上游時會變成紅色嗎？鱘魚我就不那麼清楚了。我知道牠們可以長得很大。」

「喬達拉抓過一隻我見過最大的鱘魚。我想牠有喬達拉身高的兩倍長。」愛拉說著，轉身對這高大的男人微笑，然後眨了眨眼又加了一句：「牠拖著他跑了好一陣。」

「除非妳打算留在這兒，否則我想喬達拉得之後再說這個故事了。」約哈倫插話道。

「是啊，以後再說吧。」喬達拉說。這故事有點令人尷尬，反正他也不怎麼想講出來。

眾人走回主河時繼續談論捕魚的話題。

「如果想自己抓魚，一般人通常會用釣魚竿。你知道這要怎麼用吧？」布拉瑪佛問。「你把一小片木頭的兩端削尖，在中間綁條細繩，」他熱心解釋著，邊說邊用手比畫。「我通常會掛個浮標，另一頭綁根竿子。把蚯蚓綁在釣魚竿上，讓牠懸在水裡，然後看著牠。運氣好的話，當你看到咬動的跡象，一陣猛力拉扯，釣魚竿會水平橫跨魚的喉嚨或嘴，兩個尖頭卡在兩端。即使是小孩子也能使用得很好。」

喬達拉微笑著。「我知道，小時候你教過我。」他說，然後看著愛拉。「別讓布拉瑪佛談起釣魚。」這位頭目有些不好意思。「愛拉也捕魚，布拉瑪佛。」這男人對愛拉微笑。「她可以徒手捕魚。」

「是的，她跟我說過。」布拉瑪佛說。「那樣捕魚一定很難。」

「你必須很有耐心，不過並不難。」愛拉說。「下次我示範給你看。」

離開小河谷窄小的峽谷後，愛拉注意到構成第十四洞穴小溪谷北面那塊叫做巨石的龐大石灰岩塊高聳入雲，然而與高岩不同的是，它並沒有擠向主河。往前幾公尺，小路逐漸變寬，同時排列在右岸的高大石灰岩牆從河流邊緣向後退去，最後一大片土地將石牆和奔流的河水分開。

「這裡叫做聚會場。」喬達拉說。「這是附近所有洞穴的人共同使用的另一塊地方。當所有人都想聚在一起，例如舉辦一場慶典，或一場讓所有人知道某件事的集會時，這個地方就夠大，可以容納所有人。有時我們在大型狩獵後會用它來曬乾準備過冬的肉。我想假使這裡有個岩石庇護所或無人使用的洞穴，那麼早已有人宣稱它的所有權，不過目前任何人都可以使用。大家多半是夏天來，有帳篷就夠用了，能在這裡待上幾天。」

愛拉望向對面的石灰岩牆。雖然岩壁表面沒有可供使用的岩洞或深洞穴，但它卻被岩架和裂縫切割開，小鳥在縫隙間築巢。

「小時候我常爬這面牆。」喬達拉說：「這裡有各式各樣的瞭望點，以及主河河谷的壯觀景色。」

「現在的小孩子還是常爬上這裡。」威洛馬說。

過了聚會場，在第九洞穴下游不遠，另一片隆起的石灰岩壁向主河聚擁而來。此處自然作用力侵蝕岩壁，形成如腫塊般的圓形石灰岩表面，向上升高。和所有石灰岩壁與懸頂一樣，這裡的石頭是溫暖的自然黃色調，其中夾雜黑灰色條紋。

小徑從主河攀爬上一條陡坡，來到一片大而平坦的岩廊。岩廊從一排堅固的岩石庇護所中延伸出來，沒有遮蔽懸頂的陡峭岩牆將這些庇護所分隔開來。從南邊可以看見一些生皮革和木頭的建築物位於岩石庇護所的突出懸頂下方。它們以長屋的格局建造而成，中間有一排和岩牆平行的火堆。

岩廊北端有兩個相當大的岩石庇護所，相隔約五十多公尺，它們幾乎與第九洞穴巨大的懸頂岩石庇護所相鄰，但因爲岩壁彎曲的走向，這兩個庇護所沒有朝南，讓愛拉覺得這地方沒那麼理想。她往下看，越過一條從石廊邊緣流出的湧泉溪，就是第九洞穴前廊的南端，她發現這岩架的海拔略高了一些。

「有哪個洞穴的人住在這裡？」愛拉問。

「這裡沒有人住。」喬達拉說：「它叫做下游地，或許是因爲它剛好在第九洞穴下游。從後牆冒出的泉水流穿石廊，形成第九洞穴和下游地之間的天然區隔。我們蓋了一座橋連結這兩個地方。第九洞穴可能比其他洞穴更常使用這裡，不過所有洞穴的人都會來用。」

「這裡是用來做什麼的？」愛拉問。

「用來製造東西。這是個工作場所。大家來這裡製作工藝品，尤其是使用堅硬材質的工藝。」

於是愛拉注意到，整個下游地的平台，尤其在兩個最北邊的岩洞裡面和周圍，散布著四處丟棄著象牙、骨頭、鹿角、木頭，以及敲擊燧石和製作工具留下來的石頭，還有打獵的武器和各式各樣的器具。

「喬達拉，我要走在前面。」約哈倫說：「我們快到家了。我知道你想留在這裡告訴愛拉下游地的事情。」

第九洞穴的其他人和他一起走。此時已是黃昏，很快就要天黑了。

「一開始這些岩石庇護所多半是製作燧石器具的人在使用的。」喬達拉說：「製作燧石器具的同時會留下許多尖銳的碎片，因此最好把這些碎片集中在一個地方。」接著他四處打量，看到正在製作中的刀子、標槍頭、刮刀、叫做雕刻刀而類似鑿子般的工具，還有以堅硬矽質石頭做出的其他武器和工具，製作過程中所產生的碎屑和薄片散得到處都是。「好吧，」他笑著。「至少原本的想法是這樣。」

他告訴她，在這裡製作的石頭工具，多半會被拿到第二個岩石庇護所去，裝上用其他木頭或骨頭等材質做成的把手，然後其中許多器具都會用來製作同樣堅硬材質的物品，不過並沒有硬性規定什麼東西必須在哪裡製作。它們常常是一起做出來的。

例如，把燧石做成刀子的工匠，常與製作把手的人密切合作。或許他必須把刀片底端削去一些，才能與把手更密合，或者建議對方修飾或削薄把手增加刀子的平衡。有時製作骨製標槍頭的人可能請燧石匠把某個工具削尖，或提出重新製作的方法，讓工具更好用。也或者是裝飾把手或標槍桿的雕刻匠想要一個特別的鑿子尖頭，而只有技巧純熟、經驗豐富的燧石匠，能以正確的角度把燧石工具的尖端給拆下來，達到他們想要的結果。

喬達拉問候了幾個還在第二個岩石庇護所平台北端工作的工匠，將他們介紹給愛拉。這些人心懷警戒地看沃夫，不過等牠和這對男女經過後又繼續工作。

「天色漸漸晚了，」愛拉說：「這些人要在哪裡睡覺？」

「他們可以到第九洞穴去，不過他們可能會生火熬夜，然後在我們經過的第一個庇護所下面的小屋過夜。」他解釋道。「他們想在明天之前做完。如果妳還記得的話，今天稍早這裡有更多工匠。其他人已經回家，或是到第九洞穴的朋友那裡去住。」

「每個人都會來這裡工作嗎？」愛拉問。

「每個洞穴在他們的居住空間附近都會有一個類似的工作區，通常比較小，不過當工匠有疑問或有想法要付諸實行時，就會來這裡。」喬達拉說。

他繼續解釋，如果年輕人對某種特殊工藝產生興趣，有意學習時，也會被帶來這裡。這裡很適合討論事情，例如不同地區的燧石品質和最合適的各種用途。或者他們會針對處理任何事情的技術進行意見交流，例如怎麼用燧石斧砍樹，或從猛獁象嘴裡取出一塊合適的象牙，或是從鹿角上切一根尖叉下來，或在貝殼或是牙齒上鑽洞，或製作珠子、將珠子穿孔，以及做出骨製標槍頭的大致形狀等等。這個地方可供討論如何取得原料，以及規畫取得原料的行程或交易。

不只如此，這裡還是個閒聊的好地方，談論誰對誰有興趣，誰和配偶或配偶的母親相處有問題，誰的女兒、兒子或火堆地盤子女剛學會走路或說出一個新字，做了一個工具，或找到一大籃莓子、追蹤一隻動物，或第一次殺死動物。愛拉馬上就了解到，這是可以同時從事正式工作和增進族人情誼的地方。

「我們最好在天色太黑找不到路之前離開。」喬達拉說：「更何況我們沒帶火把。此外，如果明天要去打獵，我們也需要幾樣東西，而且我們會一大早就出發。」

此時太陽已經西沉，最後幾束微弱的光線爲頭頂的天空染上一抹顏色。他們終於往下走，來到湧泉溪上方的那座橋。他們過了橋，就到達岩石庇護所盡頭，這裡是齊蘭朵妮氏第九洞穴，是喬達拉和他族人的家。腳下的路逐漸平坦之際，愛拉發現幾個火堆地盤的火光映照在石灰岩懸頂的側面，這眞是個令人愉快的景象。儘管這些代表她性格特點的動物靈庇佑著她，但只有人是唯一會用火的生物。

第十二章

他們聽到有人輕敲門柱時，天還是黑的。「齊蘭朵妮亞正在準備狩獵儀式。」有人在門外說。

「我們就來了。」喬達拉悄聲說。

他們已經醒了，但還沒穿好衣服。愛拉努力抑制住輕微的反胃，正決定該穿什麼衣服，其實能選擇的也不多。或許她能從今天的獵物中得到一兩張皮革。她再次看著無袖束腰上衣和長至小腿的裹腿，那套瑪羅那給她的男孩內衣。有什麼關係？這套衣服穿起來很舒服，而且今天再晚一些或許會很熱。

看著她穿上瑪羅那給她的衣服，喬達拉一句話也沒說。畢竟那是送她的禮物，她想在什麼場合穿都行。他抬起頭，看到他母親從她睡房中走出來。

「母親，希望我沒吵醒妳。」喬達拉說。

「你沒吵醒我。雖然已經好多年沒打獵了，但是出發前我還是相當興奮。」瑪桑那說。「我想就是因爲這樣我才喜歡參與計畫和儀式。我也會去參加儀式。」

「我們倆都會去。」威洛馬說著，從分隔睡房和住處其他空間的屏風後面走出來。

「我也要去。」弗拉那說。她睡眼惺忪，頂著一頭亂髮，從她屏風邊緣四處張望。她打了個哈欠，揉揉眼睛說：「我只需要點時間把衣服穿好。」突然間她瞪大了眼睛。「愛拉！妳要穿那件衣服嗎？」

愛拉低頭看看自己，然後挺直身體。「這件衣服是送我的『禮物』，」她語氣中帶著一絲防衛的火藥味。「我打算穿它。更何況，」她笑著加上一句，「我的衣服不多，穿上這件很方便活動。寒冷的早晨披著斗篷或毛皮很溫暖，但是之後天氣會變熱，穿這件衣服涼快又舒服。這眞的是一套很實穿的衣服。」

一陣尷尬的沉默之後，威洛馬呵呵笑著說：「你知道嗎？她說的沒錯。我從來沒想過把冬天的內衣當成夏天的打獵裝穿，但是有何不可呢？」

瑪桑那仔細打量愛拉，然後對她露出慧黠的微笑。「如果愛拉穿這件套衣服，大家將會議論紛紛，年長女人會不以爲然，但在這種情況下，有些人會覺得她做得沒錯，等到了明年的這時候，有一半年輕女人都會穿同樣的衣服。」

喬達拉顯然鬆了口氣。「妳眞的這麼想嗎，母親？」

看到愛拉穿那件衣服時他不知道該說什麼。瑪羅那給她這件衣服只爲了讓她難堪，但是他心中閃過一個念頭，如果他母親說的沒錯——在這類事情上，瑪桑那通常是對的——瑪羅那不只會感到困窘，而且想忘也忘不了。每當看到有人穿著這種服裝，就會使她想起不是所有人都喜歡她那惡意的把戲。

弗拉那目瞪口呆，看看她母親又看看愛拉，然後再轉頭望著母親。

「如果要去的話，妳最好動作快一點，弗拉那。」年長女人嚴厲地對她說：「天快亮了。」

在等弗拉那換衣服時，威洛馬從烹煮區內儲備的火堆中點起一支火把。愛拉教他們如何用燧石和黃鐵礦點火的那晚，他們走進漆黑一片的住處後，準備了好幾支這樣的火把。弗拉那一邊用皮繩把頭髮繫在腦後，一邊走出來，然後他們把皮門簾推向一邊，悄悄走到外面。他們走向跳躍的火光，朝石頭前廊的方向前進，此時愛拉彎身摸摸沃夫的頭，在黑暗中示意牠緊跟在她身邊。

當瑪桑那住處包括沃夫在內的所有成員出現時，好些人已經聚集在前方的岩架上。有些人手握石燈，照射出的光線只夠讓他們在黑暗中找到路，不過卻可以燃燒久一點。有些人拿著火把，光線比較亮，但較快燒光。

他們等了好一會兒，更多人加入他們，接著整群人開始朝洞穴南端前進。剛出發時，很難辨認出每個人的臉，甚至看不出他們要去哪裡。有些人拿著火把照亮他們身旁的空間，但火光之外的每樣東西卻顯得更漆黑。

他們沿著岩架走去，經過第九洞穴岩壁懸頂下無人居住的區域，來到分隔第九洞穴與下游地之間的小溝渠，一路上愛拉一直握著喬達拉的手臂。這條流經溝渠的小溪——從背牆中湧出的新鮮泉水——提供至此地工作的工匠便利的水源，也是第九洞穴的人在惡劣天候中可以額外使用的水源。

舉火把的人站在橋的兩端，這座橋通往下游地的岩石庇護所。在搖曳的火光中，每個人都小心翼翼走在以圓木捆緊、橫在小溝渠上的橋。愛拉想，天空已經開始由一片漆黑轉爲黎明前的藍黑色，這顏色變化是破曉的第一個徵兆。然而星辰仍舊布滿夜空。

下游地的兩個大庇護所裡沒有火焰，最後一批工匠也早就回到過夜的小木屋。狩獵的一行人經過小木屋，然後繼續走下陡降的小路，到達高岩與主河之間的聚會場。他們大老遠就看得見聚會場中央的大型烽火以及外圍的人群。他們靠近時，愛拉發現烽火和火把一樣，火光照亮了四周，但火光範圍之外卻伸手不見五指。夜晚有火是最好的，但還是有它的限制。

他們和幾位齊蘭朵妮見面，包括第九洞穴的首席大媽侍者。這位碩大的女人問候他們，並告訴他們儀式舉行時該站在哪裡。她離去時，她那寬闊的身形幾乎把火光給遮住了，不過也只有一會兒的時間。

更多人來到這裡。愛拉在火光中認出布拉瑪佛，才曉得這群人是第十四洞穴的人。她抬頭望了一眼，發覺天空完全轉爲深藍色。另一批舉著火把的人群抵達，卡拉雅和曼佛拉爾在人群中。第十一洞穴和第三洞穴也來了。曼佛拉爾向約哈倫點頭示意，然後向他走來。

「我想告訴你，我認爲我們今天應該獵巨角鹿，不要獵野牛。」曼佛拉爾說。「昨晚觀察員在你走後回來，他們說野牛已經離開陷阱附近，現在要把牠們趕進去可不容易。」

約哈倫看起來很失望，不過打獵的確總是需要隨機應變。動物四處遊走是爲了自己的需要，而不是給獵人方便。成功的獵人得要有適應的能力。

「好吧，我們去告訴齊蘭朵妮。」他說。

在信號之下，每個人都往烽火和聚會場後方之間面對背牆的一塊地區移動。悶熱的火與擁擠的人群使氣溫升高，愛拉恣意享受這溫暖的空氣。雖然在黑暗中，他們還是以相當快速的步伐走到聚會場，這樣運動已經讓她夠暖和了，但站在原地等待又使她開始覺得寒氣逼人。沃夫緊貼著她的腿，牠不喜歡有這麼多人和牠靠得這麼近。愛拉跪下來安撫牠。

他們身後的巨大烽火映照在岩石粗糙的垂直表面上，火光舞動著。突然間響起一陣高亢的嗚咽聲和鼓的斷奏聲。接著她聽見另一個聲音，令她頸背上寒毛豎立，背脊發涼。之前她只聽過一次類似的聲音……在穴熊族大會上！她永遠忘不掉吼板的響聲，那是召喚幽靈的聲音！

她知道這聲音是如何產生的。它發自於一塊用木頭或骨頭做成的橢圓形扁平板子，一端有洞讓繩子穿過。用繩子甩動這東西，就能發出令人毛骨悚然的嗚咽嚎叫聲。即使知道聲音如何產生也改變不了它造成的效果；這種聲音唯有來自幽靈的世界。然而使她打冷顫的並非吼板的聲音，而是齊蘭朵妮氏用以召喚幽靈的儀式，竟然和穴熊族的一樣！

愛拉挨近喬達拉，希望能感受到他在身旁所帶來的安全感。接著照在牆上的火焰中有個晃動的影子引起她的注意，那並不是火光。頂著巨大掌狀鹿角、脊椎間突起的巨角鹿影子在火影間跳動。她轉身回頭看卻什麼也沒看見，還以爲這鹿影是自己的幻想。她又轉回頭面對牆壁，頂著鹿角的影子又跳了出來，接著是頭野牛。

吼板的聲音逐漸減弱，但又響起另一個聲音。一開始這聲音低沉到她幾乎沒有察覺。接著低沉的嗚咽聲強度漸增，同時又開始了一陣節奏強烈的隆隆聲。兩種聲響愈變愈大，反彈至後牆而回響起的隆隆聲和嗚咽聲交織在一起。愛拉的太陽穴隨著規律的敲擊聲震動，她的心臟猛烈跳動的聲音以同樣的節奏和音量傳到耳裡。她的四肢彷彿結成冰，雙腳無法移動；她全身動彈不得，出了身冷汗。接著，敲擊聲戛然而止，嗚咽聲變成一串話語。

「噢，巨角鹿之靈，我們崇拜禰。」

「我們崇拜禰……」愛拉周圍的人重複這句話，不過聲音並不整齊一致。

背景的吟誦聲變得更大。

「野牛的靈，我們希望禰靠近。我們崇拜禰。」

「我們崇拜禰。」這一次所有獵人同時出聲。

「大地母親的孩子希望禰在這裡。我們召喚禰。」

「我們召喚禰。」

「永恆的靈魂，你不懼怕死亡。我們崇拜禰。」

「我們崇拜禰。」現在聲音愈來愈大。

「禰的生命已接近尾聲，我們召喚禰。」

話語的音調愈變愈高亢，充滿期待。

「我們召喚禰。」眾人的聲音繼續變大。

「把牠們賜給我們，不要哭泣。我們崇拜禰。」

「我們崇拜禰。」

「這是大地母親的心意，禰聽見了嗎？我們召喚禰。」

此時眾人的話語中傳達出迫切的要求。

「我們召喚禰。我們召喚禰。我們召喚禰！」

所有人都在大叫。雖然愛拉毫無意識，不過她加入眾人的叫聲。接著她注意到一個龐大的身形出現在粗糙的石牆上。模糊的黑影在牆的前方移動，逐漸形成一頭巨角鹿的樣子。曙光中出現一頭長著大鹿角的雄鹿，彷彿有生氣。

獵人繼續隨著隆隆鼓聲的節奏，以低沉單調的嗡嗡聲重複著：「我們召喚禰。我們召喚禰。我們召喚禰。我們召喚禰。」

「把牠們給我們！不要哭泣！」

「這是大地母親的心意。請聽！請聽！請聽！」喊聲幾乎變成尖叫聲。突然間出現一道光芒，彷彿開了一盞燈，一聲高亢的哀鳴傳來，最後以瀕死的喉音告終。

「她聽見了！」一句吟誦聲唐突出現，瞬間所有聲音都終止了。愛拉抬頭看，鹿已經不知去向。一開始沒有人說話或移動，接著愛拉才察覺到呼吸聲和腳步聲。獵人神情恍惚看著四周，好像才剛睡醒。愛拉吐出一口長長的氣，然後又跪下來擁抱沃夫。她抬起頭時看到波樂娃，手裡拿了杯熱茶要給她。

愛拉低聲道謝，感激地啜了口茶。她口渴了，而且她發現晨吐帶來的反胃感已經消失，雖然她不確定是何時停止的，或許是步行到聚會場的半路上吧。她、喬達拉和緊跟在她身旁的狼，與約哈倫和她的配偶走回泡熱茶的火堆，瑪桑那、威洛馬和弗拉那也過來了。

「愛拉，卡拉雅說她要給妳一副僞裝道具。」約哈倫說：「我們可以經過第十一洞穴時去拿。」

愛拉點點頭，她不太確定要怎麼使用僞裝來獵巨角鹿。

接著她環顧四周，看看還有誰參加狩獵群。她認出盧夏瑪和索拉邦，這在她意料之內。她早知道會看見頭目的參謀，約哈倫向來會尋求這兩人的協助。看到布魯克佛她吃了一驚，但接著又納悶自己爲什麼要感到訝異，他畢竟是第九洞穴的一員，憑什麼不能跟他們一起去打獵？然而看到瑪羅那的朋友波圖拉，她更訝異。不過這女人看到她時漲紅了臉，瞪了她一會兒，然後轉身走開。

「我不認爲波圖拉料得到她會看見妳穿這套衣服。」瑪桑那悄聲對愛拉說。

太陽爬上湛藍穹頂，眾獵人很快啓程，留下沒有參加打獵的人。他們朝主河前進，溫暖的陽光將儀式醞釀出的陰霾氣氛一掃而空，而清晨的輕聲細語，現在變爲較正常的音量，他們嚴肅卻信心滿滿地談論打獵。此次出獵任務或許不能保證成功，但藉由這熟悉的儀式，他們已和巨角鹿靈對話，也和野牛靈對話而以備萬一，同時使每個人的心神都貫注在打獵上。在聚會場背牆上現身的幽靈，更加深他們與靈的世界的精神連結。

河水中升起晨霧，愛拉可以感覺到空氣中的濕氣。她望向一旁，意想不到出現在眼前的瞬間自然現象，美得令她心曠神怡。樹枝、樹葉和小草上點綴著晨光，陽光從小水滴折射出來，稜鏡作用使植物上閃爍著耀眼的彩虹光芒。完美對稱、黏答答的蜘蛛網原本是掠食者用來捕捉獵物的工具，現在它細長的絲上捕到的，卻是一顆顆有如珠寶般凝結的水珠。

「喬達拉，你看。」她喚他注意眼前的美景。弗拉那也停下來，後面跟著威洛馬。

「我會把這當作是一切順利的象徵。」這位交易大師說著，露出深深的笑意，才又往前走。

主河漸寬處，河水奔騰四濺，流過鋪滿小卵石的河床，遇到較大的岩石時水流一分爲二，無法誘使大岩石加入湍急河水與粼粼波光的嬉戲舞蹈。獵人在寬闊的淺灘渡河，踩著一顆顆石頭渡過河水較深的河中央。有些大石頭在過去幾年裡，被漲水季節的洶湧波濤沖到河中，也有些是被自然力量帶來這裡塡補空隙。愛拉跟在其他人身後，思緒轉向即將到來的狩獵行動。接著，正要過河時她突然停了下來。

「怎麼了，愛拉？」喬達拉關切地皺著眉頭問。

「沒事，」她說；「我要回去把馬兒帶來，在獵人到達雙河石之前我會趕上。即使不用馬兒打獵，牠們還是能幫忙把獵物馱回去。」

喬達拉點點頭。「這主意很好，我跟妳去。」他說罷，轉向威洛馬。「請告訴約哈倫我們回去把馬騎來好嗎？要不了多久的。」

「走吧，沃夫。」愛拉說著，兩人朝第九洞穴走去。

不過回去時喬達拉沒有走來時的路。在到達聚會場之前，他沒有走那條往上通到下游地的斜坡路，再穿過岩架到達第九洞穴。他帶愛拉走庇護所前方沿著主河右岸一條雜草叢生、較少人使用的小徑。這小徑的走向隨主河橫越沖積平原時河道的轉折而改變，因此它的某幾段遠離岩架和主河之間的草原，而比較接近岩石前廊。

一路上有幾條小徑通往庇護所，愛拉記起其中一條是在討論穴熊族的冗長會議之後，她如廁的地方。這回憶讓她又想使用這地方；懷孕之後她排尿的次數增加了。沃夫聞了聞她的尿液，最近牠似乎對她排的尿更感興趣，她納悶著牠是不是曉得她快生寶寶了。

有些人注意到他們走回來，因此對他們招手或點頭示意。喬達拉確信這些人一定很好奇他和愛拉爲什麼回來，但他沒有回應。他們很快就會知道。到達一排岩壁的末端時，他們轉向木河河谷，愛拉吹了聲口哨，沃夫在前頭狂奔。

「你想牠知道我們要去找嘶嘶和快快嗎？」愛拉說。

「我想一定是這樣。」喬達拉說：「牠好像知道某些事，我總是因此大吃一驚。」

「牠們來了！」愛拉說，她的語氣中充滿了快樂。她發覺自己已經超過一天沒有見到馬兒，她很想念牠們。看到愛拉，嘶嘶發出嘶鳴，立刻揚起頭走向她，不過愛拉摟著牠的頸子時牠低下了頭。快快高舉尾巴、弓起頸子，發出一聲高亢的嘶鳴，輕快地跑向喬達拉，然後把最喜歡被撓抓的部位向著他。

「我很想牠們，但我猜牠們也很想我們。」愛拉說。他們問候彼此，愛拉和喬達拉幫馬兒抓癢、撫摸牠們，馬兒和沃夫互相碰觸鼻子之後，愛拉建議他們回去拿騎馬氈和嘶嘶的拖桿馬具。

「我去。」喬達拉說。「如果計畫今天要去打獵，我們最好快點動身，而且每個人都會發問。我想快點動身這句話由我來說比較好，如果是妳說的話，有人可能會誤解，因爲他們還不太認識妳。」

「我也不太認識他們。」愛拉說。「這是個好主意。我會徹底觀察馬兒，確定牠們一切都好。把籮筐也帶來，還有給沃夫喝水的碗。或許把鋪蓋捲也拿來，誰知道今晚我們會睡在哪兒呢。你可能要把嘶嘶的轡繩也拿來。」

他們倆在狩獵隊伍到達雙河石之前趕上了。他們沿著主河邊騎，渡河後沿著左岸的岸邊一路涉水而來。

「我正想著你們能不能在打獵前回來。」卡拉雅說：「我停下來幫愛拉拿了一副僞裝面具。」愛拉謝過她。

在雙河匯聚處，狩獵隊伍轉向青草河谷。齊莫倫和第二洞穴與第七洞穴的一些人也加入他們，這些人沒有參加聚會場的儀式，而是在上游等待。等其餘的獵人到達他們這裡時，他們停下來舉行狩獵策略會議。愛拉和喬達拉從馬上下來，靠近人群聆聽會議內容。

「……瑟佛娜說兩天前野牛朝北走，」曼佛拉爾正說道：「看起來牠們今天好像會走到不錯的位置，不過牠們改變方向朝東走去，遠離了圍欄。瑟佛娜是我們最優秀的觀察員，她看得比任何人都遠，而且她已經觀察這群野牛一段時間了。我想牠們近期內會走到適合趕入圍欄的位置，但或許不是今天。因此我們認爲巨角鹿會是比較好的選擇。之前牠們在此處的上游飲水，現在牠們正在靠近高草的地方嚼食多葉植物。」

「有多少頭鹿？」喬達拉問。

「三頭成年的雌鹿，三頭一歲的公鹿，四頭有斑點的小鹿，還有一頭長著大角的雄鹿。」瑟佛娜回答：「典型的小型鹿群。」

「我希望能獵回幾隻動物，但我不想全部都獵，所以才想獵野牛。牠們都是成群行動。」約哈倫說。

「除了巨角鹿和馴鹿，大多數的鹿根本不會成群移動。牠們喜歡樹木和林木茂密的地方，比較容易躲藏。你只會看到寥寥幾頭公鹿，或一兩頭雌鹿或是幼鹿。很少看到很多頭，除非在交配季節。」瑟佛娜說。

愛拉確定約哈倫知道這點，但瑟佛娜年紀尚輕，對於她觀察而來的知識深感驕傲。約哈倫讓她敘述她學到的知識。

「我想我們應該放過雄鹿和至少一頭母鹿，還有牠的幼鹿，如果能確定哪頭幼鹿是牠的。」約哈倫說。

愛拉認爲這個決定相當好。她再次發覺自己對約哈倫的印象更好，因此更仔細觀察他。喬達拉的哥哥幾乎比他矮一個頭，然而由他健壯結實而有力的身軀看來，他的力氣不輸大多數男人。第九洞穴是個龐大、有時難以管束的洞穴，其領導重任就落在約哈倫的肩上，而他散發出自信心。愛拉部落的頭目布倫一定能了解他，她心想。他也曾是一位優秀的頭目……不像布勞德。

多數她見過的齊蘭朵妮氏頭目看來都很稱職。洞穴的人通常都能妥善選擇他們的頭目，但是假使約哈倫不能克盡職責，他們只要換上一位更適任的頭目就行了。收回頭目的領導權無須任何規定和正式儀式，他就只是失去追隨者的支持而已。

但是布勞德不是被選出來的，愛拉突然發覺。從他出生的那一刻起，他就被任命爲下一個頭目。就因爲頭目的配偶生下他，眾人便相信他擁有頭目的記憶。或許他有，但所占的比例不同。某些領導能力的特質，在布勞德身上特別顯著，例如驕傲自大、下命令的能力和要求他人尊敬自己等。布倫的驕傲來自於他部落的成就，這成就也贏得眾人對他的敬意。因爲他注意觀察族人後才做決定，所以才能領導有方。布勞德的驕傲卻是膨脹到傲慢的程度；他喜歡指使他人做事，卻不適時傾聽諫言，而且他希望別人崇拜的是他自己的豐功偉業。雖然布倫試圖幫助他，布勞德卻始終無法成為像布倫那樣的頭目。

會議解散後，愛拉悄聲對喬達拉說：「我想騎在前頭，看看能否找到野牛。如果我問瑟佛娜她最後一次在哪裡看到野牛，你想約哈倫會不會介意？」

「不，我想他不會。但妳何不自己問問他？」喬達拉說。

他們倆一起走向頭目，當愛拉把計畫告訴他時，他說他正要問瑟佛娜同樣的問題。「妳認為妳能找出那些野牛的位置嗎？」他問。

「我不知道，但牠們好像在不遠處，嘶嘶跑得比人快得多。」愛拉說。

「但我以為妳說想跟我們一起獵巨角鹿。」約哈倫說。

「我是這麼想，但我想我可以先在前方偵察，但還是能及時和你們在獵鹿的地方會面。」她說。

「好吧，知道野牛在哪裡也無妨。」約哈倫說。「我們來問問瑟佛娜牠們在哪。」

「我想我跟愛拉一起去好了。」喬達拉說：「她對這個地區還不太熟，她可能不知道瑟佛娜指出的方向。」

「去吧，但我希望你們能及時趕回來。我想看你們如何用標槍投擲器獵鹿。」約哈倫說：「如果它的效果有你們說的一半，那打獵的結果可就大不相同了。」

問過瑟佛娜之後，愛拉和喬達拉向前急馳，沃夫在後面大步奔跑，其他獵人繼續沿著青草河谷往上游走。齊蘭朵妮氏的領土是一片景致動人的鄉野，陡峭的岩壁、寬闊的河谷、綿延起伏的山丘和隆起的高原等，如浮雕一般分布其上。河流有時蜿蜒流過草原和野地，成列的樹木沿河岸森然林立，有時河流也流經高聳的岩壁。住在這裡的人已習慣多變化的地景，他們在其中行動，不以為意。無論是必須攀爬陡峭的山腰或攀登幾乎垂直的岩壁，跳過滑溜的石頭渡河或逆流游泳，又或是在岩壁和洶湧河水之間的小路上以單行縱隊前進，而後到達開闊平原時散開隊伍，他們都甘之如飴。

獵人分散成幾個人一組的小團體，穿過河谷開闊草地上幾乎及腰的綠草地。約哈倫一直在觀察他弟弟和他那些古怪的隨行者——外地女人、兩匹馬和一隻狼——是否歸隊，他希望他們及時回來加入打獵的隊伍，雖然他知道結果沒有太大不同。獵人這麼多，動物這麼少，毫無疑問他們能獵到想要的動物。

看到雄鹿巨大無比的鹿角時，上午已經過了一半。眾獵人停下來討論該如何部署。聽到馬蹄聲，約哈倫轉頭看。雖然並非刻意安排，但愛拉和喬達拉回來的時機正好。

「我們找到牠們了！」躍下馬背，喬達拉興奮地低聲對約哈倫說。要不是注意到巨角鹿和他們離得很近，他一定大聲叫出來。「牠們又改變方向，朝圍欄前進了！我敢說我們一定能把牠們盡快朝那個方向趕過去。」

「但是牠們離得多遠？」約哈倫問。「我們得走路去，其餘的人沒有馬可騎。」

「不太遠，圍欄是第三洞穴的人挖的，離這裡不遠。你們不用費太大的力氣就到得了。」愛拉說：「如果你比較想獵野牛，你獵得到，約哈倫。」

「事實上，大哥，你可以兩種都獵。」喬達拉說。

「我們已經在這裡了，你眼前的一頭鹿比遠方圍欄的兩頭野牛划算得多。」約哈倫說：「可是如果花的時間不多，我們或許可以之後再想辦法獵野牛。現在，你想不想一起獵鹿？」

「我想。」喬達拉說。

「我也想。」愛拉幾乎同時說：「喬達拉，我們把馬兒拴在小溪邊的樹上吧。或許我也該把沃夫拴起來。打獵會讓牠太興奮，想要『幫忙』，但牠會對其他獵人造成困擾，或是如果他不知道該做什麼，也會妨礙我們。」

其他獵人決定戰略時，愛拉仔細研究這一小群鹿，她特別注意公鹿。愛拉回想起她第一次看到完全成年的巨角公鹿時的情景。這一頭公鹿和那時的差不多，牠的高度比馬肩胛骨隆起處還高一些。當然牠沒有猛獁象那麼大，不過牠們會被稱為巨角鹿是因為在所有種類的鹿之中，牠們看起來最為雄偉。然而震懾人的倒不是牠的體型，而是牠的鹿角大小。從牠頭上長出的厚重掌狀鹿角會逐年脫落、愈長愈大，一頭成年公鹿的鹿角可達約三點六公尺長。

愛拉把鹿角的長度，想成是兩個像喬達拉一樣高的男人、一個站在另一個肩膀上的高度。許多牠們的近親偏好在森林中活動，然而巨大的鹿角卻使牠們無法仿效。巨角鹿是生活在開闊平原上的鹿。雖然牠們也吃草，尤其愛吃各種各樣高草頂端的嫩葉，吃得比其他種類的鹿多，但有機會牠們也會吃靠近溪流邊的小灌木和小樹，以及草本植物。

巨角鹿完全長成後，雖然牠們的骨架不會再長大，但繼續生長的龐大鹿角卻造成公鹿每一季都會增加高度和寬度的假象。為了支撐如此龐大的鹿角，巨角鹿必須長出結實的肩頸肌肉，這些部位的確會為了配合逐年變大的鹿角重量，隨時間略微增大，也因此在肩胛骨上演化出一塊獨特的隆起背脊，肌肉、筋腱和結締組織都匯集在此。背脊顯示出這個物種的基因演化。即便是母鹿也有小但明顯的背脊。然而這龐大的肌肉組織卻使得巨角鹿的頭相形之下顯得很小，冠上巨大鹿角的公鹿，牠們的頭尤其顯得不成比例的小。

幾個頭目討論獵鹿策略時，也把偽裝面具拿了出來，接著約哈倫和另外幾個人傳遞皮袋中的油脂給大家。聞到難聞的氣味，愛拉皺起鼻子。

「這是鹿腿裡的麝香做成的，再混合尾巴上端的油脂。」喬達拉告訴她：「萬一風向突然改變，它可以掩蓋我們的體味。」

愛拉點點頭，把油脂混合物塗抹在手臂、腋下、腿和胯下。喬達拉戴上偽裝面具，愛拉也費力戴上她自己的面具。

「我告訴妳怎麼戴。」卡拉雅說。她已經戴好了她的。

這女人告訴她該怎麼戴上這塊像帽子一樣的皮革，上面還連著一個鹿頭。她拿起綁在另一個頭罩上的鹿角，不過卻不知道多出的木頭零件是做什麼用的。

「這好重喔！」愛拉說。她戴上鹿角時，很驚訝它竟然這麼重。

「這還是比較小的角，從年幼的雄鹿身上取下來的。妳可不希望那頭大雄鹿認爲妳是牠的敵人。」卡拉雅說。

「妳移動的時候怎麼保持鹿角的平衡？」愛拉邊說著，邊設法把鹿角調整到合適的位置。

「這就是這東西的用途。」卡拉雅說著，用木頭支撐物把笨重的頭飾撐起來。

「難怪巨角鹿的脖子這麼粗，」愛拉說：「牠們需要靠肌肉才能把鹿角舉起來。」

這些獵人頂著風前進，風將人的體味從鹿敏感的鼻子旁吹散。看到鹿之後他們停下來。巨角鹿正在嚼食矮灌木叢上的嫩葉。

「妳看牠們，」喬達拉輕聲說：「看牠們是不是吃一會兒，然後抬起頭？接著牠們會向前走幾步，再開始吃。我們要模仿牠們的動作。向牠們靠近幾步，然後低下頭，假裝妳是頭剛看到鮮嫩多汁葉子的鹿，想停下來吃一口。接著抬起頭，這時候妳要站著一動也不動。不要直接看那頭大公鹿，但是要注意牠的動向，還有妳看到牠在注視妳時，不要動。」

「現在我們要散開成和鹿群一樣的隊形。接近牠們時，我們要讓牠們以爲我們只是另一群鹿。盡可能別讓牠們看見標槍，移動時把標槍豎直，藏在妳的鹿角後面，還有不要移動得太快。」

愛拉全神貫注聆聽指示。這眞是有趣。她花了好幾年時間觀察野生動物，特別是肉食動物，不過也有她獵捕的動物。她仔細研究牠們，汲取每一個細節知識。她靠自己的力量學會追蹤動物，最後也學會獵捕動物，不過她從來沒有假裝成動物。她先看其他獵人的動作，然後再仔細觀察鹿群。

在成長過程中學會如何理解穴熊族的手勢和動作，給她帶來一項優勢。她眼神銳利，善於觀察細節和動物最微小的動作。看牠們搖著頭趕走嗡嗡作響的蟲子，她馬上就學著模仿這個動作。她不自覺地測量動作進行的時間，判斷牠們低下頭的時間有多久，抬頭四處看的時間又有多久。這新的打獵方式讓她很興奮而且著迷。跟其他獵人一起向他們的獵物移動時，她覺得自己彷彿成了一頭鹿。

愛拉選了一頭她打算當作目標的鹿，然後緩慢移向牠。一開始她想，或許她要試著獵捕一頭肥嘟嘟的雌鹿，但最後決定想要鹿角，因此她改變主意，選擇小公鹿。之前喬達拉曾告訴她，獵得的肉會被分給所有人，但皮革、鹿角、筋腱和其他可能有用處的東西都屬於捕殺動物的獵人。

當獵人幾乎移動到鹿群中間時，她看到約哈倫做出一個預先安排好的指令。所有獵人迅雷不及掩耳抓起標槍；愛拉和喬達拉把他們的標槍架上標槍投擲器。她知道她老早就可以擲出標槍，只是大多數獵人都沒有標槍投擲器，只有她使用的話，會在其他人移動到近得能夠投擲的距離之前嚇跑鹿群。

約哈倫看到每個人都準備好了，他又快速下了另一個指令。所有獵人幾乎在同一時間猛力擲出手上的標槍。幾頭巨角鹿驚嚇地揚起頭四處奔竄，還搞不清楚狀況時就已經被刺中。驕傲的公鹿發出一聲嗚叫做為逃跑的信號，但只有一頭雌鹿和牠的幼鹿跟著牠。一切發生得太快、太出乎意料，這頭公鹿跳開時，其他的鹿使盡力氣想邁開步伐，但卻踉踉蹌蹌、跪倒在地。

獵人前去檢查他們的獵物，基於慈悲將可能還活著的動物迅速了結。每個人的標槍都有裝飾做為記號，可以很清楚辨認出標槍屬於誰。無論如何每個獵人都認得自己的武器，但可供辨別的標記卻能免除疑慮，避開紛爭。如果有一個以上的標槍刺中同一個目標物，他們會設法決定是哪個標槍將動物殺死。如果不好判斷，雙方都能擁有獵物，一起均分。

他們迅速判定愛拉較小而輕的標槍刺中小公鹿。有些獵人知道這頭年輕的公鹿在他們朝鹿群接近方向的對面、離鹿群稍遠的地方吃著一株低矮的灌木叢。這目標不容易命中，顯然也沒有別人嘗試，至少獵物上沒有另一支標槍。眾人談論的不僅是這項長距離的武器，還有愛拉使用的技巧，他們想知道到底需要多少練習才能擲得像她那麼好。有些人願意嘗試，但看到這成功獵捕行動的其他人，不確定他們是否有需要費這番功夫。

曼佛拉爾走向約哈倫和第九洞穴其他幾個人，包括喬達拉和愛拉。「你們觀察到的野牛情形如何？」他問。

打獵的計畫與準備累積出一股急切的渴望，然而跟蹤與獵殺鹿群的過程快又有效率，使得獵人體內還留有尚未耗盡的精力。

「野牛群又往北移動，朝圍欄的方向去了。」喬達拉說。

「你眞的認爲今天牠們可能會靠得夠近，讓我們利用圍欄獵捕嗎？」約哈倫問。「天色還早，要是能獵幾頭野牛也不錯。」

「我們一定能讓野牛靠得夠近。」喬達拉說。

「要怎麼做？」卡拉雅說。喬達拉發現她語氣中的嘲諷意味不像前一天那麼強了。

「曼佛拉爾，你知道圍欄在哪裡嗎？」喬達拉說。

「知道，但瑟佛娜可以比我說得清楚。」曼佛拉爾說。這年輕女人不只是個優秀的觀察員，也是優秀的獵人。曼佛拉爾提到她的名字，對她點頭示意，她趨上前來。「這裡離圍欄多遠？」

她想了一會兒，抬頭看看太陽在天空中的位置，然後說道：「如果腳程快些，我想我們可以在太陽升到最高後不久到達。不過我最後一次看到野牛時，牠們離圍欄不是很近。」

「我們發現野牛時，牠們正朝那個方向前進，我想我們可以利用馬兒和沃夫加快牠們的速度。」喬達拉說：「愛拉之前這樣做過。」

「如果你們辦不到呢？如果到了那裡，沒看到野牛怎麼辦？」齊莫倫說。喬達拉回來後，齊莫倫沒有常常和他或愛拉在一起，雖然他聽了許多他朋友和他帶回家來這女人的故事，但他不像其他人那樣，已經見識過許多兩人帶來的驚喜事物。直到今早之前他還沒看他們騎過馬，因此很懷疑馬兒的能力。

「如果是這樣那我們就要無功而返，但這也不是第一次了。」曼佛拉爾說。

齊莫倫聳聳肩，一臉苦笑。「我想這倒是眞的。」

「還有誰對於獵野牛有任何反對意見？獵鹿也算是達到目的了。」約哈倫說。「反正我們也必須開始屠宰牠們。」

「這沒問題，」曼佛拉爾說：「瑟佛娜可以引導你們去圍欄，她知道路。我會回雙河石去安排些人開始宰殺，然後派遣快跑人到其他洞穴請他們來幫忙。如果你獵野牛的運氣夠好，我們還需要更多人幫忙。」

「我準備試著去獵野牛。」

「我要去。」

「算我一份。」

有幾個人自願參加。

「好的，」約哈倫說：「你們兩個先去看看要怎麼把那些野牛趕往圍欄。其餘的人會儘快趕到。」

愛拉和喬達拉走向馬兒。沃夫看到他們走來時特別開心，牠不喜歡被拴住。愛拉很少限制牠的行動，牠不習慣。馬兒比較習以爲常，那是因爲牠們的活動比較常受到控制。他們上馬後快速往前騎，沃夫在一旁邁開步伐奔跑，步行的人看著他們很快地消失在遠方。這是眞的，馬兒毫無疑問能前進得比人快。

他們決定先去圍欄，如此才能判斷野牛離圍欄有多遠。愛拉對圓形的陷阱十分好奇，她花了點時間檢視它。這圍欄是由許多小樹和圓木做成，大部分用灌木塡滿，不過裡面也有他們找來任何可用的東西，例如骨頭和鹿角。圍欄是幾年前就建好的，它已經偏移了原來的位置。製作圍欄的樹沒有一棵是插入土裡，而是牢牢綁在一起固定住，因此當動物踩在上面時它不會斷裂。圍籬是有彈性、伸縮性的，受到撞擊時會隨著搖動，有時如果遭到猛烈的推撞，整個圍籬會改變位置。

尤其是在一片幾乎沒有樹木的草原上，砍下樹木和樹枝並拖運到理想的地點，然後豎立起一座圍籬，而這圍籬要能承受笨重動物在裡面繞圈子時的撞擊力，有時還會因恐懼發狂而攻擊圍籬，這過程需要耗費許多人力。每年圍籬倒塌或腐壞的部分會被修理或汰換。他們盡可能將它維持得愈久愈好。修理比整個重新建造要來得容易，特別是圍籬分散在不同的戰略地點，還不只一個。

這圍欄位在一個狹窄的谷地裡，一邊是石灰岩壁，另一邊是陡峭的山丘，這裡是天然的遷徙路線。過去曾有河流流經此地，現在漲水的小溪偶爾還是會注滿乾涸的河床。獵人不常走這條路；動物似乎很快就學會某條路是否時常帶有危險性，並且設法避開。

前來修補圍籬的人，也設置了一個輕便的圍板，可以將被驅趕至河谷的動物引入圍欄漏斗狀的開口。通常獵人會有足夠的時間部署一隊人站在圍板後面，阻撓試圖往反方向衝出陷阱的動物。因爲這是非計畫中的、臨時起意的狩獵，還沒有人來到圍欄。但愛拉的確發現有些東西卡在圍板的支架中間或壓在石頭底下，例如獸皮和衣服碎片、小塊編織的皮帶、草桿和綁在木棍上長長的草束等等。

「喬達拉。」她叫他。他騎馬走向她。她撿了一根草桿和一片獸皮。「任何不規則飄動或移動的東西都很容易驚嚇野牛，特別是在牠們奔跑的時候。至少我們把野牛趕到獅營的圍欄時的情形是如此。這些東西一定是用來對動物揮舞，讓牠們朝圍欄跑去，不要四散奔逃。你覺得如果我們借幾樣來用，會不會有人不同意？我們把牛群趕往這邊的時候，這些東西會很有用。」

「妳說的對，那正是它們的用途。」喬達拉說：「這些小東西能幫我們把野牛趕來這裡，我相信沒有人會介意我們拿來使用。」

他們離開河谷，朝最後一次看到牛群的地方走。被緩慢移動的動物踐踏過的小徑很好辨認，而且動物還比稍早之前更接近河谷。野牛大約有十五頭，有公牛、母牛和小牛。牠們開始聚集在一起，在晚夏逐漸形成龐大的遷徙獸群。

在一年中的某些時候，野牛會以龐大的數量集合，此時就好像看到一條蜿蜒移動的深棕色河流，河上伸出尖尖的黑色大角。在其他時候，牠們分散成小群，有時大小不過是一個家族，總之牠們喜歡成群結隊。一般來說數量眾多對於野牛而言總是比較安全。特別是穴獅和狼群等肉食動物通常會從牛群中擊倒一頭野牛，然而對象通常是行動遲緩或體弱的牛，讓健康強壯的牛得以存活。

他們慢慢接近牛群，但野牛幾乎沒注意到他們。馬兒不會對牠們造成威脅，不過牠們倒是避開沃夫。牠們注意到牠，但沒有驚慌，只是迴避，認爲單獨一隻狼不能擊倒野牛這麼龐大的動物。野牛肩上的隆起高度通常可達約二百公分，體重約一噸。牠們有黑色的長角，粗大的下巴上長著鬍鬚。母野牛比較小，但行動同樣輕快敏捷，能攀爬陡坡、跳躍障礙物。

牠們可以頭朝下、豎起尾巴，邁開大步飛奔橫越布滿岩石的地表。野牛不怕水，牠們很會游泳，上岸後會在沙子或土堆裡滾動，把身上的厚毛弄乾。牠們常在傍晚吃草，在白天反芻。牠們的聽力和嗅覺都十分敏銳。成年的野牛暴力而具侵略性，很難用牙齒、爪子或標槍殺死，但一頭野牛可以供給將近七百公斤的肉，外加油脂、骨頭、皮革、毛髮和角。野牛是高傲尊貴的動物，獵人崇敬牠的力量與勇氣。

「妳認爲要用什麼方法讓牠們開始移動？」喬達拉說：「獵人通常會讓牠們以自己的步調前進，然後想辦法慢慢引導牠們朝圍欄的方向過去，至少讓牠們接近圍欄爲止。」

「在旅途中打獵時，我們通常會設法讓一隻動物衝離獸群。這次我們卻想讓所有野牛往同一個方向前進，向河谷那邊走。」愛拉說：「我想騎馬在牠們後面吼叫應該會讓牠們移動，但如果對著牠們揮舞這些東西的話，也許會更有幫助，特別是對那些想要離開獸群的野牛。我們不想讓牠們往錯誤的方向驚慌逃竄。沃夫也老是喜歡追趕牠們，牠很擅長於把牠們趕成一堆。」

她抬頭望向太陽，想估計牠們可能何時會到達圍欄，她納悶著第九洞穴的獵人不曉得離這裡有多遠。好吧，最重要的就是把牠們往圍欄那裡趕，她心想。

他們走到希望野牛移動方向的另一側，然後對看了一眼，點點頭，大叫一聲並催促馬兒跑向牛群。愛拉一手握著草桿，一手拿著小片皮革，她兩手都騰出來，因為她不需要轡繩或籠頭就能指引嘶嘶前進。

她第一次跳上馬背完全是不由自主的動作，沒有試圖引導馬兒，只是抓緊鬃毛讓牠自由馳騁。騎在馬上讓她有一股自由奔放的感覺，猶如在空中飛。馬兒慢下來後就走回她的山谷，因為那是唯一牠知道的家。此後愛拉就時常騎馬奔馳，但一開始她對馬兒的訓練是無意識的。之後她才發覺自己是用施加在馬腹的壓力和肢體動作，將她的意圖傳遞給嘶嘶。

離開穴熊族後愛拉頭一次獨自捕捉大型獵物，那次她把她居住的山谷中的馬群趕到她挖掘的陷坑。她不知道掉進陷阱裡的剛好是隻哺乳中的母馬，後來才發現有幾隻鬣狗尾隨著小馬。她用拋石索把這些醜怪的動物趕走，倒不是她很想救小馬，而是她痛恨鬣狗，然而一旦救了牠，她就覺得有義務照顧牠。早在多年前她就曉得，小寶寶可以吃母親吃的東西，只要把食物弄軟就行，因此她用穀物煮成湯汁餵給這匹年幼的小母馬。

愛拉很快便了解到，救了這匹馬等於幫了自己一個大忙。獨自住在山谷裡的她，很感謝有個活生生的動物陪伴著，排遣她寂寞的生活。馴服馬兒不是她的本意，她從來沒這樣想過。她把馬兒看成是她的朋友。之後，這位朋友讓這女人騎在牠背上，愛拉想要牠去哪裡，牠就往哪去，這是牠的選擇。

第一次進入交配期時，嘶嘶離開愛拉和馬群住了一段時間，但在公馬死後又回到她身邊。這女人發現受傷的男人後不久，牠的小馬就誕生了；這男人就是喬達拉。小公馬由他命名，用他自己的方法訓練。他發明轡繩，讓自己便於引導控制小公馬。當愛拉必須將嘶嘶限制在某個特定區域時，她發現這設計相當好用，而喬達拉需要引導快快時也會使用韁繩。他很少試著去騎母馬，因爲他不全然了解愛拉慣常操縱牠的指令，嘶嘶也不了解喬達拉的指令。愛拉騎快快也有同樣的問題。

愛拉瞥了一眼喬達拉，他正在追趕一頭野牛。他毫不費力地引導快快，在一頭小公牛面前揮舞著草桿，趕著牠和其他野牛一起向前奔竄。她看到一頭驚慌的母野牛改變方向離開牛群尾隨著她，但沃夫先一步把牠趕回牛群。她對開心追逐野牛的狼微笑。在長達一年的旅途中，沿著大媽河從東邊橫越平原的女人、男人、兩匹馬兒和狼，早已學會如何一起工作、一起打獵。

他們接近狹窄的谷地時，愛拉發現一個男人往旁邊站，對她揮手，她如釋重負吐出一口氣。其他獵人來了。一旦野牛奔竄進入河谷，他們會使野牛持續朝正確的方向前進，不過牛群前面的幾頭野牛正想扭頭離去。她身體前傾，這是她示意嘶嘶快跑的下意識動作。彷彿知道這女人心意似的，嘶嘶飛奔向前，擋在不肯進入狹路的野牛前方，阻斷牠們的去路。嘶嘶靠近野牛的同時愛拉大聲喊叫，一邊在機靈的老母牛面前搖動著草桿、揮舞著皮革碎片，設法讓牠回頭。其餘野牛緊跟在後。

馬背上的兩人和狼將野牛趕在一起，讓所有野牛朝同一方向往前奔，但是牠們接近圍欄狹窄的開口時慢了下來，擠成一堆。愛拉注意到一頭公牛想從後面推擠牠的牛群中衝出去。

一位獵人從圍板後方一個箭步上前，試圖用標槍阻止牠。標槍射中目標，但傷口不足以致死，疼痛使野牛繼續往前衝撞。獵人跳了回來，躲在圍板背後想閃開，但這對力大無窮的野牛來說只不過是薄如紙片的障礙物。傷口的疼痛激怒野牛，這頭毛茸茸的龐然巨獸無視圍板的存在，將它撞向一旁。男人和圍板一起倒在地上，一陣混亂中，野牛踐踏了他。

愛拉驚恐地看著這一幕，她已經拿出標槍投擲器，伸手去拿標槍時，她看見一支標槍射中野牛。她也擲出她的標槍。不顧其他野牛奔竄的危險，她催促嘶嘶向前，在牠還沒停下來時就跳下馬背。她把圍板推向一旁，跪在躺在地上的男人身邊，離倒地的野牛不遠。她聽見他呻吟，他還活著。

第十三章

其餘野牛像一陣風似地掃過他們身邊衝進陷坑，嘶嘶全身淌著汗，緊張地騰躍。愛拉伸手到其中一個籮筐中拿她的醫藥袋時，她撫摸了馬兒一會兒好安撫牠，但心思卻已經在這男人身上，想著自己能為他做什麼。她甚至沒注意到圍欄的門已經關上，野牛被圈在裡面，有些獵人開始宰殺他們想要的野牛。

沃夫很喜歡追趕動物，但在柵門還沒關起來之前牠就突然停止追逐，開始尋找愛拉。牠發現愛拉跪在受傷的男人身旁，有些人也開始在她和受傷的男人身邊圍成一圈，不過因為沃夫也在，他們和牠保持了一段距離。愛拉開始檢查這男人，他對身邊的人視若無睹。他已經失去意識，但在他下巴下方的頸子上，愛拉還能感覺得到輕微的跳動。她解開他的衣服。

他身上沒有血，但他胸部和腹部已經出現大塊瘀青的痕跡。她小心翼翼地觸摸他胸部和腹部逐漸變黑的瘀青周圍部位。他縮了一下，發出疼痛的叫聲，但沒有醒來。她聽到他呼吸時發出一陣咕嚕咕嚕聲，接著發現血從他嘴角淌出，她知道他受了內傷。

她抬起頭看見喬達拉銳利的藍眼睛和那愁眉不展的熟悉表情，接著他身邊立刻出現幾乎一模一樣的皺眉，面帶疑問。她對約哈倫搖搖頭。

「很抱歉，」她說：「野牛踩在他身上。」她低頭看著他身邊那頭死掉的動物。「他的肋骨斷了，戳進肺臟，我不知道還有什麼其他的問題。他有內出血。恐怕我們什麼也不能做。如果他有配偶，應該派人去叫她。我怕他明早之前就會去到幽靈的世界。」

「不！」群眾中發出一聲哭喊。一個年輕男人推開人群跑向前，倒在這男人身旁。「這不是真的！

不可能是眞的！她怎麼知道？只有齊蘭朵妮會知道。她甚至不是我們族人！」

「這是他弟弟。」約哈倫說。

年輕男人設法抱住地上的男人，然後翻轉受傷男人的頭，讓他哥哥看著他。「醒醒，夏佛納！拜託你醒醒！」年輕男人嗚咽著。

「起來吧，雷諾可，你這樣也幫不了他。」第九洞穴頭目試著想拉這年輕男人起來，但是他掙扎著把他推開。

「沒關係，約哈倫，讓他待在這裡。兄弟有向他道別的權利。」愛拉說罷，發現這男人開始微微移動，她接著說：「不過弟弟來了可能會讓他醒來，他會開始感到疼痛。」

「妳的醫藥袋裡沒有柳樹皮或別的什麼可以止痛的東西嗎，愛拉？」喬達拉說。他知道她身上一定會有幾樣基本的藥草。打獵總會導致某種程度的危險，她應該料想得到。

「我當然有，但我不認爲他該喝任何東西，這麼嚴重的內傷不行。」她停了一會兒，接著說：「但或許敷藥會有幫助。我會試試看。首先，我們必須把他移到舒服的地方，還需要木頭起火，也要煮水。他有沒有配偶，約哈倫？」她再問了一次。這男人點點頭。「那麼該有人去把她找來，還有把齊蘭朵妮也找來。」

「那當然。」約哈倫說。突然間他意識到她奇怪的口音，雖然在這之前他幾乎忘了這件事。

曼佛拉爾在一旁插話：「叫些人來找個地方，把這男人帶去那裡，要找個舒服、遠離這片獵場的地方。」

「那邊有片岩壁，上面不是有個小洞穴嗎？」瑟佛娜說。

「一定還有更近的地方。」齊莫倫說。

「你說的沒錯。」曼佛拉爾說。「瑟佛娜，請妳叫幾個人來，找塊地方把他帶去。」

「我們跟她一起去。」齊莫倫說著，把前來狩獵的第二洞穴和第七洞穴獵人找來。

「布拉瑪佛，或許你可以安排幾個人去拿木頭和水。我們還得做個東西來抬他。有人帶了鋪蓋捲來，我們會拿一些給他使用，還有一些他需要的東西。」曼佛拉爾繼續說。然後他對獵人喊：「我們需要一位優秀的快跑人，把口信帶回雙河石。」

「我去。」喬達拉說：「我可以帶口信去，快快就是這裡最優秀的『快跑人』。」

「那麼或許你可以再去第九洞穴把雷蘿娜和齊蘭朵妮都找來。」約哈倫說。「把這狀況告訴波樂娃，她會把一切安排妥當。應該由齊蘭朵妮把這件事告訴夏佛納的配偶。她或許會要你向雷蘿娜解釋事情的經過，但這由她來決定。」

約哈倫轉頭面對還站在受傷男人周圍的獵人，他們大多是第九洞穴的人。「盧夏瑪，太陽很高了，愈來愈熱，我們已經爲今天的狩獵付出昂貴的代價，不要白白浪費了。我們必須儘快進行清理內臟和剝皮的工作。卡拉雅和第十一洞穴的人已經開始動手，不過相信他們需要幫忙。索拉邦，或許你可以帶幾個人去幫忙布拉瑪佛取木頭和水，還有其他愛拉需要的所有東西。等齊莫倫和瑟佛娜找到地方，你就幫忙移動夏佛納。」

「應該有人到其他洞穴去，讓他們知道我們需要幫忙。」布拉瑪佛說。

「喬達拉，回程時你可以在其他洞穴停留，讓他們知道這件事嗎？」約哈倫問。

「你到了雙河石，叫他們點燃烽火。」曼佛拉爾說。

「好主意，」約哈倫說：「那麼各洞穴的人就知道出了事，他們會等帶口信的人出現。」他走向這位外地女人，將來她可能會成爲他洞穴的一份子，或許會成爲齊蘭朵妮，而且她已經盡可能在各方面貢獻她的心力。「能替他做什麼就儘量做，愛拉。我們會儘快把他的配偶和齊蘭朵妮找來。如果需要任何東西，只管告訴索拉邦，他會幫妳拿來。」

「謝謝你，約哈倫。」她說完轉向喬達拉。「如果你告訴齊蘭朵妮發生了什麼事，我想她一定知道該帶什麼來，不過我先檢查一下我的袋子。我想要幾種藥草，如果她有的話請她帶來。還有帶嘶嘶一起去，那你就能用拖橇把東西運來這裡，牠比快快習慣馱東西。齊蘭朵妮甚至還可以騎快快來這裡，夏佛納的配偶可以騎嘶嘶，如果她們願意的話。」

「我不確定，愛拉，齊蘭朵妮相當重。」喬達拉說。

「我相信嘶嘶載得動她。你只需要找個舒服的座位。」接著她對他做了個鬼臉。「不過你說的沒錯，大多數人不習慣騎馬趕路。我敢說她們倆寧可走路，但她們會需要帳篷和必須用品，你可以把東西放在拖橇上。」

愛拉卸下籮筐，把籠頭套在嘶嘶身上，再把連接在上面的韁繩給喬達拉。他把另一端綁在快快的籠頭上，留一段夠長的繩子讓嘶嘶可以跟在快快後面，然後就出發了。但母馬不習慣跟在牠的孩子後面走，過去一直是快快跟著牠。不過喬達拉還是騎在快快背上，用連接在籠頭上的韁繩引導快快，而嘶嘶在他們前面一點，牠好像能感覺到這男人想往哪裡走。

愛拉自顧自笑著看他們離開。馬兒願意做出人類朋友命令牠們做的事，愛拉心想，只要別搞亂牠們本來對事情合理秩序的感受。她轉頭時看到沃夫在觀察她。馬兒離開時她示意牠留下來，牠正耐心地等待著。

看著這男人躺在他倒下的地方，她在心裡對馬兒行爲的微笑很快就煙消雲散。「我們必須把他抬起來，約哈倫。」她說。

頭目點點頭，然後叫了一些人過來幫忙。他們先把幾支標槍綁在一起，做出兩根牢固的桿子，接著再用幾件衣服橫過這兩根桿子，當場做出一個擔架。等齊莫倫和瑟佛娜回來，告訴他們附近有個小庇護所時，地上的男人已經被小心翼翼移到這擔架上，準備被抬走。四個男人一人抬起擔架的一邊時，愛拉把沃夫叫到身邊。

他們到達附近這個靠近地面的石灰岩牆上、有小懸頂岩架遮蔽的洞穴時，愛拉幫忙幾個人一起清理這個無人使用的空間。他們用乾燥的樹葉掃去地上的灰塵，砂石在風中飛舞，鬣狗曾經把這裡當作窩，這些食腐肉動物的乾糞便在這裡留了好一陣子。

愛拉很高興地發現水源就在附近。有岩架遮蔽的洞穴後方還有個小洞穴，裡面有一股新鮮泉水，順著岩牆的溝渠中流出來。索拉邦和布拉瑪佛還有幾個人帶了木頭來，愛拉告訴他該在哪裡生火。

愛拉一問，就有幾個人自願拿出鋪蓋捲，一個個疊起來做成略高的床。受傷的男人被移到擔架上時醒了過來，但到達庇護所時又失去了意識。他們把他移到床上時他痛苦地呻吟，又醒了過來，臉部扭曲、掙扎著呼吸。愛拉又摺了一個鋪蓋捲，把他墊高，試著讓他舒服些。他想微笑表示感謝，但卻咳出了血來。她用一塊柔軟的兔皮擦拭他的下巴，她醫藥袋裡通常會放這樣一塊獸皮。

愛拉翻找她醫藥袋裡有限的物品，努力思考她是不是忘了什麼有助於減輕他疼痛的東西。龍膽根或許有用，或者是山金車的萃取物。這兩樣都能舒緩瘀青的內部疼痛，以及其他種類疼痛，不過她身邊一樣也沒有。啤酒花果實上的細毛可以用來當作幫助他放鬆的鎮靜劑，只要呼吸果實周遭的空氣就能達到效果，但這不容易取得。既然不可能讓他吞嚥液體，或許吸入某種煙的方式會有用。不，那可能會使他咳得更厲害，讓病情惡化。她知道他的傷無可挽回，只是時間遲早的問題，但她必須做點什麼，至少要減輕他的痛苦。

等等，她想。在來的路上我不是看到纈草科植物嗎？就是根部會發出香氣的那種？夏季大會上的一位馬木特叫它做甘松。我不知道齊蘭朵妮語叫什麼。她抬起頭看看周遭的人，看到一位曼佛拉爾好像很推崇的年輕女人，就是那位第三洞穴的觀察員瑟佛娜。

瑟佛娜留下來幫忙打掃她找到的小庇護所，還沒有離開，她看著愛拉。這外地女人勾起她的好奇心。這女人身上的某種氣質讓人注意她，而好像在到達第九洞穴的短時間內，就贏得大家的尊敬。瑟佛娜不禁納悶這女人到底對醫療懂得多少。她不像齊蘭朵妮身上有任何刺青記號，但她的族人或許有其他習俗。有些人會想矇騙他人，但這位外地人似乎無意用吹噓說大話的方式讓別人對她刮目相看。相反地，她做的事情自然就讓人吃驚，例如那個標槍投擲器。瑟佛娜一直想著愛拉的事，因此這女人叫她的名字時，她嚇了一跳。

「是。」瑟佛娜說。她心想，她說話的方式還眞怪，不是她的用字，而是發音。或許這就是爲什麼她話不多的原因。

「妳懂植物嗎？」

「每個人多少都懂一些。」瑟佛娜說。

「我說的植物是葉子像毛地黃的那個，不過開黃花，類似蒲公英。我知道的名字是『甘松』，不過那是馬木特伊語。」

「很抱歉，我只知道某些食用植物。我不太懂醫療用植物。齊蘭朵妮才懂。」瑟佛娜說。

愛拉頓了一下，接著說：「瑟佛娜，妳可以看著夏佛納嗎？在來這裡的路上我看到甘松，我要往回頭去找。如果他再醒來，或者有任何變化，請妳派個人來找我好嗎？」愛拉說。接著她決定加上一段解釋，雖然她通常不會解釋自己站在女巫醫立場所採取的行動。「如果正如我所料，這植物會有些用處。我曾經用搗爛的根當作敷藥使骨折癒合，它容易吸收，又有舒緩的效用。如果我拿甘松混合一些曼陀羅，或許再加上些歐蓍草，我想或許能減輕他的疼痛。我想看看是否能找得到甘松。」

「沒問題，我會看著他。」瑟佛娜說。她很高興，不曉得爲什麼這外地女人會請她幫忙。

約哈倫和曼佛拉爾正小聲和雷諾可說話，但即使他們就在她身邊，愛拉幾乎聽不見他們的聲音。她把全副精神都放在受傷的男人身上，同時盯著加熱的水；這水熱得太慢了。沃夫躺在附近的地上，牠的頭放在雙掌之間，注視愛拉的一舉一動。水開始冒煙時，她加入松根，如此它才能軟到能夠搗成泥當作敷藥。現磨的根與葉子做成濕的敷藥也很適合治療瘀青和骨折。雖然她不認為這能治療夏佛納的傷，但她願意嘗試任何可能減輕他疼痛的方法。

都準備好後，她把溫暖的根糊直接敷在快變成黑色的瘀青上方，瘀青已經從胸部延伸到胃部。她發現他的腹部開始變硬。她把一張皮革蓋在他身上讓他保暖時，他張開了眼睛。

「夏佛納？」她說。他好像聽到了，但露出困惑的眼神。或許他不認識她，她想。「我名叫愛拉，你的配偶……」她遲疑了一下，接著想起她的名字。「雷蘿娜正在半路上。」他吸了口氣，痛得臉部抽搐，似乎因而吃了一驚。「夏佛納，你被野牛弄傷了。齊蘭朵妮也在半路上。在她來之前我會試著幫助你。我在你胸前敷了藥，減輕你部分疼痛。」

他點點頭，但連這動作都很費力。

「你想見你的弟弟嗎？他一直在等著見你。」

他又點了點頭。愛拉起身去找在附近等待的年輕男人。「他醒了，他想見你。」她對雷諾可說。年輕男人馬上站起來，走到他哥哥床邊。愛拉、約哈倫和曼佛拉爾跟在後面。

「你覺得怎麼樣？」雷諾可說。

夏佛納試著擠出一絲笑容，但突然的咳嗽卻使他嘴角流出血絲，他的臉痛苦扭曲著。他弟弟的眼裡滿是驚慌，然後看到他哥哥胸口的敷藥。

「這是什麼？」雷諾可緊張地用幾近尖叫的聲音說。

「這是減輕他疼痛的敷藥。」愛拉的聲音相當低沉，她這句話說得十分緩慢而鎮靜。她了解這男人的弟弟既驚慌又恐懼。

「誰叫妳對他做任何事？那或許會讓他惡化。把這東西拿開！」他尖叫道。

「不要，雷諾可，」夏佛納說。這受傷男人的聲音小得幾乎讓人聽不見。「這不是她的錯。」他試著坐起來，卻又虛脫在床上，失去意識。

「夏佛納，醒醒，夏佛納！他死了！噢！大地母親，他死了！」雷諾可哭喊著倒在他哥哥床邊。

愛拉檢查了夏佛納的脈搏，這時約哈倫把雷諾可拉開。「沒有，他還沒死，」她說。「不過他時間不多了，我希望他的配偶趕快來。」

「他還沒死，雷諾可，不過他可能本來已經死了。」約哈倫生氣地說。「這女人或許不是齊蘭朵妮，但她知道該怎麼幫忙。是你讓他病情惡化。誰知道他會不會再醒來，對雷蘿娜說出他的遺言？」

「沒有人會讓他惡化，約哈倫。他已經回天乏術，隨時都可能走。別責怪一個為兄長感到悲痛的男人。」愛拉說罷，站起身來。「我來泡些茶讓大家都放鬆一下。」

「妳不必麻煩，讓我來吧。妳只需要告訴我該做些什麼。」

愛拉抬頭看見瑟佛娜，笑著對她說：「妳只要把水燒開，我會替所有人把茶準備好。」她說。然後她回頭檢查夏佛納。他使勁呼吸，每一次都艱難無比。她想讓他更舒服些，但她試著移動他時，他痛苦呻吟。她搖搖頭，很訝異他還活著。接著她伸手去拿她的醫藥袋，看看她有什麼可以泡茶的藥草。或許用洋甘菊，她想，再加上乾的椴樹花或甘草根增加甜味。

整個下午讓人感到特別漫長。人來來去去，但愛拉沒有注意到他們。夏佛納幾度恢復意識，想見他的配偶，然後又不知不覺陷入昏睡。他的胃部腫脹發硬，皮膚幾乎呈現黑色。她相信他是為了想再見他配偶一面而努力撐著。

不知道過了多久，愛拉拿起她的水袋想喝點水，才發現它是空的。她放下水袋，把口渴的感覺拋到一邊。波圖拉來到小庇護所想看看目前的狀況。她仍然意識到自己是瑪羅那那場惡作劇的幫兇，因此儘量遠離愛拉，但她看到愛拉拿起水袋搖一搖，發現它是空的時，她趕忙跑到泉水池邊把她自己的水袋裝滿，帶回洞中。

「要不要喝點水，愛拉？」她把還在滴水的水袋遞給她。

愛拉抬起頭，看到這女人感到很驚訝。「謝謝妳。」她說著舉起她的水杯。「我有點渴。」

愛拉喝完以後波圖拉在那裡站了一會兒，她看起來很困窘。「我想向妳道歉。」她終於說。「很抱歉我被瑪羅那說動，一起對妳惡作劇。那實在不是件好事，我不知道該說什麼。」

「其實妳什麼都不必說，波圖拉。」愛拉說：「而且我的確獲得一件暖和又舒服的打獵裝。雖然我懷疑這並不是瑪羅那的本意，但我會善用這衣服，所以我們就把這件事忘了吧。」

「我可以幫上什麼忙嗎？」波圖拉說。

「沒有人可以幫得上忙。我很訝異他還沒離我們而去。他醒來時說想見他的配偶，約哈倫告訴他，她正在路上。」愛拉說：「我想他撐下去是爲了見到他的配偶。但願我還能做點什麼讓他好過些，但大多數減緩疼痛的藥都必須吞服。我已經用浸了水的皮沾濕他的嘴唇，但依他的傷勢看來，恐怕不管喝什麼都會使他情況惡化。」

約哈倫站在庇護所前向南望去，那是喬達拉離去的方向，他焦急地等他帶雷蘿娜回來。太陽已經西斜，黑暗即將降臨。他已經派人去撿拾更多木頭，以便生起一堆大營火來引導他們；他們甚至還把圍欄的木頭也拿來。夏佛納最後一次醒來時眼神呆滯，這頭目知道他的死期已近。

這個年輕男人已經拿出最大的勇氣，奮力抓住殘餘的生命氣息，約哈倫希望他的配偶能在他輸掉最後一場戰役之前到來。終於他看到遠方有動靜，有人朝這裡接近。他趕忙往那方向跑去，看到馬兒時大大鬆了口氣。等他們靠得更近時，他走向雷蘿娜，把這急得發狂的女人帶到岩石庇護所裡她那即將死去的配偶躺著的地方。

她走近時，愛拉輕輕碰觸這男人的手臂。「夏佛納，夏佛納！雷蘿娜來了。」她又動了動他的手臂。他張開眼睛看著愛拉。「她來了。雷蘿娜來了。」她說。夏佛納又閉上眼睛，微微搖了搖頭，想叫醒自己。

「夏佛納，是我。我儘快趕來了。跟我說話，拜託你跟我說話。」雷蘿娜哽咽地說。

受傷的男人睜開眼睛，拚命集中精神看著靠近他的那張臉。「雷蘿娜，」他說。他的聲音小到幾乎聽不見，笑容被痛苦的表情抹去。他又看了看這女人，看到她淚水盈眶。「別哭。」他輕聲說，然後又把眼睛閉上，掙扎著呼吸。

雷蘿娜抬頭看見愛拉，她眼裡露出懇求的神色。愛拉先是往下看，然後又抬起眼，接著搖搖頭。她驚慌不已四處張望，絕望地想找其他人給她另一個答案，但沒有人回應她的凝視。她又轉向這男人，看他吃力地吸了口氣，接著她看到血從他的嘴角溢出。

「夏佛納！」她牽起他的手哭喊著。

「雷蘿娜……想再看妳一眼，」他張開眼，喘著氣說。「在我……到靈的世界之前跟妳說再見。如果朵妮允許……我會在那裡見到妳。」他閉上眼睛，努力吸一口氣，他們聽到一陣微弱的咯咯聲。接著呻吟聲由小轉大，雖然愛拉確信他一定設法控制叫聲，但音量卻愈來愈高。他停下來，想吸一口氣。他發出一聲痛苦的尖叫，接著，愛拉覺得她好像聽到從他體內傳出聽不見的爆裂聲。等叫聲逐漸平息，他停止了呼吸。

「不！不！夏佛納，夏佛納！」雷蘿娜痛哭失聲。她把頭枕在他胸前，大聲哀泣，嘔出心中所有悲痛哀傷。站在她身旁的雷諾可流下了兩行淚水，一臉悵然若失，神情恍惚。他不知道該怎麼辦。

突然間他們在附近聽到一聲響亮而詭異的嚎叫聲，令所有人背脊發冷。他們一齊望向沃夫。牠四腳站立，頭往後仰，哀嚎出教人聽了直打冷顫的野狼之歌。

「牠在做什麼？」沮喪的雷諾可說。

「牠在哀悼你哥哥。」他耳邊響起齊蘭朵妮熟悉的聲音。「和我們所有人一樣。」

所有人看到她都放寬了心。她和雷蘿娜還有其他幾個人一起到達，但夏佛納的配偶衝上前時，她退到後面觀察眾人。雷蘿娜的啜泣聲轉爲嚎啕大哭，哭聲中帶著她深沉的悲痛。齊蘭朵妮和她一起發出痛苦的悲鳴，其他幾個人也隨後加入。沃夫隨著他們一起嚎叫。終於，雷諾可迸出一陣嗚咽聲，撲倒在床上的男人身上。他和雷蘿娜隨即緊抱住對方搖晃，哭嚎著發洩他們的哀痛。

愛拉認爲這對他們兩人都好。雷諾可需要宣洩悲傷，才能平息心中的痛苦與憤怒，而雷蘿娜可以幫助他。當沃夫再次嚎叫時，愛拉也跟著嚎叫，她的叫聲幾可亂眞，起初許多人以爲有另一隻狼在叫。接著，看守受傷男人的人群大吃了一驚，因爲他們聽見遠方有另一隻狼加入沃夫悲哀的嚎叫歌聲。

過了一會兒，朵妮侍者扶雷蘿娜站起來，帶她到火堆旁鋪在地上的毛皮邊。約哈倫把男人的弟弟帶到火堆另一頭的一個地方。女人坐在那裡前後搖晃，發出低沉的呻吟聲，對周遭一切視若無睹。雷諾可只是瞪著火堆發呆。

第三洞穴的齊蘭朵妮悄聲對第九洞穴身軀龐大的齊蘭朵妮說了幾句話，不久後他兩手各端著一杯冒著熱氣的液體回來。第九洞穴的朵妮侍者從第三洞穴朵妮侍者手上接過一杯飲料，催促雷蘿娜接過去，她沒有反對，默默喝著，似乎對自己的舉動毫無意識或完全不在乎。第三洞穴朵妮手上的另一杯飲料被端去給雷諾可，他對這杯飲料視而不見，直到有人勸他，他才喝下去。不久後兩人都躺在火堆邊的毛皮上睡著了。

「很高興看她平靜下來。」約哈倫說：「還有他也是。」

「他們都需要哀悼死者。」愛拉說。

「沒錯，他們是需要這麼做，但現在他們需要休息。」齊蘭朵妮說：「妳也是，愛拉。」

「先吃點東西吧。」波樂娃說。約哈倫的配偶和第九洞穴的其他幾個人，與雷蘿娜還有齊蘭朵妮一起到達。「我們烤了野牛肉，第三洞穴的人也帶了其他食物。」

「我不餓。」愛拉說。

「但是妳一定很累了。」約哈倫說：「妳幾乎一刻也沒離開他身邊。」

「但願我能為他做的不只這些。我想不出還能怎麼幫他。」愛拉搖搖頭，一臉沮喪說道。

「但妳的確幫了他。」年長男人說。他是第三洞穴齊蘭朵妮。「妳減輕了他的疼痛。沒有人能做得比妳更多，而且沒有妳的幫助，他沒辦法維持生命那麼久。我不會那樣使用敷藥。它的確能減緩疼痛或瘀青，至於治療內傷？我不覺得自己會想得出這種用法，不過看來的確有用。」

「對，妳是靠直覺治療他。」第九洞穴齊蘭朵妮說：「妳之前曾經這樣治療過其他人嗎？」

「沒有。我不確定有沒有用，但我總得試試什麼方法。」愛拉說。

「妳做得很好。」朵妮侍者說。

「但是現在妳該吃點東西，休息一會兒。」

「不，我什麼也不用吃，但我想躺一會兒。」愛拉說。「喬達拉呢？」

「他和盧夏瑪、索拉邦還有其他幾個人出去多找些木頭回來。有些人只想去找火把用的木棍，但喬達拉想要確定我們的木頭夠用一整夜，而且這河谷的樹又不多。他們很快就回來。喬達拉把妳的獸皮被放在那裡。」約哈倫說著，把放置獸皮被的地方指給她看。

愛拉躺下來想休息一會兒，等喬達拉回來。她幾乎是一闔眼就睡著了。當收集柴火的人回來時，幾乎所有人都睡著了。他們把木柴在火堆旁疊成一落，然後到各自選定的地方睡覺。喬達拉發現愛拉隨身攜帶的木碗，她常在這只木碗裡放入滾燙的石頭、把少量水加熱，用來煮藥草茶。她也用前一季脫落的鹿角做了一個臨時的腳架，用來支撐直接放在火焰上方的水袋。雖然鹿的膀胱能裝水，但會滲出一點點，剛好防止在煮熱水或煮菜時燒起來。

約哈倫攔下他弟弟，和他說了一會兒話。「喬達拉，我想更了解標槍投擲器的使用方法。我看到野牛被你的標槍射中，倒了下來，但是你站的地方比大多數人都遠。要是我們之前也有這種武器，我們就不必靠得那麼近，夏佛納也不會被踩死。」

「你知道我會示範給每個想學的人看，不過那的確需要點時間練習。」喬達拉說。

「你練習了多久？我指的是，不需要像你現在這麼熟練，但要擁有實際用它來打獵的技巧必須要多久呢？」約哈倫問。

「我們已經用了好幾年標槍投擲器，但是在第一個夏天快結束時，我們就用它來打獵了。」喬達拉說。「不過一直等到回程的路上，我們才能很熟練地騎在馬上打獵。沃夫也幫了很大的忙。」

「我還是很難適應把動物拿來做食物和毛皮以外用途的這個觀念。」約哈倫說：「要不是親眼看見，我不會相信你辦得到。不過標槍投擲器才是我想深入了解的。我們明天再談。」

這對兄弟互相道過晚安，喬達拉就到愛拉睡覺的地方找她。沃夫抬起頭。他看到她在火光照耀下安靜地呼吸，然後他再看看這隻狼。我很高興牠總是看照著她，他心想。他摸摸牠的頭，然後鑽到她身邊。他很遺憾夏佛納死了，不只因爲他是第九洞穴的一份子，而是他很清楚，當有人死去而愛拉無能爲力時她會有多難過。她是醫治者，但有些傷口卻無人能治癒。

齊蘭朵妮整個早上都忙著準備將夏佛納的屍體帶回第九洞穴。接近靈還留在身體上的亡者，讓大多數人感到不安。他的葬禮所需的儀式比一般還多。如果某人死於狩獵，會被視爲很糟糕的厄運。如果有人獨自出獵而死，厄運則顯而易見，不幸也已經結束，但齊蘭朵妮通常會舉行一場潔淨的儀式，以避免將來可能發生的任何影響。如果兩或三個獵人一起出獵，而其中一人死了，還是會被當作是獨自出獵，只要爲生還者和死者家人舉行儀式就已足夠。但如果有人死於狩獵，而這場狩獵牽涉到的不只一個洞穴，而是整個族群，那麼事態就嚴重了。齊蘭朵妮必須舉行符合整個族群規模的儀式。

這位首席大媽侍者正想著必須做些什麼。或許必須下達這一季不許再獵捕野牛的禁令，才能平息災難。愛拉看見她拿著一杯茶，放鬆地坐在火邊幾個疊在一起、塞得鼓鼓的厚坐墊上，這些坐墊是用嘶嘶的拖橇幫她載來的。她很少坐在低的坐墊上，因爲隨著身軀年復一年地肥胖，她發現從坐墊上站起來愈來愈吃力，身體愈來愈笨重。

愛拉走向朵妮侍者。「齊蘭朵妮，我可以跟妳說句話嗎？」

「當然可以。」

「如果妳很忙，我可以等。我只想問妳些事情。」愛拉說。

「此刻我可以騰出些時間。」齊蘭朵妮說：「拿杯茶坐在我身邊吧。」她示意愛拉坐在地板的一塊氈子上。

「我只想問妳是否知道我還能爲夏佛納做些什麼。有什麼方法能治療內傷？和穴熊族住在一起時，有個男人不小心被刀刺傷，一段刀片斷在裡面，伊札切開肉把刀拿出來，但我不認爲有辦法切開夏佛納的傷口加以治療。」愛拉說。

無法爲這男人多做些治療，顯然相當困擾這外地女人。她的關切態度打動了齊蘭朵妮，好的助手才會有這種感受。

「對一個被成年野牛踩到的人，妳所能做的不多，愛拉。」齊蘭朵妮說：「妳可以戳破腫瘤或是水腫，讓裡面的液體流出來，或把小東西割掉，像是裂片或者是妳那位穴熊族女人取出的破碎刀刃，但她這麼做實在很有勇氣。切開身體很危險。製造出的傷害常常比妳原本想治療的傷害還大。我動過幾次刀，但只有在我確定開刀有幫助，而且沒有其他方法可行的時候才會這麼做。」

「我也是這麼覺得。」愛拉說。

「妳也必須了解身體內部的構造。動物的身體內部和人的身體內部有許多相似處，所以我常常會仔細支解動物，看看裡面是什麼樣子，還有各器官如何連結。妳可以清楚看見從心臟攜帶血液的血管，還有牽動肌肉的筋腱。所有動物在這方面都很類似，但有些東西是不同的，例如原牛的胃就跟馬的不一樣，還有許多部位也排列得不同。這麼做不但有用而且也相當有趣。」

「我也這麼覺得。」愛拉說：「我獵捕宰殺過許多動物，這對了解人體很有幫助。我很確定夏佛納的肋骨斷了，碎片刺穿了他……用來呼吸的袋子。」

「肺部。」

「他的肺部。我想還有他的……其他器官，用馬木特伊語來說是『肝臟』和『脾臟』。我不知道用齊蘭朵妮語怎麼說。這些器官受損時會嚴重出血。妳知道我說的是哪些器官嗎？」愛拉說。

「我知道。」首席大媽侍者說。

「流出來的血無處可去。我想這應該就是他身上發黑變硬的原因。血液充塞全身，最後某個器官破裂。」年輕女人說。

「我檢查過他，我同意妳的評估。血液注滿了他的胃和部分腸子。我相信腸子的一部分破裂了。」朵妮侍者說。

「腸子是通往身體外的長管子嗎？」

「對。」

「喬達拉教過我這個字，我想夏佛納的腸子受損了。但造成他死亡的原因是灌滿他全身的血液。」

「他左腿下方的小骨頭也破了，還有他的右手腕，但這些當然都不是致命傷。」齊蘭朵妮說。

「不，我在意的不是這些傷，我只是在想，妳是否知道我還能爲他做些什麼別的事。」愛拉說。她態度認眞的臉龐充滿關切。

「沒能救他讓妳覺得很困擾，對不對？」

愛拉點了點頭，把頭低下。

「妳能做的都做了，愛拉。我們每個人終有一天會到幽靈世界去。當朵妮召喚我們時，我們就得去，不管妳是年輕或年老，我們沒有選擇權。即使是齊蘭朵妮也沒有足夠的能力加以阻止，或甚至知道這何時會發生。朵妮不會與任何人分享這祕密。她讓野牛靈將夏佛納帶走，與我們獵捕的野牛交換。有時她會要求我們做出這樣的獻祭。或許她覺得該提醒我們，不應將她的賜禮視爲理所當然。我們殺了她的創造物才得以生存，但當我們拿走她動物的生命時，必須要對她給予我們的生命賜禮心懷感激。大地母親並不總是溫柔的。她的教誨有時很嚴厲。」

「是的，我也學到了這件事。我不覺得幽靈的世界是個仁慈的地方，這教誨很嚴厲，但很值得。」

齊蘭朵妮沒有回答。她發現如果她沒有馬上回話，對方通常會滔滔不絕往下說，以塡補對話中的空隙。她從沉默中學到的事，比從發問中得到的還多。過了一會兒，愛拉眞的繼續往下說。

「我還記得克雷伯告訴我，穴獅的靈選中我。他說穴獅是很強的圖騰，會提供強大的保護，但強大的圖騰同時也很難相處。他告訴我，如果我夠用心，我的圖騰就會幫助我，讓我知道我是否做了正確的決定。但他說圖騰在賜給妳某樣東西時會測試妳，以確保妳當之無愧。他還說如果我沒有那個價值，穴獅不會選中我。」愛拉說。「或許他的意思是說，我應該要能承受得住。」

朵妮很驚訝愛拉一番評論中透露出的深度理解。她口中的穴熊族眞的能擁有這種理解力嗎？如果把她口中的穴獅靈換成大地母親，這話聽起來就有可能是來自一位齊蘭朵妮。

這位首席大媽侍者終於再度開口。「除了紓解疼痛，妳不能爲夏佛納做其他事，而妳已經這麼做了。使用敷藥是個很巧妙的方法。妳也是從妳那穴熊族女人那裡學來的嗎？」

「不，」愛拉搖搖頭說。「我之前從來沒有這樣做過。但他受到極大的痛苦。我知道像他這樣的傷勢，不能讓他喝任何液體。我想過要用煙燻，我曾經用燒毛蕊花所產生的煙，來減輕某些咳嗽症狀，我還知道有種植物，有時人們會拿來在蒸汽木屋裡燒，但我擔心那可能會讓他咳嗽，他的呼吸袋傷成那樣，我不想這麼做。接著我發現了瘀傷，不過我認爲傷勢不只是這樣。過了沒多久他皮膚上的瘀青幾乎變成黑色。我知道某些植物敷在皮膚上可以減輕瘀青帶來的疼痛，而又剛好注意到打獵圍欄到這裡的路上長著這類植物，所以我回去採了一些。它們似乎小有用處。」

「是，我想它們是有用。」朵妮侍者說：「或許改天我自己來試試。看來妳眞的對醫療有與生俱來的判斷力，愛拉。我想就是這力量告訴妳，讓妳心裡感到難過。我認識的每個優秀醫治者，在有人死去時他們總是特別難過。但是當時眞的沒有什麼妳還能做的事。大地母親決定召喚他，沒有人能阻撓她的意志。」

「當然，妳說的沒錯，齊蘭朵妮。我不認爲他有救，但我還是想問問看。我知道妳很忙，我不想再占用妳的時間。」愛拉說罷，準備起身離開。「感謝妳回答我的問題。」

齊蘭朵妮看著這正要離開的年輕女人。「愛拉，」她喊她。「妳能不能幫我做件事？」

「當然，任何事都行，齊蘭朵妮。」她說。

「等我們回到第九洞穴時，妳能不能挖些紅赭石？在主河附近的大石頭旁邊有個堤岸，妳知道在哪裡嗎？」

「知道，喬達拉跟我去游泳時我看到赭石。它的紅色很鮮豔，比大多數紅赭石還紅。我會幫妳挖一些。」

「我會告訴妳怎麼清洗妳的手，我們回去時，我再給妳個特殊的籮筐裝赭石。」齊蘭朵妮說。

第十四章

第二天，愁雲慘霧的一行人回到了第九洞穴。這場狩獵成果豐碩，但代價過於昂貴。到達之後，約哈倫立刻將夏佛納的遺體交付給齊蘭朵妮亞，以便爲葬禮做準備。遺體被帶到庇護所最遠的角落，靠近通往下游地的橋邊，由齊蘭朵妮、雷蘿娜和其他幾個人幫他依禮儀洗浴更衣，進行他的穿衣與配戴珠寶的儀式。

「愛拉，」當她走回瑪桑那住處時齊蘭朵妮叫住她。「我們需要紅赭石，妳說過會幫我去拿。」

「我馬上去。」愛拉說。

「跟我來。我會給妳特別的籮筐和挖掘工具。」齊蘭朵妮說。她帶愛拉到她的住處，把門簾拉向一邊讓愛拉進來。她之前沒有到過朵妮侍者的家，她興致勃勃地到處打量。不知怎麼地，這裡讓她想起伊札的火堆，或許是因爲橫跨在主房後端的繩子上，懸掛著許多乾燥的葉子和植物的其他部位。主房前面有幾個升高的床靠在牆板邊，不過愛拉認爲這體態龐大的女人一定不是睡在這裡。看起來好像還有另外兩間房間被隔出來。從門口往裡望，她看到有一間好像是烹煮區，她猜另一間可能是睡房。

「籮筐和挖掘紅赭石的十字鎬在這裡。」齊蘭朵妮說罷，把沾上紅色污跡的牢固容器和一把類似扁斧、牢牢接在鹿角把手上的挖掘工具拿給她。

愛拉拿著籮筐和十字鎬離開齊蘭朵妮的住處。齊蘭朵妮和她一起出來，朝庇護所南端走。沃夫在岩石前廊找到一塊牠喜歡待的地方，那裡沒有人來往，卻可以觀察眾人的活動。看到愛拉，牠立刻跑向她。朵妮侍者停了下來。

「我想如果妳讓沃夫遠離夏佛納的遺體可能會比較妥當。」她說：「這是爲了保護牠。在夏佛納安全葬在神聖的土地之前，他的生靈會困惑地到處漂浮。我知道該怎麼保護人，但不確定該如何護衛一隻狼，而且我擔心夏佛納的精氣會設法占據這動物的身體。我看過發瘋的狼，牠們會口吐白沫，我相信牠們是想要擊敗某樣東西，也許是某種邪惡的東西或迷路的靈。被這種動物咬到，就好像吃下致命毒藥，必死無疑。」

「去挖紅赭石的時候，我會去找弗拉那，請她看著沃夫。」愛拉說。

她走上小徑，這條路通往喬達拉和她到這裡不久後去游泳和洗澡的地方。沃夫跟在她身後。她幾乎裝滿整個籮筐，然後往回走到小徑上。她看到弗拉那在和她母親說話，她上前解釋齊蘭朵妮的要求。這年輕女人開心地笑了，她很高興能跟這隻狼在一起。她母親剛剛才要她一起去幫忙處理遺體，她不想做。但她知道瑪桑那不會拒絕愛拉的請求。

「妳最好把牠留在瑪桑那的住處。如果妳想出去，我有條特別的繩子讓妳綁在牠脖子上而不會勒住牠。沃夫不太喜歡，但牠可以忍耐。跟我來，我告訴妳該怎麼把繩子拴上。」愛拉說。

接著她走到岩架最後面，把紅赭石拿給首席大媽侍者，並且留下來幫忙替夏佛納清洗更衣。喬達拉的母親不久後也來幫忙，這儀式她已經做過許多次。她告訴愛拉，弗拉那邀請了幾個年輕人到他們的住處，沃夫和他們在一起似乎很開心。

雖然愛拉此刻不願提起，但她對穿在死去獵人身上的衣服很感興趣。這衣服是一件柔軟、寬鬆的束腰上衣，用不同種動物的毛、還有鞣製並染成不同色調的生皮革做成，皮革縫在一起形成複雜精緻的圖案，並以珠子、貝殼和流蘇裝飾。上衣在臀部的地方，綁了一條用織品做成的彩色腰帶。裹腿雖然沒有上衣那麼華麗，但和束腰上衣配成一套。高及小腿的腳套也是一樣，一條流蘇和邊緣的一圈毛皮縫在上端。他脖子上的幾條項鍊是由貝殼、珠子、各種動物的牙齒和雕刻的象牙做成，排列得非常巧妙。

接下來他們將遺體擺放在石灰岩塊上一條由草編成有花樣的柔韌草席，大小有如毯子，用紅赭石染了色。長繩子穿過草席兩端，瑪桑那向愛拉解釋，這長繩子可以拉在一起，把遺體包在裡面，這一段繩子就能把遺體捆住綁緊。草席下面是一張用亞麻繩做成的堅固網子，可以吊在竿子上，像個吊床，這樣一來遺體就能被抬到神聖的土地，放進墳墓中。

夏佛納是製作標槍的工匠，他所使用的工具和幾支做好的標槍，還有他製作到一半的零件都被擺在他身旁，包括木頭桿子、象牙和燧石標槍頭，還有筋腱線和用來黏著的黏膠。筋腱線和繩子是用來把標槍頭綁在桿子上，以及把較短的木頭接在一起變成長標槍，然後再用樹脂或黏膠接合在一起。

雷蘿娜從他們的住處帶了些東西來，她悲傷啜泣著，把夏佛納最喜歡的標槍拉直器放在他右手可及的地方。這標槍拉直器是用赤鹿鹿角中段部分做成的，也就是從鹿角根部到第一個分岔的中間這段。將鹿角岔切下來後，在剩下的鹿角上鑽個大洞穿透寬的那端，鹿角就是從這端開始分岔。愛拉認出這和喬達拉之前帶回來那個屬於索諾倫的工具類似。

這工具上精心繪製長著大角的大角羊圖案，還刻了各種不同的符號。愛拉還記得喬達拉說，這些繪畫雕刻賦予標槍拉直器力量，因此用這拉直器製作出來的標槍能筆直射出去，對標槍瞄準的目標有著不可抗拒的吸引力，能乾淨俐落地殺死動物。它們同時也為工具增添了美感，可供人欣賞。

夏佛納的遺體在齊蘭朵妮監管下進行處理的同時，約哈倫指揮其他人建造出一個臨時的棚子，上面有一層薄薄的茅草做成類似屋頂的覆蓋物，再用竿子撐起。遺體準備好後，就把棚子放在遺體上方，然後用迅速製成的可移動壁板圍起來。齊蘭朵妮亞進入棚子舉行儀式，讓遊蕩的靈魂待在棚子裡，不要遠離身體。

等他們完成時，每個碰觸、處理，或和這生命力已離開身體的男人接觸過的人，都必須經過淨身儀式。他們用水來淨身，流動的水最適合這潔淨儀式。每個人都必須全身浸泡在主河裡，穿上衣服或光著身子都無所謂。他們沿著小徑走向岩架下方的主河河岸。齊蘭朵妮亞祈求大地母親的庇護，接著女人往上游走一段，男人到下游去。所有女人都脫掉衣服，但有幾個男人直接穿著衣服跳進水裡。

喬達拉幫忙搭建喪禮的棚子。他和其他把棚子立在遺體周圍的幾個人都必須在主河裡淨身。之後他和愛拉回頭走上小徑。波樂娃替他們準備了一頓飯。瑪桑那和喬達拉與愛拉坐在一起，不一會兒齊蘭朵妮也離開悲傷的寡婦和她的家人，過來加入他們。威洛馬來找瑪桑那，也和他們坐在一起。愛拉和這些人在一起很自在，因此她想，這時詢問他們穿在夏佛納遺體上的衣服，或許是個恰當的時機。

「是不是每個死去的人都會穿上特別的衣服？」她問：「製作夏佛納的衣服一定很費事。」

「大多數人都想在特殊場合或是第一次和他人見面時，穿上他們最好的衣服，所以他們會有慶典的服裝。他們希望獲得對方認同，留下良好的印象，也希望和他們會面的人知道他們是誰。」瑪桑那說。

「我不認爲衣服會到下一個世界去。」愛拉說：「去的是靈，身體還留在這裡，不是嗎？」

「身體會回到大地母親的子宮裡，」齊蘭朵妮說：「生命的靈，也就是精氣，會回到大地母親在另一個世界的靈，然而每樣東西都有靈，岩石、樹木和食物，甚至是我們穿的衣服都有。人的精氣不想光著身子或空著手回去。也因此我們幫夏佛納穿上他的慶典服裝，讓他手裡拿著他拿手工藝所使用的器具，還有他的打獵武器，讓他一起帶去。我們也會給他食物。」

愛拉點點頭。她插起一塊很大的肉，把肉的一端用牙齒咬住，然後拿著另一端，用刀子切下她咬住的那一塊肉，把剩下的肉放回她肩胛骨做成的盤子裡。她若有所思地嚼了一陣子，然後把肉吞下去。

「夏佛納的衣服好漂亮，用好多小片皮革縫在一起成爲那種花樣，」她說出感想。「動物和圖案，簡直像是在訴說一個故事。」

「就某種程度上來說確實是。」威洛馬笑著說；「人就是以這種方式認識、分辨彼此。他慶典服裝上的每樣東西都有意義。這些東西必須帶有他和她配偶的精氣體，當然也必須帶有齊蘭朵妮氏人的精氣符。」

愛拉一臉疑惑。「我不了解這些字眼。什麼是精氣體？還有齊蘭朵妮氏人的精氣符？」她問。

每個人都吃驚地看著愛拉。這些都是很普通的用字，而愛拉的齊蘭朵妮語又說得那麼好，很難相信她不懂得這些字。

喬達拉看起來有點懊惱。「大概是這些字眼從來沒出現過。」他說：「妳發現我的時候，愛拉，我穿著夏拉木多伊氏的衣服，他們的衣服顯示了解身分的方式不太一樣。馬木特伊氏人有類似的衣服，但不是完全一樣。齊蘭朵妮氏人的精氣符是……嗯……類似齊蘭朵妮側面和瑪桑那前額的刺青。」這男人試著解釋。

愛拉看看瑪桑那，又看看齊蘭朵妮，她知道所有齊蘭朵妮亞和頭目都有不同顏色正方形和長方形組成的複雜刺青，有時還另外用一些線條和渦紋加以裝飾，但她從來沒有聽過這記號的名稱。

「或許我能解釋這些字眼的意義。」齊蘭朵妮說。

喬達拉看起來鬆了口氣。

「我想我們應該從『精氣』說起。妳知道這個字吧？」

「今天我聽妳說過這個字。」愛拉說：「我想它代表類似靈或生命力的意思。」

「但是妳以前沒有學過這個字？」齊蘭朵妮問她，一邊繃著臉看著喬達拉。

「喬達拉總是說『靈』。這麼說不對嗎？」愛拉說。

「沒有不對。我想我們常把『精氣』這個字用在死亡或出生時，因爲死亡是缺少精氣或精氣結束，而出生是精氣的開始。」朵妮說。

「孩子生下來時，一個全新的生命進入這世界，充滿精氣，也是生命不可或缺的力量。」首席大媽侍者說。「幫孩子命名時，齊蘭朵妮會創造一個記號，象徵這個靈、這個全新的人，然後把這符號刻在某樣東西上——一顆石頭、一塊骨頭或是一片木頭上。這記號就叫做精氣符。用來標示出獨特個體的精氣符，每一個都不一樣。也許是用線條、形狀或點組合成的圖案，或是簡化的動物形體。齊蘭朵妮對這嬰兒進行冥想時心中浮現的形象，就是精氣符。」

「這就是克雷伯——莫格烏爾——之前的作法，用冥想決定新生兒的圖騰！」愛拉詫異地說。為此感到驚訝的不只是她。

「妳說的是……妳部落裡地位相當於齊蘭朵妮的穴熊族男人嗎？」朵妮問。

「沒錯！」愛拉點點頭。

「我得好好思考這件事。」這身軀龐大的女人說。她大為震驚，但不想被別人知道。「再回到剛才的話題，齊蘭朵妮進行沉思，然後決定記號的樣子。刻有記號的這個象徵物體，也就是精氣體。齊蘭朵妮把精氣體交給嬰兒的母親放在安全的地方，直到他們長大。等孩子進入成年期時，母親就把孩子的精氣體給他們，當作他們成年禮的一部分。」

「但是這個象徵物體，也就是這精氣體，不只是個刻或畫有圖案的實質物體。它可以像朵妮女神像持有大地母親的靈一樣，持有洞穴成員的精氣，也就是生命力、靈或元精。精氣體比其他所有個人物品的力量都強，它的力量非常強大，所以邪惡的人可以用來對抗他人，製造可怕的厄運災難。因此母親會把精氣體放在只有她自己知道的地方，或許她母親或她配偶也會知道。」愛拉頓時明白，她必須為腹中的孩子負起保管精氣體的責任。

齊蘭朵妮解釋道，當母親把精氣體交給已屆成年的孩子時，這個人會把它藏在只有自己知道的地方，通常會藏得很遠。不過例如石頭這一類無害的東西，可能會在附近被人撿到當作代用品，或交給齊蘭朵妮。依照習俗他們通常會把它放在聖地的石牆裂縫中——這聖地可能是一個洞穴——獻給大地母親。這奉獻的東西看來微不足道，但卻意義重大。一般人認為，朵妮可以在包括齊蘭朵妮在內的任何人都不知道象徵物藏在哪裡的狀況下，藉由這個代理物，找出原始的象徵物品，再從物品找出它的主人。

威洛馬圓滑巧妙地補充說明，一般來說齊蘭朵妮亞很受人敬重，眾人認爲他們值得信賴，能爲人民帶來福祉。「但是他們的力量非常強大。」他說：「對許多人而言，些許的畏懼是對他們表示敬意的一部分。個別的齊蘭朵妮只是凡人。聽說有幾位齊蘭朵妮濫用他們的知識與能力，有些人害怕如果有適當的機會，他們可能會試圖利用如精氣體這種力量強大的物體，和他們不喜歡的人作對，或是給那些他們覺得做錯事的人一個教訓。我沒聽這種事情發生過，不過一般人的確喜歡替故事加油添醋。」

「如果有人驚擾了某人的象徵物，那人會因此生病或甚至死亡。讓我告訴妳一個古老的傳說。」瑪桑那說：「傳言過去有些家庭曾經把他們家中所有的象徵物放在一起，在同一個地方。有時候甚至整個洞穴的人都把象徵物放在一起。」

「某個洞穴把他們所有的象徵物放在一起，靠近他們庇護所一座山丘的一側。眾人認爲那地方非常神聖，沒有人膽敢去驚擾象徵物。在一個非常潮濕的春日裡，一場雪崩把山坡給沖了下來，摧毀了整個洞穴和裡面的每一樣東西。洞穴的人互相責怪，不再互助合作。缺少了彼此的幫忙，生活變得困難。眾人離散，洞穴消失。因此大家學到一件事，如果有人驚擾到所有的精氣體，或甚至精氣體被自然力量移動，如水、風或地震等，整個家庭或洞穴都會有大麻煩。這就是爲什麼每個人都必須把他自己的象徵物藏好的理由。」

「把代用的石頭放在一起沒關係。」齊蘭朵妮補充。「大地母親很喜歡這些石頭，而且她可以追查到它的來歷，不過這些石頭只是小小的代用品，不是眞的精氣體。」

愛拉很高興聽到這個「傳說」。她聽人談到過古老傳說，但她沒有發現這些故事是用來幫助大家了解他們必須知道的事。這使她想起老多夫以前常在冬天對布倫部落講述的故事。

朵妮侍者繼續往下說。「精氣符是結合生命力的象徵符號或記號、圖案。我們特別用它來辨識某人或某些團體的特性。齊蘭朵妮氏的精氣符是最重要的一個，它辨認我們所有人的身分。這是個由正方形或長方形組成的象徵符號，通常會有變化與裝飾。也許有不同顏色，或用不同材質做成，甚至正方形的數目不同，但它必須要有基本的形狀。齊蘭朵妮的精氣符是其中之一。」她邊說邊指著自己前額側面的刺青。愛拉發現一部分圖案是三排正方形，每排三個。

「這正方形告訴每個看到它的人，我的族人是齊蘭朵妮氏人。因爲對方數出九個正方形，這記號也確認我是第九洞穴的成員。當然這刺青的意義不只如此，」她繼續說道：「它也標明我是齊蘭朵妮亞的一員，並宣告我被其他齊蘭朵妮亞視爲首席大媽侍者。這記號的其中一部分也是我自己的精氣符，雖然這部分已經不那麼重要了。妳會發現瑪桑那的刺青和我的不同，不過有某部分也和我一樣。」

愛拉轉頭檢視前頭目的刺青。瑪桑那把頭稍微傾斜下來，讓她看得更清楚。「上面有九個正方形，」愛拉說：「但記號在她前額的另一邊，而且還有其他記號，大部分都是曲線。現在看清楚了，覺得其中一個好像是馬的形狀，它從脖子上橫過背後，下到後腿。」

「沒錯，」瑪桑那說：「刺青藝術家很有本領，他捕捉到我精氣符的精神。雖然他把它線條化，以便和整個圖形搭配，但很接近我精氣體上的記號，那是匹馬，不過像這樣就被簡化了。」

「我們的刺青告訴妳我們每個人的某些事。」齊蘭朵妮說：「妳知道我侍奉大媽，因爲我的刺青在我前額左邊。妳知道瑪桑那現在或以前曾經是她那個洞穴的頭目，因爲她的刺青在她前額右邊。妳知道我們倆都是齊蘭朵妮氏人，因爲有正方形，而且我們還都屬於第九洞穴。」

「我想曼佛拉爾的刺青上有三個正方形，但是我不記得我在布拉瑪佛的前額上可以數到十四個正方形。」愛拉說。

「是的，」齊蘭朵妮說。「洞穴有時不能用正方形的數目來辨認，但一個人所屬的洞穴一定能用某種方法識別。布拉瑪佛的刺青上有十四個點構成某種形狀。」

「不是每個人都有刺青。」愛拉說：「威洛馬在前額中央有個小刺青，但喬達拉就完全沒有。」

「只有頭目的前額有刺青。」喬達拉說：「齊蘭朵妮是心靈領袖，母親是洞穴頭目。威洛馬是交易大師，這是個很重要的職位，大家通常會徵詢他的建議，所以他也被當成頭目。」

「雖然有些人比較喜歡用衣服代表自己的身分，例如夏佛納，但有些人卻在其他部位有刺青，如臉頰或下巴，甚至在手上，通常是在不會被衣服蓋住的某個部位，沒道理把辨識記號放在沒人看得到的地方。其他刺青通常顯示出某人希望被當成是什麼樣的人，但這通常代表個人成就，而不是主要的關係。」瑪桑那說。

「馬木特伊氏的馬木特就像是齊蘭朵妮亞，他們在面頰上有刺青，但不是正方形。他們用的是山形。」愛拉說：「這刺青上面先是個菱形，很像是把正方形的直角轉成朝上方和下方，又或是正方形的一半——三角形，他們特別喜歡向下指的三角形。然後他們會重複這個有尖角的形狀，看起來像是一個角貼在另一個形狀裡面。有時他們把形狀連在一起變成Z字形。所有象徵符號也都有意義。我離開那年冬天，馬木特才開始教我這些事。」

齊蘭朵妮和瑪桑那對看了一眼，點點頭表示會意。朵妮和前頭目談過愛拉的能力，她建議或許應該考慮以某種方式將愛拉納爲齊蘭朵妮亞的一員。她們倆都同意這麼做或許對她以及其他人都比較好。

「夏佛納的束腰上衣上也有他的記號，他的精氣符，和齊蘭朵妮氏的精氣符。」愛拉敘述著，好像靠著死背的方式學習功課似的。

「沒錯。每個人都會認出他，包括大地母親朵妮在內。大地母親知道他是自己的孩子，住在這塊土地的西南邊。」齊蘭朵妮說。「但這只是夏佛納慶典服裝設計的一部分。整件服裝包括項鍊在內都有意義。除了齊蘭朵妮氏的精氣符，部分圖案還包括辨認他所屬洞穴的九個正方形，以及他世系的其他圖案。有顯示他婚配女性的象徵符號和他火堆地盤子女的精氣符。他的手藝——標槍匠，也被描繪出來了。當然，還有他自己的象徵符號。他的精氣符是最私人、最有力量的個人元素。他的慶典服裝，也就是現在他身上穿的壽衣，我想妳可以說這是一件展示他稱號與關係的視覺展覽品。」

「夏佛納的慶典服裝特別精美，」瑪桑那說：「是一位老圖案工匠製作的，現在已經過世了。他非常優秀。」

愛拉之前就覺得齊蘭朵妮氏人的衣飾很有趣，有些非常漂亮，尤其是瑪桑那的那些東西，不過她不曉得這些服裝所代表的複雜意義。她和她的穴熊族母親一樣，懂得欣賞自製物品上純粹的形狀和用途。有時她會把編織中籮筐上的圖案加以變化，或是在她雕刻與磨平的碗或杯子上，刻意展現出木頭的紋理，但她從來沒有加入裝飾。

現在她開始了解，一般人穿戴的衣服珠寶和他們的臉部刺青，是如何描繪出他們的特徵，辨識他們的身分。她覺得夏佛納裝飾繁複的整體服裝上，有著平衡悅目的圖案。然而，當瑪桑那說那是出自於一位老年人之手時，她相當驚訝。

「夏佛納的衣服一定很費工。一位老年人為什麼會花這麼多時間製作衣服？」愛拉問。

喬達拉笑著說：「因為這位老年人的手藝就是設計慶典服裝和壽衣。這就是圖案工匠的工作。」

「這老人沒有實際製作夏佛納的慶典服裝，他只是規畫怎麼把各部分拼起來。」瑪桑那說：「製作服裝時要顧慮到許多層面，需要有特殊的技巧和藝術的眼光才能以賞心悅目的方式把環節統合在一起，但他可以做整體規畫，讓服裝製作完成。有幾個人已經和他密切合作了好幾年，這個團隊製作的衣服需求量很大。目前他們其中一人負責服裝的製作規畫，但她還沒能像之前那位老人那麼傑出。」

「可是為什麼這個老人或是其他人會幫夏佛納做衣服？」愛拉問。

「他和他們進行交易。」喬達拉說。

愛拉皺起眉頭，顯然她還不太了解。「我以為只會和其他營地或洞穴交易，我不知道還可以和自己洞穴的人交易。」

「但有何不可？」威洛馬說：「夏佛納是標槍匠。他以製作精良的標槍聞名，但是他沒有辦法用一個讓自己滿意的方式，把所有他想要展示的元素和符號布置在慶典服裝上。因此他用二十支他做得最好的標槍，來換那件他非常珍視的服裝。」

「這是那位老人製作的最後幾件衣服之一。」瑪桑那說。「在他的眼睛狀況已經不容許他製作手藝之後，他把夏佛納的標槍一支支拿去交易他想要的東西，但他留了最好的一支給自己。現在他的骨頭埋葬在神聖的地底，但他帶著那支標槍到靈的世界去。這支標槍上不但有他的精氣符，也有夏佛納的精氣符。」

「如果特別滿意自己的手藝，」喬達拉解釋道，「有時標槍匠會把自己的象徵符號連同標槍未來主人的精氣符，一起刻或畫在標槍的圖案中。」

愛拉在打獵中學到，標槍上的某些記號非常重要。她知道每支標槍上都有擁有者的記號，因此他們不會搞錯是誰殺了哪隻動物。她不知道那叫做精氣符，也不知道這符號對齊蘭朵妮氏人的重要性。她曾經看到有一場爭執因爲精氣符而化解。兩支標槍射中同一隻動物，但只有一支戳進致命的器官。

儘管每支標槍上都有所有人的象徵記號，她曾經聽幾個獵人談論標槍匠。不管標槍上有沒有製作者的精氣符，他們似乎總是知道誰做了哪支標槍。依標槍的樣式和上面的裝飾，就能判斷出製作者是誰。

「你的精氣符是什麼，喬達拉？」她問道。

「沒什麼特別的，只是個普通記號。它看起來像這樣，」他說。他把旁邊一片乾燥的土抹平，用手指畫了條線，然後又畫了與第一條平行的第二條線，但在末端相接成一點。一條短線和另外兩條線在靠近尖端處會合。「我總認爲齊蘭朵妮在我出生那天什麼都想不出來。」他說罷看著首席大媽侍者，咧嘴而笑。「它可能是雪貂全白的尾巴，末端是黑色的。我一直很喜歡雪貂那小小的尾巴。妳覺得我的精氣符會不會是隻雪貂？」

「嗯，你的圖騰是穴獅，」愛拉說：「像我的一樣。我想你的精氣符可能是你說的任何東西。爲什麼不會是隻雪貂？雪貂蹦蹦跳跳很活潑，但在冬天很美麗，除了黑眼睛和尾巴的黑色末端之外，全身雪白。其實，他們夏天的棕色毛皮也很不錯。」她想了想，然後問道：「夏佛納的精氣符是什麼？」

「我在他安息的地方附近看到一支他的標槍。」喬達拉說：「我去拿來給妳看。」

他很快就把標槍拿來，讓她看夏佛納的象徵記號。那是隻簡化的歐洲盤羊圖案，歐洲盤羊就是長著彎曲大角的山羊。

「我該把那支標槍帶走。」齊蘭朵妮說：「我們需要用來複製他的精氣符。」

「爲什麼妳要複製？」愛拉問。

「我們會用標示他衣服、標槍等其他個人物品的同一個符號，來標示他的墓穴樁。」喬達拉說。

走回住處時，愛拉思索剛才的討論內容，自己做出了幾個結論。雖然象徵物也就是精氣體本身是被隱藏起來的，但象徵記號，也就是在精氣體上的精氣符，不只是代表它的那個人知道，其他所有人也都知道。它的確擁有某種力量，尤其是對所有者而言，但對可能誤用它的人來說就不是如此了。它太廣爲人知。眞正的力量是來自於隱諱難解的未知事物。

第二天早上，約哈倫輕叩瑪桑那住處入口旁的柱子。喬達拉把門簾推向一旁，看到他哥哥時非常驚訝。

「你今早不是要開會嗎？」他問。

「當然，但我想先和你還有愛拉談談。」約哈倫說。

「那就進來吧。」喬達拉說。

約哈倫讓厚重的門簾垂下來，走進室內。瑪桑那和威洛馬從他們的睡房走出來，很熱情地和他打招呼。愛拉正把早餐的剩菜放進沃夫的木碗裡。她抬起頭對他微笑。

「約哈倫說想跟我們談談。」喬達拉看著愛拉說。

「要不了多少時間，不過我一直在想著你們投擲標槍的武器。如果有更多人能像你們一樣從遠處投擲標槍，喬達拉，那麼我們或許就能在野牛踐踏夏佛納之前阻止牠。要救他太遲了，但我希望其餘獵人能有這種安全的打獵方式。你們兩個人願不願意向大家示範如何製作標槍投擲器，還有如何使用？」

喬達拉笑了。「我們當然願意。這是我一直以來的願望。我等不及示範給大家看，讓每個人都了解這武器的優勢。」

除了弗拉那以外，瑪桑那住處裡的每個人都和約哈倫一起走向靠近龐大岩洞南端的集會區。他們走到那裡時，有不少人已經到了。他們派了信差邀請那些有參加打獵的洞穴的齊蘭朵妮亞前來開會討論葬禮事宜。除了第九洞穴的心靈領袖之外，第十四、第十一、第三、第二和第七洞穴的齊蘭朵妮都來了。大多數擁有領導地位的人也都出席了，在場還有一些有興趣參與會議的其他人。

「野牛靈已經索取一位我們的族人性命做爲交換。」身軀龐大的朵妮說。「如果她提出要求，我們就必須做這樣的犧牲。」她注視著點頭表示同意的眾人。和其他齊蘭朵妮亞站在一起，更彰顯出她威風凜凜的儀態，她首席大地母親侍者的地位因此再明顯不過。

會議繼續，幾位齊蘭朵妮亞對細節產生略微不同的意見，首席大媽侍者聽任爭論順其自然地發展。約哈倫的注意力，已經從夏佛納葬禮的討論轉移到考慮該在何處架設練習靶。和愛拉與喬達拉談論過後，約哈倫決定在前往夏季大會之前，就鼓勵眾獵人製作標槍投擲器，並且開始練習。他希望他們能儘快熟練喬達拉的新武器，但不是今天。他知道今天用不上這武器。今天是引導夏佛納的靈——他的精氣——進入下一個世界的日子。

雖然齊蘭朵妮看起來好像在認眞思考眾人提出的觀點，然而她的心思也被其他想法占據。自從喬達拉把索諾倫位於遙遠東方的墳上帶回來的那塊有一面是乳白色的石頭給了她之後，她一直想著他弟弟的事，不過她在等候適當的時機。

她知道喬達拉和愛拉兩人都必須參與其中，然而不管在任何狀況下，和另一個世界接觸都十分令人畏懼，尤其是對那些未經訓練的人來說。即使是經過訓練的人也會有危險。如果舉行儀式時有許多人在場幫助、支持曾經直接接觸死者的人，他們會比較安全。

由於夏佛納是在聯合附近大多數洞穴的狩獵中喪生，他的葬禮必須隆重，各洞穴都要參加，以祈求保佑整個齊蘭朵妮氏族群。這或許是試圖深入靈的世界尋找索諾倫生命力的妥當時機，齊蘭朵妮想。她瞥了一眼愛拉，不禁納悶這異地女人會作何反應。愛拉的知識、能力，甚至她令人欽佩的態度，都不斷使朵妮感到意外。

當這年輕女人上前詢問她，是否自己還能爲夏佛納多做些什麼的時候，年長的朵妮侍者感到很榮幸，尤其她已經展現出那麼傑出的技術。這年輕女人要喬達拉從他弟弟的埋葬處拿一顆石頭，這建議再恰當不過，尤其她並不熟悉他們族人的慣例，齊蘭朵妮心想。這顆出現在喬達拉面前的石頭確實相當與眾不同。這顆石頭表面上看起來很普通，但把它轉一下，就能看到另一面是透著藍光的乳白色表面，上面有火焰般的紅點。

這乳白中透出的藍色無疑代表了澄淨，她想，而紅色是生命的顏色，是大地母親五個神聖顏色中最重要的一個。這顆小石頭顯然是個力量強大的物體。我們必須針對這顆石頭採取某些行動。

她有意無意地聽著眾人的爭論，心裡忽然冒出了個念頭，這顆索諾倫墳上的珍奇石頭很像是一顆代用石。有了它，大地母親就能追蹤索諾倫的精氣。最好也最安全的安置處，就是神聖洞穴裡的裂縫中，在他家人的代用石旁。她知道幾乎所有第九洞穴還有其他洞穴的代用石位置。除了自己的精氣體之外，她甚至還知道其他一些精氣體隱藏的地方。

在一些特殊情況下，她必須插手干預，接下父母的職責，負責保管某些孩子的精氣體。她也必須幫助那些由於心理或身體殘缺而無能處理精氣體的人，去隱藏他們的象徵物。她從來不會洩漏祕密，也不會基於任何理由想以她的知識圖利。她很清楚這麼做可能會給自己和精氣體代表的人帶來危險。

愛拉的心思也開始游移。她不熟悉齊蘭朵妮氏人的葬禮習俗，她對此很感興趣，但此刻冗長的討論已經超越她的理解範圍。她甚至聽不懂他們所使用的隱諱字眼。所以她心裡想的，是最近學到的一些事。

他們向她解釋過，死者通常被埋葬在神聖的土地，不過在放置一定數量的墳墓之後，他們會改變埋葬場位置。如果有太多徘徊不去的靈聚集在同一個地方，它們的力量會變得太強大。在同一個地方喪生或關係親近的死者必須被葬在一起，然而埋葬場不是只有一個。這些死者會被分別埋葬在一片土地上散置各處的小區塊裡。

不管選擇哪裡做爲埋葬場，他們都會以很近的間隔把做了記號的木樁插在每個墳墓周圍，靠近頭部的地方。木樁上會刻或畫有埋葬此處的人的精氣符，這些符號向眾人宣告進入這地區的危險性。死者的靈已經沒有身體可供居住，它可能會暗暗躲藏在木樁圈住的範圍內，但它不能越過這柵欄外。齊蘭朵妮亞做出這下了咒語的柵欄，因此不能到靈的世界去的幽靈，也無法跨越這界線，將還在這世上走動的人體偷走。

若缺少強大的保護，進入柵欄圍住的地方會帶來重大的危險。在屍體被平放安息之前，幽靈就已開始聚集，聽說它們會設法奪取活人的身體，和這人自己的靈打鬥，以取得控制權。這情形發生時旁人通常看得出來，因爲此人會產生激烈的變化，他可能會做出與自己個性不符合的事，或看到其他人沒看見的東西，沒有理由的大聲喊叫，又或是出現暴力行爲，或彷彿無法理解周遭環境，而沉溺在自己的世界中。

許多年後，木樁自然倒下，在泥土中腐爛，墳墓上長出植物，使墳地恢復往日面貌。神聖土地已不再被視爲神聖，也不再危險；幽靈已經離開了。一般人認爲，此時大地母親已經索取她所需的，因而將這塊地方還給她的孩子。

聽到首席大媽侍者的聲音，愛拉和其他沉思中的人立刻就把注意力移回討論中。既然幾位齊蘭朵妮亞似乎無法解決他們歧異的意見，有權威的朵妮侍者決定介入。她做了決定，將所有看法都囊括其中，並且加以解釋，使這決定看來是唯一的解決方法。接下來他們繼續討論將夏佛納遺體搬運到神聖埋葬場的人所需的防護措施，好讓這些人不受迷路和四處遊蕩的靈魂打擾。

他們將舉行一場宴席增強大家的體力，如此一來每個人的靈就有力氣打敗迷路的靈魂，當然所有人都期待波樂娃來安排。此外他們還討論除了武器和工具外，墳墓上該擺哪些食物。墳墓上的食物是不能吃的，但這些食物的靈能滋養四處遊蕩的靈魂，讓它有力氣找到該走的路。所有事情都必須準備妥當，這樣離開身體的靈魂就沒有理由再回來，或是遊蕩太久。

在早晨的會議之後，愛拉和馬兒出去溜達，她騎在嘶嘶背上，快快和沃夫跟在後面。然後她一邊幫牠們梳毛，一邊把牠們身上都檢查一遍，確定這些動物安然無恙。她習慣和馬兒度過每一天，但自從到了這裡，她大多數時間都和喬達拉的族人在一起，因此她很想念牠們。牠們對她熱情洋溢的問候方式，讓她覺得牠們也很想念她，也很想念喬達拉。

回去的路上她在約哈倫家稍做停留，詢問波樂娃是否知道喬達拉在哪裡。

「他和約哈倫、盧夏瑪，還有索拉邦一起去挖掘夏佛納的墓穴。」她說。波樂娃有許多事要忙，但此刻她在等候其他人，所以還有一點點時間。這位即將與她配偶的弟弟結合的女人如此多才多藝，波樂娃很想多認識她一些。她問愛拉：「妳想喝點洋甘菊茶嗎？」

愛拉遲疑著。「我想我應該回到瑪桑那住處，但我很樂意改天再和妳喝茶。」

和馬兒一樣很享受外出時光的沃夫，跟著愛拉來到室內。一直監視著這動物的傑拉達爾，出來跑向牠。沃夫用鼻子戳這孩子，想要被他撫摸。傑拉達爾高興地咯咯笑，他揉揉沃夫的頭。

「我必須告訴妳，愛拉，」波樂娃說：「一開始傑拉達爾說他摸妳的動物時，我非常擔心。很難相信吃肉的獵食動物會對孩子這麼溫柔。弗拉那帶牠來這裡，我看到瑪索拉在牠身上爬來爬去，那時我真不敢相信。她抓牠的毛，戳牠的眼睛，甚至還掰開牠的下巴看牠嘴裡有什麼，而沃夫就只是躺在那裡，好像樂在其中似的。我真是錯愕極了。連莎蘿娃都在笑！頭一次她看到她的小女嬰和這隻狼在一起時，她嚇壞了。」

「沃夫特別喜歡和孩子在一起。」愛拉解釋。「成長過程中，牠在獅營土屋裡和孩子一起玩、一起睡覺。他們是牠的小玩伴，就像成年的狼總是保護、溺愛狼群中的小狼一樣，牠好像把所有幼兒都當成牠的狼同伴。」

和沃夫走回瑪桑那的住處時，波樂娃的身影一直在愛拉腦海縈繞不去，她模模糊糊意識到，她的姿勢、她的舉手投足，還有她那寬鬆的束腰上衣，好像有哪裡不太對勁。突然間她想通了，笑了出來。波樂娃懷孕了！她很有把握。

愛拉走進瑪桑那住處時，沒有人在家，這時她真希望自己和波樂娃一起喝茶，不過她還是納悶喬達拉的母親會在哪裡。她沒和波樂娃在一起，或許她去看齊蘭朵妮了，愛拉想。她們好像走得很近，或者至少她們很敬重彼此。她們總是在交談，或交換會意的眼神。如果她去那裡找瑪桑那，就有藉口同時拜訪朵妮侍者，愛拉實在很想更了解她。

當然了，我不一定要找瑪桑那，齊蘭朵妮這時候也很忙。或許我不該打擾她，愛拉心想。但她老覺得沒事可忙，很希望能做些有意義的事。或許我可以幫忙，至少問問無妨。

愛拉來到齊蘭朵妮的住處，輕敲入口門簾旁的壁板。齊蘭朵妮一定站在入口不遠處，沒多久她就推開門簾。

「愛拉，」她訝異地看著這年輕女人和狼。「我可以爲妳做什麼嗎？」

「我來找瑪桑那。她不在家，也不在波樂娃家。我只想看看她是否有來這裡。」愛拉說。

「沒有，她不在這裡。」

「好吧，很抱歉打擾妳，我知道妳很忙。我不應該占用妳的時間。」愛拉說。

「眞的沒關係。」朵妮侍者說，然後她注意到這年輕女人好像很緊張，但也一副很熱心的樣子，好像在期待什麼。「妳找瑪桑那有事嗎？」

「沒有，我只是要找她，我想她可能需要幫忙。」

「如果妳想找點事做，或許妳可以幫我。」齊蘭朵妮邊說著，邊把門簾打開，讓愛拉進屋裡來。由愛拉心滿意足的笑容來看，年長女人發現這才是愛拉前來的眞正原因。

「沃夫可以進來嗎？」愛拉說：「牠不會打擾我們。」

「我知道牠不會。我告訴過妳，我們了解彼此。」朵妮侍者說著，把門簾推向一旁，讓這動物跟在愛拉身後進門。「妳幫我挖來的紅赭石需要磨成粉末。研缽在這裡，」齊蘭朵妮說著，指著一塊被染成紅色的石頭給她看，石頭中央因爲經年使用而形成一處凹陷。「這是用來搗碎的石頭。喬諾可很快就到，他需要用這些粉末協助我做一根有夏佛納精氣符在上面的木樁。他是我的助手。」

「我在歡慶會上遇到一個叫喬諾可的男人，但他說他是藝術家。」愛拉說。

「喬諾可是一位藝術家沒錯，他同時也是我的助手。不過我想與其說他是助手，不如說他是藝術家。他對治療病人沒興趣，甚至也不關心該如何尋找靈的世界。他對擔任助手沒什麼不滿意，不過他還年輕，時間會證明一切。終有一天，他會感覺到他終生職志的召喚。此刻他同時是位傑出的藝術家，他做助理的表現也很優秀。」齊蘭朵妮說完，又加了一句：「大多數藝術家也同時是齊蘭朵妮亞。喬諾可很年輕就開始當助理，那時他已經展現過他的才華了。」

愛拉很樂意把紅色的氧化鐵搗成粉末，這是不需要特殊訓練就能幫忙的方法，不過重複的肢體動作也放空了她的腦袋。她對齊蘭朵妮亞感到好奇，也好奇爲什麼像喬諾可這樣的藝術家，年紀輕輕就被帶進這個團體。他們不可能了解什麼是齊蘭朵妮亞，還有它代表的意義。藝術家爲什麼必須成爲齊蘭朵妮亞的一份子？

當她在工作時，喬諾可進來了。他看了一眼愛拉，然後又有點吃驚地看著沃夫。這隻狼抬起頭望著愛拉，緊張地想等她一下令就站起來。她做了一個手勢，表示歡迎這男人。牠放鬆了下來，但還是處於戒備狀態。

「愛拉來幫忙，喬諾可。」齊蘭朵妮說：「我知道你們倆見過面。」

「是的，在她來的第一天晚上。妳好，愛拉。」喬諾可說。

愛拉把紅色石塊搗成粉末的工作完成，然後將研缽、研磨石和紅色粉末交給齊蘭朵妮，希望這女人能給她點別的事做，但她很快發現他們倆顯然在等她離開。「妳還希望我做些什麼呢？」她終於開口問。

「目前沒有。」朵妮侍者說。

愛拉點點頭，然後示意沃夫一同離開。回到住處時瑪桑那還沒回來，喬達拉又不在，她不知道該做什麼。剛才我應該留在那裡和波樂娃喝茶，她想。然後她下了決定，何不現在回去？愛拉想更認識這位有才能又受眾人景仰的女人。畢竟她是喬達拉哥哥的配偶，她倆即將成爲親戚。或許我還可以帶杯好茶，愛拉想，我可以用乾椴樹花來泡，裡面加點好聞的香氣和些許甜味。但願我知道附近哪裡有椴樹。

第十五章

墓穴即將挖好，他們對此感到欣慰。在啓程挖掘埋葬夏佛納屍體的墓地之前，齊蘭朵妮亞已經召喚了強大的力量來保護他們，包括將赭石粉末倒在他們手上。然而在跨過上面有雕刻與紅漆的木樁所標示出的隱形界線時，所有人依舊暗自地發著抖。

這四個掘墓人穿著沒有造型、欠缺任何裝飾的大張皮革，類似一條中央開個大洞以便讓頭穿過的毯子。蓋過頭的兜帽遮住他們的臉，帽子上只有露出眼睛的洞，嘴與鼻被蓋住，因爲身體上的開孔會招引幽靈進入身體裡。

披覆皮衣的目的是爲了隱藏身分，不讓可能潛伏在附近找尋活人棲息的幽靈發覺他們；他們身上不能夠有任何精氣符、象徵記號或花樣，透露出是哪些人侵入神聖土地，打擾幽靈安寧。他們不開口，因爲即使發出聲音也會洩漏他們在此地的事實。指派挖掘墓穴的成員是件棘手的事，而約哈倫認爲，既然是他發起那場不幸的狩獵，他應該是挖掘墓穴的人選之一。他挑選了他的兩個助手——索拉邦與盧夏瑪，以及他的弟弟喬達拉來協助他。雖然這四個男人熟識彼此，他們卻由衷地希望不要被任何徘徊不去的活躍幽靈發現。

以石鋤敲打堅硬的地面非常辛苦。烈日當空，他們又熱又汗流浹背。悶在皮革兜帽裡讓人透不過氣來，但這些強壯而一無所懼的獵人絲毫不考慮將帽子脫下。遭遇迎面衝來的犀牛，他們個個都能在最後一刻閃開，然而面臨神聖墓地裡無法預知的危險，卻遠需要更大的勇氣。

如非必要，他們誰也不想在這幽靈出沒的場所多逗留一刻。因此他們盡可能加快速度，鏟出以石鋤敲鬆的泥土。他們用的鏟子是由大型動物大而平的骨頭、肩胛骨或骨盆骨做成，一端向前逐漸變窄，並以圓石與河沙將邊緣磨利以方便鏟起東西。另一端則固定在一根長樹枝上。挖出來的泥土被放在類似他們所穿的皮革上，如此就能將皮革從洞穴邊緣拉開，留出空間容納擁擠的人群。

把最後幾鏟鬆動的泥土從洞中拋出後，約哈倫對其他人點點頭。洞穴挖得夠深了。他們將工具收在一起，快快離開。他們遠離平常活動的區域，走到之前所選定一塊人跡罕至的地方。

約哈倫將石鋤尖銳的一端刺進土裡，其他掘墓人又挖了比先前洞穴還小的另一個洞，脫下兜帽和皮衣丟進洞裡，再小心地把土填回去。挖掘工具會被放回他們所選擇的特定地方，但他們小心翼翼地不讓工具的任何一處，碰觸除了以赭石塗紅的手之外赤裸身體的任一部位。

接著他們立刻前往位於布滿洞穴的石灰岩壁上那個靠近河谷平地的一個特定小洞穴。洞穴前插了一根刻有齊蘭朵妮氏人的精氣符與其他記號的木樁。他們走了進去，把挖墓穴的工具放回原位並迅速離去，離開時以雙手抓住柱子，輕聲地發出一串聲音，請求大地母親的保護。之後他們沿著一條蜿蜒的路，來到高地上另一個主要用途爲供齊蘭朵妮亞舉行男人與男孩有關儀式的洞穴。

等在洞穴外的，是六位參與那場不幸狩獵的各洞穴齊蘭朵妮亞與幾位助手。他們帶來用滾燙岩石加熱至接近沸騰的水，還有幾種通稱爲皀根或能產生皀素的植物。保護他們手腳的赭石粉末把泡沫染成了紅色。燙得幾乎讓人無法忍受的熱水倒在他們髒污的手腳上，再流入地面挖好的小洞裡。如此的沐浴儀式進行了二次，以確保他們身上沒有留下紅色的痕跡。他們甚至還用尖的小棒子清理指甲。然後他們又清洗了第三次。他們接受檢查，如有需要就再清洗一次，直到每一位齊蘭朵妮亞都滿意了爲止。

接著每個男人都拿了不透水籮筐裡的溫水和更多皀根清洗全身，連頭髮也洗。等到齊蘭朵妮亞宣布他們已經徹底淨身，並允許他們披上自己的衣服，才能喘一口氣。首席大媽侍者給每人一杯熱而味苦的茶，指示他們先漱口，把漱口水吐在指定的洞裡，然後喝掉剩下的茶。他們急急忙忙漱口、吞下茶後迅速離開，對於儀式的結束感到輕鬆無比。誰都不喜歡和這樣強大的法力如此接近。

喬達拉和其他男人一邊輕聲交談，一邊走進約哈倫的家，他們仍舊意識到剛才與靈的世界近距離接觸。

「愛拉在找你，喬達拉。」波樂娃說：「她先是離開了，然後又帶了些好喝的茶回來。我們聊了一會兒，但是隨後有幾個人來討論葬禮的宴席。她提議幫忙，但我說等下次吧，我想齊蘭朵妮一定對她有其他安排。她不久前才走。我也得走了，我在烹煮區裡準備了些食物和熱茶給你們。」

「愛拉有沒有說她要去哪裡？」喬達拉問。

「去你母親那裡。」

「謝謝妳。我去看看她想做什麼。」

「先吃點東西吧，你們工作得很辛苦。」波樂娃說。

他囫圇吞棗，用茶把嘴裡的食物沖下去，然後起身往外走。「等齊蘭朵妮亞準備好時告訴我，約哈倫。」喬達拉說著，離開了住處。

他來到母親住處時，每個人都圍坐在矮桌前，喝著瑪桑那的酒。

「去拿你的杯子，喬達拉。」她說：「我幫你倒點酒。今天很辛苦，而且事情還沒完。我想我們都該試著放輕鬆。」

「你看起來洗得好乾淨，喬達拉。」愛拉說。

「對，眞高興我做完了。我想盡我的一份力，但我痛恨挖掘神聖的場所。」喬達拉說著，身體一陣顫抖。

「我知道你的感覺。」威洛馬說。

「既然是去挖洞，爲什麼你全身這麼乾淨？」愛拉問。

「他是去幫忙挖墓穴。」威洛馬解釋道。「挖掘神聖墓地、打擾靈魂之後，他必須徹底淨身。齊蘭朵妮亞用熱水和許多皀根讓他們清洗好幾次。」

「這讓我想起蘿莎杜那氏的溫泉。記得嗎，喬達拉？」愛拉說。她發現他表情一變，露出暗示性的笑容，她想起和他在天然溫泉裡的那個愉快下午。她別過臉去，試著不對他笑。「你還記得他們用提煉出的脂肪和灰燼做出的肥皀嗎？」

「我記得。它會產生很多泡沫，而且比我見過任何東西的洗淨力都強。」他說：「它甚至能把所有的味道都洗掉。」他的笑意更深了，她知道他意有所指的逗她。那時他們在分享快感，他說他甚至連她的味道都嘗不出來。總之覺得身上那麼乾淨眞是個有趣的經驗。

「我在想，」愛拉依舊迴避喬達拉的眉目傳情，試著做出一本正經的樣子。「那種清潔皀很適合用來淨身。有幾個蘿莎杜那氏女人曾經示範作法給我看，不過做起來需要技巧，不是每次都能成功。或許我應該試著做一點給齊蘭朵妮看。」

「我無法想像油和灰怎麼能把身體洗乾淨。」弗拉那說。

「要不是親眼看見，我也不相信。」愛拉說：「但把這兩樣東西用某種方式混合在一起時，會產生變化，你眼前不再是油和灰，而是別的東西。把水加到灰裡煮一會兒，等冷卻後再把水分瀝出來。這東西的效果很強，如果不小心碰到，甚至還會起水泡。就像是火的一部分，能把你燒傷，只是沒有熱度。接著把融化的油脂加進去，油脂的量大概跟液體一樣，但油脂與瀝出的水分必須摸起來和手腕內側的皮膚溫度一樣高。如果每個程序都對了，那麼混合這兩個東西時，就能產生幾乎什麼都能清洗的肥皀泡。它連油都能洗乾淨。」

「一開始爲什麼有人會想把油脂和灰燼水放在一起呢？」弗拉那問。

「告訴我這件事的那女人說，第一次她這麼做只是個意外。」愛拉解釋道。「她在火堆上煮飯還是提煉什麼油脂的時候，開始下起大雨。她跑去躲雨；等她回來時，她以爲這鍋油毀了。油溢出來，流到滿是灰燼的火堆上，而灰燼裡淹滿了雨水。接著她又看到她攪拌油脂的木湯匙。這隻木湯匙花了很多時間才刻出來，她很喜歡，因此她打算把它撈出來。她把手伸進她以爲已經毀掉的油脂裡，卻接觸到滑滑的泡沫。當她把泡沫洗掉時，發現不僅泡沫很容易沖乾淨，而且她的手和湯匙也很乾淨。」

愛拉不知道，從木頭灰燼裡過濾出來的鹼，和油脂以某種溫度混合後，會產生一種化學反應，形成肥皂。她不需要知道這程序爲什麼能產生清洗皂，只知道它就是有這樣的效果。這不是第一次也不會是最後一次，人類因意外而發現某些事物。

「我敢說齊蘭朵妮一定很有興趣知道。」瑪桑那說。她一直很注意這年輕女人和她兒子之間的小動作。喬達拉的動作沒他自己以爲的那麼難以察覺，她想試著幫愛拉在比較嚴肅的氣氛下繼續討論。畢竟他們即將參加葬禮，這實在不是滿腦子想著快感的好時候。「有次釀酒的時候，我也有一個類似的發現。之後，我釀酒的成果似乎一直都很不錯。」

「妳終於要把妳的祕方告訴我們了嗎，母親？」喬達拉說。

「什麼祕方？」

「妳的酒爲什麼每次釀出來都比任何人的酒還好喝，而且從來不會變酸。」喬達拉開懷笑著說。

她點點頭，表情有些惱怒。「我不覺得那是祕方，喬達拉。」

「可是妳從來不肯告訴任何人妳是怎麼釀酒的。」

「那是因爲我不確定到底我做的哪件事眞的影響了酒的品質，或者別人這麼做是否也會成功。」瑪桑那說：「第一次我不曉得爲什麼要那麼做，但我看齊蘭朵妮用類似的方法製作她的藥飲，彷彿賜給這飲品強大的魔力。因此我猜想這法子是否也能在我酒中加入魔法。看來它成功了。」瑪桑那說。

「好吧，告訴我們吧。」喬達拉說：「我早知道妳做了些特殊的程序。」

「齊蘭朵妮製作某種藥時，我看到她會把藥草放在嘴裡嚼，因此後來我把莓子壓碎做酒時，也放一些在嘴裡嚼，然後再把嚼出來的果汁加到搗爛的莓子裡，才讓它開始發酵。這種作法居然使釀出來的酒不一樣，我覺得好奇怪，但顯然事實就是如此。」

「伊札告訴我在製作某些藥和某些特別的飲料時，必須先把材料放在嘴裡嚼，才能讓它們發揮作用。」愛拉說：「或許把做酒的莓子加上一點點嘴裡吐出來的汁液，可以產生某種特殊的成分。」她之前從沒想過，但這是有可能的。

「我請朵妮幫忙把果汁做成酒，或許那才是眞正的祕方。」瑪桑那說。「如果你要求的不多，有時大地母親會賜給你想要的。你年紀還很小的時候，就有求必應，喬達拉。如果你跟朵妮要，好像總能得到你眞正想要的東西。現在是否還是這樣呢？」

喬達拉微微臉紅了。他沒發現除了自己以外還有其他人知道，但他應該猜得出瑪桑那知道。「通常如此。」他說著，眼光移向他處，躲開她的直視。

「你向她要的東西，她是否曾經不給你呢？」他母親追問。

「有一次。」他不安地扭動著身體說道。

她看著他，然後點點頭。「是。我猜測即使是大地母親，也不能同意你這麼過分的要求。我不認爲你現在會覺得遺憾，對吧？」

每個人都被這對母子之間的謎樣對話搞得滿頭霧水。喬達拉顯然相當困窘。愛拉看著他們，忽然想到瑪桑那說的是齊蘭朵妮，更正確地說是索蘭那，也就是年輕時的齊蘭朵妮。

「妳知道只有男人能在神聖的土地上挖掘嗎，愛拉？」威洛馬說。他改變話題，想掩飾尷尬的場面。「將受朵妮賜福的女子暴露在這麼危險的力量下，太不安全了。」

「我也很高興，」弗拉那說：「必須替靈魂已經離開的人清洗和穿衣服眞是夠糟的。我好厭惡自己必須做這差事！所以當妳今天稍早叫我照顧沃夫時我好開心。我邀請所有的人來家裡，請她們把年幼的弟妹都帶來。沃夫見了好多人。」

「難怪牠這麼累。」瑪桑那瞥了一眼躺在牠睡覺地方的狼。「度過這樣的一天，我也會想睡覺。」

「我不覺得牠在睡覺。」愛拉說。她知道牠休息和睡覺姿勢的差別。「不過我想妳說得沒錯，牠是累了。牠的確很愛小孩子，但他們也會把牠搞得筋疲力竭。」

雖然在他們預料之中，但聽到有人輕敲入口旁的壁板，他們還是吃驚地轉過頭去。「齊蘭朵妮準備好了。」那是約哈倫的聲音。房裡的五個人很快喝下杯中剩餘的酒，走了出去。沃夫跟在他們後面，但愛拉用一條特別的繩子把牠綁在離瑪桑那住處不遠一根牢牢插在地面的木樁上，讓牠不要接近這場大家都會參加的葬禮。

已經有許多人聚集在葬禮棚周圍。人群問候與聊天的聲音此起彼落，發出陣陣小聲而輕柔的嗡嗡交談聲。棚子周圍的牆板已經被移開，讓夏佛納的遺體供人瞻仰。他躺在用來裹住屍體的草席和網狀的吊床上，稍後他會被包在吊床裡，帶到下葬的地方。但他會先被帶到聚會場，這裡地方夠大，能容納附近六個洞穴曾經參與狩獵的所有人。

他們到這裡後不久，喬達拉就和他哥哥以及其他幾個人離開了。瑪桑那和威洛馬知道他們在即將舉行的儀式中該負責的事情，因此也匆匆忙忙就定位。不知道該做什麼的愛拉感到很疑惑，她決定遠遠地觀察，希望不要做出可能使自己或喬達拉家人丟臉的事。

弗拉那把她哥哥帶回家的這位外地女人介紹給她的朋友，有幾個年輕女人和兩個年輕男人。愛拉和他們聊天，或是說她至少努力試著這麼做。他們聽過太多她的故事，這些對她肅然起敬的年輕人要不是害羞得結巴，就是之後胡言亂語一通，彌補剛才的辭窮。一開始她沒聽見有人叫她的名字。

「愛拉，我想他們要找妳。」弗拉那發現齊蘭朵妮走向他們時，對愛拉說。

「你們得讓她先離開了。」朵妮有些突兀地對愛拉身邊年輕的仰慕者說。「她必須和齊蘭朵妮亞一起到前面去。」愛拉跟著她。在她身後的年輕人更訝異了。當她們走到年輕人聽不見的地方時，她輕聲對愛拉說：「齊蘭朵妮亞在葬禮上不吃任何東西。妳和我們走在一起，但之後妳會跟喬達拉與瑪桑那走在隊伍最前頭，領取宴席的食物。」

愛拉沒有問她為什麼自己要和禁食的齊蘭朵妮亞走在一起，但卻能和喬達拉的家人一起吃東西，不過她之後會思考這件事。她不明白他們希望她做什麼，只能跟在他們後面，開始過橋到下游地，然後繼續走向聚會場。

齊蘭朵妮必須在葬禮上與另一個世界溝通，而此時禁食又是必要的，因此她們不吃東西。在這之後，首席大媽侍者計畫另外進行一場招魂儀式，和索諾倫的精氣接觸。進入另一個世界向來不容易，但現在她已經習以為常，知道該做些什麼。禁食是齊蘭朵妮亞生命的一部分，有時她不禁納悶，為何自己常常沒吃東西，卻依舊持續變胖。或許隔天她又把前天的分給補回來，但她似乎吃得也不比其他人多。她明白，許多人覺得她巨大的身形加強她的威嚴與神祕感。她對她的身材唯一的不滿，就是開始覺得自己愈來愈無法行動自如。彎腰、爬坡、席地而坐，或更正確地說，是坐下後再站起來都變得艱難。但大地母親似乎希望她長得強壯結實，如果這是她的願望，那麼朵妮侍者也心甘情願。

食物排放在背後的高牆附近，離遺體擺放的地方很遠。從豐盛的食物看來，顯然有許多人花了很大功夫準備這場宴席。「這就像是小型的夏季大會。」愛拉聽到有人這麼說。她心想，如果這樣還算小，那麼齊蘭朵妮氏人的夏季大會有多大呢？光是第九洞穴就有將近兩百人，再加上其他五個洞穴，每個洞穴都是人口眾多，愛拉知道她永遠沒辦法記住所有人，她甚至認為沒有足夠的數字用來數完這麼多人。

她只能把他們想成是聚在一起交配或遷徙的野牛群。

葬禮棚被拆下來，拿到聚會場後重新搭起。六位齊蘭朵妮亞和六位洞穴頭目在葬禮棚旁邊依序站好後，其他人開始過來坐在地上，四周逐漸安靜下來。有人在一個大盤子上擺滿取自宴席的各種食物，包括一整塊野牛腿肉。首席大媽侍者把肉高高舉起，讓每個人看得到，然後放在夏佛納的遺體旁邊。

「齊蘭朵妮氏人為了榮耀你而舉辦這場宴席，夏佛納。」她對死者說。「請你的靈和我們一起，好讓我們在你前往另一個世界時，祝你一路順風。」

接著其他人排成一排去取食物。在宴席上，人群通常會隨意排成一行，但這是一個正式的公開典禮，是少數幾個必須依照特定順序排列的場合。人群根據他們早已知道但鮮少呈現出來的地位高低排列，以便向另一個世界的靈宣告自己的位置，協助夏佛納的精氣度過這艱難的轉換期。

由於這是夏佛納的葬禮，悲傷的配偶雷蘿娜和她的兩個孩子走在最前面，接著是他弟弟雷諾可。約哈倫、波樂娃和傑拉達爾排在後面，然後是瑪桑那、威洛馬和弗拉那、喬達拉，他們是第九洞穴地位最高的成員——還有愛拉。

愛拉自己不知道，但她給眾人帶來棘手的問題。因為是外地人，她在洞穴的地位本來應該是最後面。如果她和喬達拉曾在受人認可的儀式上正式訂婚約，那麼把她安插在喬達拉位高權重的家庭裡就不成問題。但其他人只知道他們將要配對，她甚至還沒被正式獲准成為洞穴一員，受到接納。當這問題出現時，喬達拉明白表示，不管愛拉被安排在哪裡，他都會跟她在一起。如果她被排在隊伍最後面，那麼他也會站在隊伍最後面。

男人的地位一開始來自於母親，一直到他成年後才可能改變。通常在配對正式被批准之前，家庭成員必須進行婚配協調，這牽涉到許多不同層面，有時頭目和齊蘭朵妮亞也必須加入協調。例如雙方同意交換什麼禮物，以及兩人要住在他的洞穴、她的洞穴或其他洞穴。需要協調的還有新娘費，因為她的地位被認爲是最有價値的。協調的重點之一，就是這對新婚伴侶的地位。

瑪桑那深信，如果喬達拉站在隊伍最後面，不只會被齊蘭朵妮氏人誤解，也會被另一個世界的幽靈誤解，以爲他因某種理由而失去地位，或者愛拉的身分太低下，因此他的地位沒有在協調過後變得更高。因此齊蘭朵妮堅持讓她和齊蘭朵妮亞一起走向宴席。即使是外地人，如果她被視爲是具有超自然法力的傑出人才，就能因此擁有聲譽，只是這種處理方式有些曖昧。雖然齊蘭朵妮亞在葬禮盛宴上不吃東西，她還是可以在有人提出異議之前，換到喬達拉家人的隊伍裡。

有人可能會察覺他們旁門左道的伎倆，然而一旦就定位置，就等於是向這個世界和另一個世界宣告她的地位，要改變稍嫌太晚。對於用在喬達拉和她兩人身上這小小的欺瞞行爲，愛拉自己渾然未覺，而且事實上，設計此事的人覺得這只是個微不足道的過錯。基於不同的理由，瑪桑那和齊蘭朵妮兩人都深信愛拉原本就該是個地位崇高的人，差別只在於有沒有公開宣告。

在這家人吃飯的時候，勒拉瑪過來倒了些巴瑪酒在他們杯子裡。愛拉記得前幾天晚上見過他。她漸漸了解，他釀的飲料或許大受歡迎，然而這男人卻常被人瞧不起，她不知道爲什麼會這樣。愛拉看他從水袋裡倒酒給威洛馬，發現他的衣服嚴重破損髒污，應該要補好的地方卻被磨穿了。

「我可以幫妳倒些酒嗎？」他對她說。他幫她把酒倒滿，以避免直視他的方式暗自仔細觀察他。他是個相貌平凡的男人，有棕色頭髮和鬍鬚，以及藍色的眼睛，他不高不矮，不胖不瘦，但卻有個啤酒肚。他的肌肉線條大致上看起來比較柔和，不像其他男人那樣輪廓分明。然後她看到他脖子上有灰色的污垢，她相信他一定很少洗手。

身體很容易弄髒，特別在冬天的時候，必須把冰或雪融化才有水可用，而拿柴火去燒開洗淨的水有時並不是明智之舉。但是在有水可用、皀根也很多的夏天，她認識的大多數人都喜歡維持某種程度的清潔，很少看到有人身上這麼骯髒。

「謝謝你，勒拉瑪。」她笑著說，一邊啜了口酒，雖然看到釀酒的人，就覺得口裡的酒味道變差了。

他也對她笑。她覺得勒拉瑪並不常笑，而且她很確信這笑容並不誠懇。她也注意到他的牙齒歪七扭八。這不是他的錯，她曉得。許多人的牙齒都不整齊，但這口牙確實使他本來已經很糟的外貌更加不討人喜歡。

「我本來很期待有妳作陪。」勒拉瑪說。

愛拉一臉困惑。「爲什麼你期待有我作陪？」

「在葬禮上，外地人向來會排在由這洞穴成員組成的隊伍最後面。但我卻發現妳在前面。」他說。那一瞬間瑪桑那顯得很惱怒，愛拉沒錯過她臉上閃過的神情。「沒錯，愛拉或許應該排在後面靠近你的地方，勒拉瑪。」這女人說：「但你知道，愛拉就快變成第九洞穴的人了。」

「然而她還不是齊蘭朵妮氏人。」這男人說：「她是外地人。」

「她已經和喬達拉訂了婚約，她在她自己族人的地位也很高。」

「她不是說她被扁頭養大？我不知道我們把扁頭的地位看得比齊蘭朵妮氏人的地位更重要。」他說。

「她是馬木特伊氏的醫治者，也是他們的齊蘭朵妮——馬木特的女兒。」瑪桑那說。這位前頭目被激怒了。她痛恨自己必須向這洞穴地位最低的男人解釋……尤其他所言不假。

「她沒能治療夏佛納不是嗎？」勒拉瑪說。

「沒人能比愛拉爲夏佛納做得更多，即使首席大媽侍者也不行。」約哈倫過來爲她辯護。「她的確幫助他減緩疼痛，讓他能支撐到配偶到達後才嚥氣。」愛拉注意到勒拉瑪的笑容愈來愈流露出惡意。使喬達拉的家人煩躁不堪，處於戒備狀態，這替他自己帶來了很大的樂趣，而這一切都與愛拉有關。但願她了解他們之間的爭執，她打算等他們獨處時再問喬達拉，但她漸漸了解爲什麼大家談到勒拉瑪時總是語多指責。

諸位齊蘭朵妮亞再次聚集在葬禮棚周圍，其他人都將盤子拿到聚會場另一端，把盤子上的剩菜刮下來堆成一堆。這堆肥會被留在原地，等人走了以後，不要的肉和骨頭會被各種食腐動物拿走，而蔬菜會在土裡腐化。這是最常見的廚餘處理法。勒拉瑪和喬達拉的家人一起走到堆剩菜的地方，愛拉確信此舉會讓他們更加惱火；接著他才得意洋洋地獨自離去。

待眾人聚集在葬禮棚周圍時，首席大媽侍者拿起編織緊密的籮筐，裡面裝著愛拉磨好的紅赭石粉。「神聖的顏色共有五種，所有其他顏色都只是這些主色的表現方式。第一種是紅色。」這肥胖的朵妮開始說道：「它是血的顏色，是生命的顏色。有些花朵和水果是鮮紅色，但它們的顏色稍縱即逝。」

「紅色很少能永保鮮豔。血乾涸時會變黑、變褐。褐色是紅色的一種表現方式，有時我們稱它爲陳舊的紅色。土地上的紅赭石是大地母親乾涸的血液，雖然有些紅赭石幾乎和正紅一樣鮮豔，但它們都是陳舊的紅色。」

「你全身裹著來自母親子宮裡的紅色血液，降臨到這世界上，夏佛納。現在覆蓋著大地母親子宮裡紅色泥土的你，應該回到她體內，像你被生到這世界上一樣，誕生到另一個世界。」首席大媽侍者說話的同時，以紅色的氧化鐵粉末從頭到腳大量撒滿夏佛納的遺體。

「第五個主色是暗色，有時也稱做黑色。」齊蘭朵妮這麼說，不禁讓愛拉猜想什麼是第二、第三和第四個神聖的顏色。「黑色是夜晚的顏色，是洞穴深處的顏色，也是火焰將木頭的生命燒盡後煤炭的顏色。有人說煤炭的黑其實是陳舊紅色最深的色調。生命老去，黑色戰勝了代表生命的紅色。如同由生會變成死，紅色也會變暗，變成黑色。沒有了生命，就是黑暗；它是死亡的顏色。它甚至沒有短暫的生命；世上沒有黑色的花。洞穴深處呈現這顏色眞正的樣貌。」

「夏佛納，你精氣所寄居的身體已經死亡，將會進入黑暗的地底，回到大地母親一片漆黑的土地中，但你的精氣、你的靈魂，會到靈的世界去，會回到生命的起源——大地母親身邊。請將我們給你這食物的靈拿去，這會讓你有力氣踏上前往靈的世界的旅程。」這壯碩而威嚴的女人拿起留給他的那盤食物，舉起來展示眾人，然後把食物放在他身邊，撒上紅赭石。

「拿著你最喜歡的標槍去獵動物的靈維生。」朵妮把他的標槍放在他身邊，撒上紅赭石粉末。「拿著你的工具，去替另一個世界的獵人製作新標槍。」她把他的標槍桿拉直器放在變得僵直的手底下，再撒上紅赭石粉末。「別忘了你在這世界學得的技藝，請在另一個世界善加利用它。不要爲此生悲傷。夏佛納的靈，無牽無掛、滿懷信心地離開吧。不要回頭，不要留戀。你的下一個生命正等著你。」

他們將準備放在墳墓裡的東西排放在他身旁，裝著食物的容器放在他胃部，草墊做成的裹屍布包住他，穿過頭腳兩端的繩子被拉緊，把他變成一個繭。他們拿長線在他身上繞，把所有東西都綁在一起，整個遺體和所有服飾物品看起來像是有一塊塊突起的腫脹物。他們把網子拉起來，綁在不久前才從一棵筆直小樹做成的竿子的兩端。沒有刮除的樹皮讓包裹屍體的吊床不會滑動。

接著在神聖埋葬場挖掘洞穴的同一批男人，將夏佛納的遺體舉起來扛在他們中間。在前面的約哈倫將竿子放在左肩，盧夏瑪在他另一邊後面不遠處，竿子在他右肩。索拉邦在約哈倫後面，和他同一邊，但竿子放在他肩膀的墊子上面，因爲他不像身後的喬達拉那麼高。首席大媽侍者帶頭走向神聖的埋葬場。扛著遺體的男人跟著她，其餘齊蘭朵妮亞排列在抬棺者周圍。雷蘿娜和她兩個孩子還有跟在後頭的雷諾可，走在搖晃的吊床後面。其他人以宴席規定的同樣順序，排著隊伍走在後面。

愛拉還是跟瑪桑那走在前面。愛拉發現勒拉瑪在看她，此時他正朝向第九洞穴的最後一個人走去，如此一來他就變成走在第三洞穴的頭目前面。雖然曼佛拉爾設法和第九洞穴保持些許距離，以便形成分隔兩個洞穴的空隙，然而和他高大、骨瘦如柴的女人，還有她那一窩孩子走在一起的勒拉瑪卻放慢速度，也在他前面留了個空隙。愛拉相信他是故意的，好讓別人認爲他是後面那個洞穴的頭一個人，而不是前面洞穴的最後一個人，雖然大家都知道他的地位，也知道他屬於那個洞穴。

到達巨石前方，長長的一列人群沿著變窄的小徑成單行縱隊前進，再踩著幾顆妥善放置的平坦踏腳石，渡過從小河谷中央往下流的魚溪。小徑在高岩前再度變窄，他們排隊前進，直到抵達渡河點。不過到對岸後，他們沒有像以前到雙河石的時候繼續往南，而是向左後方彎去，沿著另一條小路往北走。

穿過平坦的沖積平原時，一行人不再被局限於河流和岩壁之間的狹窄小徑上，因此他們三三兩兩分散開來。接著開始爬上愛拉之前看到橫越主河的綿延山丘。他們來到一塊突出地表的大岩石，和一片小而隱密、相當平坦的凹地時，太陽已經從後方岩壁頂端往西方落下。隊伍速度變慢，最後停了下來。

愛拉回過頭望向來時的路。她遠眺一片夏日的鮮綠草地，太陽往陡峭岩壁後方落下，投下一片陰影，影子前方就是草地的盡頭。夾雜一條條黑色過濾雜質的天然鵝黃色石灰岩在陰影中變暗，成爲深紫色；晦澀的陰影籠罩在這塊岩石壁壘腳下流動的河水。這片岩牆的陰影延伸出去橫越主河，河岸邊成排的灌木與樹木都被覆蓋住，只有最高的樹頂還投下一小段剪影，露在逐漸蔓延的黑影之外。

從這個角度看去，邊緣點綴著青草與少許灌木的石牆頂端，整體呈現出她料想不到的陰鬱壯觀景象。她試著辨認出幾個她聽過名字的地方。往南望去，高岩與巨石的高聳岩牆分立在小河谷兩旁，貼近岸邊。向後退的岩壁形成聚會場隱蔽的後牆，接著又與下游地岩壁上如浮雕般的庇護所突出的岩石相連。接下來，在主河向東急轉處，巨大的懸頂岩架上就是第九洞穴的家園。

他們再次往前移動時，愛拉發現有些人拿了火把。「我是不是該把火把帶來，威洛馬？」她問走在她身邊的男人。「我們回來前天可能已經黑了。」

「葬禮本來就要在黑暗中舉行。」瑪桑那說，她走在威洛馬的另一邊。「那裡有很多火把。離開埋葬場時，參加葬禮的人會點燃火把照路，不過他們不會都往同一個方向走。有些人走這條路，有些人走另一條路，另外一些人會往下走到主河，還有些人會往上坡走到一個我們叫做守望哨的地方。當夏佛納的精氣和其他附近幽靈看到我們離開時，它們可能會想跟我們走。我們得混淆它們，所以如果它們打算越過墓地的邊界線時，就不知道該跟著哪個亮光。」

一行人接近埋葬場時，愛拉發現突出岩石後方有閃爍的火光，也聞到一股從遠方飄來的香氣。他們繞過擋在前方的岩石，走向一圈點燃的火把，火把冒出的煙和火一樣旺。待更接近時，她在火把後方看到一圈雕刻的木樁，這就是圍繞並界定神聖領域的邊界線。

「火把的味道很濃。」她說。

「沒錯。齊蘭朵妮亞為葬禮製作了特殊的火把。它讓幽靈受到控制，因此我們才能在沒有危險——或許我該說在沒有那麼危險的情況下，進入埋葬場。」瑪桑那解釋。「如果那裡有臭味，火把的香味就會蓋過那味道，讓它不那麼難聞。」

六位齊蘭朵妮亞以等距離間隔在圈子裡面排開，提供另一層保護。首席大媽侍者站在墓穴前端，肩負哀傷重擔的四位抬棺者將吊床扛進火把圈內。走在前面的兩個男人繞過洞的右邊，走到首席大媽侍者面前停下來，後面的兩個男人停在洞的尾端。

四個男人把吊床裡的屍體舉在墳墓上方，靜靜等待。家屬和夏佛納的洞穴頭目站滿火堆照耀範圍的圓圈，其餘的人一個挨著一個擠在雕刻木樁圍出的邊界線外面。

接著第九洞穴的齊蘭朵妮向前一步。她定住不動，那一瞬間整個世界都靜止了，人群中沒有發出任何聲音。遠方的穴獅吼聲和隨之而來鬣狗的咯咯笑聲畫破寧靜，彷彿替這場景營造氣氛。接下來愛拉聽到一陣令人毛骨悚然的高音，她嚇呆了；她和其他人都感到背脊一陣發涼。

不久之前，她才聽過這彷彿來自幽靈世界般的笛聲，馬南在馬木特伊氏的夏季大會上曾經演奏過這種樂器。她回憶起自己為萊岱格舉行的傳統穴熊族埋葬儀式。這男孩讓她想起她自己的兒子，因為其他馬木特伊氏人不讓他們爲這個妮姬領養的混靈孩子舉行馬木特伊氏的葬禮，然而馬南卻無視於他們的反對，吹奏起他的長笛，同時愛拉在一片靜默中舞動身體，以正式的手語祈求大穴熊和她的圖騰靈將萊岱格帶到穴熊族的另一個世界。

她發覺自己回想起伊札的葬禮，莫格烏爾曾經在她墳前以他獨特的單手表達方式比出這些手語。接著愛拉又回想起他的死。地震後她跑到洞穴內，發現他被落石壓碎的屍首倒在埋葬伊札的石堆上。她爲他比畫埋葬儀式的手勢，因爲轟隆隆的餘震下沒有人敢進入洞穴中。

然而長笛也勾起她另一段回憶。在馬南吹奏長笛之前，她已經聽過這樂器的聲音。那是在穴熊族大會的熊典禮上。另一個部族的莫格烏爾演奏過類似的樂器，然而那象徵烏爾蘇斯靈魂聲音的高亢的顫音，卻和馬南演奏的笛音以及她現在所聽到的聲音不同。

首席大媽侍者的聲音把她的思緒拉回現在。她開始以圓潤宏亮的嗓音說道：「大地母親，萬物的始祖，妳已將妳的孩子召喚到妳身邊。妳要求他爲野牛靈獻身，而妳住在這塊土地西南邊的孩子，齊蘭朵妮氏人，請求妳讓他此生得以圓滿結束。他是勇敢的獵人，是好配偶，也是優秀的標槍匠。此生他已極力榮耀妳。我們懇求妳引導他安全地回到妳身邊。他的配偶哀悼他，她的孩子愛他，他的族人尊敬他。妳召喚正值盛年的他前去服侍妳。希望野牛的靈就此心滿意足，噢，朵妮，希望這犧牲已足夠。」

「希望這犧牲已足夠，噢，朵妮。」其他的齊蘭朵妮亞一起吟詠。所有在此聚集的洞穴居民，以大致和諧的聲音複頌一遍。

兩種東西互相敲擊的穩定節拍聲響起。這聲音略顯沉悶，或者是說，不如之前的笛聲那麼清脆，因爲有好幾種樂器一起演奏。這些樂器是把皮在圓形環狀物上撐開綳緊做成的，有一個可以握住的把手。詭異的笛聲加入，穿梭在平穩的鼓聲之間。這觸動心弦的音調彷彿啓動了釋放淚水的情緒。雷蘿娜開始哭泣，再次將她的苦難和悲痛寄託在哀嚎聲中。不久所有人都淚流滿面，開始嚎哭。

接著有一個宏亮的女高音吟唱聲加入哭聲，雖然不帶話語，但卻與鼓的節奏一致，也和笛聲融爲一體，聲音幾乎有如樂器一般。愛拉與馬木特伊氏人住在一起時，第一次聽到歌聲。獅營裡大多數人都會唱歌，至少會與大家合唱。她喜歡聽他們唱，也試著一起唱，但她對唱歌不太在行。她可以哼出單音調，但沒辦法唱出準確的旋律。她回憶起有些人歌唱得特別好，她非常佩服他們，但她從來沒有聽過如此渾圓響亮的聲音。這是首席大媽侍者齊蘭朵妮的聲音，愛拉被震懾住了。

在前面扛著竿子的兩個男人轉過身面對站在後面的兩個男人，接著他們把竿子從肩上舉起來，把搖晃的葬禮吊床放低。墓穴並不深，小樹做成的竿子比它的長度長。等竿子的兩端都著地時，遺體已經被安放在洞穴底端。他們解開網子上鬆開的繩子，一同放進墓穴裡。

一旁的皮革上堆放著墓穴裡挖出來的土，他們把生皮革再次拉近洞穴，接著把樹竿子垂直插進腳下的墓穴裡，再蓋上鬆散的土，支撐住竿子。另一根較短的竿子被放在遺體的頭旁邊，這一根上面用紅赭石刻畫了夏佛納的精氣符。這辨識記號指出他的埋葬地，警告眾人他的遺體在此安息，他的精氣也可能還在附近。

雷蘿娜努力控制住情緒，全身僵硬地往前走。到了土堆旁，她彷彿怒不可遏地兩手抓起土，丟到墓穴裡。兩個年長女人分別幫助她的兩個孩子做了同樣的事，然後她們自己也抓起一把土，丟在包裹住的遺體上。接下來所有人都走上前，兩手抓了泥土扔進墓穴中。等每個人都走到洞旁丟下泥土後，墓穴裡已經塡滿了土，鬆動的土堆成一座小丘。

有幾個人回來多加了些土。突然間，雷蘿娜跪倒在地上，淚水幾乎模糊了她的雙眼，她倒在墳墓鬆軟的泥土上，大聲啜泣。她年長的孩子走回她身邊，站在那兒哭泣，用指關節揉搓雙眼，將淚水拭去。年幼的那個一臉茫然，她跑到墳旁拉著母親的手臂，想安慰她，拉她起來。

愛拉納悶那兩位年長女人在哪裡，爲什麼沒有人試著去幫助這兩個孩子，安慰他們。

第十六章

過了一會兒，愛拉看到這位母親開始對年幼的那個孩子懼怕的啜泣聲有了反應。雷蘿娜從墳墓上撐起身子，把她女兒抱在懷裡，連身上的土都沒拍掉。大的那個坐在地上，雙臂環繞住母親的頸子。她也伸出一隻手臂抱住他，三個人坐在地上齊聲痛哭。

但這陣陣的哭泣聲似乎帶有不同的氣氛，愛拉心想，不像是絕望的聲音，反倒像是交換共同的悲傷與安撫彼此。接著在首席大媽侍者的示意下，齊蘭朵妮亞和其他幾個人，包括夏佛納的弟弟雷諾可在內，把母子三人攙起來，將他們帶離墳墓。

雷諾可失去哥哥的痛苦與雷蘿娜一樣深，但他的表達方式不同。他不停想著爲什麼犧牲的必須是夏佛納而不是自己。他哥哥有家庭，而他連配偶都還沒有。雷諾可一直想著這件事，但他不想談它。如果可以，他會躲開整個葬禮。倒在墳上痛哭是他最不願意做的事，現在他只想儘快離開。

「我們已經將齊蘭朵妮氏第九洞穴的夏佛納歸還到妳的胸前，大地母親。」齊蘭朵妮吟頌道。

所有爲夏佛納葬禮而聚集在此的人都圍繞在墳墓旁，愛拉感受到一股期待的氣氛。他們預期某件事將要發生，眾人的注意力都集中在偉大的朵妮侍者身上。鼓聲與笛聲繼續奏著，但這些聲音已經變成背景音樂，愛拉一直沒有發覺，直到音樂聲調改變，齊蘭朵妮再度開始吟唱：

「在黑暗之中，一片渾沌之時，

莊嚴的大地母親誕生於一陣旋風之間。

甦醒過來的她，了解生命的寶貴，
一片空無的黑暗，哀悼大地母親。」

眾人齊聲附和，有些人用唱的，有些人用念的：

「大地母親獨自一人，寂寞難忍。」

接著首席大媽侍者又獨自吟唱起來：

「自她誕生的塵土中，她創造了另一個人，
一位蒼白、耀眼的朋友，一位同伴、一位兄弟。
他們一起長大，學習愛與關懷，
待她準備好時，他倆決定成雙成對。」

眾人接著下一句一起附和。

「她那白皙耀眼的愛侶，圍在她身邊打轉。」

愛拉發現這是首大家耳熟能詳的歌謠，每個人都知道，也都在等待著。她已沉浸其中，想接著往下聽。齊蘭朵妮繼續吟唱第一部分，其他人附和最後一句。

「一開始她和她的伴侶在一起很快樂。
然而大地母親開始煩躁不安，不明白自己的心意。
她愛她那白皙的朋友，她親愛的配偶。
但她若有所失，她的愛無止境。」
「她是大地母親，她需要的不只如此。」

「她迎戰無盡的空虛、渾沌與黑暗，
尋找冒出生命火花的冰冷源頭。
旋風令人懼怕，四周是無邊的黑暗，
渾沌的世界冰冷刺骨，攫住她的心跳。」
「大地母親勇氣十足，困難危險消失無蹤。」

「她從冰冷的渾沌中擷取創造來源，
懷著生命力逃走。
她體內的生命不斷長大，
她發散出愛與驕傲的光芒。」
「大地母親身懷六甲，她將生命分享。」

「一片空無黑暗與浩瀚貧瘠的大地，滿懷期待等候著誕生。
這生命飲她的血，從她的骨頭中呼吸。

它將她的皮膚分為兩半，切開她的核心。」
「大地母親生產了，開啓另一個生命。」

「她的分娩之水奔流而出，注滿河流與海洋，
大量湧入土地，使樹木開始生長。
每一滴珍貴的水都使大地長出更多草與葉，
繁茂青翠的植物使大地煥然一新。」
「分娩之水滔滔湧出，新的植物冒出頭。」

「分娩的劇痛中噴發出火焰，
她在痛苦中奮力掙扎，只為生下新生命。
她乾涸的血塊變成紅赭石土壤，
但這紅光滿面的孩子讓一切辛苦都值得。」
「這聰明耀眼的男孩，是大地母親至上的喜悅。」

聽到這些字句，愛拉喉頭哽咽。它們彷彿在訴說她和她兒子杜爾克的故事。她還記得生他時和生下他之後，她是怎樣在疼痛中掙扎，以及這一切又是多麼值得。杜爾克曾經是她最大的喜悅。齊蘭朵妮繼續以她動人的聲音唱道：

「山峰從地表聳立，火焰從山頂噴出，

她以高聳的雙乳哺餵她的兒子。
他用力吸吮，火花躍入高空，
大地母親滾燙的奶水在天空中鋪出一條路。」
「他的生命已經展開。她哺餵她的兒子。」

這故事聽起來好耳熟，愛拉想。她搖搖頭，彷彿想弄懂某件事。喬達拉，他在來這裡的旅途中曾經告訴我這故事的一部分。

「他歡笑玩樂，他長得聰明健壯。
他照亮黑夜，他是母親最大的快樂。
她揮霍她的愛，他長得壯碩慧黠。
但他很快就要成年，不再是個孩子。」
「她的孩子即將長大。他的意志屬於他自己。」

「她從渾沌中取得她開啓這生命的來源，
現在嚴寒的虛空正引誘著她的兒子。
大地母親獻出她的愛，然而年輕的孩子想要的不只如此。
他渴望知識、刺激，他想旅遊、探索。」
「渾沌是她的敵人，然而她的兒子卻嚮往渾沌。」

有件事一直在愛拉心頭揮之不去。不只喬達拉說過這故事，她想著。我覺得我好像知道這故事，至少知道大致在說些什麼。但我是在哪裡聽過它呢？接著她靈光乍現。蘿莎杜那！我把他教我的每一件事都記下來了！其中有類似這個大地母親的故事。喬達拉甚至還在那場典禮上吟頌了一段。它不完全相同，而且是以他們的語言說的，但蘿莎杜那氏語很接近齊蘭朵妮氏語。所以我才能這麼快了解他們的話！她集中精神，喚回對大地母親故事的記憶，並且開始感受到其中相同與相異的部分。

「他趁大地母親熟睡時將他從她身邊偷走，
就在黑暗漩渦般的空虛渾沌悄悄降臨時，
在黑暗的掩護下，試圖引誘他。
渾沌化做一陣旋風，抓住了她的孩子。」
「黑暗帶走她年輕靈巧的孩子。」

「大地母親聰明的孩子，一開始喜不自勝，
但很快就被嚴寒刺骨的空虛征服。
她那粗心大意的孩子懊悔不已，
無法自神祕的力量中逃脫。」
「渾沌不願放走她這莽撞的孩子。」

「然而正當黑暗將他拉入冰冷世界時，
大地母親醒來，伸出手一把抓住他。

爲了救回她紅光滿面的兒子，
大地母親懇求白皙、耀眼的配偶。」
「大地母親緊抓不放，視線不離他。」

愛拉笑了，她開始期待下一段，至少她知道這故事的精神所在。大地母親把即將發生在她兒子身上的事情，告訴她的老朋友月亮，愛拉想著。

「她歡迎她昔日愛人的歸來，
滿懷心痛與懊悔，她將這故事告訴了他。
她親愛的朋友同意加入這場戰爭，
將她的孩子從艱難的困境中拯救出來。」

現在該聽眾說了，愛拉心想。這故事就該這麼訴說的。先是蘿莎杜那或齊蘭朵妮講述故事，接著聽眾回答，或用另一種方式重複。

「她訴說她的哀傷。也說起那如漩渦般黑暗的竊賊。」

然後又輪到齊蘭朵妮。

「大地母親累了，她必須恢復精神，
她放開她明亮愛人的手。

在她熟睡時，他與冰冷的力量作戰，
他曾一度把它趕回渾沌之中。
「他的靈很強大。這場戰役拖得太久。」

「她白皙耀眼的朋友使出全力拚命抵抗，
衝突十分激烈，戰情緊迫。
他閉上明亮的雙眼，意識逐漸模糊。
然後黑暗緩緩接近，從天空中竊取他的亮光。」
「她白皙的朋友倦了，亮光逐漸消逝。」

「當黑暗完全降臨，她大叫一聲驚醒。
晦暗的空虛掩蓋住天空的亮光。
她加入戰爭，迅速抵擋，
將黑暗的陰影從她朋友身邊趕走。」
「然而夜的蒼白面孔，讓她看不見兒子的蹤影。」

「她聰明熱情的兒子被旋風困住，
無法給予大地母親溫暖，冰冷的渾沌世界贏得勝利。
豐饒的綠色大地現在覆蓋著冰雪，
刺骨寒風呼呼地吹著。」

「大地母親失去親人。大地寸草不生。」

「大地母親筋疲力竭，悲傷疲憊，
但她再次伸手迎向她創造的生命。
她不能放棄，她必須抵抗，
讓她兒子重現燦爛光芒。」
「爲了贏回光明，她繼續戰鬥。」

「她耀眼的朋友準備迎戰，
對抗俘虜她孩子的竊賊。
他倆一起爲她鍾愛的兒子而戰，
他們的努力成功了，孩子重現光芒。」
「他的精力耗盡，但光彩回復。」

大地母親和月亮將太陽帶回，但他們沒有完全勝利；愛拉仍舊期待故事的發展。

「然而陰冷刺骨的黑暗渴望他光芒耀眼的熱力。
大地母親不願退縮，奮力抵擋。
旋風使勁拉扯，不願放手。
她與漩渦般的黑暗敵人勢均力敵。」

「她阻擋了黑暗，但她的兒子已經遠離。」

齊蘭朵妮的故事比蘿莎杜那的長嗎？或者只是表面上看起來是這樣？或許吟唱的方式讓故事聽起來比較長，但我好喜歡這詩歌，但願我能知道得多一些。我想歌的內容有時會改變，有些詞句聽起來不太一樣。

「當她打敗旋風，趕跑渾沌時，
她的兒子散發出活力四射的光芒。
然而當大地母親漸漸疲憊，陰冷的空虛又再度支配，
黑暗在一天結束後降臨。」
「她感受到兒子的溫暖，但沒有任何一方獲勝。」

「大地母親心懷傷痛度日，
她與她的兒子永遠分離。
她不願承認失去孩子的痛苦，
因此她體內的生命力又開始孕育。」
「她不甘心失去她的孩子。」

「她的誕生之水已經準備好，
她使綠色的生命重新出現在寒冷貧瘠的大地之上。

她喪子之痛的淚水滔滔奔流，
形成晶瑩的露珠與炫目的彩虹。」
「誕生之水帶來一片青翠，但她的臉上布滿淚水。」

我很喜歡這部分，但不知道齊蘭朵妮會怎麼唱，愛拉想。

「一聲巨響，她的核心裂成碎片，
從地底深處裂開的大洞穴裡，
她的穴狀空間中再次誕生生命，
從她子宮裡生出大地之子。」
「這孤注一擲的母親生下了更多孩子。」

「每個孩子都不同，有的巨大，有的渺小，
有些能走，有些能飛，有些會游，有些會爬。
但每個形體都很完美，每個靈都是完整的，
每個都是能複製的原型。」
「大地母親滿心歡喜，綠色大地充滿生氣。」

「生下來的鳥、魚和所有動物，
這一次再也不會離開大地母親，使她哀痛。

每種動物都住在誕生地附近，
分享大地母親廣袤無垠的大地。」
「牠們和她在一起，不會離去。」

「牠們都是她的孩子，她爲牠們感到驕傲，
然而牠們卻耗盡了她內在蘊含的生命力。
她的力氣只夠創造最後一個生命，
是個孩子，她記得誰創造了自己。」
「這孩子懂得尊重，學會保護自己。」

「世上的頭一個女人誕生了，她生下來便已完全長成，充滿活力，
大地母親賜與她賴以維生的贈禮。
生命是第一項贈禮，就如同大地母親，
她睜開眼睛，便了解生命的無價。」
「第一個與她同類的女人已經成形。」

「其次是洞察力、學習力、
求知欲與辨別能力的贈禮。
大地母親賜予第一個女人知識，
幫助她生存，並將知識傳遞給她的同類。」

「第一個女人擁有知識，知道如何學習，如何成長。」

「她的生命力即將耗盡，大地母親筋疲力竭，
她一心想使生命的靈繼續繁衍。
她讓她所有的孩子再一次創造新生命，
那女人也受到祝福，得以產下新生命。」
「但女人獨自一人，寂寞難忍。」

「大地母親想起她自己的寂寞，
以及她朋友的愛與無微不至的呵護。
用最後的力氣，她開始分娩，
她創造了第一個男人，與女人共享生命。」
「她再次生產，世上又多了一個生命。」

「她將大地賜給她生下的這對男女，當作他們的家園，
她賜給他們水、土地，以及所有她的創造物。
小心地使用這些資源是他們的責任。」
「大地是供他們使用的家園，他們卻不能濫用。」

「大地母親將生存的贈禮賜給大地之子，

接著她又決定，
賜給他們交歡恩典與彼此分享，
以配對的喜悅榮耀大地母親。」
「大地母親的贈禮是應得的。她的榮耀獲得回報。」

「大地母親很滿意她創造出的男女，
他們配對時，她教他們關愛與互相照顧。
她使他們渴望與對方結合，
交歡恩典來自大地母親。」
「在她完成之前，她的孩子已學會愛彼此。」
「大地之子受到祝福。大地母親終於得以安息。」

愛拉等著往下聽，但接下來卻是一片沉寂，她這才發現大地母親之歌已經結束。人群三三兩兩返回洞穴。有些人午夜才要回去，有些人打算在朋友或親戚家過夜。幾位助手和齊蘭朵妮亞還留在墓地裡，完成儀式中幾項更神祕的部分，要到早上才回來。

有的人和雷蘿娜以及她的孩子回家，在她的住處過夜，他們大都睡在地板上。許多人都認爲有必要在她身邊陪伴她。據說在了解自己已不再屬於這世界之前，已故配偶的精氣會想辦法回家。悲傷的配偶容易被四處徘徊的靈侵入，需要許多人的保護才能躲開邪惡的影響力。有時候年紀大的人特別有可能在他們的配偶死後不久，跟著對方到下一個世界去。幸好雷蘿娜還年輕，年幼的孩子需要她。

愛拉也留下來和這新寡的女人過夜，雷蘿娜似乎很高興。喬達拉也打算留下來，但等到他完成他負責儀式的最後部分時已經很晚了，他向住處裡望去，已經有太多人躺在地上，他找不到容得下他高大身軀的地方。愛拉在房間另一頭向他招手，沃夫和她在一起。或許因爲如此，她身旁還有一點空間。然而在設法跨過地上的人群到她身邊時，他吵醒了幾個人。在入口附近的瑪桑那叫他回家。他有點罪惡感，但也很高興如此。他可不喜歡徹夜監視遊蕩的靈。再說，今天他已經受夠了與靈的世界打交道，他累了。他爬進鋪蓋捲，希望愛拉在身旁，但他還是很快就睡著了。

首席齊蘭朵妮到達第九洞穴時，立刻進入她的住處。她隨即展開另一趟前往下一個世界的旅程，她想進行冥想，以做好準備。她把胸前的飾牌翻到沒有裝飾的那一面。她不希望受到任何打擾。她不只試圖引導夏佛納的靈到下一個世界，也打算尋找索諾倫的精氣，但她需要喬達拉和愛拉的幫助。

喬達拉醒來時，內心充滿製作工具的強烈念頭。雖然沒有表現出來，但這幾天處理這些神祕難解的事情，還是讓他感到不安。製作燧石不只是他的手藝，他也樂在其中，而且手握一塊結實的石頭，最能忘記那隱晦不明、難以捉摸、不祥的靈魂世界。

他拿出開採自蘭薩朵妮氏燧石礦的一包燧石。達拉納已經仔細檢查過喬達拉從礦脈中採掘出的石材，那是蘭薩朵妮氏著名的上等燧石。對於他該帶走哪幾塊石頭，達拉納提出個別的建議，並且幫他修掉多餘的部分，如此一來他只需帶走用得上的岩心。馬能比人載更多重物，但燧石太重，能帶的石頭數量有一定的限制，不過當檢視手邊的燧石時，喬達拉再次讚嘆燧石品質之細緻。

他選了兩塊修飾過的石頭，把其他放回去，然後取出他用皮革捆住的燧石工具。他解開細繩，把幾樣骨頭與鹿角製的錘子、磨石與錘石排出來，再拿起每一樣工具仔細審視。接著他把工具和燧石心一起包好。在上午過了一半時，他已經準備好要找個遠離人群的地方製作燧石。燧石的碎片不但很尖，而且會四處飛濺，眞的想要專心工作的燧石匠總會避開人群走動的區域，尤其必須遠離光著腳到處奔跑的孩子，以及他們那總是心煩意亂的母親，或其他苦惱的照顧者。

喬達拉推開入口的門簾，走出他母親的住處。往岩架看去，他發現天空烏雲密布。煩人的毛毛雨幾乎把每個人都留在岩石庇護所裡，靠近住處的大片空地差不多都被占滿了。從事個人的手藝與嗜好沒有所謂特定的時間，但這種天氣使許多人選擇進行他們各式各樣的工作計畫。擋風的壁板或掛在繩子上的生皮革被拿出來擋住吹入的風雨，幾個火堆地盤提供額外的光線和熱氣，不過在寒冷的風中穿著暖和的衣物還是必要的。

他微笑看著走向他的愛拉。見到她後，他碰了碰她的臉頰問候她，並注意到她女人特有的香氣。這讓他想起他前一晚沒有和她一起睡。他突然湧起強烈的欲望，想把她帶回床上做睡覺以外的事。

「我正要去瑪桑那的住處找你。」她說。

「醒來時我有股衝動，想用我從達拉納燧石礦那裡採來的石頭製作幾樣新工具。」他說著，拿起他熟悉的那捆皮革包裹著的工具。「不過看來今天早上每個人都想做點什麼。」他瞥了一眼擁擠忙碌的工作空間。「我不覺得我會待在這裡。」

「你會去哪裡工作？」愛拉問。「我想我會去看馬兒，但我可能晚些會經過你那裡看一看。」

「我想到下游地去。那裡通常有許多製作工具的人。」他說。接著他想到了什麼，加了句：「妳想要我幫妳照顧馬兒嗎？」

「不用，除非你想這麼做。」愛拉說：「我只想看看牠們的狀況。我想今天我不會騎馬，但我可能會帶弗拉那去，看她想不想試著坐在嘶嘶背上。我跟她說她可以騎馬，她說很想試試。」

「看她騎馬的樣子應該很好玩，不過我今天實在很想做點工具。」喬達拉說。

他們一直走到工作區域，然後喬達拉繼續往下游地走，而愛拉與沃夫停下來找弗拉那。天空的毛毛雨已經變成持續的大雨，當她等著雨停時，發現自己不斷看著眾人從事各式各樣的工作。她對不同的手工藝和技術向來著迷，注意力很容易就被吸引過去。這裡的氣氛是忙碌但輕鬆的。每項手藝的某些部分都需要全神貫注，但重複性的成分卻讓人有時間聊天與接待來訪的人。大多數人都很樂意回答她的問題，將他們的技術展示給她看，同時解釋他們的作法。

愛拉看到弗拉那時，她正和瑪桑那在織布機邊紡線，雖然弗拉那很想去，但工作卻不能馬上告一段落。愛拉不介意留下來看她們怎麼織布，但她覺得馬兒需要照料。她答應弗拉那她們可以改天再去看馬兒。雨停時，她決定在又下起雨前出去。

她在木河河谷找到嘶嘶和快快，牠們的狀況很好，也很高興看到愛拉。牠們在樹木茂密的峽谷中央發現了一小片油綠的草原，還有清澈泉水形成的小池塘，以及幾棵樹下的一塊地方讓牠們躲雨。和馬兒共用這塊地方的赤鹿，一看到女人和狼，以及嘶鳴著奔向他們的兩匹馬，馬上就逃走了。

這些鹿曾經被人獵捕過，愛拉想。牠們有可能停下來時看到沃夫，但已經成年的鹿群不可能會逃避單獨一隻狼。風把我的氣味吹向牠們，我想牠們更害怕被人類獵捕。

太陽露臉了，她找到些去年留下的起絨草乾燥的花頂，就用這多刺的植物頂端刷馬兒的毛皮。刷完後，她發現沃夫在追蹤動物。她伸手去拿塞在腰帶裡的拋石索，又從池塘布滿石頭的岸邊揀起一顆鵝卵石。沃夫把兩隻兔子趕在一起，愛拉投出第一顆石子，打中其中一隻大兔子。她讓沃夫咬走另一隻。一片烏雲遮住了太陽。她抬頭看到太陽在天空中的位置，才驚覺時間過得很快。過去幾天事情太多，此刻沒有人或事占據她的人或時間，這感覺眞好。不過開始下起小雨時，她決定騎嘶嘶回第九洞穴，快快和沃夫跟在後面。她很慶幸在回到庇護所時才剛好下起大雨。她領著馬兒走上岩石前廊，經過住處，走向較少人使用的地區。

她經過幾個坐在火堆旁的男人，雖然她不認得他們在玩的遊戲，但從這些男人的動作看來，她猜他們在賭博。她經過時他們停下來看她。她想，他們這樣盯著她看眞無禮，她很注意自己的禮貌，刻意不直視他們，不過她擁有穴熊族女人不直視對方、但卻能在快速一瞥中收集大量訊息的技巧。她發現他們議論紛紛，而且覺得聞到了巴瑪酒的味道。

再過去些，她看到有些人正在製作生皮革的不同處理階段，有野牛皮也有鹿皮。他們或許也覺得平常使用的工作區太擁擠了，她想。她把馬兒帶到分隔第九洞穴和下游地的小溪附近，幾乎到了岩架的盡頭，她想這裡是個合適的地方，她可以在冬天前替牠們蓋間馬房。她得和喬達拉商量一下。隨後她帶牠們去看通往主河岸的小徑，讓牠們自己決定要做什麼。馬兒走向小徑，沃夫打算和牠們一道走。不管有沒有下雨，牠們都寧可在主河附近吃草，不願爲了躲雨而待在寸草不生的岩架裡。

她本想繼續往前走去找喬達拉，但又改變主意，回到處理生皮革的地方。正在工作的人樂於找到休息的藉口，有些人則是喜歡和這位跟著一隻狼，又把馬兒帶在身邊的女人聊天。她看到波圖拉也在那裡。這年輕女人對愛拉微笑，她依然嘗試著和她作朋友。她似乎發自內心爲她在瑪羅那惡作劇中扮演的角色感到抱歉。愛拉一直想爲喬達拉、她自己，還有即將出世的嬰兒做幾件衣服，這時她想起她剛獵到的年輕公巨角鹿。她納悶這頭鹿在哪裡，不過既然已經到了這裡，她決定至少可以把腰帶上掛著的野兔拿來剝皮，替寶寶做些衣服。

「如果還有空間，我想儘快把這隻野兔的皮剝掉。」愛拉對那群人說。

「這裡空間很夠，」波圖拉說。「如果妳需要的話，我很樂意讓妳用我的工具。」

「我願意，波圖拉，謝謝妳借給我。我有許多工具，畢竟我和喬達拉住在一起。」愛拉調皮地笑著說。有幾個人也對她報以會意的微笑。「不過我沒帶在身上。」

愛拉很喜歡有人在她身旁忙著做他們專精工作的氣氛。這和她在山谷洞穴裡那些孤獨的日子是多麼不同啊。現在的情形比較像是她在布倫部落裡的童年情景，那時所有人都一起工作。

她很快地將野兔剝去皮、清除內臟，然後問道：「我可以先把這些皮留在這裡嗎？我得到下游地去，我會在回程時來拿。」

「我會看著妳的東西。」波圖拉說：「如果妳願意的話，我離開時會把這些皮帶走，假使到時妳還沒回來。」

「妳眞周到。」愛拉說。她對這年輕女人很有好感，因爲她顯然很努力地想表示友好。「我待會兒就回來。」愛拉離開時說。

愛拉走上圓木橋越過小溪後，看見喬達拉和另外幾個人在第一個岩洞的庇護所裡。這地方顯然很早已前就被用來製作燧石了。地上有一層厚厚的尖銳碎屑，是製作燧石過程中留下來的，光腳走在上面可不太好。

「妳來了！」喬達拉說。「我們正準備回去。約哈倫剛才在這裡，他說波樂娃用獵來的其中一頭野牛準備了一頓飯。這種事她很常做，也做得非常好，恐怕所有人都太習以爲常。不過大家今天都很忙，她覺得做頓飯會讓大家輕鬆些。妳可以跟我們一起走回去，愛拉。」

「我沒發現已經快要中午了。」她說。正當他們朝第九洞穴走時，愛拉看到約哈倫在他們前面。她沒看到他朝這裡走來，他一定是在我和波圖拉與其他人講話、剝著兔皮時經過，她想著。她發現他朝坐在火堆旁的那群粗魯男人走去。

約哈倫在匆忙前往下游地通知那些製作工具的人波樂娃準備了一頓餐點的路上，看到勒拉瑪和幾個人在賭博。他記起當時心裡想著這些人是多麼懶惰，當其他人都在忙碌時他們卻在賭博，或許用的還是某人撿拾的柴薪，然而在回程的路上，他決定應該也要告訴他們餐點的事。即使沒什麼貢獻，他們還是第九洞穴的成員。

約哈倫走近時，男人們正在熱烈交談，沒有看到他過來。接近他們時，他無意間聽到其中一個人說：「……如果有人說她跟扁頭學治病，你還能希望她怎麼樣呢！動物怎麼懂得醫治？」

「這女人不是醫治者。夏佛納死了，不是嗎？」勒拉瑪表示同意。

「你不在現場，勒拉瑪！」約哈倫介入他們的談話，他試著控制怒氣。「你還是跟往常一樣，懶得參加打獵。」

「我生病了。」這男人辯解。

「你是喝了你自己的巴瑪酒才生病的。」約哈倫說：「我告訴你，沒人救得了夏佛納。齊蘭朵妮不能，世上最厲害的醫治者也不能。他被野牛踩到了，哪個人能承受一整隻野牛的重量？如果不是愛拉，我懷疑他能不能活到雷蘿娜趕來之前。她找出減輕他痛苦的方法。愛拉能做的跟其他人一樣多。你為什麼要散布她的惡意謠言？她對你做了什麼？」愛拉、喬達拉和其他人經過時，他們停止交談。

「你為什麼在附近鬼鬼祟祟偷聽我們私底下的談話？」勒拉瑪反駁，他還在替自己辯護。

「大白天朝你走過來算不上是鬼鬼祟祟，勒拉瑪。我是來告訴你波樂娃和其他人幫大家準備了些吃的，你可以分一點。」約哈倫回答。「我聽到你們大聲說話，我沒辦法把耳朵關上。」然後他轉向其他人，說出他的看法。「齊蘭朵妮認為愛拉是個優秀的醫治者，我們為什麼不給她個機會？我們應該歡迎擁有如此優秀能力的人，你永遠不知道自己何時可能會需要她的技藝。現在，你們何不一起來用餐？」這位頭目直視每個人的眼睛，讓他們知道他認得也記得每個人，然後才走開。

這群小團體分散開來，跟著他走向岩架的另一頭。有些人同意約哈倫，至少讓愛拉有機會證明自己的能力，但還是有些人不想如此，或無法克服他們的偏見。至於勒拉瑪，雖然他之前同意那個大聲說話反對愛拉的人，但他其實並不真的在意怎麼做。他只想撿容易的事情做。

愛拉和眾人一起從下游地走向工作區時又下起了大雨，他們在有遮蔽的突出岩架下躲避，這時她想著眾人樂於施展的種種才藝與能力，並且用這些事情來打發他們的時間。許多人都喜歡製作物品，不過他們選擇處理的材質各有不同。例如喬達拉喜歡用燧石製作工具與打獵的武器，有些人喜歡用木頭、象牙、骨頭製作東西，有些人喜歡纖維或皮革。她忽然想到，有些人，例如約哈倫，喜歡處理人的事情。

他們靠近洞穴時，愛拉聞到宜人的烹煮香氣，她發覺烹煮和處理食物也是一件有些人喜歡做的工作。波樂娃顯然能從安排群眾聚會的嗜好中獲得樂趣，而這或許就是這次臨時大餐舉辦的原因。愛拉想著自己最喜歡做的是什麼事。她對許多事都感興趣，也樂於學習她從來沒有做過的事，但她喜歡當一名女巫醫，一名醫治者，對此她比其他任何事情都還要熱中。

供應餐點的地方，在人群工作的那一大塊區域附近，然而當他們走近時，愛拉發現一旁相鄰的地區被人布置起來，進行一項沒那麼有趣但卻必須要完成的任務。幾個網子在幾根豎直的竿子之間撐開來，離地面大約六十公分高，上面曬著他們獵來的肉。岩洞和前廊的石頭表面上有一層土壤，有些地方比較薄，但有些地方夠厚，足以支撐竿子。有些竿子是一直插在石縫中不動，或是以土裡挖出的洞來支撐。人們往往用一堆堆石塊來加強竿子的支撐力。

其他類似的支架顯然也是爲了同樣目的而架設，它們只是被釘在地上，用繩子捆住，成爲能實際攜帶的食物乾燥架。它們可以被抬起來倚放在背牆上，因此不用的時候就不會占空間。等到必須把肉或蔬菜曬乾時，再把可攜帶的支架放在地板上的任何地方。偶爾爲了保存方便，肉會在獵物被宰殺的附近或在下方綠草如茵的沖積平原上曬乾，不過在下雨時，或只是因爲大家想在靠近家附近工作時，他們就想出支撐曬肉繩或曬肉網的方法。

幾小塊舌頭形狀的肉片已經掛在曬肉架上，一旁生著很小的、冒著濃煙的火，以便趕走昆蟲，順便在肉中加入煙燻的滋味。愛拉想，等他們吃完飯，她要提議幫忙把肉切開曬乾。她和喬達拉已經選好食物，正決定要到哪裡去吃，這時他們看見約哈倫昂首闊步走向他們，他的步伐急促，表情嚴峻。

「喬達拉，約哈倫看起來像不像在生氣？」她問。

高個子男人轉頭望向朝這裡走來的哥哥。「我想是吧。」他說：「不曉得發生了什麼事？」他之後會問，他想。

他們對望了一眼，然後漫步走向約哈倫、波樂娃和她的兒子傑拉達爾、瑪桑那和威洛馬。這些人熱烈問候他們，挪了地方出來給這兩人。這頭目很顯然爲了某件事生氣，但他似乎不想談論這事，至少不想跟他們談。齊蘭朵妮也決定加入他們時，每個人都微笑歡迎她。她一整個早上都待在她的住處，當大家聚集在一起吃飯時才出來。

「我能幫妳拿些什麼嗎？」波樂娃問。

「今天我一直都在斷食與冥想，準備搜探事宜，因此我還在限制進食量。」齊蘭朵妮說著，一邊用讓喬達拉不自在的眼神看著他。他突然很害怕自己和另一個世界的聯繫還沒結束。「瑪葉拉正在幫我準備幾樣東西，我請弗拉那幫忙她。瑪葉拉是第十四洞穴齊蘭朵妮的助手，不過瑪葉拉不喜歡她，想來這裡和我在一起，做我的助手。我必須考慮一下，當然了，我也得問你願不願意接受她來到第九洞穴，約哈倫。她很害羞，很與眾不同，但她確實很有些能力。我不介意訓練她，但你知道我必須格外留心第十四洞穴齊蘭朵妮的反應。」齊蘭朵妮說罷，看著愛拉。

「她原本期待自己被選爲首席大媽侍者，」朵妮侍者解釋道：「但齊蘭朵妮亞卻選擇了我。她試圖對抗我，逼我下台。這是我第一個眞正的挑戰，而即便後來放棄的是她，我不認爲她已經眞心接受他們的選擇，或者原諒我。」

她又對所有人說道：「我知道如果我接受了瑪葉拉，她會譴責我把她最好的助手拐跑，但我必須考慮什麼才是對所有人最好的。如果瑪葉拉沒有得到足以發展她天賦的訓練，我就不能擔心這會傷害某人的感情。另一方面來說，如果其他齊蘭朵妮亞之中有人願意訓練她，和她建立關係，或許我就能避免再次和第十四洞穴的齊蘭朵妮正面衝突。我想等夏季大會結束後再做決定。」

「這麼做很明智。」瑪桑那說話時，瑪葉拉和弗拉那加入他們。這年輕助手拿著兩個碗，喬達拉的小妹拿著她的碗和水袋。她之前在她隨身的小袋子裡放了些餐具。瑪葉拉端了碗清湯給首席大媽侍者，她感激地瞥了一眼弗拉那，對愛拉和喬達拉露出羞怯的微笑，然後低頭看著她的食物。

一時之間空氣中瀰漫著讓人尷尬的沉默，之後齊蘭朵妮說話了。「我不知道有多少人認識瑪葉拉。」

「我認識妳母親，還有妳的火堆地盤男人。」威洛馬說：「妳有兄弟姊妹，對吧？」

「對，我有一個妹妹和一個弟弟。」瑪葉拉說。

「他們多大？」

「我妹妹比我小一點，我弟弟和他差不多大。」瑪葉拉指著波樂娃的兒子說。

「我叫做傑拉達爾。我是齊蘭朵妮氏第九洞穴的傑拉達爾。妳是誰？」

他說得一板一眼，顯然有人教他怎麼應對，逗得包括這年輕女人在內的每個人都笑了。「我是齊蘭朵妮第十四洞穴的瑪葉拉。我問候你，齊蘭朵妮氏第九洞穴的傑拉達爾。」

傑拉達爾露出得意的微笑。看來她很了解這年紀的小男孩，愛拉想。

「我們疏忽了。我想我們每個人都該正式介紹自己。」威洛馬說。他們進行正式介紹，所有人都熱烈問候這害羞的年輕女人。

「妳知不知道妳母親的配偶在遇到她之前想成爲交易者，瑪葉拉？」威洛馬說。「他跟我出了幾趟門，之後他決定不要這麼長時間離開她，就在妳出生之後。」

「不，我不知道。」她說。她很開心能知道她母親和她配偶的事。

怪不得他是個優秀的交易者，愛拉想。他很擅長和人打交道，他可以讓任何人感到輕鬆自在。瑪葉拉好像比較放鬆了，但在眾人注目之下還是有點不知所措。愛拉了解她的感受。

「波樂娃，我看到有些人開始把獵來的肉曬乾。」愛拉說：「我不確定肉是怎麼分配的，還有誰應該把肉做成肉乾，但如果可以的話，我想幫忙。」

這女人笑了。「妳想幫忙的話當然可以。事情很多，我們很歡迎妳來幫忙。」

「我知道我會歡迎妳加入。」弗拉那說。「這會是一件漫長又繁瑣的工作，除非有很多人一起做，才會很有趣。」

「肉和一半的油脂依需要分給每個人。」波樂娃繼續說：「但動物剩下的部分，如皮革、牛角、鹿角等所有部位，是屬於殺死動物的人所有。我想妳和喬達拉各有一頭巨角鹿和野牛，愛拉。喬達拉殺了獻祭夏佛納的野牛，不過那頭牛已經還給大地母親，我們把牠埋在他墳墓附近。頭目決定分別再給妳和喬達拉一頭牛。我們宰殺動物時通常會在牠們身上用木炭做記號。順道一提，他們不知道妳的精氣符，而妳又忙著照顧夏佛納，所以有人去詢問第三洞穴的齊蘭朵妮。他幫妳做了個暫時的精氣符，好在妳的皮革和其他動物部位畫上記號。」

喬達拉笑了。「它看起來是什麼樣子？」他一直很在意他自己謎樣的精氣符，對別人的也很好奇。

「我想他看出妳保護、庇佑他人的特質，愛拉。」波樂娃說。「來，我畫給妳看。」她拿了根樹枝，把土抹平，畫一條直線。接著又在靠近這條線的頂端畫另一條線往一邊斜斜向下，接著在另一邊畫一條對稱的線。「這讓我聯想到某種帳篷或庇護所，總之是能在下面躲雨的東西。」

「我想妳說得沒錯。」喬達拉說：「這個精氣符挺適合妳的，愛拉。妳的確有保護人、幫助人的特質，尤其當他人生病或受傷時。」

「我會畫我的精氣符。」傑拉達爾說。每個人都對他露出寵愛的微笑。波樂娃把樹枝給他畫。「妳也有嗎？」他對瑪葉拉說。

「我想她一定有的，傑拉達爾，而且她或許很樂意畫給你看，不過要等一下。」波樂娃溫和地提醒她兒子。受到些微的關注是無妨，但她不想讓他養成索求周圍成人關注的習慣。

「妳覺得妳的精氣符怎樣，愛拉？」喬達拉說。他想知道她對於被分派一個齊蘭朵妮氏的符號有什麼反應。

「既然我出生時沒有拿到刻有精氣符的精氣體，至少就我記憶所及是沒有，」愛拉說：「它是個很好的符號。我不介意用它來當我的精氣符。」

「馬木特伊氏有沒有給妳任何記號呢？」波樂娃說，她想知道愛拉是否已經有了精氣符。了解其他部落的行事作風總是很有意思。

「我被馬木特伊氏收養時，塔魯特在我手臂上切了個記號，擠出血來，好讓他用這血在一塊飾牌上畫符號，儀式舉行時他就把這塊飾牌戴在胸前。」愛拉說。

「但那不是個特別的記號？」約哈倫說。

「對我來說很特別。疤痕還在我手上。」愛拉說著，給大家看她手上的記號。接著她又說出忽然想到的一件事：「不同的人以不同方式代表他們自己，以及他們所屬的族群，這眞的很有意思。當我被穴熊族領養時，他們給了我一個裝著紅赭石的護身囊，當他們爲人命名時，莫格烏爾會在那孩子的臉上從前額到鼻子底端畫一條紅線。就是在這時候，他用油膏把圖騰畫在嬰兒身上，藉此告訴每個人——特別是他們的母親——這嬰兒的圖騰是什麼。」

「妳是說妳的穴熊族人也有表示身分的記號嗎？」齊蘭朵妮說。「像精氣符一樣？」

「我猜它就像精氣符。當男孩變成男人時，莫格烏爾切開他身上的圖騰記號，然後抹上一種特殊的灰，讓它變成刺青。他們通常不會把女孩的皮膚切開，因爲女孩長大後體內會流出血，但穴獅選中我時，它在我身上留下記號。我的腿上有四條穴獅爪抓出的痕跡。那就是穴熊族用來代表穴獅的記號，因此莫格烏爾才知道那就是我的圖騰，即使女人通常沒有圖騰記號。圖騰記號屬於男人，莫格烏爾將圖騰記號賜給注定成爲強壯獵人的男人。當部落承認我是打獵的女人時，莫格烏爾在這裡切了一痕，」她把手指放在胸骨正上方的喉間，「取出血，塗在我腿上的疤痕上面。」她把左大腿上的疤給大家看。

「那麼妳已經有精氣符了。那就是妳的記號，那四條線。」威洛馬說。

「我想你說的沒錯，」愛拉說：「我對其他符號都沒有感覺，或許因爲那只是爲了方便而做的符號，好讓其他人知道該把生皮革給誰。雖然我的穴熊族圖騰記號不是齊蘭朵妮氏的符號，它對我來說卻很特別。它代表我是被領養的，我屬於他們。我想用它來當我的精氣符。」

喬達拉思考愛拉所說關於歸屬的事。她曾經失去一切，不知道誰生下她，或她的族人是誰。然後她又失去撫養她長大的人。遇到馬木特伊氏時，她曾稱自己是「沒有族人的愛拉」。這使他了解到歸屬感對她來說是何等重要。

第十七章

有人不停地敲著入口門簾旁的壁板。喬達拉被吵醒，但他還是躺在鋪蓋捲裡，心想為什麼沒有人去應門。他隨即發現好像只有他在家。他起床喊道：「馬上來！」一面穿上幾件衣服。看到齊蘭朵妮的助手，同時也是藝術家的喬諾可時他十分驚訝，因為這年輕人很少在他導師不在身邊時單獨來訪。「請進。」他說。

「第九洞穴齊蘭朵妮說時候到了。」喬諾可說。

喬達拉皺起眉頭，他不喜歡這口氣。他還不確定自己是否完全了解喬諾可話中的意思，但他心裡大概已經有個譜，而這件事一點也不令人期待。之前他已經盡了他那一份的義務，跟另一個世界沾上了邊，現在不想再次跟那地方打交道。

「齊蘭朵妮有沒有說什麼事情的時間到了？」喬達拉問。

喬諾可對這忽然緊張起來的高個子男人微笑。「她說你知道。」

「恐怕我是知道的。」喬達拉說著，順從地接受這不可避免之事。「可否等我先找點東西吃，喬諾可？」

「齊蘭朵妮總是說最好別吃。」

「我想你是對的。」喬達拉說：「但我不介意來杯茶漱漱口。我嘴裡還有睡覺殘留的味道。」

「他們已經泡了茶給你喝。」喬諾可說。

「我想他們一定是泡好了，但我不認為那是薄荷茶，我喜歡一起床就用薄荷茶漱口。」

「齊蘭朵妮泡的茶通常都有薄荷味。」

「有薄荷味沒錯，但薄荷可能不是主要的成分。」

喬諾可只是微笑著。

「好吧，」喬達拉露出幽默的笑容。「我馬上去。如果我想先去解手，希望沒有人會反對。」

「你不必憋尿，」年輕的助手說。「不過請帶些暖和的衣服穿。」

喬達拉回來時看到愛拉，他又驚又喜。她正把一件暖和的束腰上衣的袖子綁在腰際，和喬諾可一起等他。喬諾可或許也叫她帶件暖和的衣服。看著愛拉，他想起自從旅途中他被沙木乃氏抓住以來，前一天晚上是頭一次沒有和愛拉一起睡。這使他更加蠢蠢欲動。

「嗨，女人。」他摩擦她的臉頰問候她時，在她耳邊低語，接著他擁抱她。「今天早上妳去哪兒了？」

「我去倒夜壺。」愛拉說：「回來時我看到喬諾可，他說齊蘭朵妮在找我們，所以我去問弗拉那能不能看著沃夫。她說會找些小孩子讓牠有事可忙。稍早我去察看馬兒了。我聽見附近有其他馬匹的聲音，我在想是不是該蓋個圍欄什麼的把牠們關起來。」

「或許吧。」喬達拉說：「尤其是嘶嘶到了發情期。我不願意看到一群公馬試著捉住牠，快快可能也會想跟著牠。」

「牠得先生下小馬。」愛拉說。

在一旁的喬諾可聽到他們談論馬兒，覺得很有趣。和馬兒的夥伴關係顯然使他們增長了不少知識。愛拉和喬達拉與喬諾可一起離開。他們到了第九洞穴的岩石前廊時，喬達拉發現太陽已經高掛空中。

「我不曉得已經這麼晚了。」他說。「爲什麼沒有人早點叫我起床？」

「齊蘭朵妮提議讓你睡晚些，因爲你今天可能很晚才能睡。」喬諾可說。

喬達拉深吸一口氣，然後又把氣從嘴裡吐出來，同時搖搖頭。「順便問一下，我們要去哪裡？」喬達拉問道。他們正和這位助手並肩沿著岩架走向下游地。

「到噴泉石去。」喬諾可說。

喬達拉的眼睛驚訝地睜得老大。包含一片岩壁上的兩個洞穴和旁邊緊鄰地區的噴泉石，不是齊蘭朵妮氏任何特定洞穴的家園；它的用途比那更重要。那裡是這整個區域最神聖的地方之一。雖然沒有人定期居住在此，不過如果有任何一群人能稱它是家，那只會是侍奉大地母親的齊蘭朵妮亞，因爲大地母親祝福這裡，將這個地方化爲聖地。

「我要停下來喝點水。」一條清新泉水形成的小溪流分隔第九洞穴和下游地，當他們接近橫跨小溪上的橋時，喬達拉斷然說道。他不會讓喬諾可說服他忍耐口渴，雖然他已經讓這男人說服他別喝早晨的薄荷茶。

小溪附近離橋一兩公尺遠的地方，有一根打入地面的柱子。一個用香蒲葉撕成條狀編織成的不透水杯用繩子綁在這根柱子上；如果沒有綁起來，杯子時常會不翼而飛。有人會定期將破損的杯子換掉，不過就喬達拉記憶所及，這裡總是有個杯子。很早以前大家就知道，路過的人一看見冒著水花的新鮮泉水，必定會引起口渴的感覺，雖然彎下腰伸手取水也是可以，但手邊有個杯子總會容易得多。

他們都喝了水，然後繼續走上一條常用的小徑。他們在渡河點涉水橫越主河，在雙河石轉入青草河谷，渡過第二條河，然後沿著河旁的路往前走。經過其他洞穴的人身旁時，這些人向他們招手並問候他們，但沒打算耽擱他們的時間。這地區所有的齊蘭朵妮亞，包括他們的助手在內，都已經去了噴泉石，所以每個人都清楚這兩個人和齊蘭朵妮亞的助手要去哪裡。

他們也多少知道原因。在這人與人密切來往的聚落裡，流傳著愛拉與喬達拉將某樣東西帶回來的消息，這樣東西能幫助齊蘭朵妮亞找到喬達拉死去的弟弟索諾倫在外遊蕩的靈魂。雖然他們都知道，協助引領不久前才從身體中釋放出來的精氣，到達靈的世界並找到適當位置是件重要的事，然而大多數人都不願意在大地母親召喚他們之前，進入下一個世界。想到幫助才剛去世的夏佛納可能還在附近的精氣，就已經夠讓人害怕，而尋找許久以前在遠方死去的人的靈，更讓他們連想都不敢想。

除了齊蘭朵妮亞——而且不是每位齊蘭朵妮亞——之外，沒幾個人會想與喬達拉或愛拉易地而處，許多人樂於讓大媽侍者處理靈的世界。然而沒有其他人能做到；只有他們知道喬達拉的弟弟在哪裡死去。即使是首席大媽侍者都知道這會是筋疲力竭的一天，雖然她十分好奇，想知道他們是否能夠找到索諾倫流浪的靈。

愛拉、喬達拉和喬諾可繼續往上游走時，左前方隱隱露出一座雄偉的岩石。這巨大的岩石太過於引人注目，以至於看起來幾乎像是單獨矗立的巨岩，然而靠近一看，才察覺它是成排連續岩壁的第一塊岩脊；這片岩壁成一直線向後退去，與青草河成直角。岩壁前端巍峨的岩石從河谷地面升起，在中段鼓漲起來，愈往頂端愈窄，接著突然向外展開，變成一頂頂端平坦的鴨舌帽。

如果移動到岩石前方直視往前延伸出去的岩石，再加上一點聯想力，就能在岩石上的裂縫和它渾圓的形狀之中，把那頂帽子想像成頭髮，頭髮下面是前額、平坦的鼻子以及一雙眺望布滿碎石屑與灌木叢斜坡、半閉著的神祕眼睛。對那些知道怎麼看的人來說，他們將這類似人臉的微妙岩石正面理解爲大地母親隱藏的面孔，這是她選擇向世人展示的幾種面貌之一。沒有人能直視大地母親的臉，即使這只是外觀相似的岩石。雖然經過神祕的僞裝，她的面容依舊擁有難以言喻的力量。

這排岩壁位於一個較小河谷的側面，河谷中央有條小溪流入青草河。小溪的水源是從地面汩汩湧出的泉水，它在林木蓊鬱的峽谷中間形成一個小噴泉，周圍是一潭深池。一般人將這噴泉稱爲深泉，從這裡流出去的小溪稱爲噴泉溪，但是齊蘭朵妮亞用另外的名字稱呼它們，多數人也知道。噴泉和池水叫做大地母親誕生之水，而小溪則叫做神聖之水。據說這些水擁有強大的治療力量，尤其在使用得當的情況下，對懷孕的婦女很有幫助。

超過三百六十公尺長的一條路沿著石岩壁往上，越過主要的岩脊，到達離頂端不遠的平台上，一小塊岩石向前突出，爲兩個洞穴的洞口提供遮蔽。在這石灰岩壁地形區裡無數的凹洞，有時被人稱做「洞穴群」，不過由於被看做是岩石上的凹陷空間，因此一般人也常稱它們爲「凹穴」。相對地，特別長或深的洞穴有時被稱爲「深穴」。在小平台左邊的洞穴大約只深入岩石六公尺長，不時留在這裡的人將它當成住處，這些人通常是齊蘭朵妮亞。一般人稱它爲噴泉凹穴，但有些人稱它爲朵妮的凹穴。

右邊洞穴裡有一條約一百二十公尺長極深的通道，通往巨大岩壁中心，裡面有小室、凹洞、壁龕，以及其他從主要通道分岔出去的走道。這地方非常神聖，一般人甚至不常說出它那隱而不宣的名稱。這地方廣爲人知、深受崇拜，因此無須對世俗世界宣告它的神聖與力量。知道這洞穴眞正意義的人，反而傾向於對它的重要性有所保留，而不對其存在小題大作。這就是爲什麼大家提到這岩壁時，只稱它爲噴泉岩，而將洞穴稱之爲噴泉岩中的深穴，有時也稱它做朵妮的深穴。

此處並不是這地區唯一聖地。許多洞穴都含有某種程度的神聖性，而某些地方在洞穴外也是聖地，但噴泉岩的深穴是最受讚譽的洞穴之一。喬達拉知道幾個和噴泉岩可以相提並論的地方，但沒有一個比它的地位更重要。他們繼續和喬諾可往岩壁上走時，喬達拉感到既興奮又畏懼，當他們接近平台時，懼怕的預期心理使他一陣戰慄。他不太想做這件事，但雖然憂懼，他卻很想知道齊蘭朵妮是否能找到他弟弟遊蕩在外的靈，還有她希望他做什麼，以及他的感覺如何。

當他們到達洞穴前的高台時，有一男一女兩位助理迎接他們。這兩人一直在右邊深穴的洞口裡面等著。愛拉停了一會兒，轉頭看看來時的路。高聳的石廊上可以俯瞰噴泉溪谷與一部分青草河谷和流經其上的河流，環繞四周的景色雖然壯麗，但當他們進入通道時，黑暗洞穴中的封閉景象卻更令人震撼。

踏入洞穴後，眼前立刻產生視覺上的轉變，從空曠、遼闊的景色，變爲封閉、狹窄的通道；從岩石反射的日光，變爲令人焦慮的黑暗。這改變不只是身體的或外在的。尤其對那些了解和接受這地方內在力量的人來說，這是一種變化，從輕鬆而熟悉的感覺轉變爲憂心忡忡的恐懼，但也是前進到某種豐饒與奧妙事物的過渡階段。

藉由外面的光線，只看得到洞裡幾公尺遠的地方，然而一旦在入口處眼睛習慣了漸弱的光線，就可隱約看見狹窄的通道是通往陰暗的室內。就在洞口後面有個小小的前廳，岩壁上一塊突出的岩石上放著一盞點燃的石燈，還有幾盞是沒有點燃的。後方的天然壁龕裡有幾支火把。喬諾可和其他幾個年輕人拿起一盞燈和一根細長乾燥的樹枝，將樹枝靠近石燈中燃燒的火焰，直到點燃爲止。碗形燈座邊緣、把手的另一端，擱著幾撮苔蘚燈芯，泡在稍微凝固的油裡，他們每個人都用這根樹枝點燃燈芯。女人點了一根火把，向他們招手。

「小心腳步，」她說著把火把放低，讓他們看清楚不平的地面，以及把突出石頭之間的縫隙塡滿的潮濕、發亮的黏土。「地面可能很滑。」

他們出發進入通道，小心翼翼跨過不平的地面，這時還隱約有些外面照入的光線。這光線很快就減弱了。大約在三十多公尺後，他們就進入徹底的黑暗中，只有微小火焰發出的柔和光線使黑暗稍減。流動的空氣發出嘆息似的聲音，從懸掛在洞頂的鐘乳石上飄下來，石燈微弱的火光搖曳著，引人一陣恐懼的顫抖。他們知道，一旦進入洞穴深處，如果火焰熄滅，比最黑暗的夜還徹底的黑，將會遮蔽所有視線。只有靠手腳接觸冰冷潮濕的岩石才能找到路，而且或許只能走到死路，而不是出去的路。

右手邊是更深沉的黑暗，潮濕的岩壁上不再能反照出微小的火光，這表示往那一邊的距離增加了，或許是個壁龕或另一條通道。往前再過去，陰沉沉的黑暗好像能觸摸得到，黑幕之厚重幾乎令人窒息，只有一縷空氣證實那條通道通往外面。愛拉希望能伸手握住喬達拉的手。

他們向前走時，助手拿著的石燈不是唯一的光源。黑暗通道裡的地面，一路上每隔一段距離就放置淺淺的碗形石燈，照射出的光芒在洞穴裡的黑暗中看起來不可思議地明亮。不過有幾盞燈發出劈劈啪啪的聲響，它們要不是需要更多融在碗裡的油，就是需要換新的苔蘚燈芯，愛拉希望不久後有人會來處理。

然而這些石燈給了愛拉一種曾經來過這地方的詭異感覺，而且讓她對再次造訪產生沒由來的恐懼。她不想跟隨前面的女人。她不認為自己是害怕洞穴的那種人，但這個洞穴卻讓她想轉身逃跑，或碰觸喬達拉好讓自己安心。接著她想起曾走進另一個洞穴的黑暗通道，跟隨石燈和火把的微小火光，發現自己正看著克雷伯和其他莫格烏爾。這段記憶使她渾身顫抖，突然發覺她很冷。

「或許你們想停下來，穿上暖和的衣服。」走在前面的女人說。她轉身舉起石燈，照亮愛拉和喬達拉。「洞穴深處非常寒冷，尤其是在夏天。冬天外面是冰天雪地，裡面反倒相當溫暖。這深穴整年的溫度都一樣。」

停下來穿上長袖束腰上衣這種平凡的事，讓愛拉心情穩定下來。當助手再次啓程，愛拉深呼吸一口，跟在她身後。

雖然漫長的通道似乎很狹窄，溫度逐漸下降，然而又走了約十五公尺之後，岩石通道比之前更窄。岩壁上反射出一層水氣的亮光，證明空氣中有很重的濕氣，石灰岩冰柱從洞頂垂吊下來，與其相對的石筍從地上長出。進入漆黑、潮濕、寒冷的洞穴裡約兩百尺之後，地面開始升高，通道並未受阻，但卻更難走。上坡的路讓人忍不住想從這裡往回走，覺得已經走得夠遠了，許多怯懦的人也的確打了退堂鼓。它測試通過此處的人是否有決心繼續往前走。

前面的女人拿著火把，爬上岩石斜坡，來到高處一個小而狹窄的洞穴。愛拉看著搖曳的火光往上爬，她深深吸了口氣，開始踩過尖銳的石頭，趕上那女人。她跟著她穿過一個窄小的縫隙，又攀爬過許多岩石，才到達下降到岩壁中心的通道。

在第一段路無意識吸入的空氣，此時卻感覺到它的匱乏。在那狹窄的縫隙之後，就感受不到空氣的流動。頭一個顯示這裡之前有人經過的跡象，是畫在左手邊岩壁上的三個紅點。沒多久，愛拉在前面女人手中拿的火把光線中看到了別的東西。她不能相信她的眼睛，希望助手可以停一會兒，把火把的火光移向左邊的岩壁。她停下來等身後的高個子男人趕上她。

「喬達拉，」她悄聲說：「我想有頭猛獁象在岩壁上！」

「沒錯，而且不只一頭。」喬達拉說。「我想要不是齊蘭朵妮覺得現在有更要緊的事情，他們會在適當的儀式上讓妳看這洞穴。大多數人在還是小孩子的時候就被帶來這裡。不是年幼的孩子，而是年紀夠大，已經懂事的時候，但還是孩子。這圖案很嚇人，但如果方法得當，第一次看到它的感覺同時也是非常美妙的。即便知道這不過是儀式的一部分，還是很令人興奮。」

「我們為什麼來這裡，喬達拉？」她問。「什麼事那麼重要？」

前面的助手發現他們沒有跟著她時，轉身往回走。

「沒有人告訴妳嗎？」她說。

「喬諾可說齊蘭朵妮想見我和喬達拉。」愛拉說。

「我並不百分之百確定，」喬達拉說：「但我想我們是來幫助齊蘭朵妮尋找索諾倫的靈，如果需要的話，幫助他找到去路。我們是唯一看到他在哪兒死去的人，而且有了妳要我撿的那顆石頭——順帶一提，齊蘭朵妮說這是個非常好的主意——她認為我們辦得到。」喬達拉說。

「這是什麼地方？」愛拉問。

「它有許多名字。」那女人說。喬諾可和其他助手已經趕上他們。「許多人稱它是噴泉石的深洞，有時也稱它做朵妮的深洞。齊蘭朵妮亞知道它神聖的名稱，而大多數人雖然很少提起，但也都知道。這是大地母親子宮入口，或者可以說是其中一個入口。還有其他幾個同樣神聖的洞穴。」

「當然了，每個人都知道入口暗指出口，」喬諾可補充。「那表示通往子宮的入口也是產道。」

「所以意思是，這是大地母親的產道之一。」年輕的男助手說。

「正如齊蘭朵妮在夏佛納的喪禮上唱的那樣，這一定是大地母親『產出大地子女』的地方之一。」愛拉說。

「她懂了。」女人對其他兩個助手點點頭說。「妳必須很清楚大地母親之歌。」她對愛拉說。

「她頭一次聽到那首歌就是在葬禮上。」喬達拉笑著說。

「那倒不盡然，喬達拉。」愛拉說：「你不記得了嗎？蘿莎杜那氏也有類似的故事，只不過他們不是用唱的。他們只是用說的。蘿莎杜那曾經用他們的語言教過我。故事不完全一樣，但是類似。」

「或許是因爲蘿莎杜那不像齊蘭朵妮那樣會唱歌。」喬達拉說。

「我們也不是每個人都唱，」喬諾可說：「許多人就只是用說的而已。我不用唱的，如果妳聽過我唱歌，就知道爲什麼了。」

「有些洞穴用的音樂不同，有些詞句也不完全一樣。」年輕的男助手說。「我有興趣哪天來聽聽蘿莎杜那氏的故事，如果妳能替我翻譯的話更好，愛拉。」

「我很樂意。他們的語言和齊蘭朵妮氏語很接近。即使沒有翻譯，你或許也聽得懂。」愛拉說。

不知爲何，這三個助手突然間全都注意到愛拉陌生的口音。那年長的女人向來把齊蘭朵妮氏語和齊蘭朵妮氏——語言本身和使用這語言的人——看成獨一無二的；他們是人類，是大地母親的子女。這女人很難想像，橫越冰原的東方高地上，有一種類似齊蘭朵妮氏語的語言。這外地女人一定聽過住在遠方的人說的許多種語言，這些語言在齊蘭朵妮氏人眼中看來與眾不同。

這時每個人都突然間想起，這外地女人有著和他們迥然不同的背景，還有她知道許多他們所不知道的其他部落的事。喬達拉在他的旅程中同樣也學到了許多。在回來後的幾天內，他已經展示了許多東西給他們看。或許學習新事物就是旅行的原因。

每個人都知道什麼是旅行。幾乎所有年輕人都提過要去旅行，但沒幾個人眞正成行，走得遠的人更是少之又少，至少那些回來的人都去不遠。但喬達拉卻離開了五年。他走得很遠，冒了許多險，但更重要的是，他帶回了對族人有助益的知識。他也帶回能改變事物的想法，而改變並不總是受歡迎。

「我不知道我們經過的時候該不該給妳看岩壁上的壁畫。這麼做或許會破壞了妳的特別儀式，不過妳難免會看到一部分，因此我想我可以舉起火把讓妳看清楚些。」前面的女人說。

「我想看。」愛拉說。

前面的助手把火把舉高，讓喬達拉帶回來的這個女人看得到岩壁上的壁畫。第一個看到的是畫出側面的猛獁象，她看到的大多數動物畫像都是側面。頭頂上的隆起後面緊跟著肩胛骨上第二個高起的背脊，但它略在低處，在傾斜的背上，所以很容易辨認。這種體型構造是這巨大多毛野獸的特色，甚至比彎曲的象牙和長鼻子更明顯。這是用紅色畫的，不過卻是以紅褐色與黑色畫出陰影，以表現輪廓與精確的身體構造細部。它面向入口，而且畫得太完美了，愛拉幾乎希望這頭猛獁象從洞穴裡走出來。

愛拉不太明白爲什麼畫出來的動物看起來會栩栩如生，或者富含這些必要的覺察，但她忍不住要靠近瞧一瞧這是怎麼畫出來的。這繪畫技術既細膩又純熟。作畫的人用燧石工具，將動物細緻獨特的輪廓以精準的細節刻在洞穴的石灰岩岩壁上，再用黑線畫出與刻痕平行的線條。在蝕刻線條外的岩壁面被刮除，露出石頭天然的淺乳白——棕褐色。它凸顯出猛獁象的輪廓線和塡色，使畫作更有三度空間的效果。

然而畫在輪廓線裡的顏色，才眞的教人訝異。最早有些人開始產生這種讓活生生動物重現在二度空間表面上的想法，在洞穴岩壁上作畫的藝術家就是透過觀察與接受這些人的訓練，才有了驚人創新的透視法知識。這個技術傳授開來，雖然有些藝術家的繪畫技巧比較好，有些人則否，但他們大都使用明暗法傳達生動飽滿的感覺。

愛拉經過猛獁象壁畫時有種詭異的感覺，好像猛獁象也在移動。在一股衝動之下，她伸手碰觸動物畫和岩石，然後閉上眼睛。冰冷的岩壁有點潮濕，質感與其他石灰岩洞穴並無二致，然而當她睜開眼睛，卻注意到藝術家利用岩壁使畫作的形體更逼真。由於壁畫的擺放方式，使得石頭渾圓的形狀變成了猛獁象飽滿的腹部，而黏附在岩壁上的鐘乳石使人覺得好像能從畫上的一隻腿看得到另一面的腿。

愛拉在油燈搖曳的火光中注意到，當她移動時看動物的角度略有不同，石頭天然的起伏形狀也隨之改變。即使站在原地看著火焰在岩石上舞動，也讓她感覺畫在岩壁上的動物在呼吸。她隨即了解為什麼她移動時猛獁象彷彿也在移動的原因。她知道如果沒有仔細觀察，可能會輕易相信壁畫眞的在動。

這令她想起那次在穴熊族大會上的經驗，她必須為所有莫格烏爾準備伊札教她調製的特殊飲料。莫格烏爾曾經對她示範如何站在影子裡不讓自己被發現，然後告訴她該在何時巧妙地從影子裡出來，好讓她看起來像是突然間出現。與靈的世界打交道的這些人有方法製造巫術，然而巫術也確實存在。

撫摸岩壁時她感覺到某件不太能解釋或理解的事情。這是在她誤呑莫格烏爾的剩餘飲料、跟隨他們到洞穴以來，不時出現的某種輕微不對勁感受。從那時候開始，她偶爾會經歷令人心煩意亂的夢境，有時甚至在清醒的時候，也會出現不安的感覺。

她搖搖頭甩開這感覺，然後抬起頭，看到其他人正在看著自己。她露出羞怯的微笑，一邊很快把手從岩石上移開，害怕自己做錯了什麼事，接著她望向拿火把的女人。這助手不發一語，繼續帶路走向通道。

他們成一路縱隊無聲地沿著通道移動的同時，微弱火焰的閃爍光亮昏暗地照在潮濕的岩壁上，產生出令人毛骨悚然的反光。空氣中瀰漫著一絲恐懼。愛拉很肯定他們正朝著陡峭石灰岩壁的最中心前進，她很高興能和其他人一起，如果是獨自一人肯定會迷路。一陣懼意與不祥的預感突然間襲來，她打了個冷顫，有種獨自在洞穴裡不知道會如何的感覺。她試著拋開這感覺，但黑暗陰冷洞穴裡的寒氣卻不易驅散。

離第一頭猛獁象不遠處又有另一頭，接著有更多頭猛獁象，然後是兩匹小馬，主要是以黑色畫成。她停下來更仔細看這些畫。它們同樣是以一條線在石灰岩上清楚地刻畫出馬的形狀，並且用黑線強調輪廓。在這條線裡的馬身被塗成黑色，但就如同其他畫一樣，明暗畫法使馬兒產生不可思議的眞實感。接著愛拉注意到通道右邊的岩壁上也有壁畫，有些朝外有些朝內。其中主要是猛獁象，岩壁上好像畫著一群猛獁象。從兩面岩壁上，愛拉用數字數出至少有十頭象，或許岩壁上的畫還不只這數目。當她繼續往下走入黑暗的通道，望著經過時隱約被火光照亮的壁畫時，一幅醒目的圖案讓她停下腳步。左邊岩壁上有兩頭馴鹿，她得停下來看個仔細。

第一頭馴鹿面對洞穴，是頭以黑色畫成的公鹿，它明確的形狀與輪廓被描繪得分毫不差，包括巨大的鹿角，不過鹿角是用弧形線條代表，而不是將所有尖岔全數畫出。牠低垂著頭，正溫柔舔舐著母鹿的前額，這讓愛拉驚嘆不已。母馴鹿和大多數的母鹿不同，牠們也有鹿角。這頭母鹿的鹿角仿照眞實世界的鹿，被畫得比較小。牠被畫成紅色，雙膝跪地，以便放低身體接受公鹿溫柔的愛撫。

這一幕流露出兩頭鹿之間眞誠的溫情與關愛，使愛拉想起喬達拉和她自己。她之前從沒有過動物彼此相愛的念頭，但這兩頭鹿彷彿是如此。眼前的景象幾乎使她流下淚來，她感動不已。帶路的助手讓她在此稍做停留。他們了解她的感受；他們也被這細膩的畫面所打動。

喬達拉也讚嘆地凝視馴鹿壁畫。「這畫是新的。」他說：「我想那裡有頭猛獁象。」

「的確有。如果你仔細看那頭母象，還看得到牠下面有幾頭小象。」後面的年輕男人解釋。

「那是喬諾可畫的。」前面的女人說。

喬達拉和愛拉兩人懷著前所未有的敬意看著這位藝術家助手。「現在我了解你爲什麼是齊蘭朵妮的助手了。」喬達拉說：「你有過人的天賦。」

喬諾可點點頭答謝喬達拉的讚賞。「我們每個人都有自己的天賦。聽人說你是個才華洋溢的燧石匠。我很期待看到你的作品。其實我一直想請人幫我製作一個工具，但我好像不太有辦法跟製作工具的人解釋，好讓他們了解那是什麼。我希望達拉納會來參加夏季大會，這樣我就能問他。」

「他有計畫要來，但如果你願意的話，我很樂意試著把你的想法做出來。」喬達拉說：「我很喜歡挑戰。」

「或許我們明天可以談談。」喬諾可說。

「我可以問你一件事嗎，喬諾可？」愛拉說。

「當然。」

「你爲什麼把鹿畫在猛獁象上面？」

「是那面岩壁，那塊地方將我吸引過去。」喬諾可說：「我必須把馴鹿畫在那裡。牠們在岩壁上，想要出來。」

「那是面特別的岩壁，它通到遠處。」女人說：「當首席大媽侍者在那兒唱歌，或有人在吹笛時，那面岩壁會回答。它會發出回音，引起共鳴。有時它會告訴妳它想要什麼。」

「是不是這裡所有的岩壁都會叫人在它們上面作畫？」愛拉指著他們經過的壁畫問道。

「這就是這個深穴如此神聖的原因之一。如果妳知道如何傾聽，大多數的岩壁都會告訴妳。如果妳願意去，他們會帶妳到該去的地方。」女助手說。

「從來沒有人告訴過我這件事，至少和妳說的不一樣。爲什麼妳現在要告訴我們這些？」喬達拉問。

「因爲你如果要幫助首席大媽侍者尋找你弟弟的精氣，你必須去傾聽，或許也必須去體驗，喬達拉。」這女人說。然後她又補充道：「齊蘭朵妮亞一直嘗試著去了解喬諾可為什麼產生靈感，而且將這些形體畫在這裡。我開始曉得了。」這女人對愛拉與喬達拉露出神祕的笑容，然後轉身走向洞穴深處。

「噢，在妳繼續走之前，」愛拉對那女人說著，碰一碰她的手臂讓她停下來。「我不知道該怎麼稱呼妳，請問妳叫什麼名字？」

「我的名字不重要。」她說：「反正在我成爲齊蘭朵妮時，我就會放棄名字。我是第二洞穴齊蘭朵妮的首席助手。」

「那麼我想我應該稱呼妳第二洞穴助手。」愛拉說。

「沒錯，雖然第二洞穴齊蘭朵妮的助手不只一個，但妳可以這麼叫我。另外兩個助手不在，他們預先去夏季大會了。」

「那麼稱呼妳第二洞穴的首席助手如何？」

「如果妳想那麼叫，我就會回應妳。」

「我該怎麼稱呼你？」愛拉問殿後的年輕男人。

「我和喬諾可一樣，從上次夏季大會就開始做助手，大多數時候我還是用自己的名字。或許我該向妳正式問候與介紹自己。」他伸出雙手。「我是齊蘭朵妮氏第十四洞穴的米可藍，第十四洞穴齊蘭朵妮的次席助手。我歡迎妳。」他說。

愛拉握住他的手。「我問候你，齊蘭朵妮氏第十四洞穴的米可藍。我是馬木特伊氏的愛拉，獅營成員，猛獁象火堆地盤的女兒，被穴獅之靈選中，受穴熊保護，也是馬兒嘶嘶和快快還有獵人沃夫的朋友。」

「我好像曾聽說過，有些住在東邊的人將他們的齊蘭朵妮亞歸屬爲猛獁象火堆地盤？」女助手說。

「沒錯。」喬達拉說：「他們是馬木特伊氏。愛拉與我和他們住了一年，但我很驚訝這裡會有人聽過他們。他們住得很遠。」

她看著愛拉。「如果妳是猛獁象火堆地盤的女兒，那麼就說明了一件事。妳是齊蘭朵妮！」

「不，我不是，」愛拉說。「馬木特收養我成爲猛獁象火堆的一員。我還未被召喚，但他已經開始教我一些事，直到我和喬達拉離開爲止。」

這女人笑了。「如果妳不是注定要成爲齊蘭朵妮，妳不會被領養。」

「我不認爲我想當齊蘭朵妮。」愛拉說。

「或許吧。」第二洞穴的首席助手說完，轉身繼續領著他們進入噴泉石的最深處。

前方他們開始看見亮光，在他們接近時那道光變得相當明亮。在只有幾個小火焰的黑暗洞穴中待了那麼久，他們的眼睛已經適應了，任何更亮的照明幾乎都太刺眼。通道變寬，愛拉看到幾個人在一個開闊的區域等著。這裡幾乎可以說是非常擁擠，而當她到達這地方，認出一些她遇過的人時，她發覺這裡的所有人都是齊蘭朵妮亞，除了她和喬達拉之外。

第九洞穴的肥胖女人坐在別人幫她帶進來的椅子上。她起身微笑。「我們一直在等妳。」首席大媽侍者說。她隔著一段距離擁抱他們兩人，愛拉頓時了解這是正式擁抱，是在公共場合對親近朋友的問候。

另一位齊蘭朵妮亞對愛拉點點頭。她也點頭回應這位矮小而體格頗爲健壯的男人，她認出他是第十一洞穴的齊蘭朵妮，他強大的握力和自信的態度曾令她印象深刻。一位年長的男人對她微笑，她也對這位第三洞穴的齊蘭朵妮微笑，當她嘗試幫助夏佛納時，他對她很親切，也很支持她。其他人她大多認得，不過卻只是曾經見過面打過招呼。

幾顆石頭上方生了一小堆火，這些石頭是刻意被帶進來的，他們離開時會帶走。一個煮食用的大木碗裡裝滿冒著熱氣的水，旁邊的地上放著半滿的水袋。愛拉看到一個年輕女人用一把彎曲木頭製成的鉗子從煮食碗裡撈出兩顆石頭，然後從火裡又拿了些出來。石頭一碰觸到水面，就冒出滾滾蒸氣。愛拉抬起頭，認出那是瑪蕖拉，就對她微笑。

接著首席大媽侍者從小口袋裡拿出些藥草加了進去。她在熬藥草，不是只用浸泡的方式泡茶，而是用煮的，愛拉想。飲料裡放了某種氣味強烈的東西，或許是根或樹皮。再次加入熱石頭時，翻騰的水蒸氣使空氣中瀰漫著一股強烈的香氣。薄荷的味道很容易聞出來，不過她還聞到其他的氣味和香氣，她試著辨別那是什麼味道。她懷疑加入薄荷是爲了掩蓋別種東西難聞的氣味。

有兩個人把一張厚重的皮革鋪在首席大媽侍者座位附近潮濕的岩石地面上。「愛拉，喬達拉，你們何不過來這兒，舒服地坐下來。」這壯碩的女人指著那張皮革說。「我準備了飲料給你們。」負責照料煮食碗裡藥飲的年輕女人準備好四個杯子。「飲料還沒完全準備好，不過你們也可以先放鬆一下。」

「愛拉剛才在欣賞壁畫。」喬諾可說：「我想她或許想再多看些畫。看畫或許比坐在這裡等著飲料煮好更能讓人放鬆。」

「是的，我想再多看看。」愛拉立刻補上一句。她知道喝下這不知名的煎藥，目的在幫她找到另一個世界，然而她突然間感到焦慮。過去她喝下類似飲料的經驗不怎麼愉快。

齊蘭朵妮仔細觀察了她一會兒。她對喬諾可的認識夠深，知道他做出這建議必定有很好的理由。他一定注意到這年輕女人一副苦惱的樣子，而她看起來也的確心情浮躁。

「當然好，喬諾可。你何不帶她去看看壁畫。」首席齊蘭朵妮說。

「我想跟他們去。」喬達拉說，他自己心情也不太平靜。「或許舉火把的人能跟我們一起去。」

「沒問題。」第二洞穴首席助理說著，舉起剛才她拿的那根火把。「我得重新點燃火把。」

「齊蘭朵妮亞背後的牆上有些很美的畫，但我不想打擾他們。」喬諾可說。「這個通道裡有些很有趣的畫，我帶妳去看。」

他帶著他們走入一條從主要通道往右轉的走道。進入之後他立刻在左邊一幅馴鹿和一匹馬的畫前面停下來。

「這也是你畫的嗎？」愛拉問。

「不，這是我的老師畫的。她之前是第二洞穴的齊蘭朵妮，在齊莫倫的姊姊上任之前。她是位出眾的畫家。」喬諾可說。

「她畫得很好，但我認為她的學生青出於藍。」喬達拉說。

「這個嘛，對齊蘭朵妮亞而言，重要的不是畫的品質，雖然畫得好也很受人讚賞。重要的是作畫的經驗。你要知道，這些畫不只是用來觀賞的。」第二洞穴的首席助手說。

「我知道妳說得沒錯，」喬達拉幽默地笑著說：「但對我來說，我比較喜歡畫的外在。我必須承認，我並不十分期待這場……儀式。當然我心甘情願，而且我認為可能會很有趣，但在大多數情況下，我很樂意讓齊蘭朵妮亞去體驗就好。」

他的坦白讓喬諾可咧開嘴笑了。「有這種感覺的不是只有你，喬達拉。大多數人都寧可好好待在這個世界。來吧，在開始辦正事之前我帶你們去看一樣東西。」

這藝術家助手帶他們走到右邊的另一塊地方，那裡的鐘乳石和石筍生得比別處多。岩壁上布滿石灰岩結構體，然而在這些凝結物的上方卻畫著兩匹馬，畫家將鐘乳石合併為畫面的一部分，創造出馬兒冬天長著膨鬆長毛的效果。後方的馬正在活躍地跳著。

「這些畫眞是生動。」愛拉著迷地說。她看過馬兒類似的行為。

「第一次看到這幅畫的小男孩們，往往說後面這匹是在『為求歡而跳躍』。」喬達拉說。

「那是其中一種解釋。」女助手說：「可能是一匹公馬試圖騎上前面的母馬，但我相信畫家故意讓它的意義模稜兩可。」

「這是你的老師畫的嗎，喬諾可？」愛拉問。

「不，我不知道是誰畫的，」喬諾可說：「沒人知道。這是很久以前畫的，和猛獁象同時畫上去。大家說這是先人畫的。」

「我想給妳看樣東西，愛拉。」女人說。

「妳要給她看女陰畫嗎？」喬諾可有些吃驚地說。「通常我們不會帶第一次來的人看那個。」

「我知道，但我想我們應該爲她破例。」另一個助手說著，把火把舉高，帶頭走到離馬不遠的地方。停下來後，她把火把放低，讓光線往下照在一個非常特殊的岩石構造上，這東西突出於岩壁上，與地面平行，但從地面往上升高。

愛拉第一眼看它時，發現石頭上有一處被塗上紅色，但仔細一看，才了解那是什麼，或許因爲她曾經協助許多個女人分娩。男人或許比女人更快認出它。出於偶然——或出於超自然的設計——這石頭自然形成與女性生殖器官一模一樣的複製品。不管是形狀或是皺摺，甚至是與陰部入口相同的凹陷，在這石頭上一應俱全。只有紅色是另外加上去的，使它更顯眼，以確定它很容易被找到。

「這是個女人！」愛拉震驚地說。「和女人一模一樣！我從來沒見過這種東西。」

「現在妳知道這洞穴爲什麼這麼神聖了吧？大地母親親自爲我們做了這東西，證明這洞穴是通往大地母親子宮的入口。」這受過服侍大地母親訓練的女人說。

「你看過這個嗎，喬達拉？」愛拉問。

「只有一次。是齊蘭朵妮讓我看的。」他說：「這眞是太了不起了。像喬諾可那樣的藝術家注視岩壁，看出裡面的形體，讓它浮現出來給大家看，這是一回事。然而這個是渾然天成的，加上去的顏色只是讓它顯眼一點。」

「還有個地方我想帶妳去看。」喬諾可說。

他們往回走，匆匆經過所有人等待的開闊空間之後再向右轉，回到主要通道上。看起來像是盡頭的左邊是個圓形的封閉區域，岩壁上有幾個凹陷的地方，形狀像是圓形凸起的反面。其中幾個凹洞上畫著猛獁象，它的畫法創造出奇特的幻象。乍看之下，它們不像是凹陷的，反而呈現出猛獁象渾圓突出腹部的特色。愛拉必須一看再看，然後伸手碰觸，才能說服自己這些的確是凹洞，而不是凹面上的凸起，也不是隆起的石塊。

「這眞是太了不起了！」愛拉說。「它們被畫成與原本形狀相反的樣子！」

「這些畫是新的吧？我不記得以前看過。」喬達拉說：「是你畫的嗎，喬諾可？」

「不是，但我保證你會和作畫的女人見面。」他說。

「每個人都同意她很傑出，」女助手說。「當然，喬諾可也是。我們很幸運能擁有兩位才華洋溢的藝術家。」

「還有幾幅小畫就在離這裡不遠的地方，」喬諾可看著愛拉。「一頭毛茸茸的犀牛，一隻穴獅，還有一匹馬的浮雕，但這條通道很窄，不好過去。一連串的線條標示了通道盡頭。」

「他們可能已經準備好了。我想我們該回去了。」女人說。

正當他們轉身往回走時，在畫有猛獁象、有如小禮拜堂般的封閉區域對面的通道後方，愛拉在那片岩壁上瞥見了一條短短的路。一種奇怪的不安感遍布全身，恐怕她知道接下來會發生什麼事。她曾經有過這種感覺。頭一次是她用特殊的根替莫格烏爾製作飲料的時候。伊札告訴她這飲料太神聖，不能浪費，不容許她練習製作。

先是把根嚼軟就已經讓她茫茫然，然後舉行特殊儀式與慶典的那晚她喝下的其他飲料，也使她暈頭轉向。當她發現古老的木碗裡還留著些液體時她喝了下去，避免浪費。這濃烈的混合物浸泡後效果更強，在她身上發揮了毀滅性的影響力。在神智不清的狀況下，她跟著火光走進蜂巢般的洞穴深處，撞見克雷伯和其他莫格烏爾時，她已無法回頭。

那晚之後克雷伯就變了，而她也不再是原本的自己。就從這時候她開始做神祕的夢，醒著時也會有異樣的感覺和謎一般的幻影，這幻影會帶她到其他的地方，有時候也對她提出警告。在他們的旅途中，這些夢境和幻影更強烈、更常發生。

此刻當她盯著這面岩壁看時，堅硬的岩壁突然間變薄，彷彿可以看到對面或裡面的東西。微微閃爍著火光的堅硬表面，變得柔軟深邃，徹底漆黑。她就在那裡，在那險惡渾沌的空間裡，找不到出路。她虛弱而筋疲力竭，內心深處痛苦無比。突然之間沃夫出現了。牠跑過一片高草，衝過來見她，牠要來找她。

「愛拉！愛拉！妳還好嗎？」喬達拉說。

第十八章

「愛拉！」喬達拉大聲喊。

「什麼？噢，喬達拉，我看到沃夫了。」她眨眨眼睛，搖搖頭想克服她的暈眩茫然與朦朧的不祥預感。

「妳看到沃夫？這是什麼意思？牠沒有跟我們來，記得嗎？妳把牠留給弗拉那了。」喬達拉說。他深鎖的眉頭透露出害怕與關心。

「我知道，可是牠剛才在這裡，」她邊說邊指著那面岩牆。「我需要牠時牠就會來找我。」

「牠之前是這樣，」喬達拉說：「牠救了妳不止一次。或許妳只是在回憶從前的事。」

「或許吧。」愛拉說，但她並不眞的這麼認爲。

「妳說妳在那裡看到一隻狼，在岩牆上嗎？」喬諾可說。

「不完全算是在上面，」愛拉說。「但沃夫在那裡。」

「我想我們該往回走了。」女助手說，但她若有所思地看著愛拉。

「你們來了。」他們回到通道裡開闊的區域時，第九洞穴齊蘭朵妮說道。「妳是否比較放鬆，準備好要開始了？」她面帶微笑，但愛拉確實感受到這壯碩的女人等得不耐煩，不是很高興。

她腦海中湧現出之前喝下改變感知能力液體的鮮活記憶，剛才又在瞬間轉換場所時看到沃夫在牆上，如果說此刻的愛拉心情有變化的話，她其實比剛才更不想喝下這使她進入另外一種現實世界、或另一個世界的飲料，但她認爲自己毫無選擇。

「在這種洞穴裡不容易放鬆，」愛拉說：「想到要喝那茶我就害怕，但如果妳覺得有必要，我願意照妳的意思去做。」

首席大媽侍者再次露出微笑，這一次她的微笑好像是眞心的。「妳的誠實讓人欣喜，愛拉。在這裡當然不容易放鬆，這不是這地方存在的目的，而妳對這茶的懼怕或許也是對的。它的效力很強。我正要向妳解釋，喝下它後妳會覺得很怪，而且無法完全預測它的效果。飲料的效力通常大約一天之後減退，此外我不知道有誰曾因此受傷害，但如果妳不想喝，也沒有人會逼妳。」

愛拉皺著眉頭思考，不知道該不該拒絕，不過她還是很高興對方提供選擇的機會，她因此很難說不。「如果妳希望我這麼做，那麼我願意。」她說。

「我深信妳的加入會很有幫助，愛拉。」朵妮侍者說：「你也是，喬達拉。但我希望你了解，你也有權拒絕。」

「妳知道靈的世界一直讓我覺得很不自在，齊蘭朵妮，」喬達拉說：「在過去的這幾天裡，挖掘墓穴和其他種種事情使我更接近那地方，然而在大媽召喚我之前我根本不想如此。但請求妳協助索諾倫的人是我，我會盡我所能以任何形式幫助妳。事實上，我也同樣高興能將這事做個了結。」

「既然是這樣，就請你們兩位到這裡來，坐在這張皮革墊上，我們就開始了。」首席大媽侍者說。

他們坐下時，那個年輕女人將茶舀到杯子裡。愛拉望著瑪葉拉微笑。她也羞怯地對愛拉微笑，愛拉發覺她十分年輕。她看上去很緊張，愛拉懷疑這是否是她第一次參加這類儀式。或許齊蘭朵妮亞利用這個機會做爲一次教學經驗。

「慢慢來。」第三洞穴齊蘭朵妮對他們說，他正在幫忙助手把杯子端給他們。「它的味道很濃，但加了薄荷就不那麼難喝了。」

愛拉啜了一口，心想「不那麼難喝」只是他個人的看法。在任何別的情況下，她都會把茶給吐掉。

火堆裡的火已經熄了，但飲料還相當燙，她心想裡面不管還有哪些成分，都只是讓薄荷的味道更難喝。除此之外，這算不上是茶。它是用煮的，不是用浸泡的，用煮的絕對沒辦法煮出薄荷最好的味道。她想知道這茶中是不是缺少其他無毒、且能與它搭配或有療效的藥草，與主要成分混合，使茶喝起來順口些。或許可以在水沸騰後加入甘草根或椴樹花。不過無論如何這茶的目的不是要人品嘗的，她終於不管三七二十一把它喝了下去。

她看到喬達拉做了同樣的事，首席大媽侍者也喝了。然後她注意到煮水和舀飲料的瑪葉拉也喝了一杯。

「喬達拉，這顆石頭是你從索諾倫的墳上帶回來的那顆嗎？」首席大媽侍者說著，拿出那顆小而邊緣尖銳的灰石頭給他看。這顆石頭看起來平凡無奇，但其中一面閃耀著泛藍的乳白色。

「對，就是這顆。」他說。不管在哪裡他都認得出它。

「很好，這是顆特殊的石頭，我確信它仍舊帶有你弟弟一部分精氣。握住它，喬達拉，然後握住愛拉的手，讓這顆石頭握在你們兩人手上。往我座位靠近，用你另一隻手握住我的手。現在，瑪葉拉，妳靠近我，握住我的手，還有愛拉，如果妳過來一點，就可以和瑪葉拉牽手。」

瑪葉拉一定是個新助手，愛拉想。不曉得這是不是她第一次做這一類的事。這是我第一次和齊蘭朵妮氏人共同經歷這種事，不過在穴熊族大會上和克雷伯一起時可能也類似這樣，當然還有我和馬木特共同經歷的那一次。她發現自己回想起上次的經驗，那次她是和獅營老人在一起，他向靈的世界說情，這回憶並沒有讓她好過些。馬木特發現她還有莫格烏爾用的穴熊族特殊樹根，想試著用用看，但他不熟悉這根的特性，它的效用比他想像的還強。他們兩人都差點迷失在深邃的空無中，馬木特還警告她不要再服用那些樹根。雖然她身上還有一些，但她沒打算再吃。

四個喝下飲料的人現在握著手面對彼此，首席大媽侍者坐在鋪了坐墊的矮凳上，其他人坐在地上的皮革墊子上，第十一洞穴的齊蘭朵妮拿來一盞油燈放在他們中間。愛拉看過類似的油燈，她對這種燈很感興趣。瞪著架起火堆的石頭，她已經開始感受到茶的效力。

這盞燈是用石灰岩做成的。它的外形是一個碗狀部分與從其上延伸出來的把手，這形狀大體上是用比石灰岩還硬得多的石頭鑿出來的，例如花崗岩；接著再用沙岩磨平，然後以燧石雕刻刀將象徵性的符號蝕刻在上面做爲裝飾。碗的邊緣上以不同角度擺著三根燈芯，位置在把手對面，每根燈芯都有一端從液態油脂裡伸出來，剩下吸收性強的物質則浸泡在油裡。第一種是易燃、燃燒溫度高的苔蘚，用來把油融化；第二種是捲成一條繩子狀的苔蘚，燃燒時會產生明亮的光線；第三種是用一種製成條狀的乾燥多孔菌類植物做成，能有效吸收液化的油脂，即使油用完了它還能繼續燃燒。用來當作燈油的動物油脂先在沸騰的水裡提煉，讓殘渣沉到底下，等水冷卻後就留下純淨的白色動物油脂浮在表面上。火焰完全燃燒，看不到煙或炭灰。

愛拉掃視四周，她有些失望地發現，某位齊蘭朵妮將一盞油燈給弄熄，接著她看到另一盞也熄了。不久除了他們中間的那盞之外，所有油燈都熄滅了。孤零零的那盞油燈彷彿不顧微弱的火焰，依舊光芒四射，以溫暖的金黃色光線照亮握著手的這四個人。然而在這圓圈以外的地方，深邃而絕對的黑暗充滿每一個岩牆縫隙、裂痕與坑洞，這黑暗如此徹底，讓人感到濃稠而無法呼吸。愛拉開始焦慮，接著她轉頭，剛好看見僅剩的微弱火光從冗長的通道中照出來。幾盞幫他們照路的油燈一定還點著，她吐了一口氣想著。她甚至不知道自己憋著那口氣。

她有種奇妙的感覺。煎藥很快就產生了效用，彷彿她周圍的事物都慢了下來，要不就是她自己變快了。她看著喬達拉，發現他也盯著她看，她有種非常奇怪的感覺，好像幾乎知道他在想什麼。然後她看著齊蘭朵妮和瑪葉拉，也有某種感覺，但不像她對喬達拉的感覺那麼強。她懷疑這到底會不會是她的幻想。

她逐漸意識到耳裡傳來音樂、笛聲、鼓聲和唱歌的聲音，只是沒有歌詞。她不太確定它們是從何時，或甚至是從哪裡發出的。每個歌者都持續唱著單音或一連串重複的音調，直到必須換氣爲止，然後再吸一口氣繼續唱。大多歌者與鼓手只是一次又一次重複同樣的音樂，只有少數歌者會改唱不同的歌，大多數吹笛手也會這麼做。每個人選擇自己的起頭與結尾的時間，這表示沒有兩個人會同時開始或停止。它形成的效果，就是各種音調交織在一起的連續聲音，每當新的聲音開始、其他聲音結束時，音調就隨之改變，創造出層層相疊的多樣化旋律。有時候這音樂沒有調性，有時候調子又相當和諧，但整體來說這是首不可思議地美妙而有力的賦格曲。

圓圈裡的另外三個人也在唱歌。首席大媽侍者以她優美渾厚的女低音吟唱著，她配合旋律變化她的音調。瑪葉拉的嗓音清亮高亢，她唱出一連串簡單的重複調子。喬達拉也唱出重複的音調，他顯然能完美掌握這首曲子，也樂在其中。愛拉以前從來沒有眞的聽他唱過歌，但他的嗓音低沉而準確，她喜歡他的聲音。她不懂他爲什麼沒有常常唱歌。

愛拉覺得她應該加入合唱，和馬木特伊氏住在一起時她曾經試著唱過，因此知道自己根本不懂得怎麼唱出音調。小時候她從來沒學過唱歌，現在學有點遲了。接著她聽到附近一個男人開始輕柔地以單音調吟唱。這使她想起當她獨自住在山谷裡時，曾經在夜晚把過去將她兒子縛在臀部的皮斗篷揉成一團，緊抱在腹中，口裡哼著類似的單音調，輕搖著讓自己睡去。

她開始柔聲哼起低沉的單音調，並且發現自己輕微地搖了起來。這音樂中有種安定的效果。自己的哼唱使她放鬆，其他人的聲音也給予她舒適而受到保護的感覺，就如同他們扶持她，只要她需要時他們就會出現。這使得她比較能放任飲料的強烈效力在她身上發揮。

她開始敏銳地意識到她握住的手。左邊年輕女人的手冰冷濕潤，非常柔順，鬆弛地握著。愛拉握緊瑪葉拉的手，但感覺不到她回握她，這年輕女人連握力都是年輕而害羞的。相反地，她的右邊是溫暖乾燥、因爲常使用而微微長繭的手。喬達拉牢牢的握著她，她也是，而且她清楚地意識到握在他們兩手中的堅硬石頭。兩人都有點擔憂，然而喬達拉的手讓她覺得很安全。

雖然看不見，但是她很肯定石頭平坦的乳白色那一面貼著自己的手掌，這表示側面的三角形凸起貼著喬達拉的手掌。她把注意力集中在石頭上時，感覺這顆石頭好像很溫暖，不但與她的體熱相同，還將熱力傳達到她身上，她覺得這顆石頭彷彿成爲他們的一部分，也或者他們成爲它的一部分。她想起一開始進入洞穴時感受到的寒氣，他們愈走進洞穴深處就愈冷，但此刻坐在皮墊上穿著暖和的衣物，她一點也不覺得冷。

她的注意力移到油燈的火焰上，火光使她想起火堆裡舒適的火。她瞪著搖曳的小火焰，完全沉浸於炙熱的光線，把所有事情都拋在腦後。她注視著一小團抖動的黃色火光，覺得自己好像能在呼吸之間控制火焰。

仔細觀察之下，她看出火光不盡然是黃色的。研究火光時必須保持不動，因此她屏住呼吸。小火焰中心是圓形的，最亮的黃色部分起於燈芯末端，然後逐漸變成尖尖的一點。黃色裡面有一塊比較黯淡的地方，是從燈芯末端的下方開始逐漸變窄，最後在一小團火中上升成爲圓錐形。黃色下方，也就是火焰開始的最底部，火是帶著點藍色的。

之前她從來沒有這麼全神貫注看著油燈裡的火。當她再次呼吸時，輕柔搖曳的火光彷彿在和燈嬉戲，隨音樂節拍而移動。當它在融化的動物油脂光亮的表面上舞動時，油脂映照出它的光，使得火焰更加明亮。她的眼裡充滿了柔和的光線，直到再也看不見別的東西。

她覺得自己輕飄飄的沒有重量，無拘無束，好像可以浮在溫暖的光線裡似的。每件事都變得毫不費力。她輕聲發笑，然後又發現自己正看著喬達拉。她想著他在她體內播下的生命種子正在長大，突然之間對他湧起一股強烈豐沛的愛意。他情不自禁回應她熱情的笑容，而她開心地看他對她報以微笑，感受到自己的被愛。生命充滿喜悅，她想要與人分享。

她對瑪葉拉堆了滿臉的笑容，她遲疑了一下，也以微笑回報她。然後她轉向齊蘭朵妮，想將快樂的贈禮與她分享，然而在齊蘭朵妮的心中有一個平靜的角落，似乎能使自己抽離，她彷彿以不可思議的明晰態度冷眼看待每件事。

「現在我準備召喚夏佛納的精氣，引導他進入靈的世界。」首席大媽侍者終止歌聲，對其他人說道。即使是聽在自己耳中，她的聲音也好像是來自遠方。「我們幫助他之後，我會設法找到索諾倫的精氣。喬達拉和愛拉必須協助我。想一想他死時的情況，還有他的屍骨在何處安息。」

在愛拉聽來，她的一字一句都像是盈耳的樂音，愈來愈大，愈來愈難以理解。她聽見從岩牆傳來的迴聲將她包圍，愛拉看著身形巨大的朵妮侍者又唱了起來，歌聲迴蕩在空氣中，朵妮侍者彷彿成爲迴蕩在耳際的歌謠的一部分。愛拉看到她緊閉雙眼，等她睜開眼睛時，她好像看到了遠方的某樣東西。接著她眼睛往上吊，只露出眼白，然後在她座位上往前倒下，又再次閉上眼睛。

手被她握著的年輕女人在發抖。愛拉感到疑惑，不知道瑪葉拉只是太過驚訝還是害怕。她又轉頭看喬達拉。他好像也在看她，但是當她對他笑的時候，她發覺他也瞪著空間中的某處，完全沒有看見她，只看到他心裡某個遙遠的地方。突然間她發現自己回到她獨居的山谷附近。

這時傳來一陣獅吼和一個人的驚叫，這叫聲使她全身一涼，心跳加速。喬達拉和她在一起，他彷彿在她體內；她覺得被穴獅抓傷的腿在痛，接著他失去意識。愛拉停下來，聽到自己的脈搏聲震耳鼓。她已經很久沒有聽到人類的聲音，不過她知道那是人聲，而且不只如此，那是跟她一樣的人類。這驚人的聲音使她愣在那裡，腦中一片空白。那是呼救聲，她很想去救援。

眼前的喬達拉失去意識，不再重要，她感覺到其他人的存在。齊蘭朵妮離她較遠但影響力強大；瑪葉拉離她較近卻顯得面目模糊。微弱但有鼓舞與安撫作用的人聲、笛聲以及深沉響亮的鼓聲，成了這一幕的背景音樂。

她聽到穴獅的低吼，看見帶紅色的鬃毛。又發現嘶嘶並不緊張，於是她恍然大悟……「是寶寶！嘶嘶，是寶寶！」

那裡有兩個男人。她把她養大的這隻穴獅推開，跪下來檢查他們，主要是出於女巫醫對傷勢的關心，不過也懷著驚奇的心情。雖然在她的記憶中，他們是她第一次見到的異族，不過她知道他們是男人。

她立刻看出那個髮色比較暗的男子沒救了。他倒在地上的姿勢很不自然，脖子斷了，從咽喉上的齒痕看來，是被穴獅咬斷的。雖然她與他素昧平生，仍然爲他的死難過，不由得淚水盈眶。她不是因爲愛惜他而難過，而是遺憾還來不及欣賞就失去一件貴重的東西。第一次見到她自己的同類，竟然死了，眞教她沮喪。

爲了肯定尊敬他的人性，她要爲他舉行葬禮，不過仔細一看另一個男子，她幾乎不敢相信。黃髮男子還有氣息，但腿上的大傷口血流如注，他的生命正在快速流失。她必須儘快把他運回山洞療傷，他才有希望活命。因此沒有時間舉行葬禮了。

她不知該如何是好。她不想把那男子留給穴獅……她注意到峽谷盡頭的底壁上，岩石鬆散欲墜，大多數都是堆在一塊大圓石後面，圓石本身也不穩固。她把那死去的男子拖到峽谷盡頭底壁上鬆散的岩石斜坡附近。

她好不容易把另一個男人綁上拖橇，她回到岩架上，拿一根又長又粗的長矛走到後面，看看下面已死的男子，想到他的遭遇，一陣難過。她用部落裡莊嚴無聲的動作，向靈界禱告。

她看過老巫師克雷伯作法，動作優雅流暢地把伊札的靈引渡到另一個世界。地震過後，她在山洞裡發現克雷伯的屍體時，儘管不十分明白這些動作的意義，還是依樣畫葫蘆地照做一遍。她知道重要的是心意……

她拿起長矛當掘土的木棍，用撬動圓木或是挖樹根的槓桿原理，撬動一塊大石頭，隨即往後縱身一跳避開落石，這些滾石正好覆蓋在屍體上……

他們來到鋸齒形岩牆其中一個開口附近，愛拉下馬檢視地上，沒有發現動物的新腳印。現在痛苦已經不存在，這是另一個時刻，比那時要晚得多。腳傷已經治好，傷口上留下的只有那個大疤痕。他們一起騎在嘶嘶背上。喬達拉下馬跟著她走，但她知道他其實不太想來這裡。

她帶路進入一座死谷，爬上由石壁分裂出來的一塊岩石。她走向一堆落石背後。

「喬達拉，就是這裡。」她說，從緊身襯衣裡掏出一個小袋子交給他。他認得這地方。

「這是什麼？」他拿起那個小皮囊問。

「紅土，喬達拉。撒在這個墳墓上。」

他點點頭，說不出話來。他感到眼淚湧上來，但並沒有強忍淚水去檢視。他把紅土倒在手裡，往石塊和石子上撒落，撒完一把再撒一把。愛拉在一旁等候含淚凝望岩坡的喬達拉。他轉身要走時，她對索諾倫的墳墓做了一些手勢。

他們抵達布滿巨石的絕谷，邁步向遠端布滿鬆散礫石的山坡走去。光陰再度流逝，現在他們和馬木特伊氏住在一起，獅營即將領養她。他們回到了她的山谷，以便讓愛拉拿些東西當禮物送給她的新族人。此刻他們正在回程的路上。喬達拉站在斜坡腳下，希望能做些什麼事，讓自己記得這個埋葬他弟弟的地方。說不定朵妮已經找到他了，畢竟她這麼快就召喚弟弟回到她身邊，但他知道，如果可能的話，齊蘭朵妮會試著找到索諾倫靈魂的安息地，並且引導他的靈魂。不過他要怎麼告訴她這地方在哪裡呢？

如果沒有愛拉，連他自己也找不到啊。

他注意到愛拉手裡拿著一個小皮袋，和她脖子上掛著的那個類似。「你告訴過我，他的靈會回到朵妮身邊。我不曉得大地母親的方法，只知道穴熊族圖騰的靈魂世界。我已經請求我的穴獅把他引到那裡去，也許那是同一個地方，也許你的大媽知道那個地方，但穴獅是個強大的圖騰，你弟弟不會得不到保護的。」

她舉起那只小袋子。「我替你做了一個護身囊，你不必向我這樣戴在脖子上，但應該要隨身攜帶。我在裡面放了一塊紅赭石，它可以存放你的靈和圖騰靈的一部分，不過我想你的護身符裡應該再多放一樣東西。」

喬達拉皺起眉頭，他不想惹她不高興，但他不確定自己是否想要這個穴熊族的圖騰護身囊。

我覺得你應該從你弟弟的墓上拿一塊石頭。他的靈的一部分會留在石頭裡，這樣你就可以把它放在護身囊裡帶回去給你的族人。

他額頭上因驚訝而擠出的皺紋瞬間加深，然後突然間又鬆開消失了。當然了!那或許可以幫助齊蘭朵妮在靈魂出神狀態找到此處。也許他對穴熊族圖騰的了解還不夠多，但不管怎麼說，一切動物的靈不都是朵妮創造的嗎?「好，我會好好保存這護身囊，而且會從索諾倫的墓上拿一塊石頭放在裡面。」

他抬頭看著那片鬆動、陡急的礫石坡，和直立的岩牆形成一種微妙的平衡狀態。突然，由於重力的影響，有塊石頭跟著一堆岩塊一起滾下來，正好落在喬達拉腳邊，他彎身將它撿起來。乍看之下，這石頭和普通花崗石碎片沒什麼兩樣，但是一翻過來卻讓他大吃一驚。石頭的斷口處有一片閃亮的蛋白光澤，乳白色石頭中心透出火焰般的紅色光芒，來回翻動時，又有一道藍色和綠色的光輝在陽光下舞動、閃爍。

「愛拉，妳看。」他說著，將這塊小小的蛋白石亮給她看。「從背面看完全猜不到，妳會以爲這只是塊普通的石頭，但妳看這裡，它斷裂的地方，這些顏色像是從深處發出來的，好明亮，簡直像活的一樣。」

「也許眞的是活的，或許這正是你弟弟的靈的一部分。」她答道。

愛拉逐漸意識到喬達拉溫暖的手，還有貼在她掌心的石頭。它的熱度增加，雖然不至於讓她覺得不舒服，但卻足以讓她注意它。索諾倫的靈是否想引起他們的注意？她但願自己有機會認識這男人。愛拉到達這裡後聽過一些索諾倫的事，從這些事情看來，他是個很得人緣的人。他的英年早逝實在太令人扼腕。喬達拉常說想去旅行的人是索諾倫。他會踏上旅途的唯一原因只是索諾倫要去，也因爲他並非眞的想和瑪羅那配對。

「噢朵妮、大媽，協助我們找到通往另一邊的路，到達妳的世界，到達那遙遠的地方，然而卻還是在這世界無法察覺的空間裡。這有形的、有血有肉、有綠草與岩石的世界，在靈的世界、未知的世界不可見的掌控之中，正如同垂死的老月亮將新月懷抱在它纖細的手臂裡。然而有了妳的幫忙，我們就能看見它，就能了解它。」

愛拉傾聽這壯碩女人以奇妙的柔和低吟唱出她的請求。她發現自己愈來愈暈眩，縱使暈眩這個詞並不能準確形容她的感受。她閉上眼睛，覺得自己往下掉。當她再次睜開眼睛時，她眼裡閃爍著光亮。雖然看那些動物時她沒留意，但現在她發覺當時她看到了別的東西，就是洞穴岩牆上的象徵符號，其中有些和她此刻看到的幻影相同。現在她的眼睛是開是閉似乎都無所謂了。她覺得自己正掉入一個深洞中，那是個長而黑的隧道，而她奮力抗拒這感覺，試圖控制自己。

「愛拉，不要反抗它。放輕鬆。」偉大的朵妮侍者說。「我們都在這裡陪妳。我們會支持妳，朵妮會保護妳。讓她帶妳到她想要妳去的地方。聆聽音樂，讓它幫助妳，告訴我們妳看到什麼。」

的。她的視線穿越隧道與洞穴，看到它們的內部，又越過它們來到一片草地，她在遠方看到許多野牛。

愛拉好像在水底游泳一般，頭上腳下潛入隧道。隧道與洞穴的岩牆開始閃閃發亮，好像要消失似的。她的視線穿越隧道與洞穴，看到它們的內部，又越過它們來到一片草地，她在遠方看到許多野牛。

「我看到野牛，龐大的野牛群在一片開闊的平原上。」愛拉說。那一瞬間岩牆又變硬了，不過野牛還在原地。它們遮住岩牆上原本畫著猛獁象的地方。「它們在岩牆上，用紅色和黑色畫在上面，同時形塑得相當合適。它們好漂亮、好完美，充滿生氣，就像喬諾可畫出來的樣子。你們沒看見嗎？看，就在那裡。」

岩牆又消失了。她可以看進岩牆裡面，看穿岩牆。「牠們又到了草原上，有一群野牛。牠們朝圍欄移動。」突然間愛拉尖叫了起來：「不！夏佛納！不！不要去那裡，太危險了。」接著她以悲傷無奈的口吻說：「太遲了，我很遺憾，我該做的都做了，夏佛納。」

「大地母親想要一樣祭品，以示對她的敬重，好讓人明白有時候他們也必須奉獻自己的性命。」首席大媽侍者說。她和愛拉在一起。「夏佛納，你不能繼續待在這裡了，你必須回到她身邊。我會幫助你，我們會幫助你。四周很黑，可是你看到前方明亮炙熱的光了嗎？朝那邊走。她在那裡等你。」

愛拉握住喬達拉溫暖的手。她感覺得到齊蘭朵妮強大的存在，她與他們在一起，還有第四位同伴，那位手掌軟綿綿的年輕女人瑪葉拉，不過她的存在是模糊又多變的。偶爾她顯得非常強勢，隨即這態度又退去，變得猶疑不定。

「時候到了，喬達拉，去找你弟弟。」壯碩的女人說。「愛拉會幫助你，她認得路。」

愛拉感受握在他們手中的石頭，心裡想著以火紅色點綴的美麗藍色調蛋白石。石頭逐漸擴張，填滿她周圍的空間，最後她一頭栽了進去。她在游泳，然而不是在水面上，而是在水中央、在水底。她游的速度快到像在飛似的。她在飛，她急馳過原野，看到草原與高山、森林與河流、廣大的內陸海與綠草如茵的大草原，以及這些棲息地所滋養的許多動物。其他人和她在一起，讓她帶路。喬達拉最靠近她，他給她的感覺最強烈，但她也意識到與喬達拉有著相似力量的朵妮侍者。另一個女人的存在太微弱，她幾乎沒注意到。愛拉把他們帶到遙遠東方地勢崎嶇的大草原上那座死谷。「這就是我看到他的地方。到了這裡我就不知道該往哪走了。」她說。

「喬達拉，想想索諾倫，呼喚他的靈。」齊蘭朵妮說：「向你弟弟的靈伸出雙手。」

「索諾倫！索諾倫！我感覺得到他，」喬達拉說：「我不知道他在哪裡，但我感覺得到他。」雖然無法分辨那是誰，愛拉察覺得出喬達拉和某人在一起。然後她又感覺有其他人在場，開始只有幾個，然後人數變多，這些人向他們大聲呼喊。從人群裡走出兩個……不，總共有三個人，其中一人抱著個小嬰兒。

「你還在旅行，還在四處探索嗎，索諾倫？」喬達拉問。

愛拉沒聽到回答，但感覺有人在笑。接著，她感覺到一個可以旅行、四處遊走的無盡空間。

「潔塔蜜歐跟你在一起是嗎？還有她的孩子？」喬達拉詢問他。

愛拉還是沒有聽到半句話，但從變化多端的形體中，她感受到一波愛意發散出來。

「索諾倫，我知道你愛旅行和探險。」這一次對這男人精氣開口的是首席大媽侍者。「可是和你在一起的女人希望回到大媽身邊。她跟著你只是出於愛意，但她準備要走了。如果你愛她，你應該把她和她的嬰兒帶在你身邊。時候到了，索諾倫。大地母親想要你。」

愛拉察覺到困惑與迷惘的感受。

「我會替你指路，」朵妮侍者說：「跟我來。」

愛拉意識到自己和其他人一起被拉走，以很快的速度行經一片原野。要不是原野的細部太模糊，或是天色太黑，那地方應該看起來很熟悉。她緊緊抓住右邊那隻溫暖的手，同時感覺左手被用力捏著。遠方有一道亮光出現在他們面前，很像旺盛的營火，但又不同。他們接近時它愈燒愈烈。

他們慢了下來。「到了這裡你就能找到路。」齊蘭朵妮說。

愛拉感覺精氣鬆了口氣，接著和他們分開。暗黑的夜呑沒了他們，沒有一絲亮光，無孔不入的絕對靜默包圍著他們。然後在這神祕詭異的寂靜中，她聽見微弱的音樂：那是笛子、人聲與鼓聲形成顫動在空氣中的賦格曲。她感覺有東西在移動。他們以驚人的速率加速，但這次它好像是從左手邊來的。瑪葉拉懷著恐懼，緊緊捏住愛拉的手，她一心一意要儘快回去，在她的移動軌跡中拖著所有的人。

他們停下來時，愛拉感覺到握著她的兩隻手。他們回到了洞穴，就在音樂面前。愛拉睜開眼看到喬達拉、齊蘭朵妮和瑪葉拉。他們中間的油燈發出劈啪聲響，油幾乎燒完，只剩一根燈芯還在燒。在遠處的黑暗中，她看見一盞油燈裡的一小團火焰在移動，看起來好像只有燈沒有人，把她嚇得發抖。有人拿了另一盞燈來換掉中間那盞快燒光的燈。他們坐在皮墊上，然而此刻即使是穿著暖和的衣服，她還是覺得寒氣逼人。

他們放開彼此的手，愛拉和喬達拉比其他人又多握了一下子，然後他們才改變姿勢。首席大媽侍者加入歌者，將音樂賦格曲告一段落。又有許多盞燈被點燃，有人開始在附近走動。有幾個人站起來跺跺腳。

「愛拉，我有事想問妳。」胖女人說。

愛拉看著她，等她開口。

「妳說妳在牆上看見野牛嗎？」

「猛獁象被遮住後變成野牛，頭和後面隆起背脊的形狀被替換，變成野牛背上的大隆起，後來岩牆就消失了，它們變成眞正的野牛。那裡還有其他動物，有馬和兩隻面對面的馴鹿，不過這地方在我看來是野牛的洞穴。」愛拉說。

「我想妳的幻象是來自於最近的野牛狩獵和隨之而來的悲劇。妳置身其中，而且還治療夏佛納，」

首席大媽侍者說。「不過我認爲妳的幻象代表的意義不只如此。牠們在這個地方以很大的數量出現在妳面前。或許野牛靈想告訴齊蘭朵妮氏人，最近野牛被獵捕得太多，爲了趕走厄運，從現在起到年底爲止，我們必須暫緩獵捕野牛行動，才能贖罪。」

人群中傳出喃喃的贊同聲。想到能採取行動安撫野牛靈，移除意外死亡所預示的惡兆，使得齊蘭朵妮亞心情轉好。他們將會把禁獵野牛的命令告知洞穴的人；有這樣的訊息可以帶回洞穴，讓他們幾乎是心存感激。

助手把帶進洞穴的東西集合起來，把油燈重新點燃，照亮回去的路。齊蘭朵妮亞離開小房間，返回原路。他們到達洞穴外的岩架上時，西沉的太陽映照出火紅、金黃與黃色的耀眼光芒。從噴泉石回去的路上，似乎沒有人想要談論他們在深黑洞穴裡的經驗。當各洞穴的齊蘭朵妮亞離開人群返回自己所屬的洞穴時，愛拉不禁想知道其他人的感覺是不是跟她一樣，但她不願意提起。雖然有許多問題，但她不確定是否得體，或者她眞的想知道答案。

齊蘭朵妮問喬達拉，找到他弟弟的靈並且協助他的精氣找到去路是否讓他感到滿足。喬達拉說他覺得索諾倫心滿意足，因此他也是，但愛拉認爲他的心情不只是高興。雖然對他而言並不容易，然而他已經做了他能做的，現在煩惱此事的重擔已經卸下。當喬達拉、愛拉、齊蘭朵妮和喬諾可到達第九洞穴時，照亮他們去路的，只有夜空中眨著眼的寂寞星星，和他們手上的油燈與火把發出的小火焰。

回到瑪桑那住處時，愛拉和喬達拉都累了。沃夫因爲緊張而激動，但很高興看到愛拉。等安撫了這隻動物，他們吃了簡單的餐點，沒多久就去睡覺了。過去幾天實在難熬。

「瑪桑那，今天早上我能幫妳煮早餐嗎？」愛拉問。她們兩個最早起床，在寧靜的氣氛下一起享用熱茶，這時其他人都還在睡。「我想知道妳通常怎麼準備食物，還有妳的東西都放在哪裡。」

「很高興妳能幫我，愛拉，但今天早上我們所有人都受邀到約哈倫和波樂娃家裡用早餐。他們也邀了齊蘭朵妮。波樂娃常替她煮飯。還有，我想約哈倫覺得他弟弟回來以後他沒什麼時間能跟他說話。他好像對新的標槍投擲器特別感興趣，想學會怎麼使用。」瑪桑那說。

喬達拉醒來時，想起上次討論精氣符的談話內容，以及歸屬感對愛拉的重要性。既然她不記得自己的族人，也和撫養她長大的人脫離關係，有這種感覺是可以理解的。她甚至還拋下接納她的馬木特伊氏人跟他回家，這想法在他和約哈倫家人用餐時一直在腦海中徘徊不去。那裡的每個人都屬於齊蘭朵妮氏人，他們都是他的家人，他洞穴的成員，他的族人，只有愛拉不是。他們的確即將配對，但她還只是「馬木特伊氏的愛拉，齊蘭朵妮氏人喬達拉的配偶。」

早餐時他們和約哈倫討論了標槍投擲器，和威洛馬交換旅行見聞趣事，又和每個人閒聊這次夏季大會，之後話題轉向喬達拉和愛拉在第一配對禮上的配對儀式。瑪桑那對愛拉解釋，每年夏天會有兩場配對禮。第一場通常也是最盛大的一場，在合理的情況下會儘早舉行，負責的人會替參加者安排儀式時間。第二場則是在他們快要離開夏季大會前舉行，而且一般來說，這是替在夏天才決定結繩的人配對。夏季大會上還有兩場女人的成年儀式，第一場是在他們到達後不久，第二場是在夏季大會結束前。

衝動的喬達拉打斷瑪桑那的解釋。「我希望愛拉屬於我們齊蘭朵妮氏人，成為我們的一份子。我們配對後，我想要讓她變成『齊蘭朵妮氏第九洞穴的愛拉』，而不是『馬木特伊氏的愛拉』。我知道當一個人想改變他的親族關係時，通常是由這人的母親或他的火堆地盤男人和齊蘭朵妮亞共同決定，但是愛拉離開時馬木特將選擇權留給愛拉。母親，如果她願意，我是否能徵求妳的首肯？」

喬達拉突兀的請求令瑪桑那錯愕不已，絲毫沒有心理準備。「我不會拒絕你，喬達拉，」她說道。她覺得她兒子毫無預警地在公開場合提出這種事情，讓她難以招架。「但是我不能完全作主。我很樂意歡迎愛拉到齊蘭朵妮氏第九洞穴來，但有權做決定的，是你哥哥、齊蘭朵妮，還有其他人，包括愛拉自己。」

弗拉那咧嘴笑了，她知道母親不喜歡這種出乎意料的事。喬達拉毫無預警地把問題丟給瑪桑那，讓她很不開心，但瑪桑那很快就平復心情。

「我嘛，我會毫不猶豫接受她，」威洛馬說。「我甚至還會領養她，不過喬達拉，既然我是你母親的配偶，這麼一來她恐怕會變成像弗拉那一樣的妹妹，成了不能配對的女人。我不認爲你想這麼做。」

「不，不過我很感激你這麼想。」喬達拉說。

「爲什麼你要現在提起這件事呢？」仍舊有點惱火的瑪桑那說。

「這似乎是個好時機，」喬達拉說：「我們很快就會出發前往夏季大會，我希望在走之前就辦妥。我知道我們剛到家不久，但你們差不多漸漸認識愛拉了。我想她會爲第九洞穴帶來額外的價值。」

愛拉也相當驚訝，但她不發一語。我是否想要被齊蘭朵妮氏人收養？她問自己。收不收養有關係嗎？如果我和喬達拉快要配對了，不管有沒有這名稱，我都會變成齊蘭朵妮氏人。他好像很想改變我的名稱，我不確定原因何在，但或許他有很充分的理由。他比我更了解他的族人。

「喬達拉，或許我該告訴你一件事。」約哈倫說：「我想對於我們這些認識愛拉的人來說，愛拉不只是一位差強人意的新成員，但不是每個人都這麼想。從下游地往回走時，我決定告訴勒拉瑪和其他幾個人當天有野牛大餐，當我走近他們的時候，卻無意間聽到他們的談話。遺憾的是，他們正在誹謗愛拉，尤其是她的醫治技術和對夏佛納的治療方式。他們好像覺得跟……穴熊族學習醫術的人不可能懂得什麼。這恐怕是他們帶有偏見的言論。我告訴他們沒有人能夠做更進一步的治療，甚至連齊蘭朵妮也不能。我得承認他們讓我很火大。那不是發表高論的好時機。」

原來這就是他那麼生氣的原因，愛拉想。這消息給她的感覺很複雜；她很難過那些男人批評伊札的醫治能力，但也很高興約哈倫幫她說話。

「那更能成爲此時讓她加入我們洞穴的理由，」喬達拉說：「你曉得那些人，他們除了賭博和喝勒拉瑪的巴瑪酒之外，什麼事也不做。他們甚至懶得學手藝或技能，除非你把賭博也看成其中一種。他們連像樣的獵人都不是。他們毫無貢獻，又懶又沒用，要是他們引以爲恥也就罷了，偏偏他們沒有羞恥心。他們會想盡辦法避免花力氣幫助洞穴裡的人，這是大家都知道的。如果那些受人敬重的人物願意接受愛拉，讓她成爲齊蘭朵妮氏人，那麼沒有人會去管他們說些什麼。」

「你對勒拉瑪的批評不全然是眞的，喬達拉。」波樂娃說。「他或許懶得做大部分的事，我也不認爲他有多喜歡打獵，但勒拉瑪的確有一項技能。他能把幾乎任何一種會發酵的東西，做成飲品。我知道他會把穀物、水果、蜂蜜、樺樹汁變成大多數人都喜歡的飲料，而且幾乎每次有眾人聚集的場合，他都會釀製飲料。有些人喝得太過頭了，那倒是眞的，不過他也只是供應的人罷了。」

「但願他也是供應家庭所需的人就好了。」瑪桑那輕蔑地說。「那麼他的火堆地盤孩子或許就不必凡事乞求他人。告訴我，約哈倫，他有多常在早上『病』到沒辦法加入打獵隊伍？」

「我以爲只要是需要的話，每個人都有東西吃。」愛拉說。

「食物的話是沒錯，他們不會餓死，但至於其他東西，他們就必須仰賴別人的仁慈慷慨了。」

「可是，如果就像波樂娃說的，他擁有能釀造好喝飲料的技巧，他做出來的飲料人人喜歡，那他何不拿飲料去換他家人需要的東西呢？」愛拉說。

「沒錯，他是可以，但他沒這麼做。」波樂娃說。

「那他的配偶呢？她就不能說服他爲家庭盡點力嗎？」愛拉說。

「楚曼達？她比勒拉瑪還要糟糕。她只會喝他的巴瑪酒，然後生很多她根本不照顧的小孩。」瑪桑那說。

「如果他沒有拿酒去換他家人的東西，那他的飲料都到哪去了？」愛拉很想知道。

「我不確定，」威洛馬說：「但他必須拿去換些酒的原料，才能釀更多酒。」

「這倒是眞的，他總是盤算著交換他想要的東西，但他卻不能使他的配偶和孩子豐衣足食。」波樂娃說：「幸好楚曼達看來並不介意乞求別人給她『可憐的孩子』一些東西。」

「而且他自己的確也喝了很多。」約哈倫說。「楚曼達也是。我想他送了好些酒給別人。他身邊總是有一大群想喝酒的人，我想他喜歡跟這些人在一起。他或許以爲他們是他的朋友，但我懷疑如果他不再給他們巴瑪酒，他們還會在他身邊待多久。」

「我猜不會太久。」威洛馬說：「但我不認爲勒拉瑪和他的朋友能決定愛拉是否該成爲齊蘭朵妮氏人。」

「你說的沒錯，交易大師。我想我們毫無疑問地會願意接納愛拉，但或許我們該讓愛拉做決定。」齊蘭朵妮說：「沒有人問過她想不想成爲齊蘭朵妮氏女人。」

每個人都轉頭看她。現在輪到她覺得渾身不自在了。好一會兒她都沒說話，這讓喬達拉有點緊張。或許他對她判斷錯誤，或許她不想成爲齊蘭朵妮氏人，也或許提出這個請求之前應該先問問她，但談了那麼多配對禮的事，這時候提起似乎是個適當的時機。最後愛拉開口了。

「當我決定離開馬木特伊氏人和喬達拉回到他的家園時，我知道齊蘭朵妮氏人對撫養我的穴熊族人有什麼觀感，我知道你們可能不想要我。我承認我有點害怕見到他的家人，他的族人。」她停頓了一陣子，試著釐清思緒，搜尋適當的字眼，說出她的感覺。

「對你們來說我是個陌生人，一個外地女人，想法和做事方式都很古怪。我帶來和我住在一起的動物，請你們接受牠們。馬兒通常是我們獵捕的動物，我卻希望你們挪出個地方給牠們。今天我才在想著，我要在第九洞穴南端離下游地不遠處蓋個馬廄。冬天時，馬兒習慣有個擋風遮雨的地方。我還帶了隻肉食動物，一隻狼。我們知道牠有些同類會攻擊人，而我卻請你們准許我把牠帶進來，讓牠和我睡在同一個住處。」她對喬達拉的母親微笑。

「妳沒有猶豫，瑪桑那。妳邀請我和沃夫住在妳家裡。還有約哈倫，你讓馬兒待在附近，讓我一路帶牠們到你住處前面的岩架上。我部落的頭目布倫不會這樣做。我解釋穴熊族的行爲習慣時你們都在聽我說，沒有把我趕走。你們願意考慮你們稱做『扁頭』的動物或許是人——也許是不同種的人，但不是動物——的可能性，我不期望你們會那麼細心體貼，但我很感激這一切。」

「確實不是每個人都很友善，但有更多人爲我辯護，即使你們對我認識不深。我來到這裡的時間還很短。或許是因爲喬達拉，因爲你們相信他不會帶一個想要傷害他族人或你們無法接受的人回來。」她停下來，閉上眼睛，過一會兒才繼續往下說。

「儘管害怕和喬達拉的家人與族人——齊蘭朵妮氏人——見面，但離開時我已知道自己無法回頭了。我不知道你們對我會有什麼感覺，但那不重要。我愛喬達拉，想和他共度餘生。爲了和他在一起，有必要的話我什麼都願意做，願意去忍受。然而你們歡迎我，此刻你們問我想不想成爲齊蘭朵妮氏人。」她閉上眼睛控制情緒，試圖吞下喉頭間的哽咽。

「自從遇見喬達拉後我就這麼想了，那時我甚至不確定他是否還活著。我哀悼他的弟弟，不是因爲我認識他，而是我認得他。沒能有機會認識我記憶中見過的第一個和我同類的人，讓我很懊惱。我不知道自己在被穴熊族發現並領養之前，我說的是哪種語言。我學會用穴熊族的方式溝通，但我記得我說的第一種語言就是齊蘭朵妮氏語。即使說得不完全正確，我把它當成自己的語言。但在我們能與彼此交談之前，我希望我是喬達拉的族人，這樣他才願意接納我，終有一天他也才可能考慮讓我做他的配偶。即使是他第二或第三個女人，對我來說也已足夠。

「你們問我想不想做齊蘭朵妮氏女人？噢，我很想，我想成爲齊蘭朵妮氏女人，我全心全意想當齊蘭朵妮氏女人。這是我這輩子最渴望的一件事。」她說著，眼裡泛起淚水。

眾人震驚得說不出話來。喬達拉不自覺走到愛拉面前，把她擁在懷裡。他如此為她傾倒，沒有言語能傳達他的愛。她可以那麼堅強，卻又那麼柔弱，他覺得好訝異。在場沒有一個人不被打動。即使是傑拉達爾也或多或少了解她所說的。弗拉那的雙頰被淚水濕透，其他人也差不多。瑪桑那最先恢復鎮靜。

「謹以我個人的名義，我很樂意能歡迎妳加入齊蘭朵妮氏第九洞穴，」她說著，不由自主上前擁抱她。「我很高興看到喬達拉和妳安定下來，雖然或許有些女人不這麼希望。他一直很有女人緣，但我有時不禁懷疑他能否找到他愛的女人。我想他或許不會從我們的族人裡挑選對象，但我沒想到他必須跋涉到那麼遠的地方。現在我知道必定有某種理由讓他走這一趟，因為我了解他為什麼那麼愛妳。妳是個非常罕見的女人，愛拉。」

他們再次聊起夏季大會，等大家準備離開時，齊蘭朵妮提到他們還是有時間為愛拉舉行一場進入第九洞穴的儀式，使她成為齊蘭朵妮氏女人。

就在這時候，從入口旁的壁板上傳來一陣急促的敲門聲，但在有人應門之前，就有個女孩衝了進來跑向齊蘭朵妮，她一臉擔憂。愛拉心想，她或許有十歲，不過她很訝異她的衣服是如此髒污、破爛不堪。

「齊蘭朵妮，」她說：「他們告訴我妳在這裡。我沒辦法把博洛根扶起來。」

「他生病了嗎？還是他受傷了？」齊蘭朵妮問。

「我不知道。」

「愛拉，妳何不跟我來。這是楚曼達的女兒，拉諾卡。博洛根是她大哥。」齊蘭朵妮說。

「楚曼達不是勒拉瑪的配偶嗎？」愛拉問。

「是的，」齊蘭朵妮說著，兩人匆忙出門。

第十九章

她們快要到勒拉瑪和楚曼達的家時，愛拉才發現她已經多次經過這裡，但沒特別留意。喬達拉族人的岩石庇護所很大，住了很多人，自從他們到達之後感覺上又發生了太多事，很難馬上消化一切。或許在人多的聚落裡就是這樣，不過她必須花點時間才能習慣。

這個住處位於所有居住區的盡頭，離大部分洞穴活動的地方最遠，看起來和鄰居們的房子截然不同。用以居住的建築物不大，但這家人把東西亂七八糟地散置在地上，藉此宣告他們對周圍相當大一塊地區的所有權，不過旁人很難區分有哪些是個人物品，哪些是垃圾。離住處不遠是勒拉瑪挪出來的釀酒場地；他釀的酒或許依成分而有不同味道，但酒的品質保證很好。

「拉諾卡，博洛根在哪裡？」齊蘭朵妮問。

「在裡面，他不能動。」拉諾卡說。

「妳母親在哪裡？」朵妮問。

「我不知道。」

她們把門簾推到一邊時，一陣難以置信的惡臭撲鼻而來。除了一盞小燈以外，唯一的光線來自於沒有屋頂的住處上方，岩洞上面的懸頂反射出黯淡的日光，室內很暗。

「拉諾卡，妳還有燈嗎？」齊蘭朵妮問。

「有，但是沒有油。」這女孩說。

「我們可以暫時把門簾綁起來。他就在這裡，在一進門的裡面，擋在路當中。」齊蘭朵妮說。

愛拉發現繫門簾的帶子在門簾上，就把門簾綁在柱子上面。愛拉看著室內，眼前的髒污景象令她大爲驚駭。地板上沒有鋪砌石頭，某種液體流到地上，使泥土地面某些地方泥濘不堪。由散發出的臭味判斷，她認爲部分液體可能是尿液。他們所有的室內擺設都凌亂地散在地上，有破爛的地墊和籮筐，少了一半內裡的坐墊，成疊的皮革和織品可能本來是衣服。

被咬到剩下少許肉的骨頭丟得到處都是。蒼蠅圍著腐敗的剩菜嗡嗡叫，放食物的木頭盤子非常粗糙，上面甚至還有木屑。在光線下她看到入口附近有個老鼠窩，裡面有幾隻吱吱叫的紅色無毛小老鼠，牠們才剛出生，眼睛還是閉著的。

就在靠近入口的屋裡，一個骨瘦如柴的男孩攤開四肢躺在地上。不久前愛拉才見過他，但現在她格外仔細地觀察他。愛拉認爲他大概十二歲，從他的皮帶看來他已經成年了，但他比較像個男孩，不像男人。她們一眼就看得出發生了什麼事。博洛根被毒打了一頓，渾身是傷，他頭上都是乾涸的血。

「他跟人打架了。」齊蘭朵妮說：「有人把他拖回家，留在這裡。」

愛拉彎下腰檢查他的傷勢。她量了他脖子上的脈搏，看到更多血，然後她把臉頰貼近他的嘴。她不只感覺得到他的氣息，還聞得出他口裡的氣味。「他還有呼吸，」她告訴齊蘭朵妮。「但他傷得很重，脈搏很弱。他頭部受傷，失血過多，但我不知道骨頭有沒有碎。一定有人打他，或是他重重地跌在什麼東西上，所以才起不來，不過我在他嘴裡也聞到巴瑪酒的味道。」

「我不知道該不該移動他，但我無法在這裡進行治療。」齊蘭朵妮說。

拉諾卡把一個大約六個月大、沒有什麼活動力的瘦小嬰兒背在臀部，這嬰兒看起來像是從生下來就沒洗過澡似的。一個拖著鼻涕的幼兒掛在她腳邊。愛拉覺得好像還看到另一個小孩在她身後，但她不確定。這女孩比她母親還像是一位母親，愛拉想。

「博洛根還好嗎？」拉諾卡說，她露出擔憂的表情。

「他還活著，但他受傷了。妳來找我是對的。」朵妮侍者說。齊蘭朵妮搖搖頭，對楚曼達和勒拉瑪感到相當憤怒。「我必須在我那裡照料他。」她說。

一般來說，朵妮侍者只會在她的住處治療最嚴重的疾病；在一個像第九洞穴這麼大的聚落裡，那裡的空間不夠大，不能讓所有生病或受傷的人同時間到那裡治療。像博洛根這樣嚴重的傷勢，通常會在家裡受到照顧，齊蘭朵妮會去那裡治療他。但這家裡沒有人可以照顧他，而齊蘭朵妮連想要進到這間屋子都無法忍受，更別提要在這裡待上一段時間。

「拉諾卡，妳知道妳母親在哪裡嗎？」

「不知道。」

「她去哪裡了？」齊蘭朵妮換個說法問道。

「去參加葬禮。」拉諾卡說。

「誰來照顧孩子？」

「我。」

「但是妳沒辦法餵小寶寶，」愛拉驚駭地說。「妳不能哺乳。」

「我可以餵她，」拉諾卡帶著防衛的語氣說。「她吃一般食物。奶水沒了。」

「也就是說楚曼達一年之內還會再生下另一個小孩。」齊蘭朵妮喃喃自語。

「我知道小寶寶在不得已的情況下可以吃一般食物。」愛拉同情地說，她心裡湧起痛苦的回憶。

「拉諾卡，妳拿什麼餵她？」

「煮熟搗爛的根莖類植物。」她說。

「愛拉，請妳告訴約哈倫發生了什麼事，還有叫他帶個東西過來把博洛根抬到我的住處，再叫幾個人幫忙抬，好嗎？」

「沒問題。我馬上回來。」愛拉說完匆忙離去。

愛拉離開齊蘭朵妮住處，匆匆趕往頭目家時，已經快要傍晚了。她一直在幫忙第九洞穴的醫治者，現在正要去告訴約哈倫，博洛根醒了，他看起來神智清楚，可以說話。

約哈倫一直在等她。他走後，波樂娃對愛拉說：「妳想吃點什麼嗎？妳整個下午都跟齊蘭朵妮在一起。」愛拉搖搖頭，準備要走。她正要開口道歉，但波樂娃馬上加了句：「還是喝杯茶呢？我煮了些茶，放了洋甘菊、薰衣草和椴樹花。」

「好吧，就喝一杯，但我得趕快回去。」愛拉說。她拿出喝茶的杯子時，不禁覺得奇怪，想知道這花茶的配方是齊蘭朵妮建議的，還是波樂娃發現孕婦很適合喝這種茶。它完全無害，只有溫和的鎮靜作用。她喝了口波樂娃舀到她杯子裡的熱茶，細細品嘗茶的香味。這味道的確很好，每個人都能喝，不只是懷孕的女人。

「博洛根的情形怎樣？」頭目的配偶拿著自己的杯子，在愛拉身旁坐下時問道。

「我想他會沒事。他的頭遭受重擊，流了許多血。我本來擔心骨頭可能有碎裂，但頭上的傷更嚴重，大量出血。我們把他身上擦乾淨，沒發現任何骨折的跡象，但他有個很大的腫塊，還有其他傷口。此刻他必須好好休息，接受照顧。他一定和人打了一架，而且還喝了巴瑪酒。」

「約哈倫就是要跟他談談這件事。」波樂娃說。

「我更擔心的是那個寶寶，」愛拉說：「她需要有人哺乳。我想其他正在餵乳的母親應該拿點奶給她。穴熊族的女人就是這麼做的。當時……」她遲疑了一會兒，「有個女人沒多久就沒奶水了。她一直在照顧她母親，她母親的死讓她太過悲傷。」愛拉決定避而不提自己就是那個沒有奶水的女人；她還沒告訴任何人她和穴熊族住在一起時有個兒子。「我問拉諾卡她餵嬰兒吃什麼，她說是搗爛的根莖類植物。我知道那麼小的孩子可以吃一般食物，但所有嬰兒也都需要喝奶，沒有奶水她長不好。」

「沒錯，愛拉。嬰兒的確需要喝奶。恐怕一直沒有人去管楚曼達和她的家人。我們知道那些孩子沒有受到妥善的照顧，但他們是楚曼達的孩子，一般人不喜歡干涉其他人的生活。我們不曉得該拿他們怎麼辦，所以大多數人乾脆忽視他們。我甚至不知道她沒奶水了。」波樂娃說。

「勒拉瑪怎麼沒說話？」愛拉問。

「我懷疑他到底有沒有注意到。他不太注意孩子，除了博洛根以外，但也只是偶爾。我不確定他是不是連自己有幾個孩子都不知道。」波樂娃說：「他只會回家吃飯睡覺，有時甚至沒回去，而且或許這樣還比較好。勒拉瑪和楚曼達在一起時總是吵個不停，常常吵到打起來，楚曼達永遠打不贏。」

「那她爲什麼還跟他在一起呢？」愛拉問：「如果她想的話，大可以離開他啊！」

「她能到哪裡去？她母親死了，而且也沒有配對過，所以他們的火堆地盤裡從來就沒有男人。楚曼達有個哥哥，但在她小時候就搬走了，先搬到另一個洞穴，再搬到更遠的地方，已經有好幾年都沒有他的消息了。」波樂娃說。

「她不能找另一個男人嗎？」愛拉問。

「誰會要她？沒錯，她的確想盡辦法在大媽慶典上找個男人跟她一起榮耀大地母親，這個人通常喝了太多巴瑪酒、吃了太多草原菇或是其他東西，但這女人實在沒什麼價値，更何況她還有六個孩子要養。」

「六個孩子？」愛拉說。「我看到四個，也可能有五個，他們幾歲大呢？」

「博洛根年紀最大，他十二歲。」波樂娃說。

「我也這麼猜。」愛拉說。

「拉諾卡十歲，」波樂娃繼續說：「然後還有一個八歲，一個六歲，一個兩歲，和那個小嬰兒。她只有幾個月大，大概半歲吧。楚曼達還有個本來應該是四歲大的孩子，但他死了。」

「我擔心這嬰兒會死。我檢查了她，她不健康。我知道妳說食物可以供大家分享，但是需要奶水的嬰兒呢？齊蘭朵妮的女人願意把奶水分給其他人嗎？」愛拉問。

「假如是其他任何一個人而不是楚曼達，我會毫不猶豫答應她。」波樂娃說。

「那嬰兒不是楚曼達，」愛拉說：「她只是個無助的嬰兒。如果我有小寶寶，我會馬上把我的奶水給她，然而等到我的寶寶生出來時，她可能已經死了。即使等到妳的孩子出生，也太遲了。」

波樂娃低下頭，不好意思地笑了。「妳怎麼知道的？我還沒告訴任何人。」

這下子輪到愛拉不好意思。她不是故意要擅自推測；宣布自己懷了孩子通常是作母親的特權。「我是女巫醫、醫治者，」她解釋道：「我幫女人生產，所以知道懷孕的跡象。在妳有心理準備之前我不打算對任何人提起。我只是關心楚曼達的嬰兒。」

「我知道，愛拉，我不介意。反正我也正準備告訴大家。」波樂娃說：「但我不知道妳也懷孕了，那表示我們的寶寶會在差不多的時間出生，我好開心。」她停頓了一下，想了想之後，說道：「讓我告訴妳，我覺得我們該怎麼做。我把所有家裡有小嬰兒或正要生產的女人集合起來，她們的奶水還沒依自己寶寶的需要調整，所以還有多的。妳和我可以說服她們幫忙餵楚曼達的寶寶。」

「如果有好幾個人餵，那麼就沒有人的奶水會被喝完。」愛拉說完，又皺起眉頭。「問題是，這寶寶其實需要的不只是奶水，她需要受到良好的照顧。楚曼達怎麼能把小嬰兒留在僅僅十歲的女孩身邊這麼久？這對十歲女孩來說是很過分的要求。」

「他們從拉諾卡身上或許能得到比楚曼達更好的照顧。」波樂娃說。

「但這並不代表年紀這麼輕的人就應該做這種事。」愛拉說：「勒拉瑪怎麼搞的？他爲什麼不想辦法幫忙？楚曼達不是他的配偶嗎？那些不是他火堆地盤的孩子嗎？」

「很多人都有同樣的疑問。」波樂娃說：「我們沒有答案。已經有很多人跟勒拉瑪講過，包括約哈倫和瑪桑那，但是說也是白說。勒拉瑪不在乎任何人對他說的話。他知道不管他做什麼，大家都還是想喝他釀的酒。而楚曼達在某方面也一樣糟糕。她喝了他的巴瑪酒，一天到晚恍恍惚惚，根本不知道她身邊發生的事。他們看來都不關心孩子，我不知道大地母親爲什麼還一直不停給她。沒有人眞正知道該怎麼辦。」高挑美麗的頭目配偶，以挫折悲傷的語氣說道。

愛拉沒有答案，但她知道她必須採取行動。

「好吧，有件事我們能做。我們可以跟有奶水的女人談談，看能否替這個嬰兒拿到些奶水。我們就從這裡做起。」她把杯子放回隨身袋裡站起來。「現在我該回去了。」

愛拉離開波樂娃家後，沒有直接回到齊蘭朵妮的住處。她擔心沃夫，想先在瑪桑那家稍做停留。當她走進去時，所有人都在，沃夫也在那兒。牠看到愛拉時太開心，趕忙跑向她，這隻大狼跳到她身上，用前腳掌搭在她肩膀上，差點把她推倒。她算準了牠會跳上來，所以設法站穩腳步。愛拉接受沃夫對她獻上犬類動物對獸群首領的問候，牠舔她的頸子，用牙齒輕咬她的下巴。然後她用兩手捧著牠的頭，抓住牠頸部的厚毛，輕咬牠的下巴。她凝視著牠崇拜的雙眼，把臉埋進牠的毛裡。她也很高興看到牠。

「每次牠對妳這麼做，我都嚇得要死，愛拉。」威洛馬從地板上的坐墊站起來時說道。

「我以前也很害怕，」喬達拉說：「現在我信任牠，所以我不再替愛拉擔心了。我知道牠不會傷害愛拉，我也看過當有人可能傷害愛拉時牠會做出什麼事。不過我必須承認，牠這種與眾不同的問候有時的確嚇我一跳。」

威洛馬走過來時，他們很快地輕觸彼此臉頰。現在愛拉已經曉得，那是在家人或很親近的朋友之間習慣性的非正式問候方式。

「愛拉，很抱歉我沒能跟妳去看馬兒。」弗拉那和愛拉以同樣的方式相互問候時說道。

「妳還有時間認識馬兒，」她說，然後她輕觸瑪桑那的臉頰。她和喬達拉的問候方式也類似，但他們靠得比較近，停留得也比較久，兩人比較像是在擁抱。

「我得回去幫齊蘭朵妮，」愛拉說：「但我有點掛心沃夫。牠回到這裡我很高興，這表示牠覺得這裡是牠的家，即使我不在這裡也一樣。」

「博洛根怎麼樣？」瑪桑那問。

「他終於醒來了，可以開口說話。我只是來告訴約哈倫一聲。」愛拉思索她是否該提起自己很擔心楚曼達的寶寶。她還是個外來的人，或許由她來提並不恰當，他們會把這番話解釋爲她對第九洞穴的批評，但看來沒有其他人知道那個嬰兒的狀況，如果她沒提出來，又有誰會說呢？「我和波樂娃談起另一件讓我擔心的事。」她說。

喬達拉家人露出關切的表情。「什麼事？」瑪桑那問。

「妳知不知道楚曼達的奶水沒了？她自從去了夏佛納葬禮之後就沒回來，還把小寶寶和她其他的孩子都留給拉諾卡照顧。那女孩只有十歲，她不能哺乳。那個小寶寶唯一的食物就只有搗爛的根莖類植物，她需要喝奶。嬰兒沒有奶水喝的話要怎麼長得好？還有勒拉瑪在哪裡？他都不關心嗎？」愛拉一古腦把想說的話脫口而出。

喬達拉的眼神掃向每個人。弗拉那嚇壞了；威洛馬看起來有點目瞪口呆；瑪桑那完全沒料到這突如其來的問題，她一點也不喜歡這意外。看到他們的表情，喬達拉得忍住不笑才行。愛拉對需要幫助的人會有這種反應，他一點也不感到訝異，但勒拉瑪、楚曼達和他們的家人一直讓第九洞穴的其他人很難堪。大多數人絕口不提這家人，但愛拉卻公開說起他們。

「波樂娃說她不知道楚曼達的奶水沒了，」愛拉繼續說道：「她要把所有能幫忙餵奶的女人找來，我們會跟她們談，向她們解釋這個嬰兒需要什麼，然後請她們分一點奶水出來。波樂娃認爲我們該找的是新生兒的母親，還有快要臨盆的孕婦。這個洞穴那麼大，一定有很多女人能幫忙餵這嬰兒喝奶。」

喬達拉知道她們可以這麼做，但卻懷疑她們是否願意。他思索著這是誰的主意；他認為他知道。他了解女人有時候除了自己的孩子以外，也會哺育別人的孩子，但通常對象是姊妹或好朋友的孩子，她們才會願意分出奶水。

「這聽起來是個很好的主意。」威洛馬說。

「如果她們願意的話。」瑪桑那說。

「她們為什麼會不願意？」愛拉說：「齊蘭朵妮氏女人不會讓一個小嬰兒因缺乏奶水而死，對不對？我告訴拉諾卡我明天早上會過去，教她怎麼做根菜泥以外的嬰兒食物。」

「嬰兒除了奶水以外還能吃什麼？」弗拉那問。

「很多東西。」愛拉說：「如果妳把煮熟的肉刮一刮，嬰兒就能吃這種質地很軟的食物，他們也能喝煮肉剩下的湯。把堅果磨成泥加上點水分，還有磨得很細再拿去煮的穀物都很營養。不過必須把籽過濾掉。我都把果汁倒在成束的新鮮茜草上讓它流下去，茜草上全都是刺而且很容易纏在一起，能讓籽附著在上面。只要是母親吃的東西，小嬰兒也都能吃，只要弄得夠細夠滑順。」

「妳怎麼對小嬰兒吃的食物那麼清楚？」弗拉那問。

愛拉驚慌地紅了臉，不再說話。她沒料到有人會問這個問題。她會知道嬰兒不只能喝奶，是由於伊札在生病而沒有奶水時曾經教她怎麼為烏芭準備食物。但是愛拉對嬰兒食物的知識在伊札死後大為增進，因為愛拉失去她唯一認識的母親時身心交瘁，以至於乳汁乾涸。雖然布倫那小部落裡其他在哺乳的女人全都餵了杜爾克，但她還是必須提供一般食物，讓他快樂又健康。

但她還沒打算要告訴喬達拉的家人她有個兒子。他們才剛說要接受她成為齊蘭朵妮氏女人。即使知道將她撫養長大的是被他們當作動物的扁頭，他們還是要讓她成為他們的族人。當她告訴喬達拉，她有個流著一半穴熊族血液的混靈兒子時，喬達拉的第一個反應帶給她的痛苦感受，她永遠不會忘記。因爲她的靈與被他看成動物的那些人的靈混合，在她體內長成一個新生命，他看她的眼神好像她是隻骯髒的鬣狗，他還說她是怪物。她比孩子更糟糕，因爲是她製造出他的。從那時候起到現在，喬達拉對穴熊族已經有更深的認識，他不再那麼想了，但他的族人呢？他的家人呢？

她的念頭快速轉動。如果瑪桑那知道她兒子想和生下孽種的女人配對，會說什麼呢？威洛馬、弗拉那或他其他家人又會怎麼說呢？愛拉看著喬達拉。雖然她通常都能分辨他的感受，靠解讀他的表情或行爲舉止來了解他心中的想法，這一次她卻辦不到。她不知道他希望她說些什麼。她所受的養育方式使她了解到，必須以眞實的答案回答直接的問題。之後愛拉才發現，這些異族和穴熊族不同，他們會說出不是眞實的事情，他們甚至還用一個詞來稱呼它，那叫做謊話。但她能說什麼？她確信，如果自己試圖說謊，他們會知道；她不曉得怎麼說謊，最多只能避而不談。但有人問你直接的問題時，你很難不回答。

愛拉總認爲他的族人早晚會發現杜爾克的存在。她知道一定會有那麼一瞬間，她會因爲忘記或決定不要逃避而提起他。她不想永遠避免提起杜爾克。他是她兒子。但此刻不是好時機。

「我知道怎麼準備嬰兒食物，是因爲伊札生下烏芭後很快就沒奶水了，因此她教我怎麼製作烏芭能吃的食物。母親能吃的所有東西嬰兒也能吃，只要把食物弄軟，讓嬰兒容易呑就行了。」愛拉說。這是事實，但不是全部的事實。她避免提及她兒子。

「拉諾卡，妳要像這樣子，」愛拉說：「妳用刮刀畫過肉，就能把最精華的部分刮下來，留下纖維質。懂了嗎？現在妳試試看。」

「妳在這裡幹什麼？」

愛拉聽到這個聲音，嚇得跳起來，然後才轉身面對勒拉瑪。「這寶寶的母親沒有奶水可以讓她喝了，所以我在教拉諾卡怎麼準備她能吃的食物。」她說。她確定她察覺到勒拉瑪臉上閃過一絲訝異的表情。原來他不知道這件事，她想。

「妳何必多事？我不覺得有誰在乎。」勒拉瑪說。

連你自己都不在乎，愛拉心想，但她把嘴邊的話吞了下去。「有人在乎，他們只是不知道。」她說：「博洛根受傷了，拉諾卡去找齊蘭朵妮，我們才發現的。」

「博洛根受傷了？發生了什麼事？」

這次他的語氣中透露出擔心。波樂娃說得沒錯，他對長子的確有些感情。「他喝了你的巴瑪酒，然後……」

「喝我的巴瑪酒！他在哪裡？我會教這男孩學會怎麼品嘗我的巴瑪酒！」勒拉瑪怒氣沖沖。

「你不必了。」愛拉說：「已經有人這麼做了。他和人打架，對方很用力地打了他，要不就是他跌倒後頭撞上石頭。有人帶他回家以後就走了。拉諾卡發現他失去意識，於是就去找齊蘭朵妮。現在他人在那裡。他傷得很重，流了相當多血，但經過休息與照料之後應該沒事了。但他不願意告訴約哈倫是誰打了他。」

「我會處理。我知道怎麼讓他開口。」勒拉瑪說。

「我在這洞穴還沒住多久，我也沒立場說話，但我認爲你應該先和約哈倫談談。他很生氣，想知道打人的是誰，原因是什麼。博洛根很幸運，他的情況有可能比現在更糟。」愛拉說。

「妳說得對，妳是沒立場說話。」勒拉瑪說：「我寧願自己處理。」

愛拉沒說話。她什麼也不能做，只能告訴約哈倫。她轉身向那女孩說：「來吧，拉諾卡。把蘿蕾拉抱著，我們走吧。」她說著拿起她的馬木特伊氏背袋。

「妳們要去哪裡？」勒拉瑪說。

「我們要去游個泳把身體洗一洗，然後再去和幾個正在或即將哺乳的女人談一談，問她們願不願意分一些奶水給蘿蕾拉。」愛拉說。「你知道楚曼達在哪裡嗎？她也該參加這場聚會。」

「她不在這裡嗎？」勒拉瑪說。

「不在。她把孩子丟給拉諾卡，去參加夏佛納的葬禮，之後就沒有回來。」愛拉說。「如果你有興趣知道，那麼我告訴你，其他孩子正和羅瑪拉、莎蘿娃和波樂娃在一起。」波樂娃建議她把拉諾卡和小寶寶弄乾淨些。帶著嬰兒的女人可不想抱這麼骯髒的寶寶，她們會怕她弄髒自己的孩子。

拉諾卡抱起小寶寶時，愛拉對躺在地上、一部分身體隱藏在圓木後面觀察動靜的沃夫做出手勢。勒拉瑪沒看到這隻動物，當沃夫站起來時，他的眼睛訝異地睜得老大，這才意識到牠其實是隻多麼龐大有力的肉食動物。這男人往後退了幾步，然後對這外地女人擠出虛假的微笑。

「眞是隻龐然大物。妳確定帶牠去人群裡安全嗎？尤其是去有小孩子的地方？」他問。

他並不關心孩子，愛拉解讀他細微的肢體語言時心裡想。他談起孩子，暗示我做的事情可能會傷到別人，藉此隱藏他的恐懼。其他人會在不冒犯她的情況下說出類似的擔心，但她不能同意勒拉瑪的說法，是因為他對自己該負起責任的那些孩子太不關心。愛拉不喜歡這男人，因此他的異議徒然引起她的反感。

「沃夫從來不會對小孩子造成威脅。牠唯一傷過的人，是個攻擊我的女人。」愛拉直視他的眼睛說道。對穴熊族人來說，這種筆直的目光會被解釋爲對對方進行威脅，傳達出下意識的挑釁印象。「沃夫殺了那女人。」她加上一句。勒拉瑪一邊緊張兮兮地咧嘴笑著，一邊又退後了一步。

說這番話不太明智，和拉諾卡、小寶寶與沃夫一起走向前廊時，愛拉想著。我爲什麼要說那些話呢？她低頭看著在她身邊小跑步的這隻充滿自信的動物。我表現得幾乎像是隻狼群首領，讓地位低的狼向我低頭似的。但這裡沒有狼群，我也不是首領。他已經出言反對我，我可能會替自己惹上麻煩。

他們從前廊底端順著小徑往下走時，愛拉提議幫拉諾卡抱嬰兒，但拉諾卡不要，然後她把蘿蕾拉移到她臀部上。沃夫嗅了嗅地面，愛拉注意到地上有蹄印。馬兒之前往這個方向走。她正要把蹄印指給女孩看，卻又改變了主意。拉諾卡話不多，愛拉不想逼她進行不自在的交談。

她們到了主河邊，正繼續沿著河岸走，愛拉不時停下來檢視一種植物。她用插在腰帶上的挖掘棒，連根挖起幾株植物。女孩看著她做，愛拉本想向她解釋用以辨別這種植物的特徵，好讓她能自己找到它，但又決定等到她了解植物的用途後再說。

分隔第九洞穴和下游地的湧泉溪從岩廊上傾洩而下，形成一道狹窄的瀑布，然後成爲主河的一條小支流。水將石灰岩鑿穿成一條溝，從溝中沿著邊緣流出，成了水花四濺的小瀑布。她們到這裡時，愛拉停下來。從瀑布再過去些，幾顆大石頭從鬆動破裂的石灰岩牆上落下來，產生類似水壩一樣的地方，攔住一個小池子。其中一個石頭上有個天然形成的水坑，底部鋪著類似苔蘚般的植物。

水坑裡的水主要來自雨水，以及瀑布濺出來的水花。夏天雨水少時，坑裡的水位比較低，她覺得陽光應該會將水加溫。她把手伸進水去，水如她所預期是微溫的，稍微有點涼，但比池子裡的水溫度高出一些，水生植物把水坑底部變得很柔軟。

愛拉把隨身的袋子放下。「我帶了食物，妳要現在餵蘿蕾拉還是等一下？」她問。

「現在。」拉諾卡說。

「好的，我們就現在吃吧。」愛拉說：「我煮了穀物，還有我們刮下來給蘿蕾拉吃的肉。我帶的食物夠我們三個吃，連給沃夫的肉骨頭也帶了。妳用什麼來餵寶寶？」

「我的手。」她說。

愛拉看著她的髒手。其實沒關係，她自己也曾經用髒的手餵孩子，但她決定還是要做給拉諾卡看。她拿起路上採集的植物。

「拉諾卡，我要告訴妳這些植物的作用。」愛拉說。這女孩看著植物。「它叫做皀根，有不同的種類，有些效果比較好。我先在小河裡把它上面的土洗掉。」她解釋著，告訴拉諾卡怎麼清洗皀根。接下來她們在靠近水坑的落石上找了塊平坦的地方以及一顆堅硬的圓石。「下一步，妳得把根碾碎。碾碎就可以用了，不過浸泡在水裡能使它產生出更多滑滑的汁液。」這女孩仔細看著，但一句話也沒說。

愛拉從背在單肩上的袋子裡拿出了一個防水的小織籃，走向石頭上的水坑。「光靠水有時候不能有效洗去髒東西。用皀根洗會比較容易。這水坑裡的水比溪裡的水暖和一些。妳想不想摸摸看？」

「我不知道。」這女孩說。她看著愛拉，好像不怎麼了解她的意思。

「拉諾卡，過來這裡，把手放在水裡。」愛拉說。

她靠近了些，把沒有抱小寶寶的手放在水裡。

「它比較溫暖對不對？妳喜歡這感覺嗎？」愛拉說。

「我不知道。」拉諾卡說。

愛拉舀了些水到籮筐裡，加入碾碎的皀根攪一攪，再拿出變成糊狀的植物用雙手搓揉。「拉諾卡，放下寶寶，拿點皀根，像我這樣做。」這女人說。

女孩看了看她，把嬰兒從臀部舉起來，放在她腳邊的地上，然後慢慢地伸手去拿皀根。她把皀根泡在水裡，再用手搓揉，搓出了一點點泡沫。拉諾卡臉上瞬間閃過一陣好奇的表情。富含皀素的根沒有產生大量肥皀泡沫，但也足夠將她的手洗乾淨了。

「好的皀根應該會很滑，能產生很多泡沫。」愛拉說：「現在像這樣子沖掉它。妳看妳的手變得多乾淨！」這女孩看著浸入水中的手。好奇的表情再次掠過她的臉龐。「現在來吃東西吧。」

愛拉走回放背袋的地方，從背袋裡拿了幾包東西。一包是有蓋子的雕刻木碗，蓋子用繩子捆在碗上。她解開繩子，拿起蓋子，輕觸食物表面。「它還是溫溫的。」她說著，把碗裡用不同穀類磨碎煮成的凍狀食物拿給她看。「這些穀物是我和喬達拉去年秋天在旅途中採集的。裡面有黑麥和小麥種子，還有燕麥。煮的時候我加了一點點鹽。小小黑黑的種子是從一種我稱作藜的植物上採來的，但它的齊蘭朵妮氏語不是這樣說。它的葉子也可以吃。這多穀粥是我幫蘿蕾拉煮的，我想也夠妳跟我吃，不過妳先試試看她是否喜歡我們刮下來的肉好了。」

肉包在大片芭蕉葉裡。愛拉把它拿給拉諾卡，看她會怎麼做。她讓寶寶坐在她的大腿上，打開包裹，挖了些肉泥在手指上，放進寶寶嘴裡。小寶寶馬上打開嘴讓她姊姊餵，但嘗第一口時她一臉吃驚的樣子。她把肉在嘴裡來回地嚼，試試味道和質感。最後她終於把肉吞了下去，又張開嘴要吃。她的樣子使愛拉想起芻鳥。

拉諾卡露出微笑。愛拉發覺這是她第一次看見這女孩笑。拉諾卡把剩下的肉餵她妹妹吃完，然後開始餵粥。她自己先試了一口，再放了些到寶寶的嘴裡。她們倆看她對新味道有什麼反應。小寶寶露出非常專注的表情，用嘴仔細檢查，甚至還嚼一嚼這黏糊的粥。她彷彿是想了一會兒似的，然後才吞了下去，打開嘴想再吃。愛拉很訝異，這小孩這麼能吃，不過拉諾卡會等她吃完停下來，打開嘴巴後，才把另一口食物放進她嘴裡。

「如果妳拿東西給蘿蕾拉抓著，她會不會把它放進嘴裡？」愛拉問。

「會。」這女孩說。

「我拿了一小塊帶骨髓的骨頭來。我以前認識一個小男孩，在他還是小寶寶的時候，很喜歡吃這種骨頭。」愛拉笑著說。她的笑容中帶著對往事的甜美回憶與悲傷的心情。「把這拿給她，看她喜不喜歡。」愛拉把一小塊鹿腳的骨頭拿給她，骨頭中間有個塡滿了濃稠骨髓的小洞。拉諾卡一把骨頭給小寶寶，她就把它放進嘴裡。她停下來檢查味道，臉上又出現吃驚的表情，不過她們很快就聽到她發出吸吮的聲音。「拉諾卡，把她放下來，妳自己吃點東西。」

沃夫坐在愛拉指示牠待著的地方看著小寶寶，牠離她們幾公尺遠。牠輕輕發出一陣渴望的嗚咽聲，慢慢地向坐在一塊草皮上的嬰兒走過去。拉諾卡看了牠一會兒，然後轉頭用擔憂的眼神看著愛拉。她之前甚至沒發現這隻動物的存在。

「沃夫很愛小孩子，」愛拉說：「牠想跟她玩，但我想那根骨頭可能讓牠分了點心。如果她的骨頭掉了，牠可能以爲那根骨頭是要給牠的，就會把它叼走。我帶了根肉骨頭給牠。在我們吃飯的時候，我會把骨頭放在主河邊給牠吃。」

愛拉從她的背袋裡拉出一張用皮革捲起來的大包裹，打開後裡面有幾塊煮好的野牛肉和一塊沒有煮過的大骨頭，上面連著幾片又硬又乾的肉。她站起來，示意沃夫跟著她，然後走向主河，把那塊骨頭給牠。牠似乎對這根骨頭很滿意。

回來後，愛拉又從她的隨身背袋裡拿出好幾樣東西。她帶來了各式各樣的食物。除了肉和穀物粥，還有幾樣旅行剩下來的東西。有幾塊富含澱粉質的乾燥的根、烤過的石松松子、帶殼的榛果，還有又酸又美味的小片蘋果乾。

她們吃東西時，愛拉對女孩說：「拉諾卡，我告訴妳我們要去游泳，把身上稍微弄乾淨，然後去和幾位婦女談話，但我想我應該告訴妳爲什麼。我曉得妳已經就妳所知道怎麼餵蘿蕾拉的方法盡力去做了，但要她正常、健康地長大，需要的不只是搗爛的根莖植物。我已經示範給妳看過要怎麼準備其他東西餵她，例如她雖然還沒有牙齒，但妳還是能把肉刮下來讓她吃。然而她最需要的還是母奶，至少要是奶水才行。」這女孩邊吃邊看著她，但什麼也沒說。

「在我生長的地方，女人總會互相餵寶寶，如果有一個母親沒奶水了，別的女人就會輪流餵她的寶寶。波樂娃告訴我，齊蘭朵妮氏女人也會餵別人的寶寶，但通常是家人或近親的寶寶。妳母親沒有正在哺乳中的姊妹或表姊妹，所以我要請問這些正在哺乳或即將哺乳的女人願不願意幫忙。但母親很保護她們自己的寶寶。她們可能會不想先抱了不乾淨或味道不好的寶寶，然後再去抱自己的寶寶。」

「我們必須把蘿蕾拉洗乾淨，讓她在其他母親眼裡看起來有精神又可愛。我們要用洗手的那些巨根洗身體。妳必須讓她保持清潔，所以我會告訴妳該怎麼幫她洗澡，而且既然是妳要把她抱去給這些女人餵奶，妳也要洗乾淨。我帶了衣服給妳穿，是波樂娃給我的。這是件舊衣服，但很乾淨。穿過這件衣服的女孩子現在穿不下它了。」拉諾卡沒有回答，愛拉不明白為什麼她話這麼少。「妳懂嗎？」她問。

拉諾卡點點頭繼續吃，並且不時瞥一眼她那還在啃骨頭的妹妹。愛拉認為這嬰兒迫切需要食物，以便提供她所缺乏的營養。成長中的嬰兒光吃煮熟的澱粉質根莖類植物是不夠的。等拉諾卡吃完，小寶寶看起來也睏了，愛拉認為她們應該現在幫她洗澡，之後再讓她睡。她把碗盤放下站起來時，聞到一股特殊的氣味。

這女孩也聞到了。「她大便了。」拉諾卡說。

「小河邊有苔蘚。我們先把她弄乾淨，再幫她洗澡。」愛拉說。這女孩靜靜看著她。愛拉抱起嬰兒時拉諾卡似乎很驚訝，但沒有反對。愛拉帶她到潺潺的小溪旁，靠近水邊跪下來，拔了一把長在附近石頭上的苔蘚，在水裡沾濕，然後把寶寶舉在手臂上，用苔蘚擦拭她的屁股。她又拔了一把，再擦一次。當愛拉檢查她是否乾淨時，小寶寶撒了一泡溫熱的尿。愛拉抱她尿在地上，尿完後又用苔蘚幫她洗了一遍，然後把她交給拉諾卡。

「拉諾卡，把小寶寶帶到水坑那裡去，我們該幫她洗澡了。妳何不把蘿蕾拉放在這裡？」愛拉指著乘滿水的凹洞說。

這女孩一動也不動，迷惑地看著她。愛拉仔細觀察她，看到她皺眉思考。雖然這女孩幾乎不說話，但她不認為這女孩很笨，只是她好像不懂該做什麼。突然間愛拉想起她和穴熊族同住後不久，有一次她不知道該做什麼，而這讓她陷入思考。她注意到這女孩似乎對直接敘述的話最有反應。

「拉諾卡，把寶寶放在水裡。」她說。這不是交談中的請求，而是一個直述句，幾乎是個命令。

拉諾卡慢慢走向水坑，把光著身子的寶寶抱起來，但好像還有點不情願地放開她妹妹。愛拉從背後抱起蘿蕾拉，把她抱在手臂底下，面對拉諾卡，讓她的腳懸空，然後再慢慢地以坐姿把她放進水坑中。

溫水對這孩子來說是一種全新的感覺，誘使她開始探索四周。她把手伸進水裡，又伸出來看看自己的手。她再嘗試了一次，這次不小心濺出水花，因此她又盯著看，然後她把手拿出來，把拇指放進嘴裡吸。

好吧，她沒哭，愛拉想著。這是個好的開始。

「拉諾卡，把手放在這籮筐裡，感覺得到水有多滑嗎?那是因爲放了皀根。」這女孩照著她的話去做。「現在，沾點水在手裡，然後抹在蘿蕾拉身上。」

拉諾卡用雙手把濕滑的液體抹在小寶寶身上。小寶寶坐著不動，但微微皺著眉頭。「現在我們要洗她的頭髮。」愛拉說。她想這比較困難。「我們先抹一點皀根在她後腦勺。妳可以洗她的耳朵和脖子。」

愛拉看著這女孩，她發現她照顧這小嬰兒時態度沉著又自信，似乎漸漸習慣幫她洗澡的種種程序。愛拉停了一會兒，突然間發現一件事。我懷杜爾克的時候比拉諾卡大不了多少!或許不過比她大一、兩歲罷了。當然伊札會教我該怎麼照顧他，不過我也會學。

「接下來讓她平躺，用一手托住她，不要讓她的臉浸到水，用妳另一手洗她的頭頂。」愛拉告訴她。她幫拉諾卡讓小寶寶躺在水裡。蘿蕾拉有點不願意，不過女孩的手抓得很牢，小寶寶一旦躺下去，就不再抗拒溫暖的水，安穩地躺在她姊姊的臂彎裡。愛拉幫忙洗她的頭髮。腿和屁股浸在水中，已經有點滑溜，愛拉又用手上剩下的肥皀再幫她洗一洗。

「現在很小心地洗她的臉，用手沾水洗就好了。不要讓東西跑進她眼睛裡，雖然不會傷害到眼睛，但她會不舒服。」愛拉說。

幫小寶寶洗完澡後，她們讓她坐起來。愛拉從背袋裡拿出一張非常柔軟又有彈性的黃色生皮革，把它攤開，將小寶寶從水裡舉起來，用皮革包住。她把寶寶抱給拉諾卡。「好啦，她現在又乾淨又清爽了。」她發現這女孩拿著那塊用來擦乾的生皮革毯子在手裡搓揉。「它很軟很舒服對不對？」

「是。」拉諾卡抬頭看著她說。

「這是旅途中別人送我的禮物。他們叫做夏拉木多伊人，以製造這種柔軟的岩羚羊皮聞名。岩羚羊類似山羊，但比原羊小。拉諾卡，妳知道這附近有沒有岩羚羊？」

「有。」這女孩說。愛拉等她開口，以微笑鼓勵她。她發現拉諾卡會回答問題或對直接的命令有反應，但好像不知道要怎麼與人交談。愛拉繼續微笑，等著她說話。拉諾卡皺著眉頭，終於說道：「有獵人帶了一隻回來過。」

她會說話！她自動說出一句話，愛拉高興地想著。她只需要一點鼓勵。「妳想要的話，可以留著那塊皮革。」她說。

她沒料到拉諾卡的臉上出現了一連串表情。她先是眼睛發亮，然後又一臉懷疑，接著是恐懼的表情。之後她皺著眉搖搖頭。「不，不行。」

「妳想要這塊皮革嗎？」

這女孩低著頭。「想。」

「那妳為什麼不能收下它？」

「不能收下。」這女孩吞吞吐吐地說：「不准我。有人會拿走。」

愛拉漸漸明白了。「好吧，那我們這樣做好了。妳幫我保管，想用的時候就可以用。」

「有人會拿走。」拉諾卡重複這句話。

「如果有人拿走妳就告訴我，我會把它拿回來。」愛拉說。

拉諾卡笑了起來，然後又皺眉搖頭。「有人會生氣。」

愛拉點點頭。「我懂了。那我留著它，但是妳記住，不管什麼時候，只要妳或蘿蕾拉需要用這張皮，妳可以來我這裡借。如果有人想拿走它，告訴他們這是我的東西。」

拉諾卡把軟皮從小寶寶身上拿起來，把她放在一塊草皮上。她把生皮革還給愛拉。「她會弄髒它。」她說。

「沒那麼嚴重，我們只要把它洗乾淨就好了。把小寶寶放在上面吧，它比草還軟。」愛拉說。她把皮革攤開，把小寶寶放上去，她注意到這塊皮還殘留著些許好聞的煙燻味。

清洗、刮毛後的生皮革，通常會和動物的腦一起處理，接著再撐開晾乾，變成美麗、柔軟、毛茸茸的半成品。接著再把幾乎呈白色的生皮革放在冒煙的火上鞣製。木頭與其他燃料決定了皮革的顏色，一般而言會染成棕色或黃色調，同時也約略決定成品的質感。然而鞣製的目的主要不是為了染色，而是要維持皮革的彈性。鞣製前的生皮革可能已經很軟，但如果沒有再次撐開，乾了以後就會硬掉。不過一旦煙包覆住含膠質的纖維，皮革就會產生變化，即使下水也能維持柔軟。煙燻鞣製才能做出可用的皮革。

愛拉注意到蘿蕾拉的眼睛閉了起來。她們幫小寶寶洗澡時沃夫已經吃完牠的骨頭，向她們靠近了一點，因為好奇而不想離太遠。愛拉抬頭一望看到了牠。現在她示意牠靠近，因此牠跑向她們。

「輪到我們洗澡了。」愛拉說。她看著這隻動物。「沃夫，看著蘿蕾拉，看著小寶寶。」她以手勢對牠表達了同樣的意義。沃夫以前也曾經被留下來守衛睡著的孩子，這不是頭一次。拉諾卡眉頭輕皺，露出擔憂的神色。「牠會待在原地，保證不讓蘿蕾拉受到傷害，如果她醒了沃夫告訴我們。我們就在那邊，在石頭水壩後面的池子裡，妳看得到沃夫和妳妹妹。我們會用洗蘿蕾拉同樣的方式洗澡，但我們洗的水冷多了。」愛拉笑著補充道。

她們往池邊走，愛拉在途中拿起背袋和浸泡皂根的籮筐。她先脫下衣服踩進水裡，示範怎麼清洗自己，幫拉諾卡洗頭，然後拿出瑪桑那給她的兩條皮革巾和兩把長齒梳子。她們擦乾身體後，她把拉諾卡糾結成一團的頭髮梳開，再用第二把梳子梳她自己的頭髮。

接著，她從背袋底部拿出一件束腰上衣。雖然它是舊的，但沒有破損，看起來很新，裝飾著簡單的流蘇和珠子。拉諾卡以渴望的眼神看著衣服，又輕輕地摸它。愛拉叫她穿上時她露出微笑。

「我要妳穿上這件衣服去見那些女人。」愛拉說。拉諾卡沒有反對，也沒有多說一個字，反而毫不猶豫穿上它。「天色晚了，我們該走了。她們很可能在等我們。」

她們一路走回岩石前廊，朝居住區和波樂娃的住處走去。沃夫落在她們後面，當愛拉回頭找牠時，發現牠轉頭朝她們回來的路上看。她順著牠的眼光看去，隔著一段距離之外有一男一女。女人東倒西歪、步伐蹣跚，男人跟在她身後但沒有很靠近她，不過在她差點跌倒時扶住她。當這女人轉身走向勒拉瑪的住處時，愛拉才發現她是拉諾卡和蘿蕾拉的母親楚曼達。

在那一瞬間，愛拉考慮是否該想辦法把她帶去參加和那些女人的聚會，但她決定還是不要。比起一個可能喝巴瑪酒喝得醉醺醺的女人，那幾個婦女很可能會更加同情帶著乾淨小寶寶的可愛女孩。愛拉往前走，但她的眼神遇上了那男人。他沒有和女人一起進去，而是繼續走過來。

他的體型和動作看起來很眼熟。他看到她時，一邊注視著她一邊向她接近。在他走近時，愛拉認出這男人。愛拉看著他，突然間知道她認得的是他哪一點。這男人是布魯克佛，雖然他或許不喜歡愛拉認出他的原因，但愛拉眼中看到的是穴熊族男人結實的身材以及自信、敏捷的動作。

布魯克佛對她微笑，那樣子彷彿是發自內心高興見到她，而她也對他報以微笑，然後轉身催促拉諾卡帶著小寶寶走向波樂娃的住處。她往後瞥了一眼，發現他的笑容轉為憤怒的眼神，好像她做了什麼觸怒他的事，她不明白那是為什麼。

她看到我走過來就掉頭而去，布魯克佛想。她甚至沒有等著向我問候。我還以為她和別人不一樣。

你喜歡貓頭鷹出版的書嗎？

請填好下邊的讀者服務卡寄回，

你就可以成爲我們的貴賓讀者，

優先享受各種優惠禮遇。

▶ 請沿虛線剪下對摺，塡妥寄回即可，免貼郵票

貓頭鷹讀者服務卡

謝謝您購買： ______________________________（請填書名）

為提供更多資訊與服務，請您詳填本卡、直接投郵（免貼郵票），我們將不定期傳達最新訊息給您，並將您的建議做為修正與進步的動力！

姓名：______________ □先生 □小姐　民國______年生　□單身　□已婚

郵件地址：□□□ ________縣/市________鄉鎮/市區________________

聯絡電話：公(0　)____________　宅(0　)____________　手機____________

■您的E-mail address：______________________________

■您對本書或本社的意見：

您可以直接上貓頭鷹知識網（http://www.owls.tw）瀏覽貓頭鷹全書目，加入成為讀者並可查詢豐富的補充資料。
歡迎訂閱電子報，可以收到最新書訊與有趣實用的內容。大量團購請洽專線 (02) 2500-7696轉2729。
歡迎投稿！請註明貓頭鷹編輯部收。

廣 告 回 信
台灣北區郵政管理局登記證
台北廣字第000791號
免 貼 郵 票

104

台北市民生東路二段141號5樓

英屬蓋曼群島商家庭傳媒（股）城邦分公司

貓頭鷹出版社 收